«Victor haucht ihren Figuren gekonnt Leben ein, sie hat ein Gespür für Dialoge und für Psychologie. Die Leser werden diese Erzählung lieben.»

Publishers Weekly

Cynthia Victor hat sich in Amerika mit einer Reihe von Erfolgsromanen einen Namen gemacht. *Mit fremder Feder* ist ihr erstes Buch, das nun auch in Deutschland erscheint. Cynthia Victor lebt abwechselnd in Connecticut und New York.

CYNTHIA VICTOR

Mit fremder Feder

Roman

Deutsch von
Roswitha Enright

Rowohlt Taschenbuch Verlag

Die Originalausgabe erschien 1997 unter dem Titel «The Secret»
bei Dutton / Penguin Group in New York

Umschlaggestaltung: Barbara Hanke / Cordula Schmidt
(Foto: Tony Stone Images / Michael Jang)

Redaktion: Beate Laura Menzel

Deutsche Erstausgabe
Veröffentlicht im Rowohlt Taschenbuch Verlag GmbH,
Reinbek bei Hamburg, Januar 2001

Satz Minion PostScript (PageOne)
Gesamtherstellung Clausen & Bosse, Leck
Printed in Germany
ISBN 3 499 22904-8

Die Schreibweise entspricht den Regeln
der neuen Rechtschreibung.

Für Susan Ginsburg und Jenna Steckel
mit aller erdenklichen Liebe

Danksagung

Für ihre großzügige Hilfe, Unterstützung und Beratung schulde ich folgenden Menschen meinen Dank:

Harriet Astor, Betsy Carter, Carolyn Clarke, Jean Griffin, Jean Katz, Mark Kress, Susanna Margolis, Susan Moldow, Harriet Rattner, Richard Reinstein, Diana Revson, David Skurnick, Joan Skurnick, Mark Stark, Mark Steckel, John Thornton, Lane Tobias und Sandra Zwick.
Ganz besonderer Dank gilt Meg Ruley und Audrey LaFehr.

1. Kapitel

Er war es wirklich!

Miranda wäre beinahe vor Überraschung über die Türschwelle gestolpert, als sie in Wendy Lattimores chaotisches Studentenzimmer trat. Drei Leute saßen an einem Klapptisch aus Aluminium, auf dem zwei Kartenspiele ordentlich nebeneinander in der Mitte lagen. Und an diesem Tisch, in einem blauen Hemd und Jeans, saß er, Stephen Shaeffer, offenbar einer der vier Bridgespieler. Und zu allem Überfluss war Miranda auch noch 15 Minuten zu spät dran. Sie hatte keine Ahnung, dass er mitspielen würde.

Wendy stand auf, schob sich die Lesebrille ins Haar und nahm einen Stapel T-Shirts von dem schmalen Bett. Sie nickte Miranda zu.

«Setz dich hierher, Ran. Wir haben leider nur drei Stühle.» Sie legte die Hemden auf ein schon überquellendes Regal und lächelte entschuldigend. «Tut mir Leid, dass es so unordentlich ist.»

«Das macht es doch erst gemütlich.» Miranda versuchte vergebens, an Stephen vorbeizusehen.

Wendy sah sie prüfend an. «Kennt ihr euch?»

«Ja.» Miranda wäre am liebsten im Erdboden versunken, als Stephen fast gleichzeitig und sehr bestimmt Nein sagte.

Sie sah ihn unsicher an und fühlte, wie ihr das Blut in die Wangen stieg. «Doch, wir sind uns vor etwa zwei Jahren beim Elterntag begegnet. Deine Eltern haben ein Seminar veranstaltet und meine haben daran teilgenommen.»

«Kann sein.» Stephen nahm mit gleichgültiger Miene ein Kartenspiel und begann zu mischen.

Miranda würde diesen Tag nie vergessen. Stephens Eltern, beides promovierte und von ihr sehr bewunderte Psychologen, hatten demonstrieren wollen, wie man als Team den Unterricht gestalten kann, eine kommunikative Methode, die sie entwickelt hatten. Es hatte Miranda kaum überrascht, dass die praktische Übung in einem lautstarken Streit endete, denn ausgerechnet an ihren absolut Team-unfähigen Eltern, Esther und Louis Greenfield, sollte diese Methode illustriert werden.

Zu dem Zeitpunkt waren Esther und Louis schon geschieden, waren aber trotzdem beide zu dem Elterntag gekommen. Man hatte sie jeweils einzeln während der Übung gebeten, einen eigenen Charakterzug zu nennen, der sich deutlich in der Tochter zeigte. Und nach anfänglichen Vorschlägen wie «Angst vorm Risiko» und «intelligent» war man schnell bei Beschimpfungen gelandet, wie «geh doch zum Teufel mit deiner ewigen Besserwisserei». Nur sehr kurz waren sie fähig gewesen, bei dem Thema Miranda zu bleiben, danach schrien sie sich bestimmt gut 10 Minuten lang an, und 25 Elternpaare waren Zeugen dessen, was Miranda schon ihr ganzes Leben lang hatte ertragen müssen. Erst hatten die Shaeffers höflich versucht, sie zu stoppen, und hatten dann schließlich gedroht, Esther und Louis vor die Tür zu setzen. Aber erst als sie energisch auf das streitende Paar zugegangen waren, um es gewaltsam zu trennen, verstummten die Greenfields. Ihnen war ihr Verhalten ganz offensichtlich überhaupt nicht peinlich, nur Miranda wünschte sich, die Erde würde sich auftun und sie verschlingen.

Sie beobachtete Stephen, der jetzt die Karten austeilte. Mit der Routine des erfahrenen Spielers gab er jedem dreizehn Karten. Miranda unterdrückte ein Seufzen. Alles an ihm war irgendwie vollkommen. Allein ihm zuzusehen war ein beinahe körperliches Vergnügen. Stephen war groß und dunkelhaarig, hatte helle Augen und schien einer jener Menschen zu sein, die in sich ruhten, die immer wussten, was zu tun und zu sagen war. Kein Wunder, dachte Miranda, bei den Eltern! Eric und Alida Shaeffer waren bei ihren Kollegen bekannt und beliebt, und die University of Florida konnte sich glücklich schätzen, die beiden zu ihrer Fakultät zu zählen. Und das einzige Kind solcher Eltern zu sein, das war sicher einfach wunderbar.

«Ein Herz», begann Wendy jetzt das Reizen.

Miranda kam als Nächste dran, aber sie war mit ihren Gedanken so weit weg gewesen, dass sie sich kaum auf ihre Karten konzentrieren konnte. Beinahe hätte sie aus lauter Panik gepasst, nahm sich dann aber zusammen. «Ein Pik», sagte sie schnell und leise.

Miranda war eine gute Bridgespielerin, aber so unmittelbar in Stephens Nähe konnte sie kaum einen klaren Gedanken fassen. Sie war erleichtert, als ihr Partner, Andy Fallowell, beim Reizen mit vier Kreuz gewann und sie ihre Karten offen hinlegen konnte. Sie lächelte, als Wendy Andy aufzog, er habe zu früh aufgehört zu reizen. Das Telefon klingelte. Miranda saß dem Telefon am nächsten. Sie stand auf und nahm den Hörer ab. «Deine Mutter», sagte sie und hielt Wendy den Hörer hin.

«Sag ihr, ich kann jetzt nicht.»

Miranda sah sie verwundert an. Wendy rief laut: «Ruf später nochmal an.» Klick. Die Mutter hatte aufgelegt. Kopfschüttelnd sah Miranda den Hörer und dann Wendy an.

«Du hast es gut, deine Eltern sind geschieden», sagte Wendy fröhlich. «Die Ehe meiner Eltern ist ein einziges Desaster, und ich bin immer ganz neidisch, wenn ich höre, dass jemand sich hat scheiden lassen.» Sie blickte wieder in ihre Karten.

Miranda starrte sie an und legte langsam den Hörer auf. Die Scheidung ihrer eigenen Eltern war für sie eine Riesenkatastrophe, denn mindestens einmal die Woche rief Esther Greenfield die Tochter an und heulte ihr die Ohren voll, was für ein fürchterlicher Ehemann Louis Greenfield gewesen sei. Und Miranda erinnerte sich nur zu gut, wie oft sich ihre Eltern gestritten hatten, als sie noch in der winzigen Wohnung in Pittsburgh wohnten. Bis Esther eines Abends Miranda und ihre Schwester Lydia ins Auto lud, um ihnen ein Eis zu kaufen, wie sie sagte. Sie war dann aber gefahren und gefahren, bis sie schließlich nach zwei Tagen in Miami Beach landeten. Das hatte der Beziehung der Eltern natürlich auch nicht gerade gut getan.

Erst zwei Tage später hatte Louis Frau und Kinder im Haus von Tante Sissie, Esthers Schwester, ausfindig gemacht. «Wie kannst du mir einfach meine Kinder wegnehmen?», hatte er seine Frau am Telefon angebrüllt, so laut, dass Miranda ihn noch auf der anderen Seite des Zimmers verstehen konnte.

«Du bist doch so selten zu Hause, dass du ihr Verschwinden kaum bemerkt haben kannst», hatte ihre Mutter zurückgeschrien.

Stundenlang hatten sie am Telefon gestritten, und Miranda hatte sich im Wäscheschrank im ersten Stock versteckt und die Hände auf die Ohren gepresst, um nichts hören zu müssen. Es war nicht der erste Streit gewesen, den sie miterlebt hatte, und es war auch nicht der letzte. Ihre Eltern hatten offenbar von Anfang an nicht zueinander gepasst. Ihre Mutter hatte immer viele Ideen gehabt, wollte weiterkommen und war bereit, dafür Risiken einzugehen. Auch nachdem sie die Töchter nach Florida gebracht hatte, hatte sie große Pläne. Sie würde in einem der teuren Hotels arbeiten und sicher in kürzester Zeit zur Managerin, wenn nicht gar Besitzerin aufsteigen. Es war dann alles etwas anders gekommen, aber Esther hatte die Hoffnung nie aufgegeben.

Zu spät hatte sie erkannt, dass Louis Greenfield ihre Lebensträume nicht teilte. Als sie ihn kennen lernte, schien er so viel reifer und erfahrener zu sein als die anderen jungen Männer, für die sie sich bisher interessiert hatte. Louis gehörte eher zu den Intellektuellen und interessierte sich für Politik, machte sich Gedanken um die Rassenintegration und bezog Position in außenpolitischen Fragen. Esther war stolz auf ihn, als er mit anderen in Washington gegen den Vietnamkrieg demonstrierte. Aber als seine politischen Aktivitäten immer mehr Zeit in Anspruch nahmen, wurde sie ungeduldig. Und als sie merkte, dass ihn überhaupt nichts anderes mehr interessierte, konnte sie ihre tiefe Enttäuschung nicht länger verbergen. Sie hatte immer geglaubt, dass er letzten Endes als Geschäftsmann viel Erfolg haben und dank seiner Intelligenz eine bedeutende Stellung in der Wirtschaft einnehmen würde, sodass ihre finanzielle Zukunft gesichert war. Aber Louis dachte gar nicht daran. Er war mit seinem Job in der Krankenaufnahme des Mercy-Krankenhauses in Pittsburgh vollkommen zufrieden. Er brauchte sehr wenig zum Leben. Geldverdienen war für ihn absolut zweitrangig, darauf wollte er so wenig Energie verschwenden wie möglich.

Esther sah bald, dass sie die grundsätzlichen Unterschiede nicht länger ignorieren konnte, die zwischen ihr und Louis bestanden. Er würde sich niemals ändern. Selbst wenn Nixon es schaffen würde, den Vietnamkrieg zu beenden, selbst wenn plötzlich im ganzen Land alle Rassen in Harmonie leben sollten, Louis Greenfield würde nie der Mann sein, den sie meinte, geheiratet zu haben. Als ihr das klar geworden war, hatte sie sich mit den Töchtern nach Florida aufgemacht.

Esther blühte dort auf, auch wenn sie nicht als Empfangsdame in vornehmen Hotels, sondern als Zimmermädchen in billigen Motels ihren Lebensunterhalt verdiente. Miranda aber war keineswegs glücklicher.

Abends rief ihr Vater an und stritt mit der Mutter. Tagsüber beschwerte sich ihr Onkel David lautstark bei ihrer Tante Sissie darüber, dass sie alle zusammen in diesem winzigen Haus leben mussten. Miranda konnte den ständigen Streit nur schwer ertragen. Als kleines Mädchen hatte sie noch immer versucht, zwischen den Eltern zu vermitteln. Mit neun oder zehn aber hatte sie es aufgegeben und versuchte jetzt lediglich, den lautstarken Konfrontationen möglichst auszuweichen.

Im Gegensatz zu Miranda war ihrer Schwester Lydia der Umzug nach Florida ausgesprochen gut bekommen. Mit der ihr eigenen unerschütterlichen Entschlossenheit hatte sie schnurstracks ihr Ziel in Angriff genommen. Sie hatte drei Nachmittage in der Woche im Büro einer nahen Ballettschule ausgeholfen und dafür kostenlos Unterricht nehmen können. Sehr schnell hatte sich ihr natürliches Talent gezeigt, und mit dem Einverständnis der Mutter hatte sie sich ganz auf das Ballett konzentriert und in der Schule nur das Allernötigste getan. Und ihre Anstrengungen hatten sich gelohnt. Mit sechzehn wurde sie in das Miami-Ballett aufgenommen.

Miranda konnte Lydias Zielstrebigkeit und ihren Hang zum Perfektionismus nur bewundern, wenn es auch genau diese Eigenschaften waren, die eine echte Nähe zur Schwester so erschwerten. Lydia hatte keinerlei Hemmungen, der Schwester zu sagen, was sie falsch machte und wie sie es besser machen könnte. Und da sie dabei nicht unbedingt taktvoll war, fühlte sich Miranda ihr zwar zu Dank verpflichtet und wusste auch, dass sie es nur gut meinte, war aber trotzdem verletzt und wütend.

Ein Stipendium für die University of Florida erlöste sie schließlich aus dem Albtraum ihrer Kindheit, und sie war überglücklich. Die anderen Studenten schimpften zwar, dass die Universität ausgerechnet in einem Sumpfgebiet Floridas lag, und beschwerten sich über das feuchtheiße Klima, aber Miranda genoss es, auf dem Campus zu wohnen, interessante Vorlesungen zu hören und in der Freizeit mit ihren neuen Freunden Bridge zu spielen. Es war einfach eine so ungeheure Erleichterung, dem Zank und Streit entkommen zu sein.

«Gibt es hier eigentlich irgendetwas zu essen?» Stephens Stimme brachte Miranda in die Gegenwart zurück.

«Nur was ungesund ist und dick macht.» Wendy legte die Herzsieben auf den Tisch. «Allerdings habe ich auch nicht vor, extrem lange zu leben. Als Schülerin war ich oft so deprimiert, dass ich die Kinder beneidete, die bei einem Autounfall umkamen.»

Die drei anderen sahen Wendy erstaunt an, fingen dann aber an zu lachen. Miranda traute sich sogar, Stephen direkt anzusprechen. «Ich spiele ja gerade nicht und kann dir was aus dem Automaten holen.» Sie stand auf und griff nach ihrer Tasche.

Er sah sie überrascht an und lächelte dann. «Ja, das wäre nett, irgendetwas Salziges oder Süßes.»

Als Miranda mit zwei Snickers und einer großen Tüte Kartoffelchips zurückkam, blickte er ihr lächelnd entgegen. Sie erwiderte sein Lächeln schüchtern und setzte sich wieder auf das Bett.

«Wunderbar», sagte Stephen und strich ihr leicht über die Wange, bevor er nach dem Schokoriegel griff. «Das hat dich doch sicher drei oder vier Dollar gekostet.» Er sah ihr direkt in die Augen. «So viel wie der Eintritt zu dem Spiel im Orpheum. Vielleicht kann ich dir das Geld auf diese Weise heute Abend zurückgeben.»

«Einverstanden.» Miranda holte tief Luft. Das war zu schön, um wahr zu sein.

«Nein, Alida. Ich bin sicher, dass Princeton besser für ihn wäre. Was sie zum Beispiel zum Thema Wissenschaftsgeschichte anbieten, ist so viel besser als Harvard. Außerdem lehrt da schließlich auch Kuhn.» Eric Shaeffer wandte sich wieder dem Grill zu und drehte die drei großen Hamburger sorgfältig um. Stephen starrte vor sich hin. Er saß auf einer Bank in dem großen Hintergarten seines Elternhauses und hörte den Eltern zu. Sie hatten über die Vor- und Nachteile der verschiedenen Topuniversitäten gesprochen, bei denen Stephen ihrer Meinung nach sein weiterführendes Studium aufnehmen sollte. Was würden sie bloß sagen, wenn sie erfuhren, wie er bei seinem letzten Examen abgeschnitten hatte? Seine Befürchtungen hatten sich bewahrheitet. Wenn man so allein vor dem Examen saß, dann kam es eben nicht mehr darauf an, wer die Eltern waren und welche Erwartungen sie in ihren Sohn setzten. Seine Noten waren mittelmäßig gewesen, nicht schlecht, aber auch nicht gut genug, um in eine der berühmtesten Universitäten aufgenommen zu werden.

Stephen hatte immer schon gewusst, dass er seine Eltern eines Tages enttäuschen würde. In der Grundschule hatte er gute Noten, aber das war in einer Kleinstadt wie Gainesville auch keine Kunst. In der High School war es schon schwieriger gewesen. Er hatte sich große Mühe gegeben, hatte aber immer schon den Verdacht, dass er nicht so intelligent war, wie seine Eltern annahmen. Sie unterhielten sich beim Abendessen über Kant und Freud, während ihm der Text des letzten Pop-Hits nicht aus dem Kopf ging. Vielleicht war er ja nach seiner Geburt im Krankenhaus vertauscht worden. Wie konnte es sonst sein, dass seine brillanten Eltern einen so mittelmäßigen Sohn hatten?

Als er in der zehnten Klasse nur noch Dreien und Vieren nach Hause brachte, hatten seine Eltern sich intensiver um ihn gekümmert. Sie hatten ihm Nachhilfestunden geben lassen und seine Hausaufgaben überwacht. «Er hat Angst vor dem Erfolg», hatte er sie leise zueinander sagen hören, und sie hatten allerlei psychologische Gründe für seine schlechten Noten angeführt. Aber er hatte immer schon gewusst, was mit ihm los war. Er war einfach nicht so begabt. Vielleicht war er schlauer als viele andere, aber im Grunde seines Herzens war ihm klar, dass er es mit den Besten nicht aufnehmen konnte. Und dennoch sehnte er sich nach der Anerkennung seiner Eltern. Wenn sie doch nur einmal sagten: «Stephen, wir lieben dich so, wie du bist; es kommt nicht darauf an, wie intelligent du bist.» Aber darauf wartete er vergebens.

Dann waren plötzlich seine Noten in Englisch, immer schon sein Lieblingsfach, besser geworden, und die Eltern hatten stolz ihren Freunden erklärt, dass Stephen seine wahre Bestimmung gefunden hätte. Und manchmal hatte er auch selbst daran geglaubt. Vielleicht besaß er wirklich auf diesem Gebiet ganz besondere Fähigkeiten. Aber die Ergebnisse des letzten Examens hatten ihn wieder auf den Boden der Tatsachen geholt. Er war ganz sicher kein Kandidat für Princeton. Verdammt, er passte noch nicht einmal in die Shaeffer-Familie.

Er griff nach dem Glas mit Eistee, das auf dem Tisch vor ihm stand, und nahm einen tiefen Schluck. Er hätte gern etwas Stärkeres getrunken, aber die Shaeffers lehnten Alkohol prinzipiell ab. «Alkohol macht dumm», sagten sie regelmäßig, wenn die Sprache darauf kam. Stellt euch nur vor, Mom und Dad, dachte Stephen, ich brauche gar keinen Alkohol, um dumm zu sein. Ich bin es schon so.

«Was meinst du denn dazu, Stephen?» Der Vater drehte sich zu ihm um. «Harvard oder Princeton? Es handelt sich hier schließlich um deine Zukunft.»

Stephen unterdrückte ein Stöhnen. Der Vater wirkte heute irgendwie bedrohlich auf ihn, trotz seines verknitterten karierten Hemdes, des schütteren Haars, in das er seine Lesebrille geschoben hatte, und des aufmunternden Lächelns. So als ob sich der nette, freundliche Professor jeden Augenblick in ein Monster verwandeln könnte, wie ein Geschöpf aus einem Roman von Stephen King. «Ich weiß es nicht», sagte er unglücklich.

«Du musst es aber wissen.» Eric Shaeffer klang jetzt ein wenig ungeduldig. «Diese Entscheidung wird dein ganzes weiteres Leben beeinflussen.» Er legte die fertigen Hamburger auf eine Platte und setzte sich dann dem Sohn gegenüber.

«Ab jetzt ist es sehr wichtig, wo du hingehst. Es war schon in Ordnung, dass du die ersten Jahre hier auf dem College warst. Das hat uns viel Geld gespart. Aber bei wem du deinen Doktor machst, das ist sehr wichtig, und du musst dich in den nächsten zwei Wochen bewerben.»

«Dad.» Stephen setzte sich aufrecht hin und sah seinem Vater ins Gesicht. «Und wenn ich nun gar nicht weiterstudieren will? Ich weiß doch noch nicht einmal, ob mich Wissenschaftsgeschichte wirklich so interessiert. Eigentlich war ich doch immer viel besser in englischer Literatur.»

«Englische Literatur», sagte Eric verächtlich, «das war ja schön und gut für die ersten Jahre. Aber eine Karriere kannst du darauf nun wirklich nicht aufbauen. Das musst du doch selbst sehen.»

Alida Shaeffer nickte zustimmend, und Stephen blickte finster in seinen Eistee und wünschte, jemand hätte Arsen hineingetan. Für mich? fragte er sich, oder für die Eltern? Sie behandelten ihn, als sei er fünf Jahre alt oder geistig zurückgeblieben. Vielleicht sollte er ihnen endlich die Wahrheit sagen. Vielleicht sollten sie endlich den Tatsachen ins Gesicht sehen. Worauf wartete er noch? Er war es doch, der weiter Folterqualen litt, wenn er das Unvermeidliche immer wieder hinausschob. Zum Teufel mit euch beiden, dachte er wütend und nahm seinen ganzen Mut zusammen.

Da klingelte das Telefon. Alida stand auf und ging ins Haus. Vielleicht wäre es einfacher, es nur dem Vater zu sagen. Der könnte die schreckliche Wahrheit dann später der Mutter unterbreiten, während Stephen schon wieder auf dem Weg ins Studentenheim war, um sich sinnlos zu betrinken.

«Dad», begann er, «ich muss dir ...»

«Stephen.» Seine Mutter unterbrach ihn. Sie rief ihn mit dieser leicht unterkühlten Stimme, die sie immer hatte, wenn irgendetwas nicht ganz ihren Beifall fand. «Miranda Greenfield will dich sprechen», sagte sie missbilligend, als er näher gekommen war, und reichte ihm den Hörer. Vielleicht hatte seine Mutter etwas gegen Miranda, aber für ihn war Miranda zurzeit der einzige Mensch, der das Leben lebenswert machte. Sie war hübsch, sie war intelligent, und vor allen Dingen fand sie alles, was Stephen sagte, absolut brillant.

«Na, du», sagte er zärtlich und drehte seiner Mutter den Rücken zu. Alida Shaeffer ergriff ein Glas marinierter Artischocken und ging in den Garten hinaus.

«Ich habe dir ein Hemd gekauft», sagte Miranda leise. «Ich hoffe, es gefällt dir.»

«Sicher.» Stephen lächelte. Es war einfach wunderbar, wie sehr sie ihn verwöhnte. Sie kam gar nicht auf die Idee, ihn zu kritisieren oder ihn mit anderen Männern zu vergleichen, die intelligenter oder größer waren als er oder besser aussahen. Sie dachte nur daran, wie sie ihm eine Freude machen konnte, brachte ihm etwas Gutes zu essen mit oder kaufte ihm ein schickes Hemd oder ein interessantes Spiel. Vorige Woche hatte sie ihn mit zehn alten Krimis von Rex Stout überrascht, die er vergebens in der Bücherei gesucht hatte. Miranda verstand seine Begeisterung für Kriminalromane. Und seine Eltern hatten eine derartig leichte Lektüre natürlich nie in ihrem Haus geduldet.

Er mochte gar nicht an das nächste Jahr denken. Wenn er sich auch keinerlei Chancen ausrechnete, bei Princeton oder Harvard anzukommen, seine Eltern würden schon dafür sorgen, dass er irgendwo als Doktorand unterkam. Wahrscheinlich würde er nach Detroit oder nach Cleveland gehen müssen, weit weg von dem einzigen Menschen, der ihm etwas bedeutete, weit weg von Miranda. Ihre Stimme rief ihn in die Gegenwart zurück.

«... und ich glaube, sie waren mit mir ganz zufrieden», sagte sie gerade.

Stephen zog die Augenbrauen zusammen. «Entschuldige, mir ist gerade der Hörer aus der Hand gerutscht. Wer, sagtest du, war mit dir zufrieden?»

«Der Typ von der Midfield Bank, mit dem ich heute Morgen ein Bewerbungsgespräch hatte», antwortete Miranda geduldig. «Erinnerst du dich?»

«Ja, natürlich.» Stephen hatte keine Ahnung, wovon sie sprach. Wahrscheinlich hatte sie auf eine der Anzeigen am schwarzen Brett im Studentenzentrum geantwortet. Ihm selbst war auch etwas Interessantes aufgefallen. «Übrigens, Miranda, nächsten Donnerstag kommen Leute von einer großen Werbeagentur in New York und wollen sich mit Studenten wegen bestimmter Jobs unterhalten. Es wäre doch toll, bei einer solchen Agentur zu arbeiten.»

«Na klar», antwortete sie sofort. «Und du wärst sicher prima geeignet.»

Ach, sie war einfach wunderbar. Stephen konnte sich nur allzu gut vorstellen, was seine Eltern zu einem solchen Job sagen würden. Sie würden vor Scham im Erdboden versinken. Er sah durch die offene Tür zu ihnen hinüber. Sein Vater hatte angefangen zu essen. Seine Mutter blickte immer wieder ungeduldig zum Haus hinüber. Er sollte wirklich den Hörer auflegen und zu ihnen gehen. Aber ihm war eine Idee gekommen. Wenn er ihnen nun gar nicht erzählte, wie er bei dem Examen abgeschnitten hatte? Vielleicht brauchten sie es nicht zu wissen. Er wickelte sich nachdenklich die Telefonschnur um den Finger. Intellektuelles Versagen war die härteste Demütigung für seine Eltern, schlimmer als der Tod. Eine leidenschaftliche Liebe dagegen konnten sie als jugendliche Dummheit abtun.

«Wie wäre es denn, Randa, wenn wir nächstes Jahr zusammen nach New York gingen?», fragte er leise.

Sie lachte. «Du weißt doch selbst, dass du weiterstudieren wirst.» Nach einer kurzen Pause fügte sie zögernd hinzu: «Allerdings ist die Columbia University nicht weit ...»

Stephen flüsterte jetzt in den Hörer: «Und wenn ich nicht gleich weiterstudiere? Wenn wir erst mal heiraten und beide Geld verdienen?»

«Oh, Stephen!»

Ihre Freude war selbst durch das Telefon überdeutlich zu hören, und zum ersten Mal seit langer Zeit fühlte Stephen, wie der Druck, der auf ihm lastete, ein wenig nachließ.

2. Kapitel

Miranda Shaeffer schleppte sich mühsam die letzten Stufen zum Eingang des kleinen Häuschens hinauf. Endlich würde sie das große Netz fallen lassen können, das die sandigen Spielsachen, die nassen Handtücher und was sie sonst noch an den Strand mitgenommen hatten, kaum fassen konnte.

«Komm, Sophie», rief sie aufmunternd über die Schulter ihrer dreijährigen Tochter zu. Sophie war bewundernd vor den rosa Geranien stehen geblieben, die den Weg zum Eingang säumten. Seufzend ließ Miranda das Netz auf den Boden fallen. Sie öffnete die Fliegengittertür und hielt sie auf, während sie mit der anderen Hand die innere hölzerne Tür aufstieß. Als sie jetzt das Netz über die Schwelle hob, fühlte sie einen scharfen Stich in der Seite. Sie richtete sich auf und rieb sich vorsichtig den Bauch, der sich im fünften Monat ihrer Schwangerschaft schon kräftig wölbte. In den letzten Wochen hatte sie stärker unter Schmerzen und Übelkeit gelitten als in den beiden ersten Schwangerschaften zusammengenommen.

Sie verglich diese Ferien mit allen vorherigen. Bevor sie Kinder hatten, hatten sie und Stephen eine Reihe von Ferienorten ausprobiert. Aber nie hatte es ihnen so gut gefallen, dass sie Lust hatten, noch ein zweites Mal hinzufahren. Entweder war es zu teuer gewesen, oder die Strände waren zu überfüllt. Ihren fünften Hochzeitstag hatten sie in einer kleinen Pension in Georgia verlebt. Das war wunderbar gewesen, aber Georgia war einfach zu weit entfernt, um regelmäßig dort Ferien zu machen.

Erst als sie mit ihrem Sohn Jack schwanger war, hatte Stephen vorgeschlagen, ein Haus in Camden in Maine zu mieten, einer Kleinstadt, in der er als Kind die Sommerferien verbracht hatte. Und seitdem hatten sie jeden Sommer zwei Wochen im August hier Urlaub gemacht. Miranda erinnerte sich noch gut an das erste Mal. Wenn ihr mal übel war, was nicht oft vorkam, und sie in dem winzigen Badezimmer vor der Toilette kniete, knirschte der Sand, der durch jede Ritze hereinwehte, unter ihren Knien. Und der leichte Schimmelgeruch, der trotz scharfer Mittel nie ganz verschwand, verstärkte noch den Brechreiz.

Jeder Sommer war anders gewesen, erst mit einem Baby, dann mit einem Kleinkind und dann mit zwei Kindern. Miranda hatte das Haus lieb gewonnen, aber sie musste sich eingestehen, dass es eigentlich von Jahr zu Jahr mehr Arbeit für sie bedeutete. Wie zu Hause musste sie auch hier waschen, kochen und putzen, und Stephen kam dabei ein wenig zu kurz. Und dabei war dies doch die einzige Zeit, in der er sich echt entspannen und regenerieren konnte.

In diesem Jahr fühlte sie sich besonders unbehaglich. Stephen war eigentlich nicht besonders gern am Strand, aber in den vergangenen Jahren hatte er viel Tennis gespielt und hatte Spaß an dem Zusammensein mit den anderen Paaren, die wie sie hier regelmäßig Urlaub machten. Doch in diesem Sommer schien ihn alles zu langweilen. Wahrscheinlich sollten sie nächstes Jahr mal woanders hinfahren.

Miranda sehnte sich danach, die geschwollenen Füße hochzulegen. Ich werde wohl allmählich zu alt für Schwangerschaften, dachte sie und blieb stehen, bis sich ihre Augen an die Dunkelheit des Hauses gewöhnt hatten. Auch jetzt überfiel sie wieder die dumpfe Angst, dass nach den zwei gesunden Kindern das dritte vielleicht nicht in Ordnung sei. Eigentlich hatten sie und Stephen kein drittes Kind geplant. Mit Jack und Sophie waren sie vollkommen zufrieden. Miranda war auch sicher, dass sie ausreichend verhütet hatten, aber sie war dennoch schwanger geworden. Es überraschte sie selbst, wie glücklich sie darüber war. Dieses Kind empfand sie als ganz besonderes Geschenk.

Sie strich sich den Pony, der vor Schweiß und Sonnenmittel klebte, aus der Stirn, während sie sich umdrehte und Sophie zusah, die langsam den Geranien die Blütenblätter ausriss und sorgfältig auf ein Häufchen legte. Wahrscheinlich sollte ich ihr das verbieten, dachte Miranda. «Komm, Sophie», rief sie, «komm, wir wollen sehen, was Daddy macht.»

Sophie sah auf und lächelte. Sie ließ die Blütenblätter fallen und rannte die Stufen hinauf, so schnell sie ihre kleinen Beine trugen. «Wo ist Daddy?», fragte sie eifrig, während Miranda versuchte, ihr den Sand von Händen und Füßen zu klopfen. Sophie machte sich los und lief in das Wohnzimmer. «Daddy!»

«Hier bin ich, Sophie.»

Miranda liebte Stephens Stimme. Sie war tief und sexy, und selbst jetzt nach all den Jahren schlug Mirandas Herz schneller, wenn sie seine Stimme hörte. Und sie erinnerte sich noch sehr gut daran, wie sehr es sie erregt hatte, wenn Stephen ihr in den ersten Monaten ihrer Beziehung im Bett Koseworte zugeflüstert hatte. Sie hatte ihn oft damit aufgezogen, dass er mit dieser Stimme ein paar Jahrzehnte zu spät geboren sei; er hätte eine brillante Karriere als Radiosprecher machen können.

Stephen kam aus dem Schlafzimmer. Er trug dunkelblaue Shorts und ein weißes Tennishemd und sah trotz der Hitze frisch und kühl aus. Sein dichtes, dunkles Haar, das stets sorgfältig gekämmt war, wenn er ins Büro ging, war jetzt ein wenig zerzaust. Sein Gesicht war leicht gebräunt und hatte einen nachdenklichen Ausdruck.

«Hallo, Sophie und Miranda», sagte er abwesend und blickte an ihnen vorbei, so als sei er mit seinen Gedanken ganz woanders.

«Daddy, komm mit an den Strand.» Sophie lief auf ihn zu und umklammerte seine Beine. Miranda ließ sich auf das verblichene Sofa fallen und kam sich richtig ungepflegt vor. «Ich glaube, wir haben für heute genug Strand gehabt, Liebling», sagte sie zu ihrer Tochter.

Dann sah sie Stephen an. «Ist etwas los? Du siehst aus, als hättest du gearbeitet. Aber du hast dir doch nichts zu arbeiten mitgebracht, oder? Du hast versprochen, dir das in diesem Jahr nicht anzutun.»

«Nein, ich habe mir keine Arbeit aus dem Büro mitgebracht.» Er blickte auf Sophie hinunter, die jetzt versuchte, sich auf seine Füße zu stellen. Er beugte sich vor, hielt sie an den Oberarmen fest und ging mit großen Schritten im Zimmer auf und ab, während sie auf seinen Schuhen stand. Sophie quietschte fröhlich. «Artie sagte das Tennisspiel ab», fuhr Stephen fort, «und so blieb ich hier und habe über vieles nachgedacht.»

«Ist Jack immer noch bei Graham?» Miranda war plötzlich aufgefallen, wie ruhig es im Haus war.

«Ja. Carol sagte, sie würde den Kindern etwas zu essen geben und ihn dann später vorbeibringen.»

Miranda nickte. «Gut. Entschuldige, dass ich dich unterbrochen habe. Worüber hast du nachgedacht?»

«Ach, das ist nicht wichtig.» Er hob Sophie hoch und schwang sie im Kreis herum. Sophie kreischte vor Vergnügen.

«Hatte es etwas mit deiner Arbeit zu tun?»

«Nein, eigentlich nicht.»

«Ach so.» Im Grunde wollte Miranda noch weiter nachhaken, aber sie hatte großen Durst und erhob sich schwerfällig. «Möchtest du auch etwas zu trinken?»

Stephen stellte Sophie wieder auf den Boden. «Nein, danke. Ich zieh mich dann noch ein bisschen zurück. Sag mir Bescheid, wenn das Essen fertig ist.» Er wandte sich um, ging ins Schlafzimmer zurück und schloss die Tür hinter sich.

Sophie sah ihre Mutter erwartungsvoll an. «Mommy, Puzzle spielen.»

Miranda holte den Wasserkrug aus dem Kühlschrank und goss sich ein großes Glas Wasser ein. Sie trank in hastigen Zügen. Es wäre nett gewesen, wenn Stephen sich jetzt ein wenig um Sophie gekümmert hätte, nachdem sie das Kind schon den ganzen Morgen am Strand beschäftigt hatte. Da Jack noch bei Graham war, hätte sie Zeit gehabt, eine halbe Stunde die Beine hochzulegen. Aber Stephen war offensichtlich mit etwas Wichtigem beschäftigt, und er würde ärgerlich werden, wenn sie ihn darum bat. Es hatte keinen Sinn, deshalb Streit anzufangen. Sie hatte weiß Gott als Kind genug Krach zwischen Erwachsenen miterlebt, und sie hatte sich geschworen, dass ihre Ehe anders sein würde.

Miranda lächelte der Tochter zu. Außerdem arbeitete Stephen während des ganzen Jahres so hart, da war es nicht fair zu verlangen, dass er sich in seinen kurzen Ferien auch noch um die Kinder kümmerte, wenn er mit etwas anderem beschäftigt war. Sie hatte bei der Bank ja nur einen Teilzeitjob.

«Okay, legen wir ein Puzzle.» Sie stellte das Glas hin und ging zu dem Schrank hinüber, wo die Spiele aufbewahrt wurden.

Als Miranda am nächsten Morgen die Augen öffnete, saß Stephen schon angezogen an dem kleinen Schreibtisch in der einen Ecke des Schlafzimmers. Er machte sich offenbar Notizen auf einem gelben Block. Miranda sah auf die Uhr. Es war zwanzig nach sieben. Warum war Stephen schon auf? Und warum hatte er sie so lange schlafen lassen? Normalerweise weckte sie eines der Kinder spätestens um halb sieben auf. Sie hörte die Stimmen der beiden aus dem anderen Schlafzimmer. Wie wunderbar, sie spielten friedlich miteinander. Eigentlich hatte Jack sehr selten Lust, sich mit seiner kleinen Schwester abzugeben.

Miranda sah ihrem Mann eine Weile zu. «Guten Morgen», sagte sie schließlich leise. «Was machst du denn da?»

Stephen sah hoch. «Hallo. Hast du endlich einmal ausschlafen können?»

«Ja.» Miranda streckte sich wohlig. «Ich weiß gar nicht, womit ich das verdient habe. Was tust du denn schon so früh am Morgen?»

Stephen grinste. «Wenn du es genau wissen willst, ich schreibe einen Roman.»

Miranda öffnete die Augen weit vor Erstaunen. «Wie bitte? Ich hatte keine Ahnung, dass du Interesse am Schreiben hast.»

Stephen zuckte mit den Schultern. «Also, es ist eigentlich kein richtiger Roman», sagte er beinahe entschuldigend. «Es ist nur so eine Geschichte über die Ninjas. Ich habe ein paar dieser Bücher gelesen, und die meisten sind wirklich ziemlich schlimm. Und gestern kam mir der Gedanke, dass ich so was sicher auch schreiben könnte. Schlechter kann es auch nicht werden.»

«Sieh mal an.» Miranda setzte sich im Bett auf. «Das finde ich sehr gut.»

Stephen klopfte mit dem Stift auf den Tisch. «Fast alle Werbetexter in unserer Firma schreiben Romane und Drehbücher nebenbei. Warum sollte ich das nicht auch können? Es wäre doch wirklich witzig, wenn so jemand wie ich, der für die Kundenbetreuung verantwortlich ist und nach Meinung unserer so genannten Kreativen keine Ahnung vom Schreiben hat, ein Buch veröffentlichen könnte. Sie tun immer so, als müsse man zum Schreiben geboren sein und keiner außerhalb ihres exklusiven Clubs dürfe es auch nur versuchen. Aber was machen denn diese Typen wirklich? Sie denken sich alberne Werbesprüche aus. Stell dir nur mal vor, einer von uns unkreativen Bürohengsten würde ein Buch schreiben.» Bei dem Gedanken daran musste er lächeln.

«Ich hatte ja keine Ahnung, dass du so was vorhast.» Miranda schlug das Betttuch zurück und stand auf. «Wie weit bist du denn schon?»

Er malte Sterne auf den Rand des Blocks, wie immer, wenn er über etwas nachdachte. «Noch nicht besonders weit. Diese Geschichten sind alle nach einem ganz bestimmten Muster geschrieben, und ich bin gerade dabei herauszufinden, wie das aussieht. Sobald ich mir darüber klar bin, mache ich mich an den Plot.»

Jetzt erst fiel Miranda ein Stapel Taschenbücher auf, der neben Stephen auf dem Schreibtisch lag. «Brauchst du diese Bücher dafür?»

Er nickte. «Ja, ich habe sie am Dienstag aus dem Buchladen mitgenommen.»

«Toll, wie eisern du dieses Projekt verfolgst.» Miranda lachte. «Weißt du auch schon, wer dein Buch veröffentlichen soll?»

«Nein, keine Ahnung.» Stephen schüttelte den Kopf. «Ich muss nehmen, wen ich kriegen kann. In der Werbebranche habe ich vielleicht einen Namen, aber für Verlage bin ich nur einer unter vielen, der sein Erstlingswerk veröffentlichen will. Es wird nicht einfach sein, das Manuskript unterzubringen.»

Miranda ging ins Bad, um sich die Zähne zu putzen. «Dir wird sicher etwas einfallen. Dir fällt immer etwas ein.»

«Du hast aber auch gute Ideen», antwortete er. «Vielleicht kannst du mir helfen mit dem Werbetext.»

«Gern, wenn ich kann», rief sie aus dem Badezimmer.

«Wie fändest du es denn, wenn dein Mann aufgrund eines solchen Schmökers berühmt würde?»

Sie hielt einen Moment inne, die Zahnbürste in der Hand. «Ich fände es wunderbar. Das ist doch klar.»

«Meine Eltern sicher nicht», stieß er nach einer kurzen Pause so leise hervor, dass Miranda ihn kaum verstehen konnte.

Das musste ja kommen. Es war ihr immer wieder unverständlich, wie sehr Stephen sich nach der Anerkennung seiner Eltern sehnte. Dabei wusste er genau, dass es aussichtslos war. Trotz seiner ständigen Bemühungen hatten seine Eltern nie akzeptieren können, wie er lebte. Sie hatten nie ein Geheimnis daraus gemacht, dass sie seine Karriere in der Werbebranche, einem Gebiet, für das sie nur Verachtung empfanden, für eine vollkommene Verschwendung seines Talents hielten. Sie konnte sich nur zu gut vorstellen, wie Eric und Alida darauf reagieren würden, sollte ihr Sohn einen solchen Roman schreiben. Für sie gab es nur die hohe Literatur. Einen Unterhaltungsroman zu lesen war unter ihrer Würde. Und sie würden vor Scham im Erdboden versinken, wenn herauskommen sollte, dass ihr Sohn der Verfasser eines solchen «Machwerks» war.

«Mach dir nichts draus», rief Miranda tröstend. «Deine Eltern würden sich nie in die Unterhaltungsabteilung eines Buchladens verirren. Sie brauchen nichts davon zu erfahren, wenn wir nichts sagen.»

Stephen antwortete nicht. Miranda wartete ein paar Sekunden und steckte dann den Kopf aus der Badezimmertür. «Könntest du Jack heute eine Tennisstunde geben?»

Er sah sie zerknirscht an. «Weißt du, ich würde wirklich gern hier weitermachen. Macht es dir etwas aus, wenn ich erst morgen mit ihm Tennis spiele?»

«Nein, schon gut. Aber wir können doch wie geplant heute Abend mit den Browns Bridge spielen?»

«Natürlich.»

Miranda ging langsam zurück zum Waschbecken und betrachtete sich im Spiegel. Heute konnte sie wohl nicht mit Stephens Unterstützung rechnen.

Vielleicht sollten sie im nächsten Jahr lieber im Club Med Urlaub machen, wo die Kinder rund um die Uhr beschäftigt wurden.

3. Kapitel

Lydia Greenfield betrachtete wohlgefällig die Teilnehmer ihrer Morgenklasse in der Spiegelwand ihres Studios. Die Kombination von Ballett und Aerobic, die sie entwickelt hatte, hatte großen Anklang gefunden, und an den straffen Körpern und muskulösen Gliedern ihrer Schüler konnte man sehen, wie gut diese Methode wirkte. Sie musste allerdings zugeben, dass die zwölf Frauen und zwei Männer ihre Anleitungen auch konsequent befolgten. Sie waren wie sie selbst äußerst diszipliniert und arbeiteten konzentriert. Lydia selbst trainierte noch mindestens drei bis vier Stunden am Tag und hatte seit ihren Tagen als Ballerina noch kein Pfund zugenommen.

Es war nicht etwa so, dass sie nicht auch manchmal liebend gern den Biscotti gegessen hätte, der zu dem Kaffee serviert wurde, oder sogar faul bis zehn im Bett gelegen und sich dann ein reichhaltiges Frühstück gegönnt hätte. Aber sie hatte die Erfahrung gemacht, dass man diesen Versuchungen keinesfalls nachgeben durfte. Eine kleine Ausnahme folgte der nächsten, und wenn man erst einmal ein Stückchen von dem wunderbaren Schokoladenkuchen probiert hätte, dann würde man auch zu einem zweiten nicht Nein sagen können. Und bevor man es sich versah, wog man 200 Pfund.

Nein, eine solche Nachlässigkeit könnte sie sich nicht verzeihen. Sie hatte schon früh ihr eigenes Schicksal in die Hand genommen, hatte sich geweigert, Opfer ihrer unglücklichen Kindheit zu werden, in der ihre Eltern sich nur angeschrien hatten und man jeden Pfennig zweimal umdrehen musste. Sie hatte eisern ihre Karriere als Ballerina in Florida verfolgt und hatte sich nun hier in New York ein Fitnessstudio gekauft, das sie zu einem Erfolg machen würde, koste es, was es wolle.

Sie hatte viel von ihrer Mutter gelernt, die immer wieder versucht hatte, mehr im Leben für sich und die Töchter zu erreichen. Mom hatte vielleicht nicht ganz geschafft, was sie sich vorgenommen hatte, aber sie hatte nie aufgehört, sich zu bemühen. Selbst als Lydia und Miranda noch klein waren und mit beiden Eltern in Pittsburgh lebten, hatte Lydia schon gemerkt, dass die Mutter nie aufgab. Sie hatte stets versucht weiterzukommen.

Der Vater war ganz anders gewesen. Wenn Lydia an ihn dachte, und das tat sie so selten wie möglich, dann sah sie immer einen zerstreuten Mann vor sich, der seine Umgebung kaum wahrnahm. «Später, mein Kind», hatte er immer gesagt, wenn Lydia ihn nach dem Abendessen gebeten hatte, mit ihr zu spielen oder ihr etwas vorzulesen. Aber dieses Später kam nie.

Sie konnte nicht recht verstehen, aus welchen «wichtigen Gründen» er immer abends das Haus verlassen musste. Als sie dann mit Mutter und Schwester in Florida lebte, hatte sie ihn zwar anfangs ein wenig vermisst, auf der anderen Seite aber auch gelernt, nichts von ihm zu erwarten. Und wenn er dann anrief und beinahe darum bettelte, doch noch ein wenig länger mit ihr oder Miranda reden zu können, dann hatte sie den Hörer meistens schweigend an die Schwester weitergereicht. Als sie noch alle zusammen waren, da hatte er sich nie um sie gekümmert. Warum sollte sie jetzt zu ihrer Ballettstunde zu spät kommen oder nicht für eine Englischarbeit lernen können, nur weil ihr Vater mit einem Mal Zeit hatte?

Sie zuckte zusammen, als ihr plötzlich bewusst wurde, dass die Musik aufgehört hatte. Ganz automatisch hatte sie die Übungen vorgemacht, so sehr war sie in Gedanken versunken gewesen. Sie lächelte und ging dann zu den abschließenden langsamen Bewegungsabläufen über. Wie jedes Mal schloss sie die Stunde mit einer Verbeugung vor ihrer Klasse. Das war ihre Art und Weise, den Schülern zu zeigen, dass sie sie für ihre ernsthaften Bemühungen bewunderte.

Lydia legte sich ein Handtuch um den Nacken und ging mit graziösen Schritten aus dem Raum. Zwei ihrer Schülerinnen hielten ihr die Tür auf, und sie lächelte ihnen herzlich und dankbar zu. Dann lief sie schnell die Treppe in das obere Stockwerk hinauf, indem sie zwei Stufen auf einmal nahm. Vor ihrem Büro stand ein Mann in einer Botenuniform und hielt eine längliche Schachtel unter dem Arm.

«Bin schon da», rief Lydia und schloss die Tür zu ihrem bescheidenen Büro auf. Der Mann trat ein und legte das Paket auf den niedrigen Glastisch, der vor einer braunen Ledercouch stand. «Unterschreiben Sie bitte hier», sagte er und hielt ihr einen Block und einen Stift hin.

Sie unterschrieb schnell und ging dann zu dem kleinen Schreibtisch aus Kirschholz auf der anderen Seite des Zimmers. Sie zog die oberste Schublade auf, öffnete eine kleine Geldbörse und hielt zwei Dollarnoten hoch. «Wetten, dass ich raten kann, von wem die Blumen sind?»

Der Bote lächelte. «Auf die Wette lasse ich mich nicht ein.»

Lydia gab ihm das Geld. Natürlich wusste sie genau, von wem die Blumen waren, und der nette Bote von dem Blumenladen in der Lexington wusste auch, dass sie es wusste. Nicky Simon schickte ihr seit vier Monaten jede Woche Blumen. Und für den Mann in der grauen Uniform war es zur Routine geworden, Lydia Greenfield zwei Dutzend Rosen zu bringen.

Sie war sich nicht so sicher, ob sie sich jemals mit Nicky befreundet hätte, wenn da nicht die Blumen gewesen wären. Die ersten paar Male, als er sie um eine Verabredung bat, hatte sie abgelehnt. Er sah einfach zu gut aus und war ihr ein wenig zu selbstsicher. Viele Frauen flogen auf diese Kombination, das wusste sie, aber sie nicht. Sie hatte immer an den Spruch denken müssen, den sie einmal in einem chinesischen Fortune Cookie gefunden hatte: «Hüte dich vor dem glänzenden roten Apfel; er kann innen faul sein.»

Aber Nicky hatte ihr wochenlang diese wunderbaren Rosen geschickt und hatte sie alle paar Tage angerufen, damit sie ihn nicht vergäße, wie er meinte. Aber sie hatte erfolgreich jeden Gedanken an ihn zur Seite geschoben. Sie wusste genau, dass Nicky ihr gefährlich werden konnte. Dann hatte er aufgehört, ihr Blumen zu schicken, und rief sie auch nicht mehr an. Ein paar Wochen lang war sie erleichtert gewesen, dann aber begann sie seine Aufmerksamkeiten zu vermissen.

Nach sechs Wochen hatte er sich plötzlich wieder gemeldet, und dieses Mal hatten sie sich zum Mittag verabredet. Später dann auch zum Abendessen, und ein paar Wochen danach hatten sie sich geliebt. Es war das erste Mal, dass Lydia einen Mann so nah an sich heranließ.

«Er muss ja magische Kräfte haben», meinte Miranda, nachdem sie und Stephen die neue Liebe ihrer Schwester bei einem gemeinsamen Abendessen kennen gelernt hatten. Lydia hatte nur verlegen gelächelt. Sie wusste, dass Männer es bei ihr nicht leicht hatten. Ihre Schwester hatte es ihr oft genug gesagt. Immer hatte Lydia etwas auszusetzen. Entweder war der Mann zu dick oder zu bestimmend oder zu reich oder zu arm, und Lydia hatte sich nie auf eine längere Beziehung eingelassen. Aber das war jetzt vorbei. Sie liebte Nicky, er war einfach wunderbar.

Nicky war Rechtsanwalt, arbeitete aber jetzt als einer der Direktoren der Children's Defense League. Er war viel unterwegs, musste in der einen Woche eine Fund-Raising-Veranstaltung leiten, um Geld für eine bestimmte Gesetzgebungskampagne in Georgia oder Alabama aufzutreiben, und in der nächsten in einem Fall vor dem Bundesgericht eine Aussage machen, in dem es um die Rechte der Eltern ging. Lydia machte es nichts aus, dass er so viel unterwegs war; im Gegenteil, es war ihr ganz lieb. Sie brauchte Zeit für sich, brauchte Zeit, um ihre Kurse vorzubereiten und ihr eigenes Leben zu organisieren. Außerdem waren dann die Stunden, die sie mit Nicky zusammen war, nur umso schöner.

Sie streckte sich wohlig auf der Couch aus. Ein ganzes wunderbares Wochenende mit Nicky lag vor ihr. Sie hatten nichts weiter vor und würden nur in den Tag hinein leben. Himmlisch. Sie lehnte den Kopf in das weiche Kissen und schloss die Augen.

«Wenn ich eine Katze wäre, würde ich jetzt schnurren», seufzte Lydia, als Nicky ihr langsam mit der Hand über den Rücken strich.

Sie hatten sich um sechs in seiner Wohnung getroffen, hatten sich sofort geliebt und dann eine Pizza bringen lassen. Er hatte die Pizza ganz allein aufgegessen, während Lydia an einer rohen Mohrrübe knabberte, und dann hatten sie sich wieder geliebt. Jetzt erst wurde Lydia bewusst, dass im Hintergrund die letzten Takte eines Präludiums von Bach verklangen.

Nicky umfasste ihre Brüste zärtlich. «Ich wünschte, wir könnten so den Rest unseres Lebens verbringen», flüsterte er ganz nahe an ihrem Ohr.

«Hmm ...», machte Lydia nur.

Ohne Vorwarnung richtete Nicky sich auf, lehnte sich über sie und öffnete die Schublade des Nachttisches.

«Ich meine es ernst.» Er nahm etwas aus der Schublade und ließ sich dann wieder neben Lydia aufs Bett sinken. «Ich möchte immer mit dir zusammenbleiben, vielleicht nicht die ganze Zeit im Bett, aber mindestens acht Stunden am Tag.» Er lachte und legte die Arme wieder um sie.

Lydia schmiegte sich an seine Brust und genoss die Berührung seiner kräftigen Muskeln. Es war offensichtlich, dass er immer Sport getrieben hatte. «Acht Stunden wäre wunderbar.» Sie seufzte leise und rieb die Wange an seinem Arm. «Eine Stunde ist auch schon wunderbar.»

Nicky setzte sich abrupt auf. «Nein, Liebling, eine Stunde ist nicht genug.» Er hielt ihr das kleine, in Geschenkpapier eingewickelte Päckchen hin. Dann streifte er selbst das Papier ab und öffnete langsam den Deckel der kleinen Samtschachtel.

Lydia blickte überrascht auf den großen funkelnden Diamanten. Der quadratische Kristall war auf zwei Seiten mit winzigen Rubinen eingefasst.

«Heirate mich, Lydia, lass uns Mann und Frau sein», drängte Nicky, hob den Ring aus dem Kästchen und ergriff Lydias linke Hand.

Lydia hatte ganz automatisch die Hand zu einer Faust geballt. Sie hatte plötzlich das Gefühl, sie müsste ersticken. «Warum denn jetzt auf einmal», brachte sie mühsam hervor und starrte entsetzt auf den Ring, als könne sie sich daran verbrennen.

Sie sah nicht die Enttäuschung in Nickys Augen. Er biss die Zähne zusammen und räusperte sich. «Weil ich dich liebe», sagte er fest, «und –», jetzt zögerte er und blickte sie nicht an – «weil ich nach Philadelphia versetzt werden soll.» Er schwieg ein paar Sekunden, sah die Panik in ihren Augen und fuhr dann hastig fort: «Philadelphia ist nur etwa 90 Minuten von hier entfernt, und wir können uns doch ein Haus auf halber Strecke kaufen. Dann braucht jeder von uns weniger als eine Stunde bis zu seinem Arbeitsplatz. Wir könnten mit der Bahn fahren, oder du könntest auch das Auto nehmen. Das ist doch machbar.»

Lydia starrte ihn an. Was sagte er da? Das konnte doch nicht sein Ernst sein. «Nicky, ich könnte nie aus New York wegziehen. Mein ganzes Leben spielt sich hier ab. Meine Schüler sind hier, das Ballett ist hier.»

Nicky legte ihr den Arm um die Schultern und versuchte sie an sich zu ziehen, aber ihr Körper war steif. «Ich verlange ja gar nicht, dass du New York aufgibst. Ich möchte doch nur, dass du ein paar Jahre lang woanders wohnst. Wenn du willst, kannst du deine Wohnung in New York auch als Zweitwohnung behalten und ein- oder zweimal pro Woche dort übernachten.»

Lydia entzog sich ihm. Sie stand schweigend auf, nahm seinen Flanellmantel vom Stuhl und hüllte sich darin ein. Nicky sprach immer noch, aber sie hörte nicht mehr, was er sagte. Schließlich schwieg er und sah sie nur flehend an. Sie starrte zurück, aber ihr Ärger hinderte sie daran, ihn wirklich wahrzunehmen. Typisch Mann, dachte sie bitter. Nicky, ihr Vater, alle Männer. Erst beteuern sie ihre Liebe, sehen einen an wie ein geprügelter Hund, und dann kommt doch nur der gleiche verdammte Egoismus zum Vorschein.

Ganz hinten in ihrem Kopf meldete sich eine schwache Stimme, die meinte, sie sei unfair und verrückt, ein solches Angebot auszuschlagen. Du stehst doch deinem eigenen Glück im Weg, sagte die Stimme. Aber Lydia wollte diese Warnungen nicht hören. Sie wusste es besser. Nicky hatte ihr einen glänzenden roten Apfel hingehalten. Aber sie wusste, hatte es immer geahnt, dass er innen faul war.

Plötzlich konnte sie es nicht mehr aushalten. Sie lief aus dem Zimmer und suchte nach ihrem Mantel. Sie nahm sich nicht die Zeit, ihre Kleider anzuziehen, sondern streifte nur den Mantel über den kurzen Flanellmorgenrock. Es war, als hinge ihr Leben davon ab, dass sie so schnell wie möglich aus dieser Wohnung herauskam. Alles andere war unwichtig.

4. Kapitel

Es kam Miranda so vor, als sähe sie schon das hundertste Mal auf die Uhr. Wenn Stephen doch nur bald käme. Er wollte schon vor 35 Minuten hier sein. Trotz des hohen Geräuschpegels in dem vollen Geschäft am Samstagnachmittag war das Geheule ihres zehn Monate alten Sohnes nicht zu überhören, und Miranda fühlte, wie die Umstehenden sie strafend ansahen. Selbst ihr Sechsjähriger warf dem kleinen Bruder finstere Blicke zu. Sie überlegte kurzfristig, ob sie Ethan aus seinem Tragesack herausnehmen sollte, um ihn besser beruhigen zu können, aber sie fühlte sich in der Schlange vor der Kasse zu eingeengt. Sie versuchte, langsam auf der Stelle zu laufen, um das Baby durch die Bewegung einzuschläfern. Nach ein paar Augenblicken wurde er tatsächlich ruhig. Sobald sie aber stehen blieb, ging das Geschrei von neuem los.

Wieder sah sie auf die Uhr. Nun komm schon, Stephen, flehte sie wortlos und schaukelte das Kind auf ihrem Rücken. Aus dem Augenwinkel beobachtete sie ihre vierjährige Tochter Sophie, die vor dem Regal mit Tütensuppen stand und jeden ansprach, der an ihr vorbeiging. Miranda sah auf die Schlange. Vor ihr standen mindestens fünfzehn Leute, hinter ihr wohl mindestens zwanzig. Ob ich Jack einfach hier an meiner Stelle stehen lassen kann, während ich schnell Sophie hole? Sie strich dem Jungen das hellbraune Haar aus der Stirn. Aber Jack sah nicht einmal hoch, sonders starrte nur intensiv auf seinen Gameboy.

Vielleicht sollte sie den Mann vor sich bitten, ein Auge auf Jack zu haben, während sie Sophie holen ging. Nein, lieber nicht, sie sah vor ihrem geistigen Auge schon die Schlagzeilen: «Mutter bittet Kinderschänder, auf ihr Kind aufzupassen.» Plötzlich drehte sich der Mann um, als wüsste er, was sie gedacht hatte. Miranda senkte schnell den Blick und starrte auf den roten Einkaufskorb aus Plastik zu Füßen des Mannes. Ein halbes Pfund abgepackter geräucherter Lachs war darin, fünf koschere Brötchen, ein großer Topf Creamcheese und Zwiebeln. Sie musste lächeln. Das konnte kein Kinderschänder sein.

«Hast du was verloren?»

Miranda drehte sich erstaunt um, als sie die Stimme ihrer Schwester hörte. Lydia hatte es irgendwie geschafft, direkt hinter Miranda in der Schlange zu stehen. Sie hielt Sophie auf dem Arm und sah die Schwester vorwurfsvoll an.

«Lydia, was machst du denn hier?»

Lydia antwortete nicht. «Sie wird noch eines Tages gekidnappt werden», sagte sie streng, stellte ihre Nichte vorsichtig auf den Boden und legte ihr dann schützend die Hand auf die Schulter.

Miranda strich sich die Haare aus der Stirn. «Ich hatte eigentlich eher an Kindesmissbrauch gedacht.»

Lydia zog die Augenbrauen zusammen. «Das ist nun wirklich kein Thema zum Witzemachen.»

«Ich weiß, Schwesterchen. Entschuldige.»

Lydia starrte entsetzt in den Einkaufswagen der Schwester. Anklagend wies sie auf zwei Kalorienbomben. «Ein ganzer Brie und dazu noch zwei Pfund Gruyère.» Sie schüttelte missbilligend den Kopf.

Miranda wappnete sich innerlich gegen den kritischen Ton, wie sie es seit frühester Kindheit getan hatte. Sie wusste, dass es das Beste war, nichts zu erwidern.

«Bist du sicher, dass deine Einkäufe auch genug Fett und Cholesterin enthalten?», fuhr Lydia mit schneidender Stimme fort. «Vielleicht solltest du das Abendessen noch mit einem Pfund Schmalz anreichern?»

Miranda musste lächeln. «Ich hatte eigentlich noch an Gänseleberpastete gedacht, vielleicht auch noch Sahnetorte zum Nachtisch. Irgendwie muss man die Leute doch satt kriegen.» Sie machte ein zerknirschtes Gesicht, als sie sah, dass Lydia ehrlich entsetzt war. Sie vergaß manchmal, wie genau es Lydia mit der gesunden Ernährung nahm.

«Stephens Eltern kommen doch auch heute zum Abendessen.» Miranda seufzte. «Und wenn ich ihnen kalorienhaltige Sachen vorsetze, dann sind sie vielleicht zu müde, um meine Kinder zu fragen, was sie über die Dichter des achtzehnten Jahrhunderts wissen, oder um zu überprüfen, ob der Film, der noch in dem Videoapparat steckt, auch bestimmt ein künstlerisch wertvoller Film aus Europa ist.»

Lydia nickte verständnisvoll. «Ja, du hast es nicht leicht.»

«Versprich, dass du mir helfen wirst, wenn sie wieder damit anfangen.»

In diesem Moment heulte das Baby wieder los.

«Lydia, sei so lieb und hole Ethan aus seinem Sitz heraus. Stephen sollte jede Sekunde hier sein. Der nimmt ihn dir dann ab.»

«Wann kommt er denn?» Lydia hob das Baby aus dem Tragesack. «Ich kann nicht lange bleiben. Ich muss noch zwanzig verschiedene Dinge in der nächsten halben Stunde erledigen.»

Miranda sah sich unruhig um. «Er wollte eigentlich schon vor vierzig Minuten hier sein.»

«Ich verstehe nicht, warum er dir nicht bei diesen Einkäufen helfen kann. Du bist viel zu nachsichtig mit ihm.»

«Schimpf nicht, Lydia. Er hat wirklich viel gearbeitet.»

«Und du hast nur den ganzen Tag faul herumgesessen, was?»

Miranda lachte. «Nein, aber mein Job ist nicht so anstrengend wie seiner.»

«Welchen deiner Jobs meinst du denn? Den in der Werbeabteilung der Bank oder den als Erzieherin dreier Kinder?» Lydia war jetzt richtig in Fahrt gekommen. «Ich kann dir nur sagen, Ran, wenn du so weitermachst, mit dem Job bei der Bank, den Kindern und dem Haushalt, von der ungesunden Ernährung ganz zu schweigen, dann wirst du wie fünfzig aussehen, bevor du vierzig bist.» Sie kniff der Schwester leicht in die Taille. «Im Ernst, du solltest wirklich zu einer meiner Samstagklassen kommen. Dein Pascha kann doch mal ein paar Stunden auf seine kleinen Lieblinge aufpassen. Das wird ihn nicht umbringen.»

Wieder lächelte Miranda nur. Es war in ganz Manhattan bekannt, dass Lydias Fitnessstudio sehr hochkarätige Kurse anbot und dass die meisten ihrer Schüler Sportler oder frühere Balletttänzer waren wie Lydia selbst. «Ich glaube nicht, dass eine Hausfrau und Mutter dreier Kinder zu deinen Schülern passt», sagte sie leichthin. «Mein Mann muss mich eben um meiner selbst willen lieben.»

«Von was für einem Selbst sprichst du denn?» Lydia schnaubte verächtlich. «Von der biederen Hausfrau, deren Mann tut, was er will, oder der Köchin, die sich ungesund ernährt und ihren Körper total vernachlässigt?» Sie hielt einen Moment inne und blickte stirnrunzelnd auf Sophie, die sich gerade lebhaft mit einem indischen Paar in der nächsten Schlange unterhielt. «Oder vielleicht der Mutter, deren Tochter sich bei jedem anbiedert?» Lydia ergriff Sophie beim Oberarm und zog sie näher zu sich heran.

Miranda wünschte, sie könnte die Vorwürfe der Schwester abblocken, denn hier vor allen Leuten und vor allen Dingen vor ihren Kindern wollte sie sich nicht mit ihr anlegen. Aber sie machte sich wie immer etwas vor. Das war nicht der Grund. Sie hatte es nie fertig gebracht, sich mit ihrer Schwester auseinander zu setzen und den eigenen Standpunkt zu verteidigen. Und vielleicht war sie dazu jetzt auch gar nicht mehr in der Lage.

Sie bemühte sich um einen versöhnlichen Tonfall. «Sophie biedert sich nicht an, sondern sie ist nur freundlich und kontaktfreudig. Sie wird einmal eine fröhliche, ausgeglichene junge Frau werden.» Sie streichelte der Tochter liebevoll die Wange.

Ohne den Blick von dem elektronischen Spiel in seinen Händen zu nehmen, schnaubte Jack daraufhin laut und verächtlich. Miranda war überrascht, dass er überhaupt zugehört hatte. Normalerweise hörte er kaum hin, wenn sie etwas sagte, ob es nun ihm galt oder jemand anderem. Seine scheinbare Gleichgültigkeit machte Miranda große Sorgen, seit sie sich hatte eingestehen müssen, dass es sich dabei nicht nur um eine vorübergehende Phase handelte. Er war erst sechs, aber es tat ihr weh, wenn er sie so offensichtlich ignorierte. Sie sagte sich zwar, dass er sich jedem anderen gegenüber genauso verhielt, und ihr war auch klar, dass der unbewegliche Gesichtsausdruck nur seine Methode war, seine Gefühle zu verstecken. Auf keinen Fall wollte er zeigen, was er empfand. Und sie wusste nicht, wie sie ihn aus seiner inneren Einsamkeit erlösen konnte. Sie konnte ihm nur immer wieder zeigen, dass sie ihn liebte.

Endlich sah sie ihren Mann, der sich einen Weg durch die Menge bahnte. Als er bis zu ihr vorgedrungen war, küsste er sie leicht auf die Wange und blickte seine Schwägerin mürrisch an.

«Besser spät als nie», sagte Lydia lakonisch und reichte ihm das Baby.

Stephen war offensichtlich in einer Buchhandlung gewesen. Er reichte seiner Frau eine Einkaufstüte, hob das Baby auf die Schultern und hielt es mit einer Hand fest, während er mit der anderen die Hand seiner Tochter ergriff. «Komm, Jack», sagte er zu seinem Ältesten, und zu Miranda: «Wir warten draußen.» Dann nickte er Lydia kurz zu und ging.

Meine Meinung zum Leseexemplar «Mit fremder Feder» von Cynthia Victor:

Ich bin damit einverstanden, dass meine Meinung eventuell veröffentlicht wird.

Absender

Rowohlt Taschenbuch Verlag
Werbeabteilung

21462 Reinbek

«Du könntest ruhig ein wenig mehr von unserer Mutter haben», meinte Lydia, als sie ihm hinterhersah, «und es wäre besser, wenn er unserem Vater nicht so ähnlich wäre.»

«Das ist absurd.» Miranda war verärgert. «Ich will gar nicht so sein wie Mutter, und Stephen ist nun wirklich ganz anders als Vater.»

«Es wäre aber besser für dich.» Lydia gab der Schwester einen Kuss auf die Wange. «Bis später.»

Miranda sah der Schwester nachdenklich hinterher. Mehr wie die Mutter? Aber natürlich hatte Lydia immer auf der Seite der Mutter gestanden, wenn es darum ging, wer in der missglückten Ehe der Schuldige war. Sie hatte den Vater immer für einen schlechten Ehemann und unfähigen Vater gehalten. Selbst bei seiner Beerdigung vor sieben Jahren hatte Lydia ihre Meinung über den Vater nicht geändert und hatte keine Träne vergossen.

Vielleicht lag es daran, dass sie die Ältere war und sich deshalb an so viel mehr aus der Zeit mit beiden Eltern erinnern konnte. Oder vielleicht waren sich Lydia und ihre Mutter so ähnlich, dass sie in vielem gleich urteilten. Beide hatten Ziele und setzten alles daran, diese Ziele zu erreichen. Als Lydia sich entschlossen hatte, aus Altersgründen ihre Karriere als Ballerina aufzugeben, hatte sie sofort das nächste Ziel vor Augen gehabt. Miranda war überzeugt, dass Lydias Abneigung dem Vater gegenüber die Ursache dafür war, dass sie den meisten Männern misstraute. Sie ließ sich zwar hin und wieder dazu herab, mit einem Mann auszugehen, schien aber unfähig zu sein, eine tiefere Beziehung zu entwickeln. Selbst Nicky Simon, den Lydia als die Liebe ihres Lebens bezeichnet hatte, war es nicht gelungen, Lydia für sich zu gewinnen.

Miranda war beinahe überrascht, als sie feststellte, dass sie endlich bis an die Kasse vorgedrungen war. Sie öffnete ihr

Portemonnaie und holte ein paar Zwanziger heraus, während die Kassiererin die Preise der Einkäufe in die Maschine tippte. Es gefiel Miranda nicht, dass die Schwester ihre Kritik so erbarmungslos äußerte, auf der anderen Seite hatte sie Lydia immer für all das, was sie erreicht hatte, bewundert. Lydia hatte wie die Mutter Ambitionen gehabt, etwas aus ihrem Leben zu machen, und das war ihr auch gelungen.

Na gut, ich bin eben anders, dachte Miranda und steckte das Wechselgeld in die Jackentasche. Und wenn schon. Sie verstaute die Bücher in eine der Einkaufstüten und hob dann beide Tüten entschlossen hoch. Vielleicht würde sie keine Meisterleistungen vollbringen und auch nie ihren Namen in der Zeitung lesen, aber sie war mit ihrem Leben, so wie es war, sehr zufrieden.

Sie trat aus der Ladentür und ging auf ihren Mann und die Kinder zu. «Es tut mir Leid, dass Lydia so schnippisch war, Liebling.» Sie drückte leicht Stephens Arm, bevor sie ihm das Baby abnahm.

«Ich wünschte, du hättest dich nicht bei ihr beklagt, dass ich zu spät dran war.»

Miranda konnte den Ärger aus seiner Stimme heraushören, aber da klang noch etwas anderes mit, etwas wie freudige Erregung. «Was hast du denn in der Buchhandlung gekauft?» Aber sie wusste schon, was es war.

Stephen grinste nur.

Miranda betrachtete sich im Badezimmerspiegel und ging in Gedanken noch einmal alles durch, was sie in der letzten Stunde getan hatte. Das Abendessen war im Ofen, die Vorspeisen waren auf schweren Silberplatten appetitlich angerichtet, der Brie hatte genau die richtige cremige Konsistenz, die aufgeschnittenen rohen Gemüse lagen auf Eiswürfeln, damit sie frisch und knackig blieben. Alle Lampen in dem großen Wohnzimmer waren angeschaltet und ließen die Platten mit den verschiedenen Käsesorten und Pâtés glänzen. Alle drei Kinder lagen im Bett und schliefen, die Jungens in dem größeren Schlafzimmer, Sophie in dem kleinen Zimmer, das eigentlich für ein Dienstmädchen vorgesehen war. Miranda lächelte ihrem Spiegelbild zufrieden zu. Jetzt musste sie nur noch ihr schulterlanges braunes Haar bürsten und ein wenig Farbe auf ihr blasses Gesicht tun.

Sie war gerade dabei, ein wenig Rouge aufzulegen, als sie die Stimmen der Schwiegereltern hörte. Sie klangen müde, kein Wunder, sie hatten sich heute das Metropolitan-Museum und auch das Whitney ansehen wollen. Miranda tuschte sich schnell die Wimpern und betonte die grünen Augen mit grauem Lidschatten. Nur noch ein wenig Lipgloss, und sie war fertig.

Stephen war hinter sie getreten. «Liebling, die anbetenden Massen harren der Königin», sagte er leicht ungeduldig und küsste sie auf den Scheitel.

«Sofort.» Sie fuhr sich noch ein letztes Mal mit der Bürste durch das kräftige Haar. Stephen zog den weißen steifen Kragen ihres schlichten blauen Kleides gerade. «Wenn du nur alles ein wenig besser organisieren würdest, dann könntest du vielleicht auch bei deiner eigenen Party rechtzeitig erscheinen.»

Miranda streckte ihm betont genervt im Spiegel die Zunge heraus. «Warum redest du bloß immer so gestelzt, wenn deine Eltern hier sind?»

Er musste lachen. «Du hast Recht. Erschieß mich, dann bin ich noch ein Jahr jünger, wenn ich sterbe.» Er legte ihr den Arm zärtlich um die Schultern und drehte sie zu sich um. «Mein Geburtstag ist schließlich erst morgen.»

«Es wäre doch wirklich jammerschade, einen so begabten Autor so jung zu verlieren.» Miranda schmiegte sich an ihn.

Stephen zog sie näher an sich heran. «Das ist unser Geheimnis, das wissen nur wir», flüsterte er ihr ins Ohr. Dann hielt er sie plötzlich auf Armeslänge von sich ab. «Du hast doch niemandem davon erzählt?»

Miranda sah ihn empört an. «Liebling, wenn ich etwas verspreche, dann halte ich es auch.» Sie streichelte ihm sanft die Wange.

Stephen sah erleichtert aus, als sie in das Wohnzimmer traten, wo die Gäste sich bereits lebhaft unterhielten. Miranda sah ihrem Mann zufrieden hinterher, wie er sich jetzt unter die Anwesenden mischte. Die Belkers und die Lights, die sie über Jacks Schule kennen gelernt hatten, standen in einer Ecke zusammen, tranken Wein, aßen von den Snacks und unterhielten sich entspannt. Miranda konnte ihnen gut nachfühlen, wie sehr sie es genossen, auch einmal mit anderen Erwachsenen sprechen zu können, ohne dass die Sprösslinge ständig erschienen und Forderungen stellten.

Stephens Eltern saßen auf der großen Couch und unterhielten sich angeregt mit dem Art-Director von Colby & Cummings, der Werbeagentur, für die Stephen arbeitete. Sie sprachen über die Gemälde, die sie sich am Nachmittag angesehen hatten. Miranda hätte das Wissen ihrer Schwiegereltern vorbehaltloser bewundern können, wenn sie nicht schon zahllose Gespräche dieser Art über sich hätte ergehen lassen müssen. Vor vier Jahren hatten die Shaeffers Professuren an der Columbia University in New York angenommen, und seitdem waren sie so sehr von der eigenen Wichtigkeit überzeugt, dass Miranda sie immer schwerer ertragen konnte. Nicht, dass ihre spitzen Bemerkungen Miranda besonders getroffen hätten, Sorgen machte ihr eher die Wirkung, die ihr Verhalten auf Stephen hatte.

Da war zum Beispiel die Sache mit Stephens Buch. Anfangs hatte sie ihn aufgezogen, weil er seine schriftstellerischen Ambitionen vor den Eltern geheim halten wollte. Dann aber wurde ihr klar, wie sehr die Shaeffers von «Der Fremde aus dem Osten» entsetzt sein würden. Sie konnte sich die Reaktion ihrer Schwiegereltern nur allzu gut vorstellen, wenn sie erführen, dass ihr Sohn einen so seichten Abenteuerroman geschrieben hatte. Und genau diese Reaktion, diese verächtliche Ablehnung war es, die Stephen am meisten fürchtete.

Allerdings hatte er dieses Problem sehr clever umgangen, denn er hatte sich früh entschlossen, das Manuskript unter einem Pseudonym anzubieten und die Identität des Autors geheim zu halten. Er hatte die vierhundert Seiten einer Reihe von Literaturagenten zugeschickt und dabei das Pseudonym Forrestor verwendet. Als Adresse hatte er nur ein Postfach in Manhattan angegeben. Der geheimnisvolle Autor weckte das Interesse mehrerer Agenten, und derjenige, der das Manuskript letzten Endes übernommen hatte, hatte dafür gesorgt, dass man in der Branche so lange darüber sprach, bis Highland Press schließlich die Rechte zur Veröffentlichung kaufte.

Keiner, weder der Agent noch der Lektor des Verlages, wusste, wer Forrestor war, niemand außer Miranda. Wenn Paul Harlow, der Lektor bei Highland, mit seinem Autor in Verbindung treten wollte, schickte er Briefe an das Postfach. Später kommunizierten beide Männer über E-Mail miteinander. Forrestor war es, der die Fahnen korrigierte und schließlich das fertige Buch zugeschickt bekam.

Bei Highland Press hatte man aus der Anonymität des Autors, so gut es ging, Kapital geschlagen. Mehrere Zeitungen hatten über diesen neuen mysteriösen Romanautor berichtet. Selbst das Magazin «People» hatte eine Woche vor Erscheinen des Buches einen kurzen Artikel über Forrestor gebracht.

Stephen war so stolz gewesen, als er sein Buch in den Schaufenstern der Buchhandlungen sah, dass er ein halbes Dutzend Exemplare gekauft hatte, die er und Miranda dann heimlich in ihrem Schlafzimmer bewundert hatten. Das Buch war vor einem Monat erschienen, aber beide waren immer noch ganz aufgeregt, dass das Buch in der nahe gelegenen Buchhandlung ausgestellt war. Es war nicht zu übersehen mit seinem glänzend roten Einband, auf dem das Gesicht eines Mannes abgebildet war, das halb im Schatten lag. Darunter stand der Titel in goldenen Reliefbuchstaben.

Das zusätzliche Geld war auch nicht zu verachten, wenn es auch nicht besonders viel war. Als Stephen den Scheck über den Vorschuss auf den künftigen Verkauf in der Post fand, hatte er eine Flasche Dom Perignon gekauft. Er und Miranda hatten ihre Witze darüber gemacht, dass nach dem Kauf des Champagners und nach Abzug des Agentenhonorars von 15 % wohl wenig übrig bleiben würde. Aber sie waren an dem Abend noch lange aufgeblieben, hatten den Champagner getrunken und überlegt, was sie mit dem Rest der 5000 Dollar anfangen sollten.

Beide waren überrascht gewesen, als der Verleger, noch bevor das Buch ausgeliefert worden war, Forrestor bereits 40 000 Dollar für den nächsten Roman anbot, ein kleines Vermögen, wie Miranda und Stephen fanden. Und als sie an diesem Nachmittag vom Einkauf nach Hause gekommen waren und die Kinder vor dem Fernseher saßen, hatten sie überlegt, wie es weitergehen sollte. Wenn Stephen das Angebot akzeptierte, könnte Miranda aufhören zu arbeiten. Sie würde mehr Zeit für die Kinder haben, hatte Stephen gemeint, vom Bridge mal ganz abgesehen. Miranda musste lächeln, denn schließlich hatte ihre Leidenschaft fürs Bridgespielen sie zusammengebracht.

Doch es wäre ein großer Schritt für sie, ihren Job so einfach aufzugeben. Nicht, dass das Verfassen von Werbebroschüren für die Unity Bank nun so unglaublich faszinierend war. Die Möglichkeiten, die günstigen Zinsraten und die leicht erreichbaren Filialen werbewirksam anzubieten, waren durchaus begrenzt.

Aber Miranda genoss es, Teil der arbeitenden Bevölkerung zu sein, mit Menschen zu tun zu haben, denen sie nicht die Schnürsenkel binden oder die Zöpfe flechten musste.

Andererseits war ihr Leben ziemlich kompliziert geworden. Oft war sie nervlich völlig am Ende und hatte das Gefühl, dass sie niemandem wirklich gerecht werden konnte, nicht ihren Kindern, nicht ihren Kollegen und selbst nicht ihren Vorgesetzten. Außerdem war sie chronisch müde und wusste, dass sie häufiger, als sie zugeben mochte, sofort einschlafen würde, wenn sie nicht ständig in Bewegung blieb.

Sie blickte sich unauffällig um, um sicherzugehen, dass alle Gäste sich gut unterhielten. Wie wäre es wohl, wenn sie den ganzen Tag zur freien Verfügung hätte? Vielleicht nicht ganz zur freien Verfügung, sagte sie sich schnell, denn da waren ja die Kinder. Aber sie würde sich für jedes Kind Zeit nehmen können und trotzdem hin und wieder in Ruhe eine Tasse Kaffee trinken und die Zeitung lesen können. Sie musste innerlich grinsen, als sie daran dachte, was für ein wunderbarer Mensch doch dieser Forrestor sein musste, der seiner Frau ein solches Luxusleben bieten konnte.

Ein Exemplar von «Der Fremde aus dem Osten» lag wie von ungefähr zwischen einer vierbändigen Mark-Twain-Ausgabe und einem Stapel «Scientific Americans» auf dem Couchtisch. Miranda fiel auf, dass Stephen immer wieder kurz zu dem leuchtend roten Buch hinüberblickte, während er mit seinen Eltern über Kunst und Politik diskutierte. Dann trafen sich ihre Blicke, und Miranda empfand deutlich, dass sie durch das so sorgsam gehütete Geheimnis noch enger miteinander verbunden waren. Sie lächelten einander zu, als Stephens Vater das Buch hochhob, kurz ansah und es dann mit dem Ausdruck des Widerwillens wieder fallen ließ.

«Genau diese Art von Schund wird heute in Amerika gekauft», sagte er laut und nickte bekräftigend. Er zog die Augenbrauen zusammen und sah seinen Sohn verärgert an: «Warum duldest du so was überhaupt in deinem Haus?»

Miranda wandte sich zu ihrem Schwiegervater um und sagte betont vorsichtig: «Ich weiß nicht, Papa, ich habe es gelesen und fand es sehr unterhaltsam.»

Er sah sie nur missbilligend an.

Miranda lächelte jetzt. «Und ich würde es auch nicht als Schund bezeichnen. Du würdest dich wundern, wie gut es geschrieben ist.» Sie hätte Stephen am liebsten zugezwinkert. Hoffentlich fand er diese Unterhaltung genauso amüsant wie sie.

Aber Stephen sagte nichts, und ein schneller Blick auf sein Gesicht zeigte ihr, dass er verletzt war. Sie ging schnell auf ihn zu und hakte sich bei ihm ein. Dann wandte sie sich wieder an ihren Schwiegervater. «Papa, ich wette, du könntest den Roman nicht zur Seite legen, wenn du ihn erst einmal angefangen hättest.» Sie lächelte vergnügt und schmiegte sich an ihren Mann. Aber er machte sich mit einer schnellen Bewegung von ihr los.

«Hallo, allesamt.» Lydia betrat mit der ihr eigenen schwungvollen Grazie den Raum, obgleich sie die dicke Sunday Times unter dem Arm trug. Als sie auf Miranda zuging, zuckte sie zusammen, als sie an den Schüsseln mit sahnigen Dips und Schokoladentrüffeln vorbeikam. Sie legte die Zeitung auf einen Stuhl und zog dann die Sonderbeilage mit den Buchbesprechungen heraus. Sie zeigte auf die erste Seite. «Darf ich euch darauf hinweisen», sagte sie mit einem theatralischen Augenaufschlag, «dass die ebenso bulimische wie unbegabte Primadonna, die sich wohl in jeder Toilette hinter den Kulissen sämtlicher Bühnen mindestens einmal übergeben hat, ihre Memoiren geschrieben hat. Oder sollte ich lieber sagen, sie hat sich einem Ghostwriter anvertraut, damit die ganze Welt nun vor Ehrfurcht in die Knie sinken kann.» Lydia ließ die Beilage wieder auf die Zeitung fallen. «Sie kann genauso wenig schreiben, wie sie damals tanzen konnte, als wir beide zusammen beim Ballett waren. Dass ausgerechnet die nun so von sich reden macht!»

Miranda sah, wie Stephen, dem der Ärger über die Bemerkungen des Vaters immer noch anzusehen war, die Seiten mit den Buchbesprechungen wieder hochnahm und darin wie abwesend herumblätterte. Plötzlich nahm sein Gesicht einen beinahe verklärten Ausdruck an. Ohne ein Wort zu sagen, zog er Miranda aus dem Zimmer, ging in die Küche und schloss die Tür fest hinter ihnen.

«Sieh doch nur», sagte er aufgeregt und hielt ihr die Zeitung hin.

Miranda nahm die Seite, und dort, auf der wöchentlichen Bestsellerliste, stand «Der Fremde aus dem Osten» von Forrestor auf Platz 5.

5. Kapitel

Miranda verlangsamte die Schritte, unsicher, wohin sie gehen sollte. Ethan war jetzt in der Vorschule, und sie wusste manchmal mit ihrer vielen freien Zeit nicht recht etwas anzufangen. Natürlich gab es immer noch genug zu tun, einzukaufen, die Kinder zu den verschiedensten Aktivitäten zu fahren, Sachen von der Reinigung zu holen, aber irgendwie hatte sie nicht das Gefühl, dass sie viel zustande brachte.

An der nächsten Ecke ging sie nach links und schlenderte langsam den Broadway hinunter. Sie lächelte, als sie Stephens letztes Buch «Tödliches Mondlicht» als Taschenbuch im Schaufenster einer Buchhandlung sah. Wieder gefiel ihr der Umschlag dieses vierten Romans sehr gut, ein türkisfarbener Krieger posierte vor einem grellweißen Hintergrund. Sein fünftes Buch, «Gefährliche Dämmerung», war gerade als gebundene Ausgabe herausgekommen, und seine früheren Bücher verkauften sich als Taschenbücher auch noch sehr gut.

Miranda war immer wieder froh, dass Stephens Bücher ein solcher Erfolg waren, auch wenn sie sich allmählich ein wenig daran gewöhnt hatte. Nie würde sie sich allerdings an das viele Geld gewöhnen, das diese Bücher einbrachten. Miranda war schockiert gewesen, als Stephen ihr mitteilte, dass er für sein drittes Buch einen Vorschuss von einer halben Million bekommen würde. Danach hatte er einen Vertrag über drei Bücher unterschrieben, für die unvorstellbare Summe von fünf Millionen Dollar. Dazu kamen noch allerlei finanzielle Extras, wie zum Beispiel ein Bonus für den Fall, dass eines der Bücher unter die ersten fünf auf der Bestsellerliste der «New York Times» kam. Das Geld hatte Mirandas Leben nicht total verändert, aber sie hatte sich auch in ihren wildesten Träumen nicht vorstellen können, eines Tages reich zu sein. Als Kind hatte sie miterleben müssen, wie ihre Mutter immer wieder große Anstrengungen unternahm, etwas aus ihrem Leben zu machen, und es doch nie schaffte. Ihr Vater hatte es gar nicht erst versucht. Sie hatte nur deshalb zum College gehen können, weil sie ein Stipendium bekommen hatte und neben dem Studium hart arbeitete. Sie hatte selbstverständlich angenommen, dass auch ihre eigenen Kinder nicht in finanziellem Überfluss aufwachsen würden. Und jetzt besuchten sie teure Privatschulen, und Stephen und sie hatten keinerlei Probleme, die 40 000 Dollar im Jahr dafür aufzubringen.

Stephen genoss es offensichtlich sehr, reich zu sein. Er kaufte seine Anzüge nur noch bei den teuersten Herrenausstattern, trug italienische Schuhe und überlegte, ob sie nicht ein Haus in den Hamptons direkt am Wasser kaufen sollten.

Und warum sollte er den Luxus nicht genießen, dachte Miranda, als sie vor dem Schaufenster eines neuen Schuhgeschäfts stand, das scheinbar über Nacht einen kleinen Delikatessenladen verdrängt hatte. Schließlich arbeitete er hart dafür. Jeden Abend, wenn er aus dem Büro nach Hause kam, setzte er sich ein paar Stunden an den Computer, und auch Samstag und den Sonntagmorgen verbrachte er in seinem Arbeitszimmer. Glücklicherweise waren die Kinder immer so beschäftigt, dass sie kaum merkten, dass er so selten für sie Zeit hatte. Nur manchmal fragten sie nach ihm, und wenn Miranda dann meinte, er würde ausschlafen oder sich mit der Einkommenssteuer beschäftigen, dann gaben sie sich damit zufrieden.

In der Werbeagentur hatte man ihn ein paar Mal damit aufgezogen, dass er sich jetzt so modisch kleidete, aber er tat die

Frotzeleien immer mit einem Lachen ab und meinte, er wäre eben endlich erwachsen geworden. Miranda selbst hatte sich nicht vorstellen können, dass für ihn das Aussehen so wichtig war. Jeden Morgen wusch und föhnte er sein dunkles Haar sorgfältig, kämmte es mit Gel, bis ihm auch kein Strähnchen mehr in die Stirn fiel. Seine Socken hatten jetzt immer die korrekte Länge, und sein Duftwasser ließ er sich zweimal im Jahr aus Paris schicken. Eigentlich hätte Miranda den neuen Stephen aufregend finden sollen, aber sie empfand seine Veränderungen nur als verwirrend. Als Hausfrau und Mutter von drei Kindern trug sie selten etwas anderes als Jeans und einen weiten Pulli. Warum sollte sie sich gut anziehen, wenn sie sowieso nicht aus dem Haus kam?

Auf dem Nachhauseweg dachte sie an ihren alten Job. Im Nachhinein erschien ihr der Arbeitsplatz bei der Unity Bank in einem goldenen Licht. Den ganzen Tag über war sie von Menschen umgeben gewesen, mit denen sie interessante Gespräche hatte führen können, feste Termine hatten dafür gesorgt, dass sie ihre Zeit sinnvoll einteilen musste. Jetzt gab es nur noch Stephen und die Kinder als Gesprächspartner, von den paar oberflächlichen Worten abgesehen, die sie mit dem Portier oder dem Verkäufer im nächsten Laden wechselte. Hin und wieder traf sie sich mit ihrer Schwester zum Essen, aber Lydias ewige Ermahnungen wie «Vielleicht solltest du doch mal eine richtige Schlankheitskur machen, Miranda» oder «Dein Haar sieht wirklich furchtbar aus, warum lässt du dir nicht einen ordentlichen Schnitt verpassen» hingen ihr zum Hals heraus.

Wirklich Freude machte ihr nur das Turnierspiel mit Marie Belker, ihrer Freundin und Bridgepartnerin, wenn dabei auch sehr wenig gesprochen wurde. Aber sie war stolz darauf, dass sie und Marie es in den letzten zwei Jahren zu über hundert Meisterpunkten gebracht hatten.

Miranda betrat das Apartmenthaus und drückte auf den Knopf für den Aufzug. Wer weiß, ob ich meinen alten Job überhaupt noch ausfüllen könnte, dachte sie und starrte auf die Stockwerkanzeige über der Tür. Bei der Bank hatte sich in den letzten Jahren sicher auch vieles verändert, und von ihrer kreativen Energie schien auch nicht mehr viel übrig zu sein. Kreative Energie, was für ein Unsinn. Sie hatte doch bloß diese albernen Broschüren verfasst, das hatte nun wirklich nicht viel mit Kreativität zu tun. Aber heute hatte sie nur noch Einkaufslisten zu schreiben, denn selbst um die Banksachen kümmerte Stephen sich jetzt.

Sie konnte sich kaum noch an die Zeiten erinnern, als sie in ihrem grauen Kostüm oder einem schlichten schwarzen Kleid in dem kleinen, aber attraktiv möblierten Büro im sechzehnten Stock gesessen hatte, ihre Arbeit gut und pünktlich erledigte, an wöchentlichen Besprechungen teilnahm und ohne Schwierigkeiten komplizierten Konzepten folgen konnte. Wo war diese Frau geblieben? Sie schloss die Wohnungstür auf.

«Hallo!»

Miranda zuckte zusammen. Was machte Stephen zu Hause?

«Wieso bist du schon hier?»

«Ab jetzt werde ich viel zu Hause sein.» Er kam aus der Küche und lächelte geheimnisvoll. «Ab heute arbeite ich zu Hause.»

«Was meinst du damit?»

«Ich habe gekündigt.»

«Was hast du getan?» Miranda glaubte, sich verhört zu haben. «Ohne mir etwas davon zu sagen?»

«Ich habe es dir doch gerade erzählt.» Er machte ein paar Schritte auf sie zu. «Komm, mein Täubchen, ich habe noch mehr Neuigkeiten.»

Er sah sie von oben bis unten an und zog leicht die Augenbrauen zusammen. Wie üblich trug sie Jeans und ein altes Flanellhemd. «Aber sei so lieb und zieh dir etwas anderes an. Wie wäre es mit dem Kleid, das ich dir aus Singapur mitgebracht habe?»

Sie starrte ihn an, als hätte er den Verstand verloren. Sie hatte ihm immer noch nicht ganz verziehen, dass er im letzten Sommer allein nach Singapur geflogen war, um für seinen nächsten Roman zu recherchieren, auch wenn er ihr ein elegantes zweiteiliges Seidenkleid mitgebracht hatte. Außerdem fühlte sie sich selten wohl, wenn sie sich elegant anziehen musste, und heute, an einem normalen Wochentag, kam es ihr absolut unsinnig vor.

«Es ist halb elf Uhr vormittags», sagte sie so ruhig, wie es ihr möglich war. «Warum soll ich mich da mit einem roten Seidenkleid herausputzen?»

«Tu es mir zuliebe, ja?» Stephen legte ihr den Arm um die Schultern und schob sie in Richtung Schlafzimmer. «Nur dieses eine Mal.»

Vierzig Minuten später saßen sie in einer Taxe.

«74. Straße, Ecke Fifth Avenue», sagte Stephen zu dem Fahrer.

Während der Fahrt redete Stephen ununterbrochen und trommelte dabei nervös mit den Fingern auf sein Knie.

«Der Lektor hat doch tatsächlich die Frechheit besessen, in ‹Tödliches Mondlicht› den Ort der Kampfszene im fünften Kapitel zu verändern. Er behauptet, das Stadion sei während der Mittagszeit geschlossen. Als ob Paul Harlow irgendeine Ahnung hätte, was in Europa abläuft.»

Er sah Miranda an, als erwarte er eine Reaktion von ihr, aber sie blickte nur aus dem Fenster auf den dichten Verkehr. Wo mochte Stephen sie hinführen?

Trotz ihres scheinbaren Desinteresses fuhr Stephen fort: «Der Kerl ersetzt außerdem meine viersilbigen Verben durch zweisilbige. Das hat er schon in ‹Gefährliche Dämmerung› getan. Als ob die Leute hier zu dumm sind, einen elegant formulierten Satz zu verstehen. Ich habe allmählich den Eindruck, dass Paul selbst nicht besonders schlau ist.» Stephen schüttelte verächtlich den Kopf. «Er ist wirklich ein Idiot. Er tut so, als habe er den Roman geschrieben.»

Als die Taxe aus dem Central Park in die Fifth Avenue einbog, verstummte Stephen, und er lächelte, als das Auto langsamer fuhr und schließlich hielt. Sie standen vor einem großen, eindrucksvollen Gebäude, einem dieser prächtigen Häuser aus den Zwanziger Jahren, in denen Manhattans High Society lebte.

«Und nun?» Miranda war ausgestiegen und sah an dem Gebäude hoch.

«Herzlich willkommen in deinem neuen Zuhause.» Stephen winkte einem Portier in grauer Uniform zu, der ihn offensichtlich erkannte und Miranda und Stephen die Tür zu der großen Eingangshalle öffnete.

Miranda sah sich erstaunt um. Der Marmorboden und die langen, auf Hochglanz polierten Holztische erinnerten sie an Filmszenen, die in Schlössern und Landhäusern des alten Geldadels spielten. Ohne ein Wort zu sagen, ließ sie sich von Stephen in einen eleganten Aufzug schieben. Als sich die Tür schließlich wieder im vierzehnten Stock öffnete, sah Miranda verwundert, dass der Fahrstuhl in dem Vorraum zu einem Apartment hielt.

«Ich verstehe das Ganze nicht», brachte sie mühsam heraus.

Stephen strahlte sie an. «Es gehört uns. Das ganze Stockwerk.»

In den nächsten fünfzehn Minuten führte er sie durch die Riesenwohnung und zeigte ihr stolz jede Einzelheit. Miranda war sprachlos und hatte Mühe, die Anzahl der Räume zu erinnern, durch die sie gegangen waren.

«Ist dieses Zimmer nicht ideal für Sophie?» Stephen blieb in der Tür zu einem großen, sonnendurchfluteten Raum stehen. «Und sieh nur, hier …» Er ging durch das Zimmer hindurch in ein elegantes Badezimmer, das weiß gekachelt und mit weißen Armaturen ausgestattet war. Ein Fenster ging auf den Central Park hinaus.

Miranda trat an das Fenster und versuchte, ihr Apartmenthaus auf der anderen Seite des Parks zu finden, mit der Wohnung, in der sie all die Jahre ihrer Ehe gelebt hatte. Sie wandte sich um und sah ihren Mann an. Er grinste selbstgefällig, und einen Augenblick lang kam er ihr genauso fremd vor wie der Raum, in dem er stand.

6. Kapitel

«Oh, Daddy, sieh mal! Und da hinten!» Sophie rutschte aufgeregt auf dem Sitz der offenen Kutsche hin und her. Sie reckte den Hals, zupfte Stephen am Ärmel und zeigte immer wieder begeistert in alle Richtungen.

«Ja, Sophie, ich sehe schon», antwortete Stephen und sah auf die Uhr. Hoffentlich war die Fahrt bald zu Ende. Das Klappern der Pferdehufe auf dem Pflaster verursachte ihm Kopfschmerzen, vielleicht war allerdings auch Sophies pausenloses Geplapper für den dumpfen Druck auf den Schläfen verantwortlich.

Sie hatte ihn schon seit Jahren bestürmt, mit ihr in einer Kutsche durch den Central Park zu fahren, und er war froh, dass er endlich sein Versprechen wahr gemacht hatte. Aber die ganze Situation war ihm ein wenig peinlich, denn diese Kutschfahrten waren im Grunde doch nur dazu da, den Touristen das Geld aus der Tasche zu ziehen. Er war zwar sehr stolz auf sich, dass er seine Tochter überraschend zu diesem Nachmittagsausflug eingeladen hatte, aber er sehnte sich trotzdem danach, wieder gemütlich zu Hause mit einem Buch und einem Martini zu sitzen. Das heißt, daraus wurde auch wieder nichts. Seine Eltern wollten die Familie heute zum Essen einladen und sich vorher noch die Wohnung ansehen. Der Martini musste also auf später verschoben werden, und er würde ihn nach einem solchen Abend nur umso dringender brauchen.

«Diese Gebäude sind so riesengroß, findest du nicht, Daddy?» Sophie blickte auf die Hochhäuser, die über das Südende vom Central Park hinausragten.

«Ja», antwortete Stephen abwesend, entfernte einen Fussel von seinem Jackettärmel und blickte erst auf, als die Kutsche am Kantstein hinter den anderen Kutschen zum Halten kam. Er sprang erleichtert auf die Straße und half seiner Tochter beim Aussteigen.

Sophie hakte sich bei ihm ein, zog ihn zu sich herunter, stellte sich auf die Zehenspitzen und gab ihm einen Kuss auf die Wange. «Danke, Daddy. Das war ganz toll.»

«Gern geschehen, Liebling. Aber jetzt gehen wir lieber schnell nach Hause. Deine Großeltern werden schon da sein.»

Sie gingen die Fifth Avenue hinauf, und Stephen blieb vor einem Stand stehen, wo warme Laugenbrezeln verkauft wurden.

«Möchtest du eine, Sophie? Es ist zwar bald Zeit fürs Abendessen, aber warum nicht, was?»

Sophies Augen leuchteten. «Oh, ja, bitte.»

Stephen zog das Portemonnaie aus der Tasche. «Zwei Brezeln bitte.» Er sah seine Tochter an. «Wie wäre es, wenn wir deinen Brüdern auch eine mitbringen?»

Sophie nickte eifrig.

«Dann bitte vier.» Stephen bezahlte und gab Sophie eine. Er nahm die andern drei, verneigte sich vor seiner Tochter und begann mit den drei Brezeln zu jonglieren.

Sophie klatschte begeistert in die Hände. «Ich wusste gar nicht, dass du das kannst, Daddy.»

Er grinste geschmeichelt. «Ich war auch nicht mehr sicher. Ich habe es schon jahrelang nicht mehr gemacht.»

Sie gingen weiter, und Stephen jonglierte weiter auf dem ganzen Nachhauseweg. Als er aufhörte, applaudierte Sophie. «Cool, Daddy.»

«Das hättest du deinem Daddy wohl gar nicht zugetraut?» Er

hob eine Augenbraue, sah sie lächelnd an und legte den Arm um sie. Ihr Lob tat ihm erstaunlich gut.

Seine gute Laune dauerte an. Als sie in das Wohnzimmer traten, saßen seine Eltern schon auf der breiten Couch und unterhielten sich mit Miranda und den Jungens. Stephen begrüßte sie überschwänglich. Miranda goss ihm eine Tasse Kaffee ein, und Stephen war froh, dass sie die silberne Kanne benutzte, die er gerade die Woche zuvor in einem Antiquitätengeschäft erstanden hatte. Er hatte Miranda mehr als einmal gesagt, sie solle endlich das alte Geschirr ausrangieren.

Jack und Ethan nutzten die Unterbrechung durch die Ankunft von Vater und Schwester dazu, in ihre Zimmer zu verschwinden, und nachdem Sophie die Großeltern mit einem Kuss begrüßt hatte, verdrückte auch sie sich.

«Miranda hat uns schon die Wohnung gezeigt», sagte Alida Shaeffer und beugte sich vor, um die Tasse in Empfang zu nehmen, die Miranda ihr reichte.

«Sehr gut.» Stephen lehnte sich erwartungsvoll zurück. Ja, er hatte die richtige Innenarchitektin gewählt.

Aber seine Mutter sagte weiter nichts, sondern trank nur einen Schluck Kaffee.

«Und, wie findet ihr sie?», fragte Stephen schließlich.

Alida nickte leicht. «Sehr hübsch. Interessant.»

Stephens gute Laune verflog. Es war offensichtlich, dass seiner Mutter die Wohnung nicht gefiel. Er wusste, er sollte jetzt den Mund halten, aber er konnte nicht anders. «Die Innenarchitektin ist eine der besten in ganz New York. Wir sind auch noch längst nicht fertig. Aber sie hat doch schon Tolles geleistet, findet ihr nicht?»

Eric Shaeffer war aufgestanden und stand jetzt vor einem Gemälde, die Hände hinter dem Rücken verschränkt. Nach ein paar Sekunden drehte er sich um.

«Ich verstehe nicht, warum du gerade dieses Bild gewählt hast. Es war sicher nicht billig, obgleich es eines der weniger guten Werke des Künstlers ist. Hättest du nicht lieber ein wenig mehr ausgeben und eins seiner wirklich guten Sachen kaufen können?»

Stephen fühlte, wie die Wut in ihm aufstieg. Er schwieg.

«Und ich weiß auch nicht, wozu du eine so große Wohnung brauchst», fuhr sein Vater fort, «und dann diese grandiosen Möbel. Es wirkt ein wenig, wie soll ich sagen …»

«Protzig?», half ihm seine Frau aus.

Stephen blickte zu Boden, damit seine Eltern nicht sahen, wie wütend er war. Er biss die Zähne zusammen.

«Ja, so ungefähr.» Eric hatte sich wieder dem Gemälde zugewandt. «Ich weiß nicht, wie viel Geld du hast, Stephen, aber du willst offenbar aller Welt zeigen, dass du reich bist. Ich weiß nicht, ob das eine so gute Idee ist.»

Stephen sah jetzt hoch und blickte zufällig auf Miranda. Sie sagte nichts und versuchte, ihrem Gesicht einen neutralen Ausdruck zu geben. Aber er wusste genau, dass sie heimlich seinen Eltern Recht gab.

Er starrte sie an. Wie er sie in diesem Moment hasste.

Alida hob nur leicht die Schultern, als ihr Mann sich wieder neben sie auf die Couch setzte. «Ich finde immer, dass man vor allen Dingen sich selbst treu bleiben sollte. Wenn du das von dir selbst ehrlich behaupten kannst, dann ist alles andere nebensächlich.»

Stephen hob den Kopf und sah sie nur schweigend an. Es machte ihm beinahe Angst, wie wütend er war, wie sich der Zorn in ihm staute, sodass er sich kaum noch beherrschen konnte. Er biss die Zähne zusammen. Ihr arroganten Heuchler! In seinem Inneren kochte es. Ihr wagt es, so mit mir zu sprechen? Wer seid ihr denn schon, zwei schlecht bezahlte Collegelehrer, sonst weiter nichts. Ich bin ein weltbekannter Autor. Er wäre am liebsten auf sie zugestürzt, hätte sie bei den Schultern gepackt und wie wahnsinnig geschüttelt. Ihr seid doch überhaupt nichts, verdammt nochmal, völlige Nullen. Ich bin der Einzige hier, der überhaupt etwas gilt.

Seine Hände zitterten vor unterdrückter Wut. Er atmete tief ein und zwang sich zur Ruhe. Das Telefon klingelte, und er stand schnell auf.

«Ich gehe schon», sagte er knapp. «Entschuldigt mich.»

Er ging in die Küche und nahm den Hörer von dem Wandapparat ab. «Hallo.»

«Stephen?» Es war eine männliche Stimme.

«Ja», antwortete er kurz, «wer ist da?»

«Howard Sharon.»

«Oh, Howard.» Stephen lächelte. Howard war einer der Topleute bei Colby & Cummings, seiner alten Werbeagentur. «Howard, so eine Überraschung. Wie schön, wieder einmal von dir zu hören.»

«Ja, wir haben länger nicht miteinander gesprochen», sagte Howard. «Wie geht es Frau und Kindern?»

«Bestens. Und bei dir?»

«Auch wunderbar.» Howard Sharon machte eine winzige Pause. «Hör mal, wir haben gerade einen großen Auftrag von ‹Bad Boy› bekommen.»

Stephen pfiff bewundernd durch die Zähne. «Für ihre Männerkollektion? Oder etwa auch die Frauenmode?»

«Für beides. Ein Etat von fünf Millionen.»

«Donnerwetter und herzlichen Glückwunsch.»

«Danke. Und deshalb rufe ich dich an. Ich habe gerade erfahren, dass Hank Florette von der Firma Riverton weggeht und nächsten Monat den Verkauf inklusive Marketing bei ‹Bad Boy› übernehmen wird. Und da habe ich natürlich gleich daran gedacht, wie sehr er dich immer schätzte, als du mit ihm in Sachen Riverton-Werbung zusammengearbeitet hast.»

Stephen lächelte. Das schien alles so lange her zu sein, aber es tat gut, dass man sich bei C & C an ihn erinnerte. «Ja, wir kamen damals gut miteinander aus.»

«Eben. Ich möchte deshalb gern, dass du uns in dieser Sache als Berater zur Verfügung stehst. Hilf uns beim Entwurf der Werbekampagne. Hank vertraut dir, und du bist doch noch als Berater tätig, oder?»

Stephen war so überrascht, dass er eine Zeit lang nichts sagte. Natürlich hatte er auch seinem früheren Arbeitgeber mitgeteilt, dass er sich mit einem eigenen Beraterbüro selbständig machen wollte, aber er hatte sich bei ihnen nie um Aufträge bemüht. Es war außerordentlich schmeichelhaft, dass sie jetzt zu ihm kamen.

«Was meinst du dazu?» Howard ließ ihn gar nicht zu Wort kommen. «Wir haben Montagmorgen um halb zehn eine Besprechung. Komm und hör dir an, was geplant ist. Dann können wir weitersehen.»

Stephen überlegte immer noch. Das Geld brauchte er natürlich nicht. Aber sein Alibi, dass er nämlich als Berater arbeitete, würde dadurch mehr Gewicht haben. Es wäre sicher nicht schlecht, wenn er ein oder zwei Kunden vorweisen könnte. Außerdem hatte er es manchmal satt, Tag für Tag allein vor dem Computer zu sitzen. Es wäre eine nette Abwechslung, mal wieder in seiner alten Firma zu sein, vor allen Dingen, weil man ihn ja gebeten hatte zu kommen. Das Ganze war wirklich eine gute Idee.

«Okay, Howard, du hast mich überredet», sagte er schließlich. «Bis Montagmorgen dann.»

Als er den Hörer auflegte, hatte er seine gute Laune wieder gefunden. Und auf dem Weg ins Wohnzimmer dachte er daran, dass seinen Eltern ja eigentlich das Apartment gar nicht gefallen konnte. Sie waren schließlich an ein Leben im Wohlstand nicht gewöhnt und wussten nicht, was zu einem solchen Lebensstil gehörte. Das durfte er nie vergessen.

Als Stephen am Montagmorgen aus dem Aufzug trat und auf den Empfang von Colby & Cummings zuging, konnte er ein Lächeln nicht unterdrücken. Es war ein gutes Gefühl gewesen, den Wecker zu stellen, früh aufzustehen und die Zeitung bei einer Tasse Kaffee zu überfliegen, bevor er sich das Jackett überzog und sich auf den Weg zur Madison Avenue machte. Von seinem jetzigen Apartment aus konnte er sogar zu Fuß in die Firma gehen, und er hatte es genossen, all die kleinen Restaurants und Kneipen wiederzusehen, wo er früher oft seine Mittagspause verbracht hatte.

«Hallo, Cary», sagte er freundlich zu der Frau am Empfang. «Schön, Sie wieder einmal zu sehen.»

«Guten Morgen, Mr. Shaeffer», antwortete sie lächelnd, «sind Sie wieder zurück?»

«Nur vorübergehend.»

Er winkte ihr zu und ging den Flur hinunter. Er hatte noch fünf Minuten Zeit und wollte auf keinen Fall zu früh im Konferenzraum erscheinen. Er würde sich im Waschraum noch einmal das Haar kämmen und den Schlips gerade ziehen. Als er die schwere Tür aufstieß, hörte er seinen Namen. Der Vorraum zu den Toiletten war leer. Stephen machte die Tür leise hinter sich zu.

«... ja, er wird heute bei der Besprechung dabei sein», sagte die Stimme wieder.

Jemand aus einer zweiten Kabine antwortete: «Ist das dein Ernst?»

Stephen kannte die Stimmen. Es waren Brian Tannen und Arnie Haverman, die Topleute der kreativen Abteilung.

«Hat dir Howard denn nichts davon gesagt?» Das war wieder Brian. «Was wird da eigentlich gespielt? Kann Shaeffer denn als Berater überhaupt einen einzigen Kunden vorweisen? Das ist doch lächerlich. Wenn so ein Typ wie Shaeffer Erfolg hat, dann kann sich auch mein Hund selbständig machen.»

Arnie Haverman lachte. «Ich wusste gar nichts von dieser angeblichen Beratungsfirma.»

Brian schnaubte verächtlich.

«Das ist wohl die alte Geschichte», fuhr Arnie fort. «Er hat nicht gekündigt, man hat ihn rausgesetzt. Der Ärmste.»

«Ja, aber ich habe gehört, dass er in diese Superwohnung in der Fifth Avenue gezogen ist. Soll ein riesiges Apartment sein. Wo mag er das Geld herhaben?»

«Vielleicht von seiner Frau?»

«Ist ja auch egal», antwortete Brian. «Den Luxusschuppen hat er sich sicher nicht von seiner Abfindung leisten können. Wahrscheinlich hat man ihm diese Beratungssache als Trostpflaster zugeschoben.»

Stephen wartete nicht auf die Antwort, riss die Tür wieder auf und stürzte nach draußen. Er ging schnurstracks auf die Aufzüge zu, sein Gesicht brannte vor Wut. Er war doch nicht wahnsinnig und setzte sich mit diesen Idioten an einen Tisch, nach allem, was er eben gehört hatte.

Diese unbedeutenden, miesen Kretins können in ihren blöden Jobs vergammeln, dachte er, als er aus dem Gebäude auf die Straße trat. Kein Talent, aber alles besser wissen, er schien nur von solchen Leuten umgeben zu sein. Und alle sahen auf ihn herunter. Es war zum Verrücktwerden.

Aber er würde es ihnen zeigen, ihnen allen. Sie würden ihn noch um seinen Reichtum beneiden. Er lächelte böse.

Er würde nach Hause gehen und schreiben.

7. Kapitel

Kyle Nichols hechtete mit einem lauten Ächzen quer über das Feld und schlug den kleinen schwarzen Squash-Ball gegen die Wand. Stephen sprang vor, aber wusste schon, dass der Punkt verloren war.

Kyle lächelte und richtete sich auf. «Elf zu drei, Stephen. Ich habe das Match gewonnen.»

Verdammt. Stephen blickte zu Boden, damit der andere nicht sehen konnte, wie enttäuscht er war. Er hatte Kyle so gern zeigen wollen, dass er ihm beim Squash ebenbürtig war, aber nun hatte er schon das zweite Spiel verloren, und zwar sehr hoch. Dabei war Kyle nicht einmal jünger als er und auch nicht sportlicher. Er biss die Zähne zusammen.

«Wie wäre es mit noch einem Revanchespiel», sagte er und versuchte seiner Stimme einen gleichmütigen Klang zu geben.

Kyle blickte auf seine Uhr. «Also, lieber nicht. Ich habe noch eine Verabredung.»

Ob er wohl die Wahrheit sagte? Stephen nahm sich vor, ausdauernder zu trainieren. Kyle würde ihn nie als Mitglied bei dem prestigeträchtigen Squash-Club vorschlagen, wenn er Stephen für einen schlechten Spieler hielt.

Die beiden Männer verließen gemeinsam den Platz und trockneten sich das Gesicht mit einem weißen Handtuch.

Kyle legte sich das Tuch um den Nacken. «Aber weißt du was? Wir können noch einen zusammen trinken. So viel Zeit habe ich noch.»

Für ein kurzes Spiel hat er keine Zeit mehr, aber für einen

Drink langt es noch, dachte Stephen verärgert und spürte die Kränkung. Laut sagte er: «Wunderbar.»

Sie gingen in die Bar des Clubs, bestellten sich einen Gin Tonic und setzten sich an einen der kleinen Tische in eine Ecke. Kyle nahm einen großen Schluck und lehnte sich dann in seinem Stuhl zurück. «So, was hast du denn so gemacht, seit wir uns bei den Fields sahen?»

Stephen und Miranda hatten Kyle und seine Frau und die Fields ursprünglich bei einer Wohltätigkeitsveranstaltung zugunsten der Obdachlosen kennen gelernt. Ein paar Wochen danach hatten die Fields die Nichols' und die Shaeffers zu einem Abendessen in ihrem Apartment in der Park Avenue eingeladen. Es war ein sehr netter Abend gewesen, der bis in die Nacht hinein gedauert hatte. Das einzige Problem, dachte Stephen ungehalten, war Miranda, die kaum etwas gesagt hatte, das heißt nichts, was von Interesse gewesen war. Sie war freundlich und höflich gewesen, hatte sich aber offensichtlich keine Mühe gegeben, in irgendeiner Weise so zu glänzen wie die anderen beiden Frauen. Die groß, schlank und blond waren, wie sich Stephen mit einer Mischung aus Neid und Wohlgefallen erinnerte.

Aber das war so typisch Miranda. Endlich gab es mal eine Gelegenheit, ein paar neue Menschen kennen zu lernen, genau die Sorte von Leuten, mit der er sich befreunden wollte, und seine Frau saß da wie eine biedere kleine Hausfrau. Und dann hatte sie auch noch laut und vernehmlich zum Aufbruch gemahnt, da sie am nächsten Morgen mit den Kindern früh aufstehen müsse. Er hätte sie umbringen können.

Vielleicht sollte er noch dankbar sein, dass sie nicht auf dem weißen Seidensofa von den Fields eingeschlafen war. Sie konnte einfach nicht begreifen, wie wichtig es war, bei solchen Menschen einen guten Eindruck zu machen. Nein, wie immer hatte sie diese Aufgabe Stephen überlassen, der sich sehr bemüht hatte, die beiden Paare für sich einzunehmen. Das war ihm wohl auch gelungen, trotz seiner langweiligen Frau.

Aber eigentlich hatte er von ihr auch gar nichts anderes erwartet. Sie weigerte sich, ihren Bekanntenkreis zu erweitern, und war zufrieden in ihrer begrenzten Welt mit ihren öden Freunden. Außerdem hatte sie sich immer mehr vernachlässigt, hatte zugenommen, trotz seiner Warnungen, dass sie zu dick werden würde, wenn sie nicht aufpasste. Aber von der Figur einmal abgesehen, sie hatte auch sonst überhaupt nichts unternommen, was sie als Mensch weiterbringen und interessanter machen könnte.

Sie begriff einfach nicht, dass sein finanzieller Erfolg als Forrestor bedeutete, dass sich ein vollkommen neues Leben vor ihnen auftat. Anfangs war es ihm selbst nicht so bewusst gewesen, dass das höhere Einkommen ihr Leben von Grund auf verändern würde. Aber je höher die Schecks für Forrestor ausfielen, desto deutlicher wurde ihm, dass sie damit in gesellschaftliche Kreise aufsteigen konnten, die vielen anderen verschlossen waren.

Nur ihm war es zu verdanken, dass sie jetzt mit weitaus bedeutenderen Menschen verkehrten. Natürlich war ihre frühere Lebensweise auch okay gewesen, aber die konnten sie jetzt hinter sich lassen. Neue Möglichkeiten standen ihnen offen, sie konnten endlich zu denjenigen gehören, die in der Gesellschaft den Ton angaben, die etwas darstellten.

Und er würde diese Chancen auf keinen Fall verpassen, zum Teufel mit Miranda. Er hatte ihr in den letzten Jahren jede Hilfe angeboten, sich auf das neue Leben einzustellen, aber sie hatte sich jeder Veränderung verweigert. Wenn sie ihm in dieses neue wunderbare Leben nicht folgen wollte oder konnte, dann musste er ins Auge fassen, was ihm einst unvorstellbar gewesen war. Er musste sie verlassen.

Stephen seufzte. Im Grunde wusste er schon lange, dass es dazu kommen musste. Nur wie führte man das am besten durch? Nie würde er sich darauf einlassen, ihr die Hälfte von allem, was er mühsam erarbeitet hatte, zu geben, und er würde sich auch durch überhöhte Unterhaltszahlungen für die Kinder nicht in den Ruin treiben lassen. Wegen der drei Kinder konnte er tüchtig zur Ader gelassen werden, das wusste er. Aber wenn er den Kindern Geld gab, dann wollte er das aus freien Stücken tun, aus reiner Großzügigkeit, und nicht, weil er dazu gezwungen war.

Obwohl seine Kinder seine Großzügigkeit eigentlich nicht verdienten. Sein ältester Sohn war immer noch so verdammt launisch und nahm sich gleichzeitig fürchterlich wichtig. Es war ausgesprochen irritierend, mit ihm zusammen zu sein. Und Sophie und Ethan waren beide entsetzlich verwöhnt. Ständig hieß es nur: Ich brauche dies, ich will das, fahre mich dahin, tu das für mich. Er hatte es so satt! Er hatte ja immer gewusst, dass drei Kinder zu viel waren, und er hatte Recht gehabt.

Und Miranda hatte ja nun weiß Gott schon lange nicht mehr richtig gearbeitet. Natürlich würde sie bei einer Scheidung etwas bekommen müssen, aber er würde doch nicht so dumm sein und die Unsummen zahlen, die ein guter Rechtsanwalt aus ihm herausquetschen könnte.

Es gab nur eins, er musste einen Weg finden, sein Geld zu verstecken. Miranda kümmerte sich überhaupt nicht um das Finanzielle und hatte keine Ahnung, was der Verlag ihm zahlte. Aber es würde nicht leicht sein, unbemerkt einen Teil seines Einkommens auf geheime Konten zu überführen. Für eine solche Transaktion brauchte er jemanden wie Kyle Nichols.

Deshalb war Stephen auch besonders daran interessiert, ihn näher kennen zu lernen. Kyle war Börsenmakler bei Winter and Moore. Natürlich konnte er ihm nicht sagen, dass er der berühmte Forrestor war, dessen Bücher in Millionenauflagen in 25 Ländern verkauft wurden. Wahrscheinlich hätte sein Squash-Partner ihn sofort gewinnen lassen, wenn er gewusst hätte, wen er wirklich vor sich hatte, statt ihn auf dem Platz so gründlich zu demütigen. Stephen unterdrückte ein Grinsen, als er daran dachte. Aber er würde ihm nichts sagen. Sollte er doch ruhig glauben, dass Stephen sein Geld als Berater verdiente.

Er hatte Kyle seit längerem sorgfältig beobachtet und war ziemlich sicher, dass der Mann ihm helfen würde. Kyle machte den Eindruck, als könnte man ihn mit einer etwas anrüchigen Sache betrauen, ohne sich selbst allzu sehr in Gefahr zu begeben.

Und die Zeit dazu war gekommen.

«Seit der Party bei den Fields hatte ich viel um die Ohren, geschäftlich und auch privat.» Er gab seinem Gesicht einen nachdenklichen Ausdruck. «Und ich muss auch eine Entscheidung treffen, was ich mit einer größeren Summe machen soll. Vielleicht könntest du mir da irgendwie helfen.»

Kyle wurde sofort aufmerksam. «So? Wie denn?»

Stephen hob das Glas und trank langsam. Sollte der andere ruhig warten.

«Also, ich habe neulich mit einem Bekannten beim Essen im University Club gesprochen, und der hat mir etwas Interessantes erzählt. Er sagte, er hätte ungefähr zwei Millionen Dollar in Übersee investiert, von denen seine Frau nichts wusste. Ich kann mir zwar vorstellen, warum das sinnvoll sein könnte, aber ich frage mich, wie so was möglich ist. Vor allen Dingen, wenn das Paar eine gemeinsame Steuererklärung macht. Vielleicht ist es gar nicht so schwierig, aber ich weiß zu wenig darüber.»

Er sah sein Gegenüber ausdruckslos an. Kyle sagte eine Weile nichts und nickte dann langsam.

«Ja, es ist möglich», sagte er zögernd. «Du brauchst da jemanden mit Erfahrung. Aber, ja, ich weiß, was du meinst.» Er lächelte jetzt. «Ja, leider ist eine solche Transaktion manchmal nötig, nicht wahr?»

«Hmm», machte Stephen nur, als sei er mit den Gedanken schon wieder ganz woanders. Er erhob sich und nahm den Schläger, den er gegen seinen Stuhl gelehnt hatte. «Mir hat unser Spiel Spaß gemacht. Wir sollten das bald einmal wiederholen.»

Kyle nickte abwartend.

«Vielleicht können wir uns ja nächste Woche bei dir im Büro treffen», fuhr Stephen fort. «Dann können wir uns unterhalten und danach zusammen herkommen. Was hältst du davon?»

Kyle sprang auf und streckte Stephen die Hand hin. «Wie wäre es mit Dienstag? Sagen wir abends um sechs nach der Arbeit?»

Stephen ergriff die Hand und schüttelte sie. «Okay.»

Als er zu den Duschen ging, pfiff er leise vor sich hin. Vierzig Minuten später war er auf dem Weg nach Hause. Er hatte eigentlich vor, noch ein paar Stunden zu schreiben, aber irgendwie war ihm nicht danach. Zum Teufel, er hatte schließlich schon fünf Bücher geschrieben. Da könnte er doch wohl mal eine kleine Pause machen. Als er die Fifth Avenue erreicht hatte, ging er zügig nach rechts, bis er vor dem großen Schaufenster der Buchhandlung stand.

Er starrte auf die Auslage wie schon so häufig zuvor. Dutzende von Exemplaren seines letzten Buches waren aufeinander gestapelt, wobei das oberste Buch aufrecht stand. In der Mitte der Auslage hing eine riesige Vergrößerung des schwarzen, glänzenden Umschlags, der Titel «Gefährliche Dämmerung» war in silbernen Buchstaben geprägt. Darüber war ein antiker Dolch abgebildet und nur ein Wort, «Forrestor», ganz offensichtlich der Grund dafür, dass das Buch schon in seiner ersten Woche nach Erscheinen auf Platz eins der Hardcover-Bestsellerliste der «New York Times» gelandet war.

Stephen trat einen Schritt zurück, verschränkte die Arme vor der Brust und lächelte wohlgefällig. Auch nach der erfolgreichen Veröffentlichung von fünf Büchern genoss er es immer noch, seine Werke im Schaufenster zu sehen. Die aufgetürmten Stapel seiner Bücher schienen die Käufer geradezu dazu zu verleiten, nach einem Forrestor zu greifen. Stephen wusste, dass im Laden die Taschenbuchausgaben seiner ersten vier Bücher gut sichtbar ausgestellt waren, denn alle waren noch lieferbar und verkauften sich ausgezeichnet.

Forrestor hatte sich zu einem Phänomen entwickelt, wie es sich Stephen in seinen wildesten Träumen nicht hätte ausmalen können. Erst letzte Woche hatte er erreicht, was nur wenigen Autoren gelang. Sein neuestes Buch stand auf Platz eins der Hardcover-Liste und «Tödliches Mondlicht» auf Platz eins der Taschenbuchbestseller. Highlands Vertriebschef hatte ihm seine begeisterten Glückwünsche via E-Mail übermittelt und gemeint, dass man nur zu gern eine Party für Forrestor geben würde, wenn er bereit wäre, sein Pseudonym zu lüften. Man könnte sich ja auf ein paar sorgfältig ausgewählte Gäste beschränken, die zum Schweigen verpflichtet sein würden.

Stephen lachte leise, als er sich jetzt wieder von dem Schaufenster abwandte. Das wäre nun wirklich idiotisch. Das große Geheimnis um die Identität des Autors machte die Bücher ja erst so interessant. Sicher, «Der Fremde aus dem Osten» war kein schlechter Roman, aber er war überzeugt, dass das Buch ohne die Anonymität des Autors kein solcher Erfolg geworden wäre. Allerlei Gerüchte gingen um, etwa, dass der Autor früher für den CIA gearbeitet hätte, vielleicht aber auch ein weltbekannter Topstar von Actionmovies war.

Und eigentlich war es Mirandas Vorschlag gewesen, sein erstes Buch vor seinen Eltern geheim zu halten. Er erinnerte sich noch genau daran, dass ihm daraufhin plötzlich die Idee gekommen war, sein Buch unter einem exotischen Pseudonym zu veröffentlichen und seine wahre Identität vor der Welt zu verbergen. Das taten zwar andere Autoren auch, aber meistens wussten ihre Agenten und Lektoren Bescheid und damit eben doch eine ganze Reihe von Leuten. Es gab nur wenige Autoren, die vollkommen unerkannt blieben. Miranda hatte nie gewusst, dass sie ihm den Anstoß zu dieser Idee gegeben hatte. Und jetzt hatte er alles, Erfolg und Geld, und musste trotzdem nicht die Verachtung seiner Eltern wegen seiner «Schundromane» ertragen.

Allerdings ließen sie ihn auch so ihre Missbilligung spüren. Er konnte nie vergessen, was sie damals bei ihrem ersten Besuch in seinem neuen Apartment geäußert hatten. Ihre Geringschätzung ihm gegenüber schien noch zuzunehmen, je mehr Geld er zur Verfügung hatte. Das konnte ihrer Meinung nach nur mit seinem zweifelhaften Erfolg in dieser verabscheuungswürdigen Branche, der Werbung, zu tun haben. Er wusste, dass sie, wenn sie nach ihm gefragt wurden, sagten, er sei «so eine Art Topmanager». Dabei lachten sie entschuldigend, als ob sie auch nicht verstünden, was genau er denn den ganzen Tag machte, und es ihnen eigentlich auch gleichgültig war. Die Wahrheit, dass ihr Sohn der Bestsellerautor Forrestor war, könnten sie nicht ertragen. Sie würden ihn beschimpfen, solche Bücher seien unter seiner Würde und trügen zum Niedergang der literarischen Bildung in Amerika bei. Je berühmter seine Bücher waren, desto stärker würden sie sie verachten.

Dieser Gedanke quälte Stephen ständig. Denn wie gern würde er selbst etwas wirklich Wertvolles schreiben.

Immer häufiger hatte er in letzter Zeit daran denken müssen. Durch die Forrestor-Bücher hatte er sich selbst bewiesen, dass er das Handwerk des Schreibens beherrschte, dass er fähig war, eine Geschichte spannend zu erzählen. Und er war immer mehr zu der Überzeugung gekommen, dass er die Begabung hatte, ein wirklich gutes Buch zu schreiben. Ein Buch, das man der guten Literatur zurechnen konnte, einen faszinierend komplexen Roman, mit dem er der Welt sein Können beweisen würde. Das wäre etwas ganz anderes als diese dramatischen Abenteuerschinken mit überlebensgroßen Helden und einer zu oberflächlichen Handlung.

Verdammt, ich möchte meinen wirklichen Namen auf der Bestsellerliste sehen, dachte Stephen und ballte die Hände zu Fäusten. Da hatte er so viel Erfolg und konnte doch keiner Seele davon etwas erzählen, konnte den Ruhm und die Bewunderung nicht genießen, was das Recht des Erfolgreichen war. Außerdem wollte er mit einem literarischen Werk berühmt werden und nicht mit dem Ramsch, den er zurzeit zusammenschrieb. Er wollte, dass seine Eltern ihn bewunderten und ihm den Respekt entgegenbrachten, den sie sonst nur für die echten Literaten übrig hatten. Bisher behandelten sie ihn immer noch wie einen ungeratenen Sohn, der es in seinem Leben zu nichts bringen würde. Er würde es schon allen zeigen. Und er würde ein solches Werk schreiben, ganz bestimmt. Er hatte das Talent.

Nur ungern dachte er an die Zeit zurück, als er so wenig auf seine eigenen Fähigkeiten vertraut hatte, dass er einen Job in der Werbebranche annahm. Und eigentlich hatte er diese Unsicherheit erst verloren, als er Forrestor ins Leben rief. Er hätte in englischer Literatur promovieren sollen, wie er es ursprünglich vorgehabt hatte. Er wusste jetzt, dass er zum Schriftsteller berufen war. Je mehr er zu Papier brachte, desto deutlicher wurde seine Begabung. Wer weiß, wie weit er es noch bringen konnte.

Allerdings konnte niemand in diesem Irrenhaus, das er sein Zuhause nannte, einen vernünftigen Gedanken fassen, geschweige denn zu Papier bringen. Die Kinder waren überall, jeder wollte etwas von ihm. Stephen hatte immer mehr den Eindruck, als hindere dieser Teil seines Alltags ihn daran, seiner Bestimmung gemäß zu leben. Miranda war einfach die falsche Frau für ihn. Ihre Vorstellung von einem glücklichen, erfüllten Leben stimmte mit seiner nicht mehr überein. Auch die Kinder passten nicht in sein neues Leben. Sie waren eigentlich ganz in Ordnung, aber sie zogen und zerrten an ihm und hinderten ihn daran, sich seinem Schaffensrausch hinzugeben. Sicher, es war sein Fehler gewesen, sich auf dieses Leben einzulassen, und dafür musste er jetzt büßen.

Er brauchte Zeit, und er brauchte Raum. Er musste allein sein, damit er tief in das Werk finden konnte, was ihm zu schreiben bestimmt war. Ich will mein Buch schreiben, dachte er und biss die Zähne zusammen. Ich habe es verdient.

«Stephen?»

Er schreckte aus seinen Gedanken hoch.

Eine attraktive Blondine war an der Ampel neben ihn getreten. Er lächelte automatisch und überlegte fieberhaft, wer es wohl sein könnte.

«Mein Gott, das ist ja schon ewig her. Wie wunderbar, dich wieder einmal zu sehen», sagte die Frau lebhaft.

Natürlich, sie war es, Jane Connors. Miranda und er hatten früher Bridge mit Jane und ihrem Mann Sam gespielt. Es war schon Jahrzehnte her, noch bevor Jack geboren wurde. Stephen wusste nicht mehr, warum sie damals den Kontakt mit Jane und Sam abgebrochen hatten. Er betrachtete die frühere Bridgepartnerin wohlgefällig. Jane war schlank und trug dunkelblaue Tuchhosen und einen eleganten Blazer. Die flachen schwarzen Schuhe sahen teuer aus, ebenso wie der Goldschmuck um Hals und Handgelenke. Sie hat wirklich Klasse, dachte er. Sie war immer attraktiv gewesen, aber jetzt hatte sie echt Stil. Warum konnte seine Frau nicht so aussehen?

Jane lächelte ihn freundlich an, und Stephen wurde ganz warm. «Hallo, Jane. Was für eine Überraschung.»

«Ja, wir haben uns lange nicht gesehen. Spielt ihr beiden denn noch Bridge?»

«Nein.» Er schüttelte traurig den Kopf, obgleich er sich eingestehen musste, dass er das Spielen nicht vermisste. «Wie steht es bei dir und Sam?»

Sie machte eine kurze Pause. «Sam und ich leben getrennt.»

In dem Moment schaltete die Ampel auf Grün, und beide traten auf die Straße. Stephen verarbeitete die Information. Sie war also sozusagen frei.

«Das tut mir aber Leid», sagte er bedauernd.

Sie zuckte mit den Schultern. «Es ist besser so.»

Er sah ihr in die Augen, und sie wich seinem Blick nicht aus. «Ich muss allerdings sagen, du siehst phantastisch aus. Vielleicht ist es also wirklich besser so. Es scheint dir gut zu bekommen.»

Sie zog kurz die Augenbrauen zusammen, als fragte sie sich, warum er ihr schmeichelte. «Danke», sagte sie dann zögernd. «Wie geht es denn Miranda und den Kindern?»

Er lächelte bedauernd. «Ich fürchte, nicht so gut, wir trennen uns gerade.» Sie weiß es nur noch nicht, fügte er im Stillen hinzu.

«Ach du liebe Zeit», sagte Jane überrascht. «Das tut mir aber Leid.»

Er hob resigniert die Hände. «Wie du schon sagtest, es ist besser so.»

Sie nickte.

«Hast du immer noch die Wohnung nicht weit von der Second Avenue?», fragte Stephen nach einer kurzen Pause. «War das nicht an der Kreuzung 71. Straße?»

«Ja, die habe ich behalten. Ich bin gerade auf dem Weg nach Hause.»

«Das trifft sich gut. Ich gehe auch in die Richtung. Dann können wir einander Gesellschaft leisten.»

Sie gingen nebeneinanderher und unterhielten sich lebhaft. Jane arbeitete in einem Reisebüro, und Stephen erzählte ihr, dass er bei Colby & Cummings gekündigt hatte. Es ärgerte ihn maßlos, dass er ihr nichts von Forrestor sagen konnte. Dann hätte er sicher leichtes Spiel bei ihr und müsste sich nicht so anstrengen, um sie zu beeindrucken.

Als sie schließlich die Second Avenue erreicht hatten, waren sie schon wieder ziemlich vertraut miteinander. Sie lachten zusammen über die alten Zeiten. «Weißt du noch, als wir uns über den Bridgetisch hinweg angeschrien haben?» – «Ja, aber unmittelbar nach dem Spiel waren wir wieder die besten Freunde.» Stephen legte ihr den Arm um die Schultern und sah ihr in die Augen, sooft er die Gelegenheit dazu hatte. Sie lud ihn auf einen Drink in ihre Wohnung ein.

Wenn ich dir nur sagen könnte, dass ich Forrestor bin, dachte Stephen. Wenn du nur wüsstest, was für einen fetten Fisch du an der Angel hast.

Er hielt ihr die Tür auf, und es wurde ihm plötzlich bewusst, dass er Miranda zum ersten Mal betrog. Er spürte so etwas wie Schuld deshalb und sah ihr fassungsloses Gesicht vor sich, die Enttäuschung in ihren Augen, wenn sie die Wahrheit herausfand.

Gerade in dem Augenblick wandte sich Jane zu ihm um und strich sich das lange Haar aus dem Gesicht. Sie schloss halb die Augen und lächelte ihn an.

Verdammt, Miranda, sagte er sich, du hast es dir selbst zuzuschreiben.

8. Kapitel

«Ehrlich gesagt, Abby Morris hat ja nun schon seit längerem ihre besten Jahre hinter sich.»

Miranda sah ihren Mann empört an. Wie so häufig in letzter Zeit hatte er den Mund leicht zynisch verzogen, und auch sein Gegenüber, ein sonnengebräunter Mann mittleren Alters, hatte einen ähnlichen Gesichtsausdruck.

«Wie kannst du so etwas sagen?», widersprach sie ernsthaft. Sie sah das Gesicht der Schauspielerin vor sich, von der die Rede war. Die Frau konnte nicht älter als Anfang dreißig sein.

Stephen zuckte nur mit den Schultern, aber Anthony Perry, der Anlageberater, den er in seinem Fitnessstudio kennen gelernt hatte, meinte geringschätzig: «Sie hat schon eine ganze Reihe von Schönheitsoperationen hinter sich, aber damit lässt sich das Unvermeidliche auch nur um ein paar Jahre hinausschieben.»

Stephen streckte die Hand nach der Flasche Merlot aus und goss erst sich und dann Anthony ein.

«Auf die Frauen in den Zwanzigern», sagte er laut und hob das Glas.

«Entschuldige, wenn ich mich diesem Toast nicht anschließe.» Miranda konnte den Ärger in ihrer Stimme nicht verbergen. Sie blickte die Frau an, die Anthony mitgebracht hatte, und es wurde ihr klar, dass Sally Winnick wahrscheinlich in den Zwanzigern war. Vielleicht sogar erst Anfang zwanzig, der makellosen Haut nach zu urteilen.

Ich sollte mich wirklich nicht darüber aufregen, dachte Miranda und schloss kurz die Augen. Ihr Kopf schmerzte. Sie schwieg, während Anthony Perry weiterhin die Unterhaltung bestritt, wie er es schon in der vergangenen Stunde getan hatte. Von alternden Filmstars wechselte er über auf das Thema Börsenmarkt, dann sprach er wieder über Grundbesitz, worüber er sich schon früher ausgelassen hatte.

Miranda langweilte sich und ließ sich von dem Teewagen mit den verschiedensten Kuchen ablenken, der von dem Kellner zwischen den Tischen hindurchgefahren wurde. Die Apfeltorte sah besonders lecker aus, mit den großen saftigen Apfelstücken, die von einer bräunlich karamellisierten Soße bedeckt waren. Sie folgte dem Wagen mit den Augen, als er an ihr vorbeigeschoben wurde. Die Schokoladentorte mit der duftigen Sahnefüllung war auch nicht schlecht.

«Hmm!», machte Miranda unwillkürlich. «Das sieht aber gut aus.»

Stephen sah sie streng an und schüttelte den Kopf.

Sally stöhnte. «Ich könnte keinen Bissen mehr hinunterbekommen, nach all dem, was ich gegessen habe.»

Ja, wirklich, der winzige Salat ohne Soße und die zwei Gabeln Fisch. Miranda bemerkte die Bewunderung, mit der Stephen Sally ansah, und sagte nichts. Sie stand auf, nickte den anderen kurz zu und ging in Richtung Toiletten. Vor dem eleganten Spiegel des Vorraums blieb sie stehen. Ich bin keine zwanzig mehr, dachte sie, und ich bin auch nicht magersüchtig. Das schwarze Cocktailkleid saß ein wenig zu eng, und eine feine Linie zog sich quer über ihre Stirn.

Und wenn schon. Sie nahm eine Bürste aus ihrer Handtasche und bürstete sich energisch das kräftige Haar. Ich will auch gar nicht mehr zwanzig sein und bulimisch schon gar nicht. Sie machte eine Grimasse. Abende wie dieser wurden ihr immer lästiger. Man saß mit Menschen zusammen, mit denen man sich nichts zu sagen hatte, trank überteuerten Wein, aß, was gerade in war, und langweilte sich. Seit Stephen bei der Werbefirma aufgehört hatte, hatte er sich mit Männern angefreundet, deren Väter häufig so viel Geld verdient hatten, dass für die Söhne nichts mehr zu tun übrig blieb. Oder es waren Männer wie Anthony Perry, die zwar ganz normal angefangen hatten, es aber relativ schnell zu Wohlstand gebracht hatten und jetzt nicht mehr erinnerten, wie normale Leute lebten. All diese Typen hatte Stephen in dem Fitnessstudio kennen gelernt. Außerdem war er einem Club beigetreten, von dem Miranda zwar noch nie gehört hatte, den Lydia aber als einen der exklusivsten in New York bezeichnete.

Meist ging er allein zu Veranstaltungen, bei denen Abendkleidung vorgeschrieben war. «Es werden nur Männer da sein», sagte er dann und strich die Smokinghose glatt. Ihr war es eigentlich ziemlich egal. Sie hatte genug mit den Kindern zu tun. Aber sie vermisste ihr altes Leben, die spontanen Bridgespiele mit den Lights am Freitagabend, wenn sie sich zufällig im Aufzug getroffen hatten, oder das gemeinsame Essen mit den Belkers jeden zweiten Sonntag. Da Stephen von den alten Freunden nichts mehr wissen wollte, musste sie sie allein besuchen. Und da sie ständig für die Kinder da sein musste, reichte es selten zu mehr als einem schnellen Mittagessen. Aber am meisten fehlte ihr das Gefühl, dass sie und Stephen gemeinsam die Verantwortung für die Familie trugen.

Ja, es ist einsam an der Spitze, dachte sie traurig, und sie selbst hatte auch nie das Bedürfnis gehabt, zu den obersten Zehntausend zu gehören. Sie sah sich noch einmal prüfend im Spiegel an. Sie sollte wieder zu den anderen gehen. Stephen hatte es gar nicht gern, wenn sie so lange wegblieb.

Ich bin eigentlich wirklich einsam, musste Miranda sich eingestehen, während sie zwischen den Tischen hindurch auf Stephen und seine Gäste zuging. Aber ich habe wenigstens die Kinder und Lydia und auch ein paar gute Freunde. Wen hat Stephen schon? Er umgibt sich mit Leuten, die nicht wissen, womit er wirklich seinen Lebensunterhalt verdient. Sie sah, wie Stephen aus einer neuen Flasche Wein nachschenkte. Er hatte eine Serviette in der Hand und wirkte wie ein übereifriger Oberkellner. Sie zog den Stuhl vor und setzte sich.

Erst um ein Uhr morgens waren sie schließlich wieder zu Hause. Um Viertel nach drei wurde Miranda plötzlich durch Geräusche geweckt, die aus Jacks Schlafzimmer kamen, das ihrem gegenüberlag. Sie sprang aus dem Bett. Stephen schlief ungestört weiter.

Jack hatte sich übergeben. Miranda säuberte das Kind, zog die Bettwäsche ab, warf sie in die Waschmaschine und bezog das Bett neu. Sie setzte sich zu ihm, bis er eingeschlafen war, und erst um fünf kroch sie wieder in ihr eigenes Bett. Eine Stunde später fing Sophie an, sich zu übergeben, wovon nicht nur Miranda wach wurde, sondern auch Jack und Ethan. Die beiden älteren Kinder hatten offensichtlich eine Magengrippe.

Am folgenden Tag war Miranda nur damit beschäftigt, die Kranken zu versorgen und den gesunden Ethan bei Laune zu halten. Um sieben Uhr abends waren schließlich alle drei in ihren Betten. «Ihr könnt noch ein bisschen spielen, solange ihr dabei in euren eigenen Zimmern bleibt. Euer Daddy und ich werden heute auch ganz früh ins Bett gehen.» Sie strich sich erschöpft eine Haarsträhne aus der Stirn. Als sie schließlich die letzte Kinderzimmertür geschlossen hatte und das Flurlicht ausschalten wollte, sah sie zu ihrer Überraschung, dass Stephen seinen neuen dunkelblauen Kaschmirmantel anzog.

«Willst du uns ein paar Sandwiches holen?», fragte Miranda und lächelte. Sie wusste, dass kaum etwas im Kühlschrank war. Sie hatte noch nicht einmal Zeit gehabt, das Nötigste zu besorgen.

Stephen schüttelte missbilligend den Kopf und zog die Augenbrauen zusammen. «Hast du nicht gestern Abend genug gegessen? Vielleicht würde es dir ganz gut tun, mal eine Mahlzeit auszulassen.»

Miranda starrte ihn überrascht an. «Oh, habe ich dich in Verlegenheit gebracht? Das tut mir aber Leid.» Ihre Stimme hatte einen leicht sarkastischen Ton.

Er sah sie nur abschätzig von oben bis unten an. Sie trug immer noch Morgenrock und Hausschuhe. Den ganzen Tag hatte sie buchstäblich keine Zeit gehabt, sich anzuziehen. «Du kannst mich gar nicht in Verlegenheit bringen», sagte er schließlich kalt. «Und wenn du dich auch noch sosehr bemühst.»

Sie fühlte, wie sich ihr Magen vor Wut und Scham zusammenzog, als Stephen sich zur Tür wandte. «Wo gehst du denn hin? Ich dachte, wir hätten mal ein paar Stunden für uns.»

«Ich habe dir doch gesagt, dass ich heute Abend zu Mario Selacci gehe.»

Miranda erinnerte sich nur daran, wie sehr es Stephen beeindruckt hatte, dass der letzte Entwurf des Architekten auf der ersten Seite der «New York Times» abgebildet war.

«Wir spielen Poker», sagte Stephen abschließend und zog die Tür mit Nachdruck hinter sich ins Schloss.

Von wegen Poker, dachte Miranda ärgerlich. Sie ging in die riesige Küche und sah wütend auf die polierten Kupfertöpfe, die über dem großen Marmortisch hingen, der in der Mitte des Raumes stand. Ein viel zu großer Herd, der einem Fünf-Sterne-Restaurant alle Ehre gemacht hätte, stand an einer Wand, blitzende Küchenmaschinen auf beiden Seiten daneben. Miranda dachte mit Wehmut an ihre wunderbare, gemütliche Küche in der alten Wohnung. «Wie unnütz das hier alles ist», sagte sie laut, ging zu einem der handgefertigten hölzernen Küchenschränke, riss die Tür auf und griff nach einer offenen Kekspackung.

9. Kapitel

Jack stürzte aus dem Fahrstuhl und presste dabei die Papiertüte so fest an sich, als enthielte sie Diamanten. Der kleine Laden in der Lexington Avenue hatte gerade schließen wollen, als er ankam, aber er hatte die Verkäuferin angefleht, ihn doch noch reinzulassen.

Er warf sich auf das Sofa im Wohnzimmer, öffnete schnell die Tüte und zog einen Zauberstab heraus. Er war höchstens einen halben Zentimeter dick, aber als Jack den goldschimmernden Stab hochhielt, hatte er das Gefühl, er könne die ganze Welt beherrschen.

«Abrakadabra, mick, mack, meck, schaffe meine Schwester weg», stieß er rhythmisch hervor.

Und dieser Wunsch war ihm ja schon beinahe erfüllt worden, denn die kleine Schwester würde zumindest das ganze Wochenende nicht da sein. Zufrieden lehnte er sich in die Kissen zurück. Wie wunderbar still es in der Wohnung war. Nicht nur Sophie war über das Wochenende irgendwo in Connecticut auf irgendeiner doofen Geburtstagsfeier, auch Ethan schlief heute Nacht bei einem Freund aus der Vorschule.

Sein Bruder und seine Schwester, wie beliebt die überall waren. Aber egal, dachte er, heute Abend würde er Mom und Dad ganz für sich haben. Sie wollten mit ihm in den Central Park gehen, um Captain Whizzo zu sehen, der nur heute dort auftrat. Jeden Sonnabend sah Jack die Sendung mit Captain Whizzo im Fernsehen und bewunderte ihn, wie er Hühner in Bären verwandelte oder sich in letzter Minute noch von den Fesseln befreite, bevor der Hubschrauber abstürzte. Der Mann war toll. Jack schloss die Augen und stellte sich vor, wie er seine Schwester in zwei Hälften zersägte. Und keiner konnte sie wieder zusammenfügen.

Aber er wollte heute nicht an Sophie denken, sondern an Captain Whizzo. Er dachte an den Trick von letztem Sonnabend. Der Captain hatte fünf rohe Eier gegen die Decke geworfen, und anstatt zu zerbrechen und als gelbe Soße wieder herabzutropfen, hatten sie sich in fünf lila Blumen verwandelt, die langsam herabsegelten. Wenn ich ordentlich trainiere, dachte Jack, dann kann ich sicher auch mal so gut werden wie der Captain.

Wenigstens fast so gut, schränkte er ein, hob den Zauberstab und stellte sich vor, er würde sich jetzt ein Kaninchen herbeizaubern. Dann öffnete er wieder die Augen. Es sah sicher seltsam aus, wie er so mitten in einem menschenleeren Raum mit einem goldenen Stab herumwedelte. Aber das war ihm gleichgültig. Dass der Raum leer war, war schon Wunder genug. Keine kleine Schwester, über die er sich ärgern musste. Im Grunde konnte er sich an ihre Geburt nicht mehr erinnern, denn er war noch zu klein gewesen. Und dennoch konnte er sich vorstellen, wie es war, als er das einzige Kind war und sich beide Eltern um ihn kümmerten. Und dann kam dieses Monster mit den goldenen Löckchen.

Ethan war ja ganz in Ordnung, konnte aber auf seine Art auch ganz schön nerven. Und seitdem er da war, hatte sich wieder alles geändert. Mom war nicht mehr arbeiten gegangen, was ihm gut gefiel, aber Daddy ... Bevor Ethan kam, so konnte sich Jack noch vage erinnern, waren Dad und er manchmal über den Broadway geschlendert, waren in verschiedene Läden gegangen, und ein paar Mal hatte Dad ihn sogar in den Central Park mitgenommen. Heute war alles anders. Obwohl Daddy nicht mehr außer Haus arbeitete, war er selten zu sehen. Er schloss sich in sein Arbeitszimmer ein, und wenn eins der Kinder von ihm etwas wollte, dann kam Mom schon und zog einen von der Tür weg. «Sag mir, was du willst.»

Und dabei war Dad noch nicht einmal dankbar, dass sie ihn von allem abschottete. Meist wirkte er irgendwie sauer. Und gemein war er auch zu ihr. Jack war es peinlich, wenn er ihre Streitereien anhören musste. Dann wurde er wütend auf den Vater, aber wenn er ehrlich war, ärgerte er sich auch ein bisschen über seine Mutter.

Doch heute Abend würde alles anders sein. Vor einem Monat schon hatte er beim Abendbrot erwähnt, dass Captain Whizzo heute auftreten würde, und seine Mutter hatte gesagt, dass sie sich darum kümmern würde. Und da Sophie und Ethan beide schon um vier abgeholt worden waren, war er sicher, dass alles noch schöner sein würde, als er gehofft hatte. Mom und Dad würden mit ihm gehen, ganz allein mit ihm. Es war zwar nur ein einziger Abend, aber es würde ein toller Abend werden.

«Kannst du nicht endlich einmal pünktlich fertig sein?», fuhr Stephen sie an, während er die Smokingaufschläge glatt strich und ungeduldig auf seine Armbanduhr sah.

Miranda stand vor der Spiegelwand ihres begehbaren Schranks und zerrte an dem Taillenbund ihres schwarzen Chanel-Kostüms. Als sie im letzten Sommer in Paris gewesen waren, hatte Stephen darauf bestanden, dass sie sich endlich etwas Vernünftiges zum Anziehen kaufte. Sie hatte das Kostüm bisher nur einmal angehabt, und jetzt bekam sie den Knopf nicht mehr zu. Sie betrachtete ihr Spiegelbild. Lydia würde mit ihren 98 Pfund vor Hunderten von Menschen tanzen. Die anwesenden Frauen würden auch kaum mehr auf die Waage bringen, und sie kriegte einen Rock Größe 44 nicht mehr zu.

Schließlich zwängte sie den Knopf doch noch durch das Knopfloch und griff nach der Jacke.

«Du siehst aus wie das Michelin-Männchen», höhnte Stephen und sah sie von oben bis unten an. Sie hängte sich schnell die Jacke über die Schultern und unterdrückte die Tränen. «Gut, dass wenigstens einer von uns hinreißend aussieht», sagte sie und küsste ihn beim Vorübergehen auf die Wange.

In seinen Augen stand beinahe so etwas wie Abscheu, und das überraschte sie dann doch. Stephen war in der letzten Zeit zwar ungewöhnlich egoistisch und nörgelte ständig an ihr herum, aber nun sah er sie an, als hasse er sie. Eine kalte Angst packte sie.

«Lass uns gehen», sagte sie leise. Sie hatte plötzlich das Gefühl, als stände sie auf der Bühne und wisse nicht, in welchem Stück.

«Wenn du schon nicht die Schönste sein kannst, willst du wahrscheinlich wenigstens die Dickste sein» sagte Stephen laut und folgte ihr. «Das ist immerhin auch etwas.»

«Es ist widerlich, so etwas zu sagen», stieß sie hervor, bevor sie noch wusste, was sie tat. Sie wandte sich voller Wut zu ihm um. «Was denkst du dir dabei?»

Stephen ging schweigend an ihr vorbei und trat auf den Flur. Die Schlafzimmertür war nur angelehnt gewesen, stellte Miranda jetzt mit Entsetzen fest. Hoffentlich hatte Jack nichts gehört, aber normalerweise war er ja in seinem Zimmer. Doch als sie ins Wohnzimmer kamen, war er schon da.

«Fertig?», fragte er und strahlte sie an.

Der Junge lächelte so selten, und Miranda beugte sich vor und umarmte ihn, was er sich erstaunlicherweise auch gefallen ließ.

«Vollkommen fertig», sagte sie und richtete sich wieder auf. «Dein Vater macht richtig was her, findest du nicht?» Sie trat einen Schritt zur Seite, damit der Junge seinen Vater bewundern konnte.

«Warum habt ihr euch denn so fein gemacht?», fragte Jack. «Im Park braucht man doch nur Jeans und Pullover anzuhaben, selbst bei einer Vorführung.»

Stephen ging einfach an seinem Sohn vorbei, während Miranda Jack überrascht ansah.

«Liebling», sagte sie vorsichtig, «wir gehen nicht in den Park. Du weißt doch, heute ist Tante Lydias großer Abend.»

«Und für Tante Lydia tun wir doch alles, nicht wahr?» Stephen lachte kurz auf.

Miranda sah ihn verärgert an. «Lydia ist eine wunderbare Tante und eine sehr liebe Schwester.»

«Lydia ist ein Miststück, und du bist geisteskrank, wenn du das immer noch nicht gemerkt hast.» Stephen betrachtete sich im Spiegel.

Es klingelte, und Miranda nahm das Haustelefon ab. «Okay», sagte sie schließlich und hängte wieder ein. «Tamara ist da», sagte sie nur und nahm ihren Mantel vom Bügel.

«Was soll denn Tamara hier?» Jacks Stimme klang zornig und ängstlich zugleich.

Stephen antwortete nicht und ging zum Fahrstuhl. Miranda sah den Sohn bekümmert an. «Tamara wird mit dir spielen, während wir auf der Benefizgala von Tante Lydia sind, Liebling», sagte sie sanft. «Du weißt doch, dass Tante Lydia viel für die aidskranken Kinder tut. Sie wird heute Abend sogar tanzen.» Ihre Stimme wurde leiser, als sie seinen Gesichtsausdruck sah. «Aber das haben wir dir doch schon vor Wochen gesagt.»

«Aber wir wollten doch zu Captain Whizzo gehen!» Jacks Stimme überschlug sich.

Captain Whizzo? Ja, richtig, vor langer Zeit hatte Jack mal etwas erwähnt beim Abendbrot. Warum hatte sie bloß nicht besser zugehört. Sie trat auf Jack zu und wollte ihn umarmen, aber der Junge stieß sie zur Seite.

«Du hast es mir versprochen!», schrie er.

«Aber, Jack, du weißt doch, dass das nicht geht. Du musst doch gehört haben, dass wir uns die ganze Woche schon über diese Gala unterhalten haben.»

Jack brach in Tränen aus, wandte sich ab und warf sich auf die Couch. Als sich die Fahrstuhltür öffnete und er Tamaras Stimme hörte, presste er sich zwei Kissen auf die Ohren.

«Komm endlich, Miranda», sagte Stephen ungeduldig und ging zum Fahrstuhl, «wir kommen sowieso schon zu spät.»

Miranda hob langsam den Kopf. «Kannst du dir wirklich vorstellen, dass ich den Jungen jetzt in diesem Zustand allein lasse?»

«Ich kann mir alles Mögliche vorstellen. Ich kann mir vorstellen, dass du vergessen hast, was du deinem Erstgeborenen versprochen hast. Ich kann mir vorstellen, dass du ein Chanel-Kostüm nicht mehr anziehen kannst, weil du zu fett bist. Ich kann mir vorstellen, dass du jetzt entweder sofort kommst oder aber ich ohne dich gehe.» Er trat in den Fahrstuhl, und als Miranda bewegungslos stehen blieb, drückte er auf den Knopf, und die Türen schlossen sich.

Miranda hatte das Gefühl, als habe ihr jemand einen Hieb in den Magen versetzt. Sie holte tief Luft und versuchte, die Fassung wiederzugewinnen. Dann wandte sie sich um, lächelte Tamara an und nahm einen 20-Dollar-Schein aus dem Portemonnaie. «Tamara, ich brauche dich heute nicht mehr. Es tut mir Leid, dass du den ganzen Weg umsonst gemacht hast.»

Tamara sah überrascht aus, nahm aber den Schein. «Ist schon in Ordnung, Mrs. Shaeffer.»

Als das Mädchen mit dem Fahrstuhl wieder nach unten gefahren war, wandte sich Miranda seufzend um und ging zu der

Couch hinüber. Vorsichtig setzte sie sich auf die Lehne und strich ihrem Sohn über das hellbraune Haar. «Okay, Liebling, lass uns gehen.»

Jack hob den Kopf und starrte die Mutter aus nassen Augen an. «Wohin?»

«In den Park», sagte sie zärtlich und wischte ihm die Tränen von den Wangen.

Jack stieß sie zurück, sprang auf und rannte aus dem Zimmer. «Ich will nirgendwo mit dir hingehen», schrie er. «Du bist so fett, dass ich nicht mit dir gesehen werden will.»

Lydia umklammerte Roman Kelaquoyas Hand, als sie sich verbeugte. Sie hatte plötzlich Angst, sie könnte vor den Augen von fast zweitausend Menschen zu Boden sinken, so erschöpft und verschwitzt, wie sie war. Dennoch lächelte sie strahlend, wechselte graziös das Standbein und verbeugte sich nach der anderen Seite.

Oh, mein Gott, sagte sie sich immer wieder. Ich habe es geschafft! Sie hatte immer diesen verrückten Traum gehabt, ein Bankett zu organisieren und dann das Adagio aus Tschaikowskys «Dornröschen» zu tanzen, das erste Mal wieder seit mindestens fünf Jahren. Und nun war dieser Traum Wirklichkeit geworden.

Als das Komitee zur Unterstützung aidskranker Kinder sie gefragt hatte, ob sie nicht mitarbeiten wollte, hatte sie automatisch Ja gesagt. Sie selbst hatte in ihrem Leben immer wieder mit großen Schwierigkeiten zu kämpfen gehabt, und nun war sie beeindruckt von den Kindern, die hier um ihr Leben kämpften. Ihr war klar, dass einige ihrer alten Tanzkolleginnen hinter ihrem Engagement reinen Eigennutz vermuteten, Publicity-Sucht vielleicht oder den Wunsch, mit den Reichen in Kontakt zu kommen, aber sie irrten sich. Lydia wusste, dass das Leben sie hart gemacht hatte und sie viel aushalten konnte, und vielleicht war sie sogar stolz darauf. Aber für Kinder hatte sie immer eine große Schwäche gehabt, und sie war beeindruckt, mit welcher Hartnäckigkeit Kinder ihr Ziel verfolgten. Am Sonnabendnachmittag gab sie zwanzig Jungen und Mädchen gratis Ballettunterricht, Kindern, die aus den schlimmsten Gegenden New Yorks kamen. Was ihr da an Zuneigung und Energie entgegenkam, war mehr wert als das Geld reicher Erwachsener oder ihre verzogenen Kinder. Zwei oder drei aus ihrer Gratisklasse hatten durchaus das Zeug, eine Profikarriere einzuschlagen.

Der Applaus schien gar nicht enden zu wollen. Wieder verneigte Lydia sich, dann kniete sie nieder und sammelte einige der Blumensträuße auf, die das Publikum auf die Bühne geworfen hatte. Die gelben Rosen waren sicher von Miranda. Gelbe Rosen waren ihre Lieblingsblumen, und immer wenn Miranda zu einem von Lydias Auftritten kam, nahm sie gelbe Rosen mit. Lydia war erleichtert bei der Vorstellung, dass Stephen und Miranda hinter der Bühne auf sie warteten. Normalerweise war ihr das nicht so wichtig, aber der heutige Abend war so überwältigend für sie gewesen, dass sie die Unterstützung der Schwester brauchte, um sich vor den Massen zu schützen, die gleich auf sie zustürzen würden. Es war schon sehr anstrengend gewesen, diese ganze Sache zu organisieren. Zusammen mit zwei anderen Freiwilligen hatte sie das Dinner zusammengestellt, hatte die PR-Kampagne geplant, die Spendensammlungen koordiniert und sogar die Sitzordnung machen müssen. Das war das Schlimmste gewesen, denn sie musste genau berücksichtigen, wer mit wem gerade verfeindet war.

Und dann die Tanzvorführung. Sie hatte sich mit 35 von der Bühne zurückgezogen. Und wenn sie auch dank eiserner Disziplin körperlich in Topform war, war der Tschaikowsky mit 40 ein hartes Stück Arbeit. Sie wollte gut sein. Und sie hatte es geschafft. Natürlich, 40 war etwas anderes als 20. Sie wusste, dass sie ihre damalige Form nicht würde erreichen können. Aber sie war gut gewesen. Nein, mehr als das, sehr gut.

Endlich ebbte der Applaus ab, und Lydia zog sich hinter die Bühne zurück. Das Hotel hatte mehrere Umkleideräume. Miranda könnte die Leute begrüßen, die sicher gleich auftauchen würden, um Lydia zu gratulieren, während sie selbst schnell duschte. Sie war so nass von Schweiß, dass sie keinem die Hand geben mochte.

Auf dem Weg zu ihrem Umkleideraum nickte sie einigen anderen freundlich zu, die auch im Rahmen des Gesamtprogramms aufgetreten waren. Sylvia Ames, die Kabarettsängerin, und ihr Klavierbegleiter Kenny Atkins beglückwünschten sie. Und Mimi Ladd, eine international bekannte Schauspielerin, pfiff begeistert hinter Lydia her, als sie ihr im Flur begegnete. Lydia blieb stehen und sah Mimi genauer an. Irgendetwas war anders. Lydia erinnerte sich, sie das erste Mal in New York getroffen zu haben, als Mimi in «Annie Get Your Gun» auftrat und Lydia mit dem Miami-Ballett ein Engagement im City Center hatte. Mimi Ladd sah hinreißend aus und war der Liebling der Stadt. Und dennoch hatte sie sich damals schon über das Altwerden beschwert, obwohl sie doch erst Mitte zwanzig war. Jetzt wurde Lydia klar, was sie irritierte. Mimi hatte sich liften lassen, und dabei war sie doch noch nicht einmal vierzig.

Und sie war dünn wie ein Supermodel. Am Tag zuvor hatte das Komitee für alle Teilnehmer einen Lunch gegeben, und Mimi hatte alles gegessen, was auf ihrem Teller war, und außerdem noch ein paar Pommes frites von Kenny Atkins. Kurz danach war sie verschwunden, war aber nach wenigen Minuten wiedergekommen, blass und leicht verschwitzt. Bulimie. Nicht, dass Lydia darüber besonders überrascht war. Sie hatte beinahe den Eindruck, als ob mindestens die Hälfte der Schauspielerinnen und Tänzerinnen, die sie kannte, bulimisch waren. Wie konnte man so etwas tun, dachte sie. Disziplin und ein eiserner Wille, das zeichnete die wahre Tänzerin aus. Sich überfressen, wie ekelhaft. Und sich dann übergeben, widerlich.

Lydia winkte Mimi noch einmal zu und ging zu ihrem Umkleideraum. Sie blieb stehen, die Hand bereits auf dem Türknopf, als sie Stephen sah.

«Hallo», sagte sie und sah sich nach Miranda um. «Wo ist mein Schwesterherz?»

«Sie hat es leider nicht geschafft», sagte er nur. «Übrigens, du warst phantastisch.»

Lydia starrte ihn an. «Was heißt das, sie hat es nicht geschafft?»

«Das heißt», sagte er langsam, als sei sie etwas begriffsstutzig, «dass sie heute Abend nicht kommen konnte.» Dass er sich an ihrer Bestürzung weidete, war nicht zu übersehen.

Lydia lächelte kurz. Was war er bloß für ein Idiot. Sie würde nie verstehen, was Miranda an ihm fand. «Stephen, such deine Frau und bring sie her. Ich brauche ihre Hilfe. Jeden Augenblick kann hier der Teufel los sein, und ich muss mich noch umziehen.»

Stephen lachte kurz auf. «Warum sollte ich dich denn anlügen? Miranda konnte wirklich nicht kommen. Mein ältester Sohn musste unbedingt einen Nervenzusammenbruch kriegen, gerade als wir das Haus verlassen wollten. Und die liebe Mutter wollte ihn nicht allein lassen. Aber ich bin doch da», sagte er und grinste. «Ich kann Eure Hoheit sicher auch vor der Volksmenge schützen, während sie sich badet und wieder ankleidet.»

Lydia hörte gar nicht zu. Sie hatte nur eins mitbekommen: Miranda war nicht da. An Lydias wichtigstem Abend seit Jahren hatte die Schwester es nicht für nötig gehalten zu kommen.

Wütend riss sie die Schublade ihres Schminktisches auf und griff nach ihrer Tasche. Dann rannte sie an Stephen vorbei, den Flur hinunter zu der kleinen Kantine, in der ein öffentliches Telefon hing. Währenddessen suchte sie in ihrer schwarzen Judith-Lieber-Tasche herum, bis sie eine 25-Cent-Münze fand. Sie steckte die Münze in den Schlitz und wählte Mirandas Nummer.

«Was für eine Schwester bist du eigentlich?», schrie sie sie sofort an, nachdem Miranda sich gemeldet hatte. «Ich habe mich fast umgebracht, bin vollkommen fertig und bräuchte einmal, ein einziges Mal, deine Hilfe. Habe ich jemals etwas von dir verlangt? Nein, niemals! Und kannst du mir nun dieses eine Mal den Gefallen tun? Nein, nein, nein!»

Sie hörte, wie Miranda Entschuldigungen stammelte. Es sei ein Missverständnis. Sie hörte, dass die Schwester weinte, aber das war ihr ganz egal. «Gut», unterbrach sie sie mit schneidender Stimme. «Ich werde dich nie wieder um etwas bitten, hörst du, nie wieder. Du kannst dich ganz deinem aufgeputzten Ehemann und den drei Lieblingen widmen. Wenn ich mal wieder eine Schwester brauche, werde ich in den Gelben Seiten nachsehen.» Sie knallte den Hörer auf.

Lydia war so wütend, dass sie nicht wieder in ihren Umkleideraum zurückgehen wollte. Stephen Shaeffer war der Letzte, dem sie jetzt begegnen wollte. Sie ließ sich auf einen Stuhl sinken und fing an zu zittern. Der eigene Herzschlag dröhnte ihr in den Ohren, und es dauerte eine Weile, bis sie merkte, dass jemand etwas zu ihr sagte. «Was?»

«Ich sagte: Zorn ist ein Lebenselixier der Seele. Wer ihn nicht kennt, hat einen engen Geist.» Ein Mann vom Nebentisch mit einer Lesebrille auf der Nase und einem Buch in der Hand lächelte sie freundlich an.

Lydia sah ihn verwirrt an.

«Das ist von Thomas Fuller», fügte er schnell hinzu, «einem Geistlichen aus dem 17. Jahrhundert.» Als sei damit alles erklärt.

«Wie kommen Sie dazu zu behaupten, ich hätte einen engen Geist?», sagte Lydia erbost. «Woher wollen Sie das denn wissen?»

Der Mann sah sie überrascht an. «Nein, nein. Genau das Gegenteil ist der Fall. Fuller wäre voll auf Ihrer Seite gewesen.» Wieder lächelte er. «Er war der Meinung, dass der Zorn etwas Positives sei, das den Geist in Bewegung hält sozusagen. Wer den Zorn nicht kennt, lebt ein verstümmeltes Leben.» Er griff nach dem hohen Glas zu seiner Rechten und hielt es ihr hin. «Scotch und Soda, gut für Körper und Seele.»

Er lachte, als sie zögerte. «Keine Angst, ich habe es noch nicht angerührt. Hier, nehmen Sie. Ich bin Arzt und weiß, was für Sie gut ist.»

Lydia nahm ihm das Glas aus der Hand. Er hatte Recht. Genau das brauchte sie jetzt. «Wer sind Sie?», fragte sie und gab ihm das Glas zurück, nachdem sie einen großen Schluck getrunken hatte.

«Mein Name ist Henry Adamson», sagte er und reichte ihr die Hand. «Ich bin der Mann von Mimi Ladd, die Sie doch sicher kennen.» Nun trank er selbst einen Schluck. «Übrigens, Sie waren hinreißend.»

«Ich glaube nicht, dass meine Schwester Ihrer Meinung ist.»

Lächelnd reichte er ihr wieder das Glas. «Nein, ich meine, als Sie tanzten.»

Zu ihrem eigenen Erstaunen erwiderte Lydia sein Lächeln. Mimis Mann sah ausgesprochen gut aus, auch wenn sein Smoking etwas abgetragen war. Aber er hatte schöne braune Augen unter den kräftigen grauen Augenbrauen.

«Vielen Dank», sagte sie schließlich und stand auf. «Vielen Dank für das Kompliment.» Sie gab ihm das Glas zurück. «Und für den Scotch», fügte sie lachend hinzu. «Ich sollte mich jetzt wohl lieber meiner Verantwortung stellen.»

Sie winkte ihm zu, als sie den Raum verließ. Wie merkwürdig, dachte sie. Dieser Fremde hatte es tatsächlich fertig gebracht, dass sie sich besser fühlte. Aber noch nicht wieder so gut, dass sie ihrer Schwester verzeihen konnte, sagte sie sich, während sie ein strahlendes Lächeln aufsetzte, um die Glückwünsche ihrer Bewunderer entgegenzunehmen.

10. Kapitel

«Hallo, Mr. Shaeffer. Wie geht es Ihnen?»

Stephen blickte durch das schusssichere Glas auf die hübsche rothaarige Kassiererin. Sie hatte ein sehr offenes und natürliches Lächeln.

«Danke gut, Mary. Und Ihnen?»

Sie griff nach dem Formular, das er zwischen der Marmorplatte und dem Glas durchgeschoben hatte. «Auch gut, danke. Nächste Woche gehe ich auf Urlaub, ich kann es schon gar nicht mehr erwarten.» Sie blickte auf das Formular und runzelte leicht die Stirn. «Wie schade, dass Sie Ihr Konto auflösen. Dann werden wir uns wohl nicht mehr sehen.»

Ihre Enttäuschung tat Stephen gut, und er richtete sich auf. «Oh, nein, auf Ihr reizendes Gesicht werde ich auch in Zukunft nicht verzichten. Es handelt sich nur um ein Konto, ich habe noch ein anderes hier.»

Sie nickte lächelnd. Sollte er sie nach ihrer Telefonnummer fragen? Lieber nicht, nachher holte er sich noch irgendetwas. Bei Jane war er besser aufgehoben.

«Für die Summe möchte ich gern einen Barscheck haben», sagte er.

«Gern. Bin gleich wieder da.» Sie stand auf und verschwand im Hintergrund des Raumes.

Auch das noch. Wahrscheinlich musste sie wegen eines Barschecks über 100 000 Dollar mit ihrem Vorgesetzten sprechen. Er hätte die ganze Sache lieber per Post oder Telefon abgewickelt, aber in diesem Fall war es so besser. Er wollte absolut sicher sein, dass alles klappte. Zu leicht könnte es passieren, dass eine Quittung oder eine Bestätigung an seine Wohnadresse und nicht an sein Postfach geschickt wurde. Dann würde Miranda den Brief eventuell öffnen, aus Versehen, denn mit den Finanzen hatte sie ja sonst nichts zu tun. Aber da sie auf dieser Bank auch ihr gemeinsames Konto hatten, bestand immerhin die Möglichkeit.

Er trommelte ungeduldig mit den Fingern auf die Marmorplatte. Dies war das fünfte und letzte Mal, dass er eine große Geldsumme abhob. In den nächsten Monaten würde er Miranda verlassen, dazu war er fest entschlossen. Und das Geld mitnehmen.

Mit Hilfe von Kyle Nichols hatte er sich bereits ein gutes Geldpolster geschaffen. Kyle war ein Glückstreffer, mit ihm war alles so einfach. Inzwischen hatte Stephen drei verschiedene Konten. Auf das größte würde er diese 100 000 Dollar einzahlen. Weder von dem Konto noch von der Summe würde Miranda jemals etwas erfahren. Dann hatten sie noch ihr normales gemeinsames Konto, auf dem immer gerade ausreichend Geld für ihre monatlichen Ausgaben war. Vor einiger Zeit hatte er von diesem Konto noch 25 000 Dollar heruntergenommen, es sollte wirklich nur das Nötigste drauf sein. Das dritte Konto war auch geheim, aber Stephen war bereit, Miranda darüber aufzuklären. Falls sie sich nämlich einen gewieften Scheidungsanwalt nahm, würde der nie glauben, dass außer dem normalen Girokonto kein anderes Konto vorhanden war. Die Vorstellung, das Konto offen legen zu müssen, ärgerte Stephen schon heute, aber es war sicherer.

Die Kassiererin erschien wieder. «Entschuldigung, das hat etwas länger gedauert.»

Sie schob den Scheck über den Marmortresen, und Stephen überprüfte ihn genau, bevor er ihn in die Brieftasche steckte.

«Danke.»

«Gern geschehen. Auf Wiedersehen.»

Ihre Blicke trafen sich. Was du wohl sagen würdest, wenn du wüsstest, dass ich Forrestor bin, dachte er bei sich. Diese Frage stellte er sich mehrmals am Tag, immer, wenn er mit anderen Menschen zusammen war, sprach sie aber nie aus.

Er seufzte leise und wandte sich um. Welchen Ausgang sollte er nehmen? Der zur Third Avenue war bequemer als der Vordereingang zur Lexington. Er ging in Richtung der großen Drehtür, die in die Haupthalle der Central Bank führte, und schnell an den Fahrstühlen vorbei über den dunklen Marmorfußboden. Er hatte es eilig. Wenn er erst diesen Scheck eingezahlt hatte, dann war er endlich …

Es war das dumpfe Heulen wie von einem gewaltigen Windstoß, das ihn zuerst überwältigte, ein Dröhnen, das von überall her zu kommen schien. Dann wurde er von einer gewaltigen unsichtbaren Kraft in die Luft gewirbelt, gegen eine Wand geschleudert und dann wieder auf den Boden geknallt. Instinktiv rollte er sich zusammen, um seinen Kopf zu schützen.

Ein ohrenbetäubender Krach schien ihn zu zerschmettern, dann hustete und keuchte er. Und als er mühsam die Augen öffnete, konnte er vor lauter schwarzem Qualm kaum etwas sehen. Wieder explodierte etwas und wieder. Staub und Mörtel rieselten herunter, und etwas Warmes, Feuchtes rann ihm über die Wange. Um ihn herum knackte und krachte es, und er erkannte voll Entsetzen, dass das ganze Gebäude kurz davor war zusammenzubrechen. Dann ein letzter donnernder Aufprall.

Stille.

Stephen bewegte sich nicht. Er atmete, so flach er konnte, und hörte nur das Pochen seines eigenen Herzens. Allmächtiger, was war passiert?

Eine Männerstimme rief irgendwo um Hilfe. Aus verschiedenen Richtungen kamen Schreie, Schluchzen, Stöhnen, aber dumpf, wie von weit her.

Er öffnete vorsichtig die Augen, voller Angst, was er sehen würde. Nichts. Absolute Dunkelheit. Vorsichtig bewegte er die Arme, dann die Beine. Er wischte sich das Blut von der Wange und fand eine Wunde in der Schläfe. Im Übrigen aber schien er unverletzt zu sein. Er holte tief Luft und musste wieder husten.

Er musste nachdenken, sich konzentrieren. Was war geschehen? Etwas war explodiert. Eine Bombe vielleicht. Es war reine Glückssache, dass ihm weiter nichts passiert war. Er hätte tot sein können. Wie viele Menschen wohl verletzt waren, schwer verletzt, vielleicht tot? Eine Explosion, mittags in einem Geschäftshaus, all die Menschen, die eben noch an ihm vorbeigehastet waren. Wer weiß, wie viele verschüttet worden waren.

Vielleicht war er auch verschüttet! Er war ganz allein. Vorsichtig streckte er eine Hand aus und tastete vorwärts. Er berührte etwas Warmes und Weiches und zog schnell die Hand zurück. Ein Toter. Dann schob er sich hoch, kam auf die Knie und konnte schließlich aufstehen.

Hustend und keuchend stolperte er vorwärts, nur wenige Schritte, dann stieß er gegen eine Wand. Er tastete sie ab, dann drehte er sich um, machte einen Schritt, wieder eine Wand oder zumindest ein großes Hindernis.

Er war von allen Seiten eingeschlossen, deshalb hatte er die Stimmen auch nur so gedämpft gehört. Der kalte Schweiß brach ihm aus, und er sank auf den Boden. Er würde ersticken oder verdursten, wenn ihn keiner fand. Wusste denn überhaupt jemand, dass er heute zur Bank gehen wollte? Ja, Kyle Nichols wusste, dass er heute das Geld holen wollte. Und die Leute in der Bank hatten ihn natürlich auch gesehen. Sie würden sich an ihn erinnern. Wenn sie noch am Leben waren.

Offensichtlich hatte er in dieser Ecke des zusammengestürzten Gebäudes überleben können, und keiner würde wissen, dass es diese Luftkammer gab. Sie würden sich zwar erinnern, dass er in der Bank gewesen war, aber nicht wissen, dass er lebte! Und er würde in diesem Sarg lebendig begraben sein!

Panik überfiel ihn. Er musste hier raus.

Hastig tastete er mit beiden Händen die Wände seines Gefängnisses ab, immer und immer wieder. Vielleicht konnte er irgendwo ein Loch erweitern und rauskriechen. Er blickte hoch. Der Staub hatte sich etwas gelegt, von irgendwoher drang etwas Licht ein. Da, etwas Rötliches schimmerte über ihm, ein Schild, zwei Buchstaben … Ex … Exit! Das bedeutete, dass hier eine Tür sein musste. Wieder tastete er in Hüfthöhe alles ab, und da war sie, die lange horizontale Metallstange, mit der die Tür aufzustoßen war.

Ihm zitterten die Knie vor Erleichterung. Was hatte er für ein ungeheures Glück. Er brauchte noch nicht einmal auf die Rettungstrupps zu warten. Er konnte einfach die Tür aufstoßen und war frei.

Er legte die Hand auf die Stange und hielt plötzlich inne. Er konnte einfach die Tür aufstoßen und war frei. Und konnte hingehen, wo er wollte. Ohne dass es irgendjemand wusste.

Irgendwann würde man herausfinden, dass er heute hier in diesem Gebäude gewesen war. Und wenn sie ihn nicht fanden … Natürlich würde man überzeugt sein, er sei bei der Explosion getötet worden und seine Leiche läge unter den Trümmern begraben. Er konnte jetzt hier aus der Tür gehen und einfach verschwinden, und keiner würde es je wissen. Er wäre einfach nicht mehr da. Könnte woanders hingehen. Könnte ein anderer Mensch werden. Stephen Shaeffer würde in dieser Minute aufhören zu existieren.

Und wenn Stephen Shaeffer nicht mehr existierte, wäre er auch nicht mehr mit Miranda Shaeffer verheiratet. Er hätte das ganze Geld für sich allein und könnte endlich den Roman schreiben, den er schon so lange schreiben wollte. Schluss mit dem Forrestor-Schrott.

Seine ganzen Probleme wären mit einem Mal gelöst. Er hätte genügend Geld, um wenigstens für eine Zeit gut leben zu können, und mit dem neuen Roman, seinem wirklichen Roman, hätte er sowieso ausgesorgt.

Ein vollkommen neues Leben. Wie viele Menschen würden alles, aber auch alles, inklusive ihrer Seele, dafür geben, noch einmal ganz neu anfangen zu können. Diese Schicksalswende war ein Geschenk an ihn, den Schriftsteller.

Warum auch immer, ihm bot sich diese Chance, sein Leben noch einmal neu zu leben. Und er würde sie wahrnehmen.

Er versuchte, die Tür aufzustoßen. Nichts rührte sich. Er warf sich dagegen mit aller Kraft, wieder und wieder, bis die Tür schließlich mit einem kreischenden Geräusch nachgab und sich öffnete. Heller Sonnenschein drang ein, und Stephen schloss geblendet die Augen.

11. Kapitel

Miranda zog die Küchenschublade auf und suchte nach ihrem alten Kartoffelschäler. Diese ganzen glänzenden neuen Küchengeräte, die Stephen damals bei der Neueinrichtung angeschafft hatte, fand sie überflüssig und nutzlos, und nur mit Mühe hatte sie ihn davon abbringen können, den Schäler wegzuwerfen. Da war er. Sie schob die Schublade mit einem kleinen Hüftschwung wieder zu, während sie einen Blick auf den Fernsehapparat warf, der am Ende der langen Arbeitsplatte stand. Sophie hatte ihn vorhin angestellt, und Miranda hatte ihn noch nicht wieder ausgemacht.

Eine der üblichen Talkshows. Eine erschöpft aussehende Frau von vielleicht Mitte vierzig erzählte dem Publikum von den Schwierigkeiten, die sie mit ihrer sechzehnjährigen Tochter hatte. Die Sechzehnjährige kam nachts nicht nach Hause, und wahrscheinlich würde sie auch sitzen bleiben. Da kommt ja noch was auf mich zu mit Sophie, dachte Miranda und öffnete den Sack Kartoffeln. Sophie, geschminkt bis über die Ohren, in schwarzen knappen Ledershorts und einer durchsichtigen Bluse, die ihrer Mutter beiläufig mitteilte, dass sie mit einem Motorradclub nach New Mexico fahren wollte. Miranda lächelte bei der Vorstellung.

Sie fing an, Kartoffeln zu schälen, war in Gedanken aber noch bei ihrer Tochter. Im Augenblick war Sophie in ihrem Zimmer. Aber in etwa einer Viertelstunde würde sie in die Küche stürzen und unbedingt etwas essen wollen. Man konnte die Uhr danach stellen. Kurz vor dem Dinner hatte sie einen Bärenhunger, und meist fand sie dann irgendetwas zu essen, und beim Abendbrot nachher hatte sie keinen Appetit mehr.

Jack würde wie immer zu spät zum Essen kommen. Er wusste genau, dass er um halb sieben zu Hause sein sollte. Aber er hatte es sich zur Gewohnheit gemacht, generell erst um Viertel vor sieben zu erscheinen, und wenn er noch eine Viertelstunde vor dem Haus herumlungerte. Miranda hatte es aufgegeben, mit ihm zu streiten. Dann wurde sein Essen eben kalt. Wenn er kam, warf er seine Sachen in sein Zimmer, setzte sich zu ihnen an den Tisch und aß sein kaltes Essen. Er beschwerte sich nie, und Miranda hatte sich allmählich daran gewöhnt.

Ethan war wie immer ein Engel, auch zur Essenszeit. Fünf ist ein süßes Alter, dachte Miranda. Wie niedlich Sophie noch vor drei Jahren gewesen war. Außerdem war Ethan intelligent, und sie war sehr stolz darauf, dass er in die Hunter Elementary, eine Schule für begabte Kinder, aufgenommen worden war. Tausende von Kindern bewarben sich darum, und ihr Sohn hatte einen Platz bekommen!

Ethan war in seinem Zimmer und spielte wahrscheinlich mit seinen Autos. Vielleicht sollte sie mal schnell nachsehen, was er machte.

Das Telefon klingelte.

«Miranda, Liebes, wie geht es dir? Was machen die Kinder?»

Das war ihre Mutter, doch bevor Miranda antworten konnte, redete Esther weiter. «Irv und ich werden morgen nach Alaska fliegen.»

Miranda seufzte resigniert. Wie immer war ihre Mutter voller Begeisterung, wenn sie etwas Neues plante. «Mutter, wie schön, dass du anrufst.»

«Diesmal bin ich absolut sicher. Wir haben einen wunderbaren Platz für das Hotel gefunden.»

«Aber ihr habt doch schon ein Hotel!»

«Aber, Liebes, das ist doch nur ein kleines Motel. In Alaska werden wir einen Palast bauen. Dort liegt die Zukunft.»

In den folgenden zwanzig Minuten erklärte ihre Mutter ihr lang und breit, was sie vorhatte. Miranda hörte kaum zu, wieder einer von Esthers Wunschträumen, die nie in Erfüllung gingen.

«In einem Monat kommen wir zurück. Es ist eine richtige Fahrt ins Blaue, wir haben nichts Genaues geplant und noch nicht einmal ein Hotel reserviert. Nur Irv und ich und die Eisbären. Ist das nicht wunderbar?»

«Ja, Mom, wunderbar. Ich wünsche euch eine schöne Zeit.» Miranda hatte es schon lange aufgegeben, Esther zu widersprechen.

«Auf Wiedersehen, mein Schatz. Ich ruf dich an, wenn wir wieder zurück sind.»

Miranda legte den Hörer auf. Esther in Alaska. Was würde als Nächstes kommen? Sie öffnete die Kühlschranktür und sah währenddessen auf den Fernsehschirm. Die Talkshow war unterbrochen worden für eine Sondermeldung.

Mein Gott, was ist jetzt wieder passiert? Meistens hatte es irgendwo ein schlimmes Erdbeben gegeben, oder ein Wahnsinniger war Amok gelaufen.

«Meine Damen und Herren, wie wir vor kurzem bereits meldeten, ist in der Central Bank im Zentrum von Manhattan eine Bombe explodiert, um halb drei Uhr nachmittags. Bisher hat noch keine Einzelperson oder Gruppe dafür die Verantwortung übernommen. Leider ist mit einer großen Zahl von Opfern zu rechnen, die Lage ist sehr ernst. Wir zeigen Ihnen jetzt Bilder vom Unglücksort zwischen der Lexington Avenue und der 64. Straße.»

«Wie entsetzlich!» Miranda schüttelte langsam den Kopf. Ausgerechnet da, gegenüber vom Hauptbahnhof, in der Mitte der Stadt. Die Menschheit war wirklich verrückt geworden.

Sie machte die Kühlschranktür zu und ging näher an den Fernsehapparat heran. Sie kannte das Gebäude gut, war selbst jahrelang auf ihrem Weg zu ihrer Arbeitsstelle daran vorbeigekommen. Es sah so aus, als sei eine Seite des Gebäudes in sich zusammengefallen. Lastwagen, Polizeiautos und Krankenwagen verstopften die Straßen, und auf den Bürgersteigen drängten sich die Feuerwehrleute und Rettungsmannschaften. Viele Menschen standen fassungslos da, einige weinten, andere schrien, und manche starrten nur vor sich hin, als könnten sie nicht fassen, was sie da sahen. Die Kamera zeigte zwei Feuerwehrleute in Großaufnahme, die mit einer Trage aus den Trümmern kamen. Der Körper auf der Trage war mit einem blutigen Tuch bedeckt, lediglich ein Arm, offensichtlich der einer Frau, hing heraus und schlenkerte leblos im Rhythmus der Schritte hin und her.

Miranda ließ sich auf einen Stuhl fallen. Die armen Menschen. Was für ein entsetzlicher Zufall, gerade in der Zeit an so einem Ort zu sein, wenn ein Wahnsinniger es sich einfallen ließ, alles in die Luft zu sprengen. Wer an dem Tag krank zu Hause lag, wer sich entschieden hatte, sein Büro nicht zu verlassen und sein Mittag am Schreibtisch zu essen, der überlebte. Keine Vorwarnung, keine Logik, nichts, was man hätte dagegen tun können. Was für ein fürchterliches Schicksal.

Jetzt schaltete sich der Nachrichtensprecher wieder ein. «Das war es für den Moment. Wir melden uns wieder, wenn es neue Erkenntnisse gibt.»

Miranda stand schwerfällig auf und machte den Apparat aus. Das Leben konnte so schnell vorbei sein. Sie würde ihre Kinder an sich drücken und ihnen immer wieder zeigen, wie lieb sie sie hatte. Sie waren das Wichtigste, was sie besaß.

«Aber, Mommy, Erin und Tracy haben doch auch Löcher in den Ohren! Alle machen sich lustig über mich, weil ich keine habe!» Sophies Stimme überschlug sich fast vor Verzweiflung und Wut.

Miranda wischte die Sets ab und legte sie in die Schublade zurück. «Sophie, bitte stelle die Salz- und Pfefferstreuer wieder in den Schrank.»

«Mommy, du hörst mir ja gar nicht zu!» Sophies Gesicht war jetzt rot angelaufen vor Zorn. «Das ist wirklich wichtig.»

Miranda drehte sich zu ihrer Tochter um. Normalerweise nahm sie die Wünsche der Kinder sehr ernst und versuchte sie zu überzeugen, wenn sie nicht einverstanden war. Aber über dieses Thema hatte es mit Sophie schon endlose Diskussionen gegeben, ständig kam sie mit einem neuen Argument. Einerseits bewunderte sie die Tochter für ihre Hartnäckigkeit, aber irgendwann musste auch mal Schluss sein.

«Liebling», sagte sie, so ruhig sie konnte, «über dieses Thema werden wir uns nicht länger unterhalten. Du kannst dir die Ohren durchstechen lassen, wenn du dreizehn bist und keine Minute früher. Also hör jetzt damit auf. Es ist Zeit, ins Bett zu gehen.»

«Du bist ja so gemein», schrie Sophie. «Ich werde Daddy fragen.» Sie rannte in ihr Zimmer und knallte die Tür hinter sich zu.

Miranda musste lächeln, als sie sich an die Mutter in der Talkshow erinnerte. Wer weiß, vielleicht hatten sie doch bereits mehr gemeinsame Probleme, als sie geglaubt hatte. Eine Achtjährige, die sich die Ohrläppchen durchstechen lassen wollte, auf diese Idee wäre sie nie gekommen. Sie und ihre Freundinnen hatten ihre Mütter erst mit diesem Thema konfrontiert, als sie vierzehn waren. Und Stephen anzusprechen, das war reine Zeitverschwendung. Er hatte dieses Problem an Miranda delegiert und wollte nichts mehr davon hören.

Wo ist er überhaupt? dachte Miranda, während sie den Tisch abwischte. Er hatte eigentlich zum Essen kommen wollen, und nun war es bereits halb acht. Und er wusste doch, dass sie normalerweise um halb sieben aßen. Allerdings passierte das nicht das erste Mal. Im Gegenteil, er hatte es sich zur Gewohnheit gemacht, zu kommen und zu gehen, wann er wollte. Anfangs hatte sie sich schrecklich darüber aufgeregt, hatte sich Sorgen gemacht, wenn er nicht kam, ohne Bescheid gesagt zu haben. Inzwischen war sie zwar nicht mehr beunruhigt, aber immer noch wütend. Es wäre immerhin nett, wenn er den Kindern wenigstens gute Nacht sagen würde. Vielleicht würde Sophie sich dann ein wenig beruhigen.

Vielleicht hätte ich doch nachgeben sollen, dachte Miranda plötzlich. Heutzutage hatte sich vieles verändert, auch die Altersstufen, in denen dies oder das erlaubt wurde. Vielleicht war sie die Einzige, die das noch nicht bemerkt hatte.

Und wenn schon. Die ganze Welt war sowieso verrückt geworden. Sie warf den Lappen in das Spülbecken und ging den Flur hinunter, um zu sehen, wie weit die Kinder waren. Das Haustelefon summte. Sie nahm den Hörer ab. «Ja?»

«Hier sind zwei Männer, die Sie sprechen wollen, Mrs. Shaeffer. Sie sagen, sie sind von der Polizei.»

«Von der Polizei, Tom? Tatsächlich?»

«Ja, ich habe mir bereits ihre Ausweise zeigen lassen.»

Das ist einer der wenigen Vorteile dieser protzigen Apartmentanlage, dachte Miranda. Man kann sich auf den Sicherheitsdienst verlassen. «Gut, schicken Sie sie rauf.»

Sie hängte ein. Gott sei Dank waren die Kinder alle zu Hause. Ob etwas mit Stephen war? Aber sie hatte schon so viele Nächte auf ihn gewartet und das Schlimmste vermutet, dass sicher auch diesmal nichts passiert war.

Sie hörte den Fahrstuhl kommen. Die Türen öffneten sich,

und zwei Männer in Trenchcoats stiegen aus. Sie waren offensichtlich überrascht, bereits mitten in einer Wohnung zu stehen, aber das ging den meisten Besuchern so, die das erste Mal kamen.

«Mrs. Shaeffer?», fragte der größere der beiden.

«Ja, ich bin Mrs. Shaeffer», sagte sie schnell. «Worum handelt es sich?»

Der andere Mann mit dünnem roten Haar machte einen Schritt auf sie zu. «Wir kommen von dem New York City Police Department. Ich bin Kommissar Michaelson.» Er machte eine kurze Pause. «Ihr Mann ist nicht zufällig zu Hause?»

«Nein.» Miranda schüttelte den Kopf.

«Hat er heute Nachmittag mit Ihnen oder irgendjemandem, den Sie kennen, telefoniert?»

Miranda spürte, wie sich etwas in ihr verkrampfte. «Nein, nicht, dass ich wüsste. Warum? Ist was mit ihm?»

«Erwarten Sie ihn um diese Zeit?»

Sie nickte. «Ja, eigentlich schon seit einer ganzen Weile, aber bisher ist er noch nicht gekommen.» Sie sah die Männer ängstlich an. «Er hat sich nur verspätet, da bin ich ganz sicher. Es gibt bestimmt eine einfache Erklärung dafür.»

Beide Männer sahen sich kurz an. «Wissen Sie, dass es heute eine Bombenexplosion gegeben hat?», sagte der kleinere jetzt mit sanfter Stimme. «In einem Bürohaus in der Lexington Avenue?»

«Ja.» Sie sah von einem zum anderen. «Was hat das zu bedeuten?»

«In dem Gebäude befindet sich auch eine Bank, eine Zweigstelle der Central.»

«Ja, ich weiß.» Ihre Stimme zitterte.

«Die Bombe ging am anderen Ende des Gebäudes hoch, sodass einige der Menschen in der Bank … nicht so sehr verletzt sind.»

«In der Bank arbeitet eine Kassiererin, Mary Lubrow», fuhr der größere Mann jetzt fort. «Sie liegt im Lenox-Hill-Krankenhaus, aber es geht ihr gut, und sie hilft der Polizei zu rekonstruieren, was an dem Nachmittag geschah.»

«Mary Lubrow», wiederholte Miranda tonlos. Sie spürte, wie eine kalte Angst von ihr Besitz ergriff. Etwas Entsetzliches war passiert. Für den Bruchteil einer Sekunde wollte sie nichts anderes, als in ihr Zimmer rennen und nichts mehr hören und sehen. Aber das war unmöglich. Sie atmete tief durch und versuchte, ihre Fassung wiederzugewinnen. «Ich kenne sie nicht.»

«Sie hat uns erzählt, dass Ihr Mann heute in der Bank war und die Schalterhalle gerade verlassen hatte, als die Bombe hochging.»

«Stephen? Stephen war in der Bank?» Miranda griff nach einer Stuhllehne. «Aber Sie sagten doch, er habe die Bank verlassen. Dann war er doch nicht mehr in dem Gebäude.»

Kommissar Michaelson schüttelte bedauernd den Kopf. «Nein, das bedeutet nicht, dass er das Gebäude verlassen hat. Mary Lubrow sagte, dass er durch die Drehtür in die Eingangshalle gegangen sei.»

Miranda war kurz vor einem Nervenzusammenbruch. «Sie kann sich irren. Woher will sie wissen, wohin mein Mann ging?»

«Sie sagte, sie habe ihn beobachtet und gesehen, wie er in Richtung Eingangshalle ging. Sie ist sich da sehr sicher. Und eine andere Angestellte hat einen Mann, auf den die Beschreibung Ihres Mannes passt, auch gesehen, wie er durch die Drehtür ging.»

«Aber sie haben sich bestimmt geirrt. Es war jemand anderes.»

«Die Kassiererin sagte, er habe einen dunkelblauen Blazer und eine rot gestreifte Krawatte getragen.»

Miranda sah Stephen vor sich, wie er heute Morgen vor ihr stand, seine schwarzen Schuhe stirnrunzelnd ansah und sie bat, sie doch zu putzen. Er hatte den dunkelblauen Blazer aus dem Schrank genommen, nachdem er sich die rot gestreifte Krawatte umgebunden hatte.

«Und …?», flüsterte sie wie erstickt.

«Es tut mir sehr Leid, Mrs. Shaeffer, aber nach Angabe von Miss Lubrow ging die Bombe unmittelbar danach hoch. Wir vermuten, dass Ihr Mann sich noch im Inneren des Gebäudes aufhielt. Wir haben ihn zwar noch nicht gefunden, aber wir wollten Sie auf alle Fälle schon einmal benachrichtigen.»

Miranda trat einen Schritt zurück. Sie war kurz davor, das Gleichgewicht zu verlieren. Der Kommissar hielt sie schnell am Ellbogen fest. «Kommen Sie, setzen Sie sich.»

Ihr Atem ging schnell und stoßartig. Der Kommissar legte ihr die Hand auf die Schulter. «Beruhigen Sie sich.»

«Danke», sagte sie. «Es geht schon wieder.»

Das Bild aus der Sondersendung heute im Fernsehen kam ihr in den Sinn, der baumelnde Arm der toten Frau auf der Trage. Stephen. Ihr wurde schwarz vor Augen. Nein, Stephen, oh, lieber Gott, nein. Gewaltsam riss sie die Augen auf. «Vielleicht … haben Sie einen Fehler gemacht», flüsterte sie, «Sie könnten sich irren.»

Der größere der beiden Männer nickte. «Ja, das ist natürlich immer möglich.»

Miranda sah ihn an, und sie sah, dass er davon nicht überzeugt war, nicht in diesem Fall. Stephen würde heute Abend nicht nach Hause kommen. Er würde überhaupt nicht mehr nach Hause kommen. Ihr Mann war tot.

12. Kapitel

«Gießen Sie die Milch in das Milchkännchen, und stellen Sie es neben die Kaffeekanne.»

Schon während Miranda mit den Kindern aus dem Fahrstuhl trat, konnte sie hören, wie Lydia ihre Anweisungen gab. Nachdem feststand, wann die Trauerfeier stattfinden würde, hatte Lydia die Organisation in die Hand genommen. Früh am Morgen war sie bereits zu Miranda gekommen, um alles für die vielen Menschen vorzubereiten, die versprochen hatten, noch nach der Feier vorbeizukommen. Der Rabbi hatte kaum das letzte Wort gesprochen, da war Lydia bereits verschwunden, hatte sich schnell ein Taxi genommen und war zu den Shaeffers gefahren, um die letzten Handgriffe zu überwachen.

Typisch Lydia, dachte Miranda und betrachtete liebevoll die Schwester, die gestikulierend hin und her lief und mit energischer Stimme die letzten Anordnungen traf. Selten hatte sie mal ein freundliches Wort, aber in der Krise bewährte sie sich. Wie immer in solchen Situationen war Miranda gleichzeitig dankbar und verärgert.

Sie wandte sich zu ihren Kindern um. Jack war immer noch wie versteinert, sein Gesicht war ohne Regung. Sophie hatte dick verschwollene Augen, weil sie die ganze Woche geweint hatte. Und Ethan stand da, klein und verloren und vollkommen verwirrt.

Während der Feier hatte Sophie ununterbrochen geschluchzt, und Miranda hatte es kaum ausgehalten zu sehen, wie das Mädchen litt. Sie und die Kinder hatten in der ersten

Reihe gesessen. Miranda hatte die Arme um die beiden Jüngsten gelegt und versucht, Jack über den Kopf zu streichen, der unbeweglich auf der anderen Seite von Ethan saß. Das war der längste Vormittag ihres Lebens gewesen, und es hatte Miranda ungeheure Kraft gekostet, nicht zusammenzubrechen.

So etwas hatte sie sich nie vorstellen können, eine Trauerfeier für ihren Mann, ohne Sarg, ohne Leiche. Das alles hatte etwas Unwirkliches. Auch die mindestens zweihundert Menschen, die sich in dem Raum versammelt hatten und von denen Miranda kaum die Hälfte kannte. Einige waren besonders elegant gekleidet. Wahrscheinlich Stephens neue Freunde, dachte Miranda bitter und wandte sich ab. Und wahrscheinlich hatten sie Stephen in seinen letzten Jahren besser gekannt als sie selbst. Das machte alles nur noch schlimmer.

Der Fahrstuhl hielt, und sechs Menschen stiegen aus, Stephens Eltern, die blass und elend aussahen, mit ihren Brüdern und Schwestern. Mit diesen Tanten und Onkeln hatte Stephen höchst selten Kontakt gehabt. Miranda nickte ihnen zu, sie hatte sie ja bereits vor der Trauerfeier begrüßt. Sie war selbst überrascht, wie sehr sie sich nach ihrer Mutter sehnte. Aber sie konnte sie in Alaska nicht erreichen, sie kannte ihre Reiseroute nicht.

Das Apartment würde sich schnell füllen, dachte sie, während sie die Kinder durch den Flur führte. «Wollt ihr bei den Erwachsenen bleiben oder lieber zu dritt zusammen sein?»

«Zu dritt zusammen.» Sophie sah die Mutter kläglich an.

Jack drehte sich genervt zu ihr um. «Damit du uns weiter die Ohren voll heulst? Das kann ich nicht aushalten!» Er machte sich los, rannte in sein Zimmer und schlug die Tür hinter sich zu. Miranda seufzte leise.

«Sophiechen, Ethan.» Sie ging in die Knie, und Ethan legte den Kopf an ihre Schulter, während Sophie kurz davor war, wieder in Tränen auszubrechen. «Ich finde, wir sollten uns alle das Gesicht mit kaltem Wasser abwaschen und tief durchatmen. Dann gehen wir gemeinsam raus zu Oma und Opa.» Sie wandte sich an Ethan. «Ich glaube, es gibt Kuchen und Kekse und andere leckere Sachen zu essen.»

Ihr kleiner Fünfjähriger presste das Gesicht nur noch fester gegen ihre Schulter. «Ich will Daddy.»

«Miranda, kann ich dir irgendwie helfen?» Joanne Karl kam durch den Flur auf sie zu. Als Sophie und Joannes Tochter Amanda zusammen in die Schule kamen, hatte Miranda sich mit der großen, schlanken Brünetten angefreundet. Amanda war jetzt zwar auf einer anderen Schule, und beide Mädchen hatten das Interesse aneinander verloren, aber Miranda und Joanne waren immer noch in engem Kontakt.

Miranda stand langsam auf, ohne Ethan loszulassen. «Wir überlegen gerade, was wir tun wollen. Ich glaube, wir sollten erst mal ein wenig zu uns kommen, bevor wir zu den Gästen gehen.»

Joanne nahm Sophie bei der Hand. «Ich würde vorschlagen, dass ihr beiden jetzt mit mir kommt, damit Mommy sich ein wenig frisch machen kann.»

Sie warf Miranda einen fragenden Blick zu, und Miranda nickte dankbar. «Komm, Ethan, mein Herzchen.» Joanne versuchte, auch ihn bei der Hand zu fassen, und Miranda machte sich sanft von ihm los.

Miranda sah der Freundin hinterher, die mit den beiden Kindern in Sophies Zimmer verschwand. Sie wollte die Kinder nicht allein lassen, aber sie hörte an dem gedämpften Stimmengewirr, dass offensichtlich immer mehr Menschen kamen, um ihr zu kondolieren. Obwohl sie sich am liebsten in ihrem Bett verkrochen hätte, fühlte sie sich verpflichtet, zu ihren Gästen zu gehen.

Wie immer das brave Mädchen, dachte sie. Wenn nur Stephen da wäre, der war bei so was immer … Sie schluckte.

Überall standen Menschen, in der Eingangshalle, dem Esszimmer und dem großen Wohnraum. Sie hielten Gläser in den Händen und balancierten kleine Teller mit Salaten und kaltem Fleisch. Als sie Miranda erblickten, kamen sie auf sie zu.

«Oh, meine Liebe, es ist ja so schrecklich. Wir haben ihn so geschätzt.»

Miranda starrte die Frau von etwa sechzig an, die ein schwarzes Seidenkostüm und einen dazu passenden Turban trug. «Vielen Dank», sagte sie langsam und überlegte fieberhaft, wer das sein könnte.

«Und was für eine fürchterliche Art und Weise zu sterben. Wenn ich irgendetwas für Sie tun kann, wenn Sie etwas brauchen …»

«Miranda, oh, es ist alles so traurig.» Emily Light trat auf sie zu und umarmte sie herzlich.

«Ach, Emily …» Miranda lehnte sich kurz gegen die Freundin.

«Ich wollte dich fragen, ob es dir recht ist, wenn ich Ethan morgen tagsüber nehme?»

Miranda war nicht in der Lage, an morgen oder an irgendetwas anderes zu denken. Wenn nur dieser Nachmittag schon überstanden wäre. «Dank dir für dein Angebot. Ich sag dir dann noch Bescheid, ja?» Immer mehr Menschen kamen auf sie zu.

«Sie Arme …»

«Es tut uns so Leid …»

«Er war wunderbar, einfach wunderbar …»

Miranda stand da, lächelte automatisch und nahm kaum wahr, was um sie herum vorging. Alida und Eric Shaeffer gingen vorbei. Wie elend und zerbrechlich sie aussehen, dachte Miranda. Von ihrer Selbstsicherheit war nichts mehr zu spüren.

Normalerweise genügte schon ihre bloße Anwesenheit, um den anderen klarzumachen, dass jemand Bedeutendes den Raum betreten hatte. Miranda war tief betroffen, sie so zu sehen. Obwohl es verständlich war, denn schließlich hatten sie ihr einziges Kind beerdigen müssen.

Schlimmer noch, sie hatten ihn ja noch nicht einmal beerdigen können. Man hatte ihnen lediglich gesagt, dass er durch eine Bombenexplosion getötet worden sei und dass er entweder vollkommen verbrannt oder so tief verschüttet war, dass man ihn nie finden würde. Und dass es keinen richtigen Abschluss gab, dass sie sich nicht von ihm hatten verabschieden können, das war wahrscheinlich für alle Betroffenen das Schlimmste. Und die grauenhafte Vorstellung, die Miranda immer wieder verfolgte, er habe noch lange unter den Trümmern gelebt und sei schließlich verblutet oder erstickt. Sie konnte nur hoffen, dass er einen schnellen Tod hatte und nicht noch lange hatte leiden müssen.

Selbst wenn Miranda sich von diesen albtraumhaften Bildern allmählich hätte befreien können, die Medien gönnten ihr keine Ruhe. Immer noch brachte das Fernsehen Berichte über die Explosion und ihre Folgen, und ständig ging das Telefon oder die Türklingel. Ihr Haus war belagert von Reportern, die sie um ein Interview, wenigstens aber um ein Foto oder irgendein Erinnerungsstück baten. Aber sie hatte nun wirklich kein Bedürfnis, ihr Leid mit der ganzen Welt zu teilen. Sie gab einfach keinen Kommentar ab, weder unmittelbar nach dem Attentat noch später, als die Kallifer Five, die dafür verantwortlich war, gefasst war. Diese terroristische Gruppe hatte zum Ziel, alle staatlichen Institutionen zu zerstören. So wahnsinnig ein solches Ansinnen auch war, Miranda sagte nichts dazu. Bei der Trauerfeier dann, die später für die Angehörigen aller Opfer veranstaltet wurde, hatte sie erfolgreich ihre Kinder vor den Kameras geschützt. Sie wollte nur in Ruhe gelassen werden.

«Komm, Kind, iss etwas.»

Ihre Schwiegermutter stand vor ihr und hielt ihr ein Tellerchen und ein Glas Wasser hin.

Miranda schüttelte den Kopf. «Danke, ich möchte nichts, Alida.»

«Wo sind die Kinder?»

«Ich vermute, noch in ihren Zimmern.»

«Etwa allein?»

«Nein, das heißt, Jack ist allein in seinem Zimmer. Er wollte es so.»

«Unsinn!» Alida war empört. «Kinder haben doch keine Ahnung, was sie wollen. Ich gehe zu ihm.»

Miranda sah ihr hilflos hinterher. Alida hatte auch immer geglaubt, Stephen wisse nicht, was er wollte, erinnerte sie sich. Aber er wusste genau, was er wollte, wenn er auch eine gewisse Zeit gebraucht hatte, um es herauszufinden.

Wer hätte gedacht, dass dieses erste Manuskript einen solchen Erfolg haben würde, wenigstens in finanzieller Hinsicht. Es war sehr schade gewesen, dass Stephen diesen Erfolg nicht auch öffentlich genießen konnte. Bis zu seinem Tod hatte keiner gewusst, dass er Forrestor war. Ob ihn das geärgert hatte, oder ob er im Gegenteil froh darüber gewesen war, viel Geld zu verdienen und im Übrigen sein privates Leben leben zu können? Sie persönlich hätte immer Letzteres vorgezogen, aber vielleicht hatte er anders empfunden?

Sie wusste sowieso kaum, was in den letzten Jahren in ihm vorgegangen war. Langsam massierte sie sich die schmerzenden Schläfen. Wie erschöpft sie war von den vielen Menschen. Vorsichtig bewegte sie sich in Richtung Tür und verschwand dann schnell in dem Arbeitszimmer. Aufatmend ließ sie sich in einen der beiden Regency-Stühle fallen.

Diese Stühle hatte sie nie leiden können. Sie erinnerte sich daran, wie begeistert die Innenarchitektin gewesen war, und Miranda hatte nur schwach widersprochen, wie bei vielem, was Elinor oder wie sie hieß vorgeschlagen hatte. Stephen war natürlich sofort einverstanden. Und Miranda hatte sich von der Frau einschüchtern lassen, die immer so selbstbewusst auftrat in ihren kurzen schwarzen Röcken, behängt mit teurem Schmuck. Elinor wusste genau, was richtig oder falsch war, und hatte für Mirandas Vorschläge nur ein mildes Lächeln übrig. Schließlich hatte Miranda die Ausstattung der Wohnung Stephen überlassen, der es liebte, sich mit Elinor Stoffproben und Tapetenmuster anzusehen. Stundenlang waren die beiden auf Auktionen und in Antiquitätengeschäften gewesen, und Miranda konnte sich eigentlich nicht wundern, dass sie sich in ihrer eigenen Wohnung wie eine Fremde fühlte.

Aber so war es ihr oft gegangen, seit Stephen seine Erfolge als Forrestor hatte. Miranda schloss erschöpft die brennenden Augen. Und das war einer der Gründe, weshalb sie sich so besonders einsam fühlte und durcheinander war. Einerseits hatte sie Mühe, die Tränen zurückzuhalten, andererseits fühlte sie sich so merkwürdig losgelöst von allem. Ihr Mann, der Mittelpunkt ihres Lebens, war nicht mehr. Sie war mit ihren drei unglücklichen Kindern allein, ohne den Mann, mit dem sie zusammengelebt hatte, seit sie ein junges Mädchen war, und auf den sie sich immer vollkommen verlassen hatte. Und dennoch hatte sie das seltsame Gefühl, als sei er schon vor einigen Jahren gestorben. Der Stephen, den sie damals geheiratet hatte, war allmählich von Stephen, dem Erfolgsautor, verdrängt worden. An den frühen Stephen konnte sie sich kaum noch erinnern. Aber er hatte sie geliebt. Der neue Stephen war ständig unterwegs, hatte dauernd etwas vor, und sie war nicht mehr Teil seines Lebens. Der neue Stephen hatte sie verachtet. Der Tod hatte ihr nicht den Mann, den sie liebte, genommen. Den hatte sie bereits vor längerer Zeit verloren.

Die Tränen stiegen ihr wieder in die Augen. Sie wünschte so sehr, sie könnte um ihn trauern, wäre außer sich vor Verzweiflung. Stattdessen hatte sie in den letzten Tagen festgestellt, dass sie sich in ihrem Zuhause wohl fühlte, ohne ihn. Das hatte sie richtiggehend geschockt. Sie hatte bemerkt, wie erleichtert sie war, dass sie nicht mehr jedes Wort auf die Goldwaage legen musste, aus Angst vor der nächsten Zurechtweisung. Plötzlich konnte sie wieder atmen, frei atmen. Aber diese Erkenntnis hatte sie auch beunruhigt, und sie fühlte sich schuldig.

«Ran, da bist du ja, ich suche dich überall.» Lydia steckte den Kopf durch die Tür. «Bitte, geh noch ein paar Minuten zu deinen Gästen, damit du auch die begrüßen kannst, die später gekommen sind. Dann darfst du dich eine halbe Stunde hinlegen. Du hast es nötig, du siehst ja aus wie der Tod.»

Miranda wischte sich die Tränen mit dem Handrücken ab. «Muss das denn unbedingt sein?», fragte sie mit ihrer Kleinmädchenstimme.

Lydia nickte und lächelte dann. «Ich fürchte, ja, Schwesterchen. Aber du hast es bald geschafft.» Miranda stand schwerfällig auf, und Lydia fasste sie unter. «Komm, wir gehen eben noch ins Badezimmer, dann kannst du dir die Haare kämmen und ein bisschen Rouge auflegen. Du wirst aussehen wie ein neuer Mensch.»

«Das hätte Stephen gefallen», sagte Miranda, ohne nachzudenken, als sie in den Flur traten. Lydia sah sie fragend an. «Entschuldige, Lydia, das ist mir nur so rausgerutscht.»

Als sie an Mirandas Schlafzimmer vorbeikamen, hörten sie eine weibliche Stimme. Die Tür war nur angelehnt, und so konnten sie verstehen, was die Frau sagte.

«Stephen, ich verstehe das einfach nicht.» Die Stimme klang

verzweifelt. «Wie konntest du behaupten, mich zu lieben, und mich dann so belügen?» Der Ton wurde zornig. «Das verstehst du also unter getrennt leben? Das ist deine Junggesellenbude, in die du niemanden einladen konntest, weil sie immer so unaufgeräumt war?» Irgendetwas knallte sie auf die Kommode. «Du verdammter Lügner. Ich wäre dir nie auf die Schliche gekommen. Du hättest mich ewig hingehalten.»

Miranda wich das Blut aus dem Gesicht.

«Was, zum Donnerwetter ...?» Lydia stieß die Tür auf.

Jane Connors hob ihr tränenfeuchtes Gesicht und starrte sie an. In der Hand hielt sie immer noch das gerahmte Foto von Stephen. Miranda erinnerte sich noch genau, wann sie dieses Foto gemacht hatte. Es war während ihrer Flitterwochen in Florida. Drei Tage lang hatte es geregnet, und Stephen war ziemlich schlechter Laune. Er saß an der Hotelbar und sah sie mit einem resignierten Lächeln an. Sie liebte dieses Bild, es war das schönste von der ganzen Reise.

Lydia hatte sich als Erste wieder gefasst. «Und wer sind Sie?»

Jane achtete nicht auf Lydia, legte das Bild wieder hin und kam auf Miranda zu. «Miranda, es tut mir so ... Leid wegen Stephen. Als ich es hörte, musste ich unbedingt kommen.» Ganz offensichtlich war sie unsicher, ob sie belauscht worden war.

Miranda sah sie unverwandt an. «Lydia», sagte sie langsam und betont, «das ist Jane Connors. Stephen und ich haben früher mit ihr und ihrem Mann Bridge gespielt.»

Lydia hob die Augenbrauen. «Oh, wie reizend.»

Miranda schloss für einen Moment die Augen. Das durfte doch einfach nicht wahr sein, was sie da gesehen und gehört hatte. Jane stand da wie angewurzelt und versuchte offensichtlich, die Fassung wiederzugewinnen. Miranda sah sie an und war kurz davor zusammenzubrechen. «Bitte geh, Jane», brachte sie mühsam heraus.

Jane, erleichtert, dass ihr eine unangenehme Auseinandersetzung erspart blieb, legte die Hand auf Mirandas Arm. «Es tut mir so wahnsinnig Leid», flüsterte sie, und es war eindeutig, dass sie sich nicht nur auf Stephens Tod bezog. Miranda schüttelte die Hand ab.

Lydia schlug die Schlafzimmertür hinter Jane zu und wandte sich zornbebend zu ihrer Schwester um.

«Dieser verdammte Kerl. Nicht nur, dass er dich wie Dreck behandelte und sich nicht um die Familie kümmerte und nur tat, was er selbst wollte, er hat dich auch noch nach Strich und Faden betrogen!»

Miranda stöhnte. «Ich habe verstanden, Lydia, bitte!»

«Ich schwöre dir, er hat dich heruntergeputzt, wo er nur konnte, bis du auch nicht die Spur von Selbstbewusstsein mehr hattest. Und dann hat er sich nach jemand anderem umgesehen, weil seine kleine graue Maus nicht mehr gut genug für ihn war.»

Miranda krümmte sich. Lydia sprach genau das aus, was sie selbst empfand. «Lydia, bitte hör auf.»

«Und du hattest keine Ahnung?» Lydia schüttelte fassungslos den Kopf. «Mein Gott, und er hat dich behandelt wie einen Fußabtreter.»

Wie Dolchstöße drangen Lydias Worte in ihr Bewusstsein. «Hör auf, Lydia», sagte Miranda mit erhobener Stimme, «ich sagte, hör auf!»

Doch Lydia war so wütend, dass sie nicht darauf achtete. «Warum hast du dich nur mit diesem Scheißkerl eingelassen, Ran, warum nur?»

«Genug jetzt!», schrie Miranda sie an. «Du hast ihn gehasst, ich weiß, aber er war immerhin mein Mann und der Vater meiner Kinder.»

Lydia sah sie überrascht an. Noch nie hatte sie erlebt, dass ihre Schwester sich gegen sie auflehnte. «Deshalb hatte er doch nicht das Recht, Affären zu haben. Oder dich ständig zu erniedrigen, bis von dir nichts mehr übrig geblieben war. Du bist doch heutzutage kaum in der Lage, für dich selbst zu sorgen.»

Miranda wusste genau, dass ihre Schwester Recht hatte, aber das steigerte nur ihren Zorn. «Und du? Was hast du denn für mich getan? Du hast doch nie ein freundliches Wort für mich gehabt, sondern mir immer nur meine Fehler vorgehalten.»

«Aber das ist doch einfach lächerlich!»

«Nein, das ist es nicht!» Miranda schrie, aber das war ihr ganz egal. «Du hast doch immer auf mich herabgesehen, unser ganzes Leben lang, und dann hast du auch auf Stephen herabgesehen. Ich habe genug davon, genug, hörst du? Wir werden ja sehen, ob ich auf eigenen Füßen stehen kann.»

«Und was bedeutet das?»

«Geh, Lydia, ich will dich nicht mehr sehen.» Mit geballten Fäusten wandte Miranda Lydia den Rücken zu.

«Keine Sorge, ich gehe.» Lydia riss die Schlafzimmertür auf. «Mich wirst du nicht so schnell wiedersehen.»

Als die Tür ins Schloss fiel, warf sich Miranda auf das Bett. All ihr Zorn, ihre Angst und Verwirrung löste sich in einem Strom von Tränen.

13. Kapitel

Der Tag hat einfach nicht genügend Stunden. Wie oft hatte sie das in der Vergangenheit gesagt. Miranda starrte auf den Fernsehschirm. Und jetzt hatte jeder Tag zu viele Stunden, die auszufüllen waren. Das Apartment war weitaus zu groß für sie, und es gab keine Aufgaben, die erledigt werden mussten – und keinen Stephen. Um zehn Uhr morgens, wenn die Kinder in der Schule waren für die nächsten vier oder fünf Stunden, lag sie wieder im Bett und hätte sich am liebsten unter der Bettdecke verkrochen vor dem viel zu strahlenden Sonnenlicht.

Sie schaffte es gerade, morgens im Morgenrock mit den Kindern zu frühstücken, aber um sich anzuziehen und auf die Straße zu gehen, dazu fehlte ihr die Energie.

Um fünf Uhr morgens war sie aufgewacht, und seitdem lief der Fernseher. Momentan gab es irgendeinen alten Film, aber sie hatte den Ton abgestellt. Gestalten, gekleidet nach der Mode der vierziger Jahre, glitten schweigend über den Bildschirm. Eine dunkelhaarige Schönheit in einem fließenden Kleid, das ihr bis auf die halbe Wade ging, wurde von einem Mann verfolgt, der einen Hut mit einer breiten Krempe trug. Die Frau sah aus wie Greer Garson oder Merle Oberon, der Mann war vielleicht William Powell. Wie unwichtig war das alles.

Sie stand langsam auf und trat ans Fenster. Da war die Fifth Avenue, auf der sich der Verkehr wie immer drängte, und dahinten die große grüne Fläche, das war der Central Park. Warum konnte sie sich nur zu nichts aufraffen?

Mein Mann ist tot. Sie formulierte die Worte mit den Lippen, tonlos, als sei sie nicht in der Lage, den Satz laut auszusprechen. «Mein Mann ist tot.» Immerhin. Sie hatte es gesagt. Aber der Schmerz, der sie dabei überfiel, war unbeschreiblich und schien ihren Brustkorb zu sprengen.

Es war nicht nur der Schmerz wegen des Verlustes, das wusste sie genau. Der wäre vielleicht auch einfacher zu ertragen. Es war das, aber auch ein Gefühl der Schuld und so was wie Zorn und... ach, was auch immer, dachte sie missmutig, ging zurück zu ihrem Bett und warf sich auf das zerknitterte Betttuch. Was würde Stephen in dieser Situation tun? Würde er versuchen, sie aufzumuntern, oder wäre er verärgert?

Er war doch immer verärgert, meldete sich eine leise innere Stimme, und Miranda drehte sich schnell auf den Bauch und presste sich das Kissen auf den Kopf, als könne sie so die Stimme zum Schweigen bringen. Aber sie konnte sich nicht länger etwas vormachen. Er war immer wütend auf sie, immer genervt von ihr gewesen. Und wenn sie ehrlich war, war auch sie zu dem Zeitpunkt, als ihn die Bombe erwischte, ziemlich wütend auf ihn.

Habe ich ihn überhaupt geliebt?, fragte sie sich, nahm das Kissen vom Kopf und drehte sich wieder auf den Rücken. Was für eine Frage, Wochen nach dem Tod des Mannes ...

Das Telefon klingelte. Miranda war froh über die Ablenkung und nahm den Hörer ab.

«Mrs. Shaeffer?», fragte eine kühle Stimme.

Miranda setzte sich auf und lehnte sich gegen das Kopfteil des Bettes. «Ja.»

«Hier ist Marion Sampler von der Clareton-Schule.»

Furcht überfiel Miranda. «Ist was mit Sophie?»

«Nein, es geht ihr gut, sie ist nicht verletzt», sagte die Frau schnell. «Aber es gibt ein Problem.»

Miranda rutschte schnell vom Bett und stand auf. «Was für ein Problem?»

Mrs. Sampler stieß einen Seufzer aus. «Ihre Tochter hat heute den Sozialkundeunterricht empfindlich gestört. Sie hat ein Radiergummi nach der Lehrerin geworfen.»

Miranda sprang auf. Sie glaubte, sich verhört zu haben. Sophie liebte Anne Whitman. Sie sprach ständig von ihr. «Ich komme sofort.» Noch während sie sprach, zog sie einen Baumwollpullover aus der Kommodenschublade.

«Das will ich auch gehofft haben», sagte Mrs. Sampler nachdrücklich und legte auf.

Das sah nicht gut aus. Hier war Mrs. Sampler und blickte Sophie an, als sei sie eine Serienkillerin, und da war Sophie, die Mrs. Samplers Blick schweigend zurückgab, die Lippen fest zusammengepresst. Sophies Lehrerin Anne Whitman stand in einer Ecke und war offensichtlich sprachlos vor Erstaunen.

«Mein Schätzchen», sagte Miranda sanft, «du möchtest dich doch sicher bei Ms. Whitman entschuldigen.»

Für den Bruchteil einer Sekunde sah Sophie die Mutter an, dann schlug sie die Augen nieder. Was für ein Fortschritt, dachte Miranda. Nicht nur, dass das Kind mit keinem sprach, sie hatte auch keinen mehr angesehen. Seit zehn Minuten versuchten die drei Erwachsenen, Sophie zu einer Entschuldigung zu bewegen, und inzwischen waren sie so weit, dass sie sich über jede Äußerung, und sei sie auch im Zorn gemacht, gefreut hätten.

Anne Whitman räusperte sich. «Also», begann sie, als habe sie sich zu einer Entscheidung durchgerungen, «ich gehe jetzt zurück in die Klasse. Wenn du über das, was hier vorgefallen ist, sprechen möchtest, Soph, dann bin ich gern bereit zuzuhören.» Sie drehte sich zu den beiden Frauen um und nickte ihnen zu. «Bis später dann», sagte sie zu Sophie und öffnete die Tür.

«Nein, es gibt kein Später», sagte Mrs. Sampler, und ihre

Stimme war eiskalt. «Sie werden sie heute nicht sehen und morgen auch nicht. Sophie wird für ein paar Tage vom Unterricht suspendiert, sagen wir mal bis Donnerstag.» Sie warf Miranda einen bedeutungsschweren Blick zu. «Vielleicht wird sie sich bis dahin wieder daran erinnern, wie man sich ordentlich benimmt.»

Anne Whitman blickte Miranda kurz an, als wollte sie sagen, nur immer mit der Ruhe, es kommt schon alles in Ordnung. Aber Miranda war da nicht so sicher. Seit Stephens Tod war ihr einer Sohn überhaupt nicht mehr ansprechbar, der kleine Fünfjährige fragte wohl zehnmal am Tag, wann der Daddy nun endlich wiederkäme, denn er konnte sich den Tod einfach nicht vorstellen, und nun hatte sich auch noch ihre Tochter, die immer so fröhlich und aufgeschlossen war, in einen Stein verwandelt.

Mrs. Sampler stand auf. «Ich hoffe, Sie können die Tage sinnvoll nutzen.»

Das war eindeutig das Zeichen, dass sie entlassen waren. Erleichtert stand Miranda auf. «Sophie, hol schnell deine Jacke. Wir gehen nach Hause.»

Das Mädchen blickte nicht hoch, als habe sie nicht gehört, was Miranda gesagt hatte. Aber dann setzte sie sich doch langsam in Bewegung und verließ den Raum.

«Bitte, haben Sie Verständnis, Mrs. Sampler. Es läuft bei uns momentan alles ein bisschen durcheinander.» Miranda lächelte entschuldigend.

Mrs. Sampler legte ihr kurz die Hand auf den Arm. Nachdem Sophie den Raum verlassen hatte, wirkte sie menschlicher. «Ich war so bekümmert, als ich das von Ihrem Mann hörte. Ich habe natürlich daran gedacht, nachsichtiger gegen Sophie zu sein. Aber letzten Endes halte ich es für besser, die Dinge nicht schleifen zu lassen.» Sie machte ein paar Schritte in Richtung Tür, blieb aber dann zögernd stehen. «Es gibt noch ein anderes Thema, über das wir sprechen müssen.»

«Worüber denn?» Wenn sie doch endlich gehen könnte.

«Es handelt sich um den Scheck für das Schulgeld, den Sie mir vor zwei Wochen schickten. Das Geld für das nächste Schuljahr.» Mrs. Sampler wirkte plötzlich verlegen. «Wir haben den Scheck von der Bank zurückbekommen. Er war nicht gedeckt.»

Miranda hatte das erste Mal einen Scheck ausgeschrieben. Das war ein merkwürdiges Gefühl gewesen, denn normalerweise hatte Stephen alle Zahlungen veranlasst. Und nun das hier. Sie würde sich um diesen albernen Fehler der Bank keine Sorgen machen, jetzt ging es um Sophie. «Ich werde das regeln, wenn ich zu Hause bin», sagte sie fast schroff.

«Davon bin ich überzeugt», antwortete Mrs. Sampler in einem etwas herablassenden Ton.

Ohne ein weiteres Wort verließ Miranda die Schule. Wichtig war jetzt nur, mit ihrem Kind endlich wieder zu Hause zu sein. Doch damit entspannte sich die Situation keineswegs. Auf dem Heimweg sagte Sophie keinen Ton, und dann zu Hause ging sie sofort in ihr Zimmer und schloss die Tür fest hinter sich. Miranda hatte eigentlich vor, mit ihr über den Vorfall in der Schule zu sprechen, aber vielleicht brauchte das Kind auch ein wenig Zeit für sich. Und sie könnte sich inzwischen um die Sache mit dem Scheck kümmern.

Sie zog die oberste Schublade ihres Schreibtischs auf, wo sie die Scheckbücher verwahrte. Das Guthaben auf dem Girokonto sah doch ganz ordentlich aus. Eindeutig hatte die Bank einen Fehler gemacht, das hatte sie sich ja gleich gedacht. Sie suchte sich die Telefonnummer ihrer Zweigstelle heraus und wählte. Nach einer Reihe von automatischen Ansagen war endlich auch eine menschliche Stimme zu hören. Miranda schilderte ihr Problem. «Augenblick, Mrs. Shaeffer, ich sehe mal eben nach.»

Dann, nach einer Weile: «Das Guthaben auf Ihrem Girokonto beträgt 3042 Dollar.»

Miranda ließ vor Überraschung fast den Hörer fallen. «Aber das ist unmöglich. Nach meinen Unterlagen müssten noch gut dreißigtausend Dollar auf dem Konto sein.»

«Tut mir Leid, Madam, bei uns sind nur 3042 Dollar festzustellen.»

«Das kann nicht sein.» Miranda gab die Nummern der Schecks durch, die in der letzten Zeit abgegangen waren. «Danach müssten doch noch über 30 000 Dollar auf dem Konto sein. Und ich verstehe nicht, warum Sie den letzten Scheck für die Clareton-Schule nicht akzeptiert haben.»

Die Stimme der jungen Frau am anderen Ende der Leitung klang jetzt ein wenig ungeduldig. «Sie haben die letzte Abhebung von 25 000 Dollar nicht berücksichtigt, Mrs. Shaeffer.»

«Was sagen Sie da? Irren Sie sich auch nicht?»

«Nein», sagte die Frau nur.

Langsam legte Miranda den Hörer wieder auf. Wozu hatte Stephen 25 000 Dollar gebraucht? Sie hatte das Gefühl, als würde ihr der Boden unter den Füßen weggezogen, und nur mit Mühe unterdrückte sie eine schleichende kalte Angst. Sie griff schnell zu dem anderen Scheckbuch mit dem Festgeld, zu dem sie jederzeit Zugriff hatte. Dann wählte sie die Nummer von Merrill Lynch und fragte nach Harry Barnes.

«Harry», sagte sie hastig, als er sich meldete, «können Sie mir sagen, wie viel Geld auf unserem Konto ist?»

«Mit wem spreche ich bitte?»

Miranda zwang sich zur Ruhe. «Entschuldigen Sie, Harry, ich bin es, Miranda Shaeffer.»

«Oh, Miranda, es tut mir so Leid wegen Stephen. Ich hatte schon anrufen wollen, aber ...»

«Danke, Harry. Aber jetzt interessiert mich, wie viel Geld auf unserem Konto ist.»

«Moment, ich seh mal eben nach.»

Sie hörte, wie er etwas in den Computer eintippte.

«Hier haben wir es schon», sagte er. «Auf dem Konto sind ungefähr noch tausend Dollar.»

Eintausend Dollar? Das war doch nicht möglich! «Und wie viel haben wir angelegt, in Versicherungen, Aktien oder so?»

Harrys Stimme klang besorgt. «Stephen hat vor sechs Monaten fast alles verkaufen lassen, Miranda. Es sind noch ein paar Schatzbriefe da, wohl etwa im Wert von 20 000 Dollar.»

«Aber was hat er mit dem ganzen Geld gemacht?», stieß Miranda hervor.

«Ich habe keine Ahnung.»

«Danke. Ich rufe Sie später wieder an.»

Wie in Trance legte sie den Hörer auf. Harry hatte ihr gesamtes Geld verwaltet, und wenn er sagte, es sei nichts mehr da, dann war auch nichts mehr da.

Ein Telefongespräch musste sie noch führen. Sie griff nach ihrem Adressbuch und suchte unter T. Im Grunde hatte sie geglaubt, dass dieser Anruf Zeit hätte, aber die Situation hatte sich dramatisch verändert. Nach zehn Minuten hatte sie endlich die Abteilung Lebensversicherungen am Apparat.

«Mein Mann ist vor einigen Wochen gestorben, und ich möchte gern wissen, wie hoch die Versicherungssumme ist und wann ich mit der Auszahlung rechnen kann.»

«Mein Beileid, Mrs. Shaeffer. Moment, ich sehe mal eben nach.»

Wieder hörte Miranda, wie etwas in einen Computer eingetippt wurde, dann die bedauernde Stimme der Frau: «Ich sehe eben, dass Mr. Shaeffer sich die Versicherung vor vier Monaten hat auszahlen lassen.»

«Was haben Sie gesagt?»

«Er hat die Versicherung gekündigt. Haben Sie denn nichts davon gewusst?»

«Danke.» Miranda ließ den Hörer sinken.

Stephen hatte sich die Lebensversicherung auszahlen lassen und hatte sämtliche Konten abgeräumt, ohne ihr etwas zu sagen. Und er hatte das Geld irgendwo versteckt oder angelegt, wo sie es nicht finden konnte. Er hatte das mit voller Absicht getan. Er hatte den Entschluss gefasst, alles geplant und ausgeführt. Er hatte sie quasi ohne einen Cent sitzen lassen, und genau das hatte er gewollt.

Panik überfiel sie. Wie lange würden 20 000 Dollar reichen? Für die allgemeinen fixen Kosten inklusive Miete musste sie schon mit knapp 10 000 Dollar rechnen pro Monat. Sophies Schulgeld für das nächste Jahr betrug gut 5000 Dollar, und sicher würde Jacks Schule auch bald mit Forderungen kommen. Auch wenn sie nichts mehr aßen und nirgendwo hingingen, hätten sie in wenigen Monaten keinen Cent mehr.

Und im Grunde waren 20 000 Dollar doch eine Menge Geld. Verdammt, Stephen, warum hast du die Luxuswohnung und die teuren Schulen unbedingt haben müssen? Wie sollen wir jetzt von dieser bescheidenen Summe überhaupt existieren?

Sie stand auf und ging ruhelos auf und ab. Wenn man in einem Palast wohnt und immer das Teuerste vom Teuren haben muss und wenn man seine Kinder in die exklusivsten Privatschulen schickt, dann sind schon die laufenden Kosten astronomisch hoch. Sie hatte all das nicht gewollt, aber er hatte darauf bestanden. Und nun hatte er sie ohne einen Cent zurückgelassen.

Schwer ließ sie sich in einen Sessel fallen und schlug die Hände vor das Gesicht. Oh, mein Gott, das konnte doch nur ein Albtraum sein.

14. Kapitel

«Für mich Ihren Chefsalat, das Dressing bitte extra.» Emily Light klappte die Speisekarte zu.

«Danke, meine Damen.» Der Ober steckte seinen Notizblock ein und nahm die Speisekarten entgegen.

Emily lächelte ihn höflich an, aber als sie sich wieder dem Tisch zuwandte, verschwand ihr Lächeln. Und während sie auf den Brotkorb starrte, seufzte sie leise. Miranda beobachtete sie und runzelte die Stirn. Normalerweise wirkte Emily heiter und gelöst, aber heute machte sie den Eindruck, als trüge sie die Last der ganzen Welt auf ihren Schultern.

«Was ist, Em?», fragte Miranda. «Du bist so verändert.»

«Ja?» Emily sah schnell hoch, als fühlte sie sich ertappt. «Entschuldige, bitte. Du hast wirklich genug Sorgen, da will ich dich mit meinen Problemen nicht auch noch belasten.»

«Aber, Emily, du brauchst mich doch nicht in Watte zu packen. Andere Menschen sind mir nie gleichgültig. Was ist los?»

«Ach, Miranda, du hast deinen Mann verloren und sitzt nun allein mit drei Kindern da. Da sind meine Problemchen wirklich lächerlich.»

Der Ober brachte zwei Gläser Rotwein. Miranda griff sofort nach ihrem Glas. Im Grunde kann ich mir so was in einem solchen Edelschuppen gar nicht leisten, dachte sie. Stephen war in den letzten Jahren aber nur noch in solche Restaurants gegangen, und sie hatte sich immer gewundert, dass man für ein einziges Glas Wein neun oder zehn Dollar ausgeben konnte. Emily hatte vorgeschlagen, sich hier zu treffen, und natürlich hätte

Miranda etwas Preiswerteres auswählen können. Aber irgendwie hatte sie sich plötzlich geniert zuzugeben, dass sie in finanziellen Schwierigkeiten war.

Und das bin ich weiß Gott, sagte sie sich und genoss trotzdem den Wein. Deshalb habe ich mich ja schließlich mit Emily verabredet. Was soll also der falsche Stolz?

Im Grunde gingen auch die Lights selten in solche Restaurants. Wahrscheinlich hatte Emily es ausgesucht, weil sie dachte, Miranda damit einen Gefallen zu tun. Denn vor Stephens Tod hatten die Shaeffers Lokalitäten bevorzugt, wo die Geldleute verkehrten. Geld veränderte alles, da war wirklich was dran.

Miranda setzte ihr Glas wieder ab. «Emily, du brauchst mich nicht mit Samthandschuhen anzufassen. Bitte, sag mir, was los ist.»

Emily spielte nervös mit ihrem Löffel und sah sie nicht an. «Ich mache mir Sorgen, nein, ich habe Angst.» Sie blickte Miranda an. «Bill hat seine Stellung verloren.»

«Was?»

«Ich weiß, was du sagen willst. Dass das nicht möglich ist. Dass er im letzten Jahr doch erst in den Vorstand berufen wurde, nach neun Jahren in derselben Firma. Aber Cranford hat sich mit einem anderen Unternehmen zusammengetan, DBG oder GBD oder so, und nun brauchen sie ihn nicht mehr, ihn nicht und siebenundzwanzig andere auch nicht. Verschlanken nennt man so was ja wohl.» Sie lachte bitter auf.

Miranda hörte teilnahmsvoll zu, obwohl ihr das Herz bei jedem Wort schwerer wurde. Sie und Stephen hatten immer angenommen, dass Bill Light eine bombensichere Position hatte mit einem Jahresgehalt von sicher mehreren hunderttausend Dollar, wie Stephen meinte. Nur deshalb, und auch weil die Lights wirklich gute Freunde waren, hatte Miranda sich ein

Herz gefasst und wollte sie bitten, ihr Geld zu leihen. Das kam jetzt natürlich nicht mehr infrage.

«Ich meine, wir haben das Geld nie zum Fenster hinausgeworfen», sagte Emily, «aber wo kann Bill in seinem Alter noch einen richtig guten Posten finden? Wenn wir uns letzten Monat doch bloß nicht den neuen Wagen gekauft hätten.»

Wem sagst du das?, dachte Miranda, aber sie sagte nichts. Sie hatte Emily gegenüber nichts erwähnt in Bezug auf ihre finanzielle Situation, und so ging die Freundin wie jeder andere wahrscheinlich davon aus, dass für Miranda und die Kinder dank Lebensversicherung und Sparguthaben finanziell gut vorgesorgt war, wie man es von einem erfolgreichen Ehemann erwartete. Sie war bereit gewesen, Emily alles zu erzählen, so demütigend es auch war, um zu erklären, warum sie sich Geld leihen musste. Aber das hatte jetzt keinen Zweck mehr.

Das kalte Gefühl der existentiellen Angst stieg wieder in ihr hoch, das ein wenig nachgelassen hatte, als Miranda sich entschloss, die Lights um Hilfe zu bitten. Was soll ich bloß tun, fragte sie sich, während sie der Freundin unkonzentriert zuhörte. Im Augenblick brauchte sie sich um die Kinder keine Sorgen zu machen. Sie waren tagsüber in einem Feriencamp, für das bereits im März bezahlt worden war. Aber das Schulgeld für den Herbst war überfällig, und täglich steckten neue Rechnungen im Briefkasten.

Vielleicht war das Ganze nur ein Albtraum, aus dem sie bald erwachen würde. Es ging einfach über ihren Verstand. Gerade noch hatte sie über ein ordentliches Bankkonto verfügt, war eine gestandene Ehefrau und Mutter, auch wenn sie mit einem Mann verheiratet war, der sich vor ihren Augen immer mehr zum Negativen hin entwickelte. Und jetzt plötzlich war sie eine allein stehende Frau mit drei Kindern und keinem Cent in der Tasche. Oh, verdammt, Stephen, wie konntest du mir so etwas antun!

Nicht nur die Tatsache, dass er sie mittellos zurückgelassen hatte, hatte sie so aus dem Gleichgewicht gebracht. Nachts lag sie wach und dachte darüber nach, dass er sie schon vor seinem Tod im eigentlichen Sinn des Wortes im Stich gelassen hatte. Wenn sie sich vorstellte, dass er die ganze Zeit, während er so tat, als lebten sie ihr gemeinsames Leben wie immer, das Geld beiseite geschafft und Pläne gemacht hatte, die sie offenbar nicht einschlossen ... wie demütigend. Wann hätte er ihr wohl gesagt, dass er sich scheiden lassen wollte? Einen Monat, bevor er sie verlassen wollte, sechs Monate? Ein Jahr? Sie wimmerte leise, als sie sich vorstellte, wie dumm sie gewesen war, nicht zu merken, wie verlogen doch alles war, was er sagte und tat.

Noch elender fühlte sie sich, wenn sie daran dachte, was Stephen den Kindern angetan hatte. Er hatte sie um alles gebracht, hatte das Geld gestohlen, das für die Ausbildung der Kinder vorgesehen war. Das bedeutete, dass er sich scheiden lassen und alles für sich behalten wollte. Die Zukunft seiner Kinder war ihm vollkommen egal. Ihr war ganz übel vor Wut und Schmerz, wenn sie darüber nachdachte.

Stephen Shaeffer war ihr absolut fremd geworden und das nicht erst zum Ende seines Lebens. Kalt und berechnend war er gewesen, durch und durch, und nun musste sie mit den Folgen fertig werden. Nicht nur, dass die Kinder ihren Vater verloren hatten, sie würden alles verlieren, was sie liebten und was ihnen wichtig war. Miranda musste dafür sorgen, dass das nicht passierte, aber sie wusste nicht mehr, was sie tun sollte.

Anfangs hatte sie sich damit getröstet, dass nach wie vor Geld von seinen Büchern zu erwarten war, und mit diesen Zahlungen könnten sie sich immerhin über Wasser halten. Aber dann fiel ihr ein, dass Stephens Agent mit ihm einen anderen Abrechnungsmodus besprochen hatte. Die Honorare für die Nachauflagen der alten Bücher sollten mit dem Vorschuss für die nächsten drei verrechnet werden, den er schon bekommen hatte. Das bedeutete, dass er zwar bei Ablieferung eines neuen Manuskripts einen Scheck bekam, dass aber Geld für die bereits erschienenen Bücher erst dann wieder gezahlt würde, wenn der Vorschuss abgegolten war. Und da Stephen vertraglich immer auf sehr hohen Vorschüssen bestanden hatte, würde es Jahre dauern, bis wieder Geld gezahlt würde. Als ihr das klar wurde, war ihr sterbenselend geworden.

Dann hatte sie daran gedacht, das Apartment zu verkaufen. Aber der Makler hatte ihr gesagt, dass ein Apartment dieser Preisklasse sich nicht von heute auf morgen würde verkaufen lassen und dass sie sich auf einige Zeit gefasst machen sollte. An diesem Tag hatte sich Miranda mit einem Taschenrechner hingesetzt und hatte anhand der Rechnungen und laufenden Verpflichtungen durchgerechnet, wie lange sie noch durchhalten konnte. Zwei Stunden später ließ sie den Kopf auf die Tischplatte sinken und weinte.

Schon diese erste Überschlagsrechnung hatte ergeben, dass Stephen Schulden in Höhe von fast achtzigtausend Dollar hinterlassen hatte. Anscheinend hatte er sich mit dem Zahlen der Rechnungen immer viel Zeit gelassen, und so war weder Sophies Zahnregulierung bezahlt noch das Zwölftausend-Dollar-Gemälde, das er vor sechs Monaten für sein Arbeitszimmer gekauft hatte. Unabhängig von den Schulden, so hatte sie ausgerechnet, würde sie für die laufenden Kosten und ihren normalen Lebensunterhalt zwanzigtausend Dollar pro Monat brauchen. Sie konnte es sich deshalb gar nicht leisten, monatelang auf den Verkauf des Apartments zu warten.

Miranda hatte lange gezögert, ihre demütigende Situation jemandem zu offenbaren, aber dann hatte sie schließlich doch mit Lydia gesprochen. Seit der Auseinandersetzung an dem Tag der Trauerfeier hatten zwischen den Schwestern starke Spannungen bestanden, aber als Miranda gestand, dass ihr Mann gestorben sei, ohne ihr auch nur das Nötigste zu hinterlassen, war Lydia einfach aufgestanden und hatte ihr Scheckbuch aus ihrer Handtasche gezogen. Sie hatte für Miranda einen Scheck über zehntausend Dollar ausgeschrieben, hatte ihn der Schwester ohne ein Wort übergeben und sie dabei umarmt. Miranda war von dieser Geste zu Tränen gerührt. Zehntausend Dollar waren viel Geld für Lydia, die alles andere als reich war. Miranda nahm den Scheck an und dankte der Schwester von Herzen. Natürlich würde sie ihr nie sagen können, dass das nur ein Tropfen auf dem heißen Stein war. Davon hatte sie gerade die erste Rate des Schulgelds für Jack und Sophie zahlen können.

Miranda schreckte aus ihren Gedanken auf, als Emily den Arm hob und dem Ober ein Zeichen gab.

«Dank dir, dass du mir zugehört hast, Ran», sagte sie.

«Sei nicht albern.» Miranda hatte ein schlechtes Gewissen, weil sie außer Emilys ersten Worten kaum etwas mitbekommen hatte.

Emily lachte kurz auf. «Es war ein guter Lunch, trotz meiner schlechten Nachrichten. Aber ich fürchte, das wird für längere Zeit das letzte Mal sein, dass ich in einem solch guten Restaurant zu Mittag esse.» Sie beugte sich vor und strich Miranda über die Hand. «Sei froh, dass du dich nicht mit solchen Sachen belasten musst.»

Miranda lächelte verkrampft und zog ihr Portemonnaie aus der Tasche.

Seit über einer Stunde tobte das Gewitter nun schon, gleißende Blitze, dicht gefolgt von krachenden Donnerschlägen. Miranda konnte nicht einschlafen und starrte in die Dunkelheit, während der Regen gegen die Fenster schlug. Als das Schlafzimmer wieder durch einen Blitz erhellt wurde, richtete sie sich seufzend auf. Sie konnte sowieso nicht schlafen, und so stand sie auf und zog sich den Morgenrock über. Es war Viertel nach zwei.

Barfuß tappte sie den Flur entlang und sah nach den Kindern. Ethan schnarchte laut und drückte seinen Stoffaffen an sich, ohne den er schon seit frühester Kindheit nicht schlafen konnte. Jacks Kopf war kaum zu sehen, so hoch hatte er die Bettdecke gezogen, aber Miranda sah, dass er gleichmäßig atmete. Wie üblich hatte Sophie ihre Decke weggestoßen und lag nahezu quer im Bett, ein Arm über dem Gesicht. Miranda trat leise an ihr Bett und deckte sie zu. Sie wunderte sich, dass keins der Kinder bei dem Gewitter aufgewacht war.

Sie ging in die Küche, machte Licht und holte Milch aus dem Kühlschrank. Sie goss sich ein Glas ein und öffnete eine Packung Doughnuts. Seit dem Gespräch gestern mit Emily Light hatte sie das Gefühl, kurz vor einem Nervenzusammenbruch zu stehen. Sie wusste nicht, wie es weitergehen sollte, vor allen Dingen, seit Jacks Schule sie informiert hatte, dass er mit der Schule im September nicht beginnen könnte, wenn sie den Rest des Schulgelds nicht bis Ende des Monats gezahlt hätte. Diese Situation hatte sie kommen sehen.

Sie konnte nicht stillsitzen und stand rastlos auf, ging durch die Wohnung, machte Licht an und knipste es dann wieder aus. Was konnte sie bloß tun? Sie versuchte nachzudenken, es musste doch eine Möglichkeit geben. Und immer wieder überfiel sie die kalte Angst. Sie öffnete die Tür zu Stephens Arbeitszimmer und starrte auf den wunderbaren Schreibtisch aus Kirsche, den großen ledernen Schreibtischstuhl und das Gemälde an der Wand, das immer noch nicht bezahlt war.

Sie hatte den Raum unverändert gelassen. Wie immer lagen ein paar Bücher und Papiere auf dem Schreibtisch, aber es gab keinen Hinweis darauf, dass hier die Forrestor-Bücher entstanden. Alles, was mit Forrestor zu tun hatte, war in den abgeschlossenen Schreibtischschubladen versteckt. Miranda wusste, dass Stephen den Schlüssel in der kleinen Porzellanschale dahinten auf dem Bücherbord aufbewahrte. Denn außer Stephen kannte ja nur sie die Wahrheit, und deshalb hatte er das Versteck vor ihr auch nicht verheimlicht.

Forrestor. Damit hatte der ganze Albtraum begonnen.

«Ich hasse dich, Forrestor», stieß sie wütend hervor.

Sie ging in die gegenüberliegende Ecke des Raumes, wo Stephen von jedem seiner Romane ein Exemplar aufbewahrte. Er hatte ihr erklärt, dass es zu sehr auffallen würde, wenn er mehr als ein Exemplar oder aber sogar die fremdsprachigen Übersetzungen hier lagerte. Es könnte ja sein, dass mal jemand in sein Arbeitszimmer kam.

So standen nur die fünf leuchtend gebundenen Ausgaben da, eingezwängt zwischen Stendhals «Rot und Schwarz» und Balzacs «Verlorene Illusionen». Miranda wusste genau, dass Stephen diese Bücher nie gelesen hatte, und sie wunderte sich, wie viele literarische Titel in seinem Bücherbord standen. Das war ihr bisher nie aufgefallen. Sie lächelte ironisch. Wahrscheinlich gehörte es zu seinem neuen Image. Dafür fehlten die Bücher, die er normalerweise gelesen hatte, Krimis und Abenteuergeschichten. Entweder hatte er sie versteckt oder sogar weggeworfen, damit nur keiner herausfand, was für einen schlechten literarischen Geschmack er hatte.

Sie zog seinen letzten Roman, «Gefährliche Dämmerung», aus dem Regal und öffnete das Buch, um den Waschzettel zu lesen. In Zukunft würde es nichts Neues für die Forrestor-Fans geben. Welch eine Enttäuschung, wenn sie feststellen mussten, dass Mr. Forrestor aufgehört hatte zu schreiben. Sie hob den Kopf, als ihr klar wurde, was das bedeutete. Bisher hatte sie darüber noch nie nachgedacht. Jeder wusste, dass Stephen Shaeffer tot war. Aber keiner wusste, dass damit auch Forrestor gestorben war.

Was für ein Durcheinander. Ihr fiel ein, dass der Lektor, über den Stephen sich immer nur beschwert hatte, ganz sicher versuchen würde, mit seinem geheimnisvollen Autor Kontakt aufzunehmen. Aber er würde keinen Erfolg haben. Sie drehte sich langsam um und blickte auf den Computer, der auf dem Schreibtisch stand. Sie legte das Buch ab, ging zum Schreibtisch hinüber und schaltete den Apparat ein. Ob etwas in Stephens E-Mail-Box war?

Ja, vier Nachrichten waren gespeichert, die erste war schon einen Monat vor Stephens Tod eingetroffen. Miranda überlief ein Zittern, als sie sie las, Nachrichten für jemanden, der nicht mehr lebte.

F – Ja, ich weiß, dass der Termin knapp ist, aber wir werden es schaffen. Freue mich auf das Exposé am Montag, wie besprochen. Melde dich. Paul.

F – Tut mir Leid, dir auf die Nerven zu fallen, aber ich habe seit ein paar Wochen nichts von dir gehört. Probleme? Ich bin doch dazu da, dir zu helfen. Paul.

F – Was ist los? Bitte melde dich, so schnell es geht. Paul.

F – Bist du da? Paul.

Mein Gott, was für eine ungewöhnliche Situation. Sie starrte auf den Bildschirm. Der Mann würde niemals erfahren, was um alles in der Welt mit seinem Erfolgsautor geschehen war. Forrestor würde einfach verschwunden sein, und es würde keine Erklärung dafür geben. Weder seine Leser noch sein Agent noch sein Verleger würden je wissen, was passiert war. Es war einfach vorbei. Paul Harlow saß da in seinem Büro und wartete auf das nächste Manuskript, das nie kommen würde. Ich bin der einzige Mensch, der weiß, dass Forrestor tot ist, weil ich die Einzige bin, die weiß, wer er wirklich war.

Sie könnte also einfach Forrestor werden.

Die Idee war ihr mit einer so eindeutigen Klarheit gekommen, dass sie erschrak. Miranda stand ganz still da, als hätte sie Angst, dass die kleinste Bewegung diesen Gedanken wieder aus ihrem Bewusstsein löschen könnte.

Stephen gab es nicht mehr. Aber sie könnte den nächsten Forrestor schreiben und ihn an Highland Press schicken. Wenn sie es fertig brachte, Stephens Stil nachzuahmen und wirklich einen Roman zu schreiben, dann würde der Lektor keine Veranlassung haben zu glauben, dass das Manuskript von jemand anderem stammte. Paul Harlow könnte weiter mit dem Autor in Kontakt bleiben. Er würde nie wissen, dass sich dahinter jetzt ein anderer Mensch verbarg. Niemand würde wissen, dass der richtige Forrestor nicht mehr existierte. Alles würde weiterlaufen wie bisher.

Und was das Wichtigste war, es würde Geld für den neuen Forrestor kommen. Nur dieses Mal würde sie es sein, die den Scheck aus dem Postfach holte.

Nein. Miranda schüttelte den Kopf. Das war verrückt, ein unmöglicher Plan. Für wen, in aller Welt, hielt sie sich denn? Sie und einen Roman schreiben? Und dazu noch im Stil eines anderen?

Sie ließ sich in den Schreibtischsessel fallen. Während ihres Berufslebens hatte sie Werbebroschüren verfasst. Es war also nicht so, als könnte sie keinen Satz zu Papier bringen. Aber eine Werbebroschüre war eine Sache, ein Roman eine andere. Wie war Stephen dabei vorgegangen? Sie hatte zwar immer seine Bücher gelesen, sobald sie herausgekommen waren, aber sie hatte nie besonders darauf geachtet, wie sie aufgebaut waren, wie die Spannung gesteigert wurde und letzten Endes die Probleme eine Lösung fanden. Vielleicht sollte sie sich einmal gründlich damit beschäftigen …

Er dachte sich zuerst eine Handlung aus, so viel wusste sie. Würde ihr das auch gelingen? Und dann musste das ganze Buch ja auch noch geschrieben werden, nein, es war unmöglich. Der Lektor würde den Betrug sofort aufdecken. Wer weiß, was das für Folgen hätte.

Dennoch ging Miranda zurück zu dem Bücherbord und starrte auf Stephens fünf Bestseller. Beinahe automatisch nahm sie Stephens ersten Roman, «Der Fremde aus dem Osten», in die Hand und ging zurück zum Schreibtisch. Sie machte es sich in dem Sessel gemütlich und fing an zu lesen.

15. Kapitel

Erst als sie Ethan am nächsten Morgen um sieben aus seinem Zimmer kommen hörte, blickte Miranda von Stephens erstem Roman auf. Widerwillig legte sie das Buch auf den Schreibtisch und stand auf, um sich um den Sohn zu kümmern. Obgleich sie die ganze Nacht wach gewesen war, fühlte sie keine Müdigkeit. Als Jack und Sophie schließlich in die Küche traten, die Augen noch schwer vom Schlaf, hatte sie schon Orangensaft und Cornflakes für sie hingestellt und war mit Ethan beim Frühstücken. Ihr Kopf war voll von all dem, was sie heute noch erledigen musste.

«Jack, was meinst du, könntest du heute nach dem Feriencamp mit zu Henry nach Hause gehen?», fragte sie, als ihr Ältester sich auf seinen Stuhl fallen ließ.

Er griff nach dem Milchkarton, den Sophie gerade in der Hand hielt. «He, lass das!», protestierte sie.

Jack ignorierte sie und warf seiner Mutter einen misstrauischen Blick zu. Er goss sich Milch in seine Schüssel. «Warum soll ich denn mit zu Henry gehen?»

Miranda holte tief Luft. «Weil ich ein paar Dinge zu erledigen habe, okay?»

Er zuckte mit den Schultern, und Miranda beschloss, das als Einverständnis zu interpretieren. «Gut. Ich rufe gleich seine Mutter an, wenn ihr aus dem Haus seid. Und du, Sophie», sie wandte sich an ihre Tochter, «du hast heute Nachmittag Gymnastik, oder? Und Mrs. Wilder wird dich und Samantha hinbringen?»

Sophie nickte mit vollem Mund.

«Ach ja, die beiden olympischen Hoffnungen», sagte Jack sarkastisch, «meine spastische Schwester und ihre hässliche Freundin.»

«Mommy …» Sophie sah ihre Mutter Hilfe suchend an.

«Jack, das reicht», sagte Miranda streng. «Entschuldige dich sofort bei deiner Schwester.»

«Ich habe doch nur die Wahrheit gesagt.»

Miranda zog die Augenbrauen zusammen. «Sofort, Jack.»

Jack sah die Schwester an und schnitt eine Grimasse. «Sorry, Heulsuse.»

Miranda seufzte leise. Sie war ratlos, was Jack betraf. Seit Stephens Tod ließ er seine Wut an Sophie aus. Er kam gut mit seinem kleinen Bruder aus, aber Sophie konnte in seinen Augen nichts richtig machen. Er hatte auch früher an ihr herumgemeckert, aber in letzter Zeit war es sehr viel schlimmer geworden.

Aber daran würde sie heute nichts ändern können. Sie dachte wieder an ihr Vorhaben.

«Okay», sagte sie mehr zu sich selbst als zu den Kindern, «Ethan wird bis fünf im Camp sein. Alle sind untergebracht.» Sie stand auf. «Beeilt euch, Kinder. Ich habe heute viel zu tun.»

Jack lachte höhnisch. «Was denn? Musst du unbedingt deine blöden Zeitschriften lesen?»

Miranda versuchte, nicht zu zeigen, wie sehr sie seine Worte verletzten. «Sprich nicht so mit mir, Jack», sagte sie ruhig. Das kommt nur daher, dass ich nicht arbeite, dachte sie.

«Ich bin fertig, Mommy.» Ethan trank den Rest seines Safts aus.

Sie lächelte ihn an. Der arme Ethan. Er war immer ein pflegeleichtes Kind gewesen, aber in letzter Zeit hatte er verstärkt versucht, ihr alles recht zu machen. Es war, als ob er Angst hatte, auch sie zu verlieren, wenn er sich nicht ordentlich benahm. «Gut gemacht, mein Liebling.»

Nach einer Stunde hatte sie alle Kinder aus der Tür geschoben, hatte die Mutter von Jacks Freund Henry angerufen, bei dem er den Nachmittag verbringen würde, hatte geduscht und sich angezogen. Dann ging sie wieder in Stephens Arbeitszimmer, nahm Stift und Schreibblock aus der Schreibtischschublade und vertiefte sich wieder in eines seiner Bücher. Dieses Mal machte sie sich beim Lesen Notizen. Sie sah erst hoch, als die Kinder wieder nach Hause kamen. Nachdem sie gegessen hatten und schließlich im Bett waren, kehrte sie an den Schreibtisch zurück und arbeitete weiter bis Mitternacht. Plötzlich merkte sie, wie ihr die Wörter vor den Augen verschwammen. Sie stand auf, ging ins Schlafzimmer und zog sich aus. Erschöpft fiel sie ins Bett und träumte von einem Mann, dessen Gesicht halb im Schatten lag und der einen blitzenden Dolch in der Faust hielt.

Am nächsten Morgen wurde ihr klar, dass sie heute nur vier Stunden Zeit hatte, bevor sie Sophie vom Sommercamp abholen musste. Das war einfach zu wenig. Sicher, die Kinder hatten sich an einen bestimmten Tagesablauf gewöhnt, aber darauf konnte sie jetzt keine Rücksicht nehmen. Sie brauchte mehr Zeit. Außerdem wäre es für die Kinder viel schlimmer, wenn sie sie ganz aus den teuren Schulen nahm und sie sich auch an ein neues, kleineres Apartment würden gewöhnen müssen. Sie überlegte eine Weile und ging dann zum Telefon.

Emily Light hob den Hörer beim dritten Klingeln ab. Nach ein paar Minuten freundlichen Smalltalks kam Miranda auf das zu sprechen, was ihr am Herzen lag.

«Em, ich habe eine riesengroße Bitte an dich. Aber, bitte, sag mir ehrlich, wenn es nicht geht.»

«Was ist denn?»

«Könntest du nächste Woche ein paar Nachmittage auf die Kinder aufpassen? Ich bin mit einem bestimmten Projekt beschäftigt.» Das entsprach zwar nicht ganz der Wahrheit, war aber auch keine Lüge.

«Natürlich, das tue ich gern», sagte Emily sofort. «Arbeitest du wieder?»

Miranda zögerte. «Ja, so könnte man sagen. Also, das wäre wirklich wunderbar. Ich bin dir unglaublich dankbar.»

«Sei nicht albern. Sag mir, an welchen Tagen du mich brauchst, und dann machen wir etwas aus.»

«Danke.» Erleichtert legte Miranda den Hörer wieder auf. Jetzt würde sie ein paar Extrastunden für sich haben. Als sie aber abends den Kindern mitteilte, dass sie ein paar Nachmittage bei den Lights verbringen würden, wurde Jack wütend.

«Ich habe aber keine Lust, ewig mit der da zusammen zu sein», schrie er und zeigte mit einer kurzen Daumenbewegung auf Sophie.

«Jack, ich habe zu tun, und ihr müsst mir einfach helfen.» Miranda versuchte, ruhig zu bleiben. «Es ist das erste Mal, dass ich euch um so etwas bitte. Außerdem wird Matthew doch auch da sein.»

«Nein, ich will nicht.»

Miranda wurde unsicher, aber sie musste einfach dieses Buch schreiben, wenn sie nicht wollte, dass ihrer aller Leben total umgekrempelt wurde. «Was ist denn so Schlimmes dabei?»

«Ich will nicht mit ihr zusammen sein.» Jack starrte Miranda wütend an. «Ich will ihr blödes Gesicht nicht dauernd vor mir haben.»

«Und ich will dein blödes Gesicht auch nicht dauernd sehen», schrie Sophie, drehte sich um und rannte in ihr Zimmer.

Du liebe Zeit. Miranda schüttelte den Kopf. «Zu wem würdest du denn gehen?»

«Ist mir egal.»

Miranda überlegte einen Moment. «Dann bleibt nur Joanne Karl. Es wäre doch okay, ein paar Nachmittage mit Michael zu verbringen?»

«Wenn's sein muss.»

Miranda stand auf, um zu telefonieren. Es war ihr unangenehm, um einen solchen Gefallen zu bitten. Aber wenn sie ihren Plan wirklich durchführen wollte, dann brauchte sie einfach mehr Zeit für sich. Wenn nur Jack bloß nicht immer alles so kompliziert wie möglich machen würde. Sobald sie mit Joanne gesprochen hatte, musste sie unbedingt Sophie trösten.

Aber sie konnte es sich nicht verkneifen zu sagen: «Also wirklich, Jack. Du könntest deiner Schwester gegenüber schon mal etwas netter sein.»

«Natürlich. Zu ihr muss man immer nett sein.» Aber er hatte es so leise gesagt, dass seine Mutter es nicht hörte.

Miranda verbrachte den ganzen nächsten Tag in der Bücherei und kam mit zwei großen Einkaufstüten voller Bücher nach Hause. Sie stapelte sie auf dem Schreibtisch und überflog wieder die Titel. Es waren Bücher über Gifte, über Kampfsportarten, über Schusswaffen, Bergsteigen und Edelsteine. Ihr war eine Idee für eine Geschichte gekommen, die sich auf diesen Elementen aufbaute. Stephen war ins Ausland gefahren, um Recherchen über andere Länder und ihre Gebräuche anzustellen – und wer weiß was sonst noch zu tun –, dachte sie grimmig, aber sie hatte weder Geld noch Zeit für solche Reisen. Sie würde sich auf die Bücher über Frankreich, China und die Schweiz verlassen müssen.

«Ob ich das wirklich schaffen kann?», fragte sie laut in den leeren Raum hinein.

Er wusste, dass er unbedingt schlafen sollte. Er musste morgen früh wach und konzentriert sein. Aber der Raum kam ihm plötzlich un-

erträglich klein und heiß vor. Er griff nach seinem Jackett, verließ das Hotelzimmer und trat auf die verlassene Straße hinaus.

Miranda lehnte sich in ihrem Stuhl zurück und griff nach dem Kaffeebecher, der am Rand des Schreibtischs auf einem Papierstapel stand. Sie wusste, was sie als Nächstes ausdrücken wollte, konnte aber nicht die richtigen Worte finden. Sie ging mit dem Marker wieder an den Anfang des Kapitels zurück und las noch einmal durch, was sie heute geschrieben hatte.

Hoffentlich war es kein Fehler, dass sie die Hauptperson des Romans, einen Profikiller namens Dirk Findlay, einen Moment innehalten und über die Art seines Berufes nachdenken ließ. Stephens Charaktere zeigten im Allgemeinen keine Reue, wenn sie jemanden umgebracht hatten, ja, sie dachten noch nicht einmal darüber nach, was sie getan hatten. Aber jemand, der intelligent genug war, sich Dutzende von Methoden auszudenken, wie man einen anderen erschießen, erstechen, vergiften und erdrosseln konnte, ohne erwischt zu werden, musste doch auch genug Hirn besitzen, um wenigstens hin und wieder an eine mögliche moralische Bedeutung der Tat zu denken.

Aber Miranda war erst beim vierten Kapitel. Vielleicht war das viel zu früh. Möglicherweise konnte Dirk zu diesem Zeitpunkt solche Gedanken noch gar nicht haben. Sie trommelte mit den Fingern auf die Tischplatte. Außerdem, was lässt sich schon Aufregendes über moralische Überlegungen sagen? Vielleicht hatte sich Stephen deshalb von so etwas fern gehalten. Seine Helden hatten lediglich bestimmte Situationen zu meistern, waren immer in Bewegung, reisten von einem Kontinent zum nächsten, wurden in Intrigen verwickelt und retteten sich daraus. Sie war sehr bemüht, ihre Story nach demselben Muster zu erzählen, aber manchmal hatte sie das Gefühl, als schrieben sich die Szenen von allein, als hätte sie wenig Einfluss, als führte die Geschichte in eine bestimmte Richtung, ohne dass sie daran etwas ändern konnte.

Das war nicht das Einzige, was ihr Probleme machte. Sie hatte jedes von Stephens Büchern ein paar Mal durchgearbeitet, hatte sich Notizen gemacht und wichtige Abschnitte unterstrichen, die nach ihrer Meinung für seine Art zu schreiben typisch waren. Aber es war viel schwerer, als sie gedacht hatte, den Stil eines anderen nachzuahmen. Das erste Kapitel hatte sie sechsmal neu geschrieben, bevor sie einigermaßen damit zufrieden war.

Müde massierte sie sich die Schläfen. Stephens Dialoge waren auch etwas, was ihr Kopfzerbrechen machte. Die Unterhaltungen zwischen seinen Protagonisten waren meistens kurz und direkt, die von ihr geschaffenen Romanfiguren dagegen schienen immer ausführlich miteinander sprechen zu wollen; sie hatte Mühe, die direkte Rede so knapp zu halten, wie Stephen es getan hatte.

Vielleicht sollte Dirk seine Skrupel erst in einem späteren Kapitel zeigen. Vielleicht sollte erst sein nächstes Opfer auftauchen und sich dann herausstellen, dass es jemand war, den Dirk als Kind gekannt hatte, vielleicht ein Spielkamerad. Der hatte seinen Namen geändert, und deshalb hatte Dirk nicht gewusst, wer er wirklich war. Das stand zwar nicht in dem Handlungsgerüst, das sie vorher aufgestellt hatte, aber es passte hinein.

Sie lächelte, und ihre Müdigkeit verflog. Das war für sie selbst das Überraschendste an dem Projekt. Es war viel Arbeit, und sie hatte manchmal auch Angst, es nicht zu schaffen, aber das Schreiben selbst machte ihr Spaß. Es war spannend, sich die verschiedensten Komplikationen und Entwicklungen auszudenken, zu sehen, wie ihre Ideen lebendig wurden, während sie Satz an Satz reihte und Seite für Seite niederschrieb. Sie schuf eine eigene Welt, und sie hatte keine Ahnung gehabt, dass sie dabei so viel Freude haben würde.

Miranda trank einen Schluck Kaffee und sah auf die Uhr.

«Oh, verflucht.» Sie sprang auf. Sie hätte Sophie und Ethan vor zehn Minuten abholen sollen. Sie würde eine halbe Stunde später da sein, als sie gesagt hatte. Emily war so nett gewesen, die beiden wieder den Nachmittag über zu nehmen, da hätte Miranda wenigstens pünktlich sein müssen.

Emily und Joanne hatten in der ersten Woche auf die Kinder aufgepasst, danach hatte Miranda eine Studentin angestellt, die vier Nachmittage in der Woche kam. Heute hatte das junge Mädchen allerdings angerufen und gesagt, dass sie krank sei. Glücklicherweise war Jack bis zum Abendessen bei einem Freund. Er weigerte sich immer noch, an den Nachmittagen außer Haus mit Sophie zusammen zu sein.

Miranda nahm sich eine Taxe und hastete dann die Stufen in ihrem alten Apartmenthaus hinauf, wo die Lights immer noch wohnten.

«Es tut mir so Leid, dass ich so spät komme», sagte sie, noch bevor Emily die Tür ganz aufgemacht hatte.

«Das ist doch nicht schlimm. Komm herein.» Emily ging voraus in die kleine Küche. «Hast du Zeit für eine Tasse Kaffee?»

«Ja, gern.» Miranda ließ sich aufatmend auf einem Stuhl nieder. «Wo sind denn die Kinder? Und wie haben sie sich benommen?»

Emily wies mit dem Kopf in Richtung Kinderschlafzimmer. «Sophie spielt bei Karen im Zimmer, und Ethan sieht sich ein Video an. Sie waren brav wie immer.»

«Danke, Emily. Du weißt ja gar nicht ...»

«Schon gut, Ran. Das tue ich doch gern.» Emily goss den Kaffee ein, stellte Milch und Zucker auf den Tisch und öffnete eine Schublade, um Teelöffel herauszunehmen.

«Wie geht es Bill?», fragte Miranda.

«Ganz gut. Er stellt sich gerade bei einem Unternehmen vor.

Und es sieht so aus, als würde die Firma ihm ein Angebot machen, die ihn letzte Woche interviewt hat. Wo ist denn Jack heute?»

«Bei einem Freund.» Miranda rührte gedankenverloren in der Kaffeetasse. Ohne dass es ihr bewusst war, hatte sie die Stirn gerunzelt.

«Wie macht er sich denn zurzeit?», fragte Emily.

Miranda zögerte, entschloss sich dann aber doch, mit der Freundin darüber zu sprechen. «Ich weiß natürlich, dass es nichts Schlimmeres gibt, als seinen Vater zu verlieren, aber mir macht Sorgen, wie er seinen Frust und seine Trauer an Sophie auslässt. Ich weiß nicht, warum er sie zum Sündenbock gemacht hat, aber er behandelt sie furchtbar.»

Emily trank einen Schluck Kaffee. «Du meinst, noch schlimmer als früher?»

Miranda sah sie erstaunt an. «Ist dir das denn schon früher aufgefallen?»

«Natürlich.» Emily schien von Mirandas Reaktion ebenso überrascht zu sein. «Er macht kein Geheimnis daraus, dass er Sophie nicht ausstehen kann. Das war doch immer schon so.»

«Also, sicher, er war nie der liebevolle ältere Bruder, aber ...» Miranda schwieg unsicher.

«Erinnerst du dich nicht, wie eifersüchtig er auf sie schon als Kleinkind war? Wie er dich immer auf den Arm geschlagen hat, wenn du sie hoch nahmst? Weißt du nicht mehr, wie er ihr den Schuh an den Kopf warf, als sie hier bei mir waren und draußen ein Schneesturm tobte?»

Miranda nickte langsam. «Das schien mir nichts Ungewöhnliches zu sein. Sie sind schließlich nur zwei Jahre auseinander.»

«Aber es ist immer so weitergegangen, Ran», sagte Emily sanft. «Ich könnte dir eine Million Beispiele nennen.»

Miranda holte tief Luft. «Du hast Recht.»

Sie stellte entschlossen ihre Tasse auf den Tisch. Die Erkenntnis, dass ihr Ältester seine kleinere Schwester immer gehasst hatte, machte sie tieftraurig. Ich wollte es nur nicht wahrhaben, dachte sie. Ich muss einfach dieses Buch fertig schreiben, damit ich mich wieder um meine Kinder kümmern kann. Sie haben schließlich nur mich.

In den nächsten vier Wochen schrieb sie nahezu ununterbrochen. Sie saß häufig bis morgens drei oder vier am Computer, und sie machte sich Notizen, wo auch immer sie dazu die Möglichkeit hatte. Je mehr sie sich in die Story vertiefte, desto mehr war sie von ihr besessen. Tag und Nacht beschäftigte sie sich mit dem Roman. Alles andere war unwichtig, Briefe wurden nicht beantwortet, Telefonanrufe ignoriert. Es gab nichts außer dem neuen Forrestor.

Und dann war es geschafft. Es war beinahe ein Uhr morgens, als sie den letzten Satz geschrieben hatte, vier Leerzeilen eingab und dann ENDE tippte. Sie starrte ein paar Minuten lang auf den Bildschirm, stand dann auf und ging in die Küche. Im Kühlschrank lag eine Flasche Champagner, die sie schon vor längerer Zeit für diesen Augenblick gekauft hatte. Sie legte ein Handtuch um den Korken, zog ihn heraus und goss die schäumende Flüssigkeit in eines der sündhaft teuren Sektgläser, die Stephen unbedingt hatte haben müssen. Sie hörte noch den Ton, in dem er sie belehrte, dass diese Gläser eigentlich schon als Kunstwerke anzusehen wären.

Sie nahm das Glas und die Flasche mit in Stephens Büro, legte sich auf das Sofa, stellte die Flasche neben sich auf den Fußboden und hob das Glas in die Luft.

«Herzlichen Glückwunsch», sagte sie leise, «ich weiß zwar nicht, was zum Teufel ich geschafft habe, aber ich habe es geschafft.»

Sie trank das Glas auf einen Zug leer und war in weniger als einer Minute eingeschlafen.

16. Kapitel

«So sieht es also aus, Dr. Adamson?», fragte Malachy Albright und umklammerte dabei unbewusst die Bettdecke.

«Ich fürchte, ja.» Henry Adamson legte kurz die Hand auf den Arm der Patientin. Diese Gespräche waren immer sehr schwierig. Vor Jahren war es üblich, die Krebspatienten zu belügen. Sie werden in Kürze wieder gesund und munter sein, Mrs. Smith. Der Knoten da in der Leistengegend hat gar nichts zu bedeuten, Mr. Jones. Heute wurden die Patienten sehr direkt mit der Wahrheit konfrontiert.

Henry war froh darüber. Die Ehrlichkeit versetzte die Todkranken wenigstens in die Lage, über ihren Tod nachzudenken und zu überlegen, wie sie ihre letzte Zeit verbringen wollten. Aber auch wenn es vielleicht für sie besser war, die Aufgabe für den Arzt war genauso schwer. Chirurgen machten Scherze über ihren Beruf und bezeichneten sich gern als exzellente Handwerker, und Gynäkologen sprachen von sich ironisch als Klempner. Wenn man es sich richtig überlegte, war da durchaus etwas dran. Seit Henry sich am Anfang seiner Laufbahn entschieden hatte, dass er sich letzten Endes auf Krebskrankheiten spezialisieren wollte, betrachtete er sich halb als Detektiv und halb als Philosoph. Für ihn war die Verbindung zwischen Medizin und Philosophie immer das Interessanteste an seinem Beruf gewesen.

Henry hatte sich nie gescheut, über den Tod nachzudenken. Es war auch für ihn nicht einfach, einen Menschen beim Sterben zu begleiten oder den Ehemann, die Ehefrau, Sohn oder

Tochter monatelang leiden zu sehen, aber Henry hatte das in Kauf genommen.

Ich hätte nie einen anderen Beruf haben wollen, dachte er, als er leise die Tür zu Malachy Albrights Zimmer hinter sich schloss und zurück ins Stationszimmer ging. Er liebte seine Arbeit. Sie interessierte ihn, sie erfüllte ihn. Nur ... nur was?, fragte er sich, während er eine Eintragung auf dem Krankenblatt von Malachy Albright machte. Er legte das Papier auf den Schreibtisch und lächelte, als er sah, wie Marge Henderson, die Stationsschwester, am Telefon kicherte. Er kannte Marge schon seit zehn Jahren. Er hatte die ganze Aufregung um ihre erste Hochzeit mitbekommen, hatte allerlei Klatsch gehört, bevor die Ehe dann nach ein paar Jahren auf hässliche Art und Weise in die Brüche ging. Und nun sah er mit Wohlgefallen, wie Marge ihr Leben wieder zu genießen schien. Marge hatte ihm schon von ihrem neuen Freund erzählt, einem freundlichen und diesmal passenden Mann, Internist am selben Krankenhaus, den Henry schon kannte und schätzte, bevor der Krankenhausklatsch die beiden miteinander in Verbindung brachte. Vor einer Woche war die Verlobung bekannt gegeben worden, und Marge strahlte vor Glück.

Er erinnerte sich an seine eigene Verlobung mit Mimi, das war jetzt fünfzehn Jahre her. Er hatte sie durch seinen Zimmergenossen kennen gelernt, der wie er Assistenzarzt am Mount-Sinai-Krankenhaus war, und sie hatten sich gleich heiß und leidenschaftlich ineinander verliebt. Alles, was Mimi tat, machte sie mit Begeisterung, dachte Henry, als er auf den Fahrstuhl zuging. Sie war sehr talentiert und ehrgeizig, und ihre Romanze war nur durch die zwei Wochen unterbrochen worden, in denen Mimi als Laurie in «Oklahoma» während der Sommersaison in San Francisco auf der Bühne stand. Sie hatte häufig Engagements in anderen Städten und trat zum Beispiel jedes Jahr drei Wochen lang in einem schicken Pariser Club am rechten

Seineufer auf. Unter diesen Bedingungen hatten sie geheiratet, und so war es auch während ihrer Ehe geblieben. Mimi war eine tolle Frau, voller Leben, aufregend und unabhängig. Er war sehr stolz auf sie. Aber sie war selten da. An Tagen wie heute, wenn er mit Menschen über ihren Tod hatte sprechen müssen, wünschte er sich, Mimi mit ihrer Herzlichkeit und Wärme um sich zu haben. Er würde zwar mit ihr heute noch sprechen, denn sie rief meistens nach der Vorstellung an. Und ganz sicher war sie voll Mitgefühl. Aber danach war er wieder allein in der Wohnung, mit den beiden Katzen Blanche und Stella, seinen vielen Büchern und einem Glas Bourbon.

Er musste über sich selbst lächeln. Es gab doch wahrhaftig Schlimmeres, als in ein wunderschönes Apartment am Riverside Drive nach Hause zu kommen, ein gutes Buch zu lesen und einen Jack Daniels zu trinken. Ihm fiel die Zweizimmerwohnung wieder ein in der Fordham Road in der Bronx, in der er aufgewachsen war. Seine Schwester und er hatten in einem Zimmer geschlafen und seine Eltern auf einer Ausziehcouch im Wohnzimmer. Er hatte für seine Ausbildung so gut wie nichts bezahlen müssen, weder auf der Bronx High School of Science noch auf dem City College, und hatte im Wesentlichen Mineralwasser getrunken. Wenn er sich hin und wieder mal eine Cola leistete, so geschah das nur zu besonderen Gelegenheiten. Und diese Cola hatte ihm damals besser geschmeckt als der edelste Champagner heutzutage.

Er schüttelte den Kopf bei diesen Erinnerungen und fuhr leicht zusammen, als er eine Hand auf dem Rücken fühlte.

«Warum so eine traurige Miene?» Mickey Petersen, der Chef-orthopäde des Krankenhauses, sah ihn lächelnd an.

Henry seufzte leise. Diese Frage, die mit Vorliebe Onkologen gestellt wurde, die mit Todkranken zu tun hatten, war von den jungen Ärzten meistens ironisch gemeint, konnte aber auch ein echtes Mitgefühl ausdrücken. Er wusste deshalb nie so recht, was er darauf antworten sollte, und sie ging ihm schon lange auf die Nerven.

«Und wie geht es bei dir?», fragte er höflich.

«Nicht schlecht», antwortete Mickey. «Schließlich», er grinste breit, «wünscht sich alle Welt doch Hals- und Beinbruch!»

Dieser alberne Orthopädenscherz ließ Henry kalt, aber Mickey lief hochrot an vor Lachen. Erst als der Fahrstuhl kam und sich die Türen öffneten, beruhigte er sich etwas. Er setzte schnell seine Chefarztmiene auf, als eine attraktive dunkelhaarige Frau von Anfang vierzig ausstieg und ihn beim Arm nahm. «Ich habe Sie überall gesucht!» Die Frau war ausgesprochen verärgert.

Petersen sah sie mit väterlichem Wohlwollen an. «Keine Sorge, Lydia. Wir kriegen Ihr kleines Mädchen schnell wieder hin.»

Die Frau blickte ihn aus ihren dunklen Augen verächtlich an, was einen sensibleren Mann als Mickey zum Erröten gebracht hätte. Aber Dr. Petersen blieb ungerührt. Er schob sie wieder in den Fahrstuhl und drückte auf den Knopf für den dritten Stock. Henry fuhr mit und lächelte die Frau, die offensichtlich sehr nervös war, beruhigend an.

Plötzlich veränderte sich ihr Gesichtsausdruck. «Ich kenne Sie», sagte sie langsam.

Henry runzelte leicht die Stirn, während er versuchte, sich zu erinnern.

«Von der Wohltätigkeitsveranstaltung zugunsten aidskranker Kinder. Ich war die Furie da am Telefon, die ihre Schwester ankeifte. Lydia Greenfield.»

Allmählich dämmerte es ihm. Natürlich, das war die Ballerina, die an dem Abend den Tschaikowsky so wunderbar getanzt hatte. «Ja, ich erinnere mich. Wie schön, Sie wiederzusehen», sagte er und streckte ihr die Hand hin. «Ich fürchte, unser Zusammentreffen steht wieder unter einem schlechten Stern.»

Lydia war dankbar für sein Interesse. «Das ‹kleine Mädchen›, um das es hier geht, ist Sonya Santarova, fünfundzwanzig Jahre alt und früheres Mitglied des Kirov-Balletts. Irgendetwas ist mit ihr heute Morgen während meiner Stretch-Stunde passiert. Es sieht nicht gut aus.» Sie warf Petersen einen Blick zu, der darauf überhaupt nicht reagierte.

Erst als sie aus dem Fahrstuhl ausstiegen, wandte er sich von oben herab an sie. «Ich werde mir jetzt die Patientin ansehen, und Sie warten hier bitte wie ein braves Mädchen.»

Henry und Lydia starrten hinter ihm her, dann platzten sie los vor Lachen.

«Vielleicht bin ich doch nicht der grässlichste Mensch in Amerika, oder? Dies ist auch ein ganz schön arroganter Esel», meinte Lydia dann lächelnd.

«Das kann man wohl sagen, das war schon so während unseres Medizinstudiums. Aber das hätte ich nicht sagen sollen», Henry sah Lydia schuldbewusst an, «er ist der beste Orthopäde von New York, vielleicht sogar des Landes oder der ganzen Welt, was weiß ich. Wenn meine Frau oder meine Mutter einen guten Orthopäden bräuchte, würde ich sie sofort zu Mickey Petersen schicken.»

«Da sagen Sie mir nichts Neues. Ich kenne Mickey seit Jahren. In seiner Praxis gehen die Tänzer ein und aus. Und seitdem ich mein Studio eröffnet habe, ist Mickey mir zu einem richtigen Freund geworden. Falls man einen arroganten Esel zu seinen Freunden zählen darf.»

Sie lachte wieder, aber er konnte sehen, dass sie durchaus besorgt war. Und dazu hatte sie allen Grund, denn wenn der Unfall während ihrer Stunde passiert war, könnte es sein, dass sie regresspflichtig war. Außerdem war es nicht gerade gut für den

Ruf ihres Studios, wenn sich eine frühere Primaballerina dort verletzt hatte. Er wusste aus eigener Erfahrung, wie abergläubisch Künstler waren. Die anderen Tänzer würden ihr Studio meiden wie die Pest.

Er sah auf die Uhr. «Darf ich Sie zu einer Tasse Kaffee einladen?», fragte er dann. Wenigstens das könnte er tun. Außerdem hatte er Hunger.

«Wenn Sie wirklich Zeit haben.» Lydia war sein Blick auf die Uhr nicht entgangen. «Vielleicht wartet noch ein Patient auf Sie.»

«Nein, ich habe meinen Dienst für heute beendet.» Er nahm sie beim Arm und führte sie in die nahe gelegene Kantine. «Und Mimi ist in Japan. Sie spielt in ‹Sunday in the Park with George›.»

Er bestellte zwei Tassen Kaffee, für Lydia schwarz, für sich mit Milch und Zucker, und sie setzten sich.

«Was ist Mickey bloß für ein unmöglicher Mann», sagte Lydia und trank vorsichtig von der pechschwarzen heißen Flüssigkeit. «Er ist ein phantastischer Arzt, aber manchmal könnte ich ihn erwürgen.»

«Da sind Sie nicht die Einzige», sagte Henry gleichmütig. «Für die meisten Leute, die mit Mickey zu tun haben, kommt irgendwann der Punkt, an dem sie ihn umbringen möchten. Glücklicherweise ist die ‹Empörung die Frucht unserer Gedanken, nicht unserer Wünsche›.»

Sie sah ihn über den Rand der Kaffeetasse hinweg an. «Thomas Fuller?»

«Sie haben ein ausgezeichnetes Gedächtnis.» Er war beeindruckt, dass sie den Namen noch von ihrer kurzen Unterhaltung her nach der Wohltätigkeitsveranstaltung erinnerte. «Aber diesmal ist es von Bertrand Russell.»

«Woher wissen Sie das alles?», fragte sie.

«Ich hatte auf der Uni auch Philosophie belegt, und wir

mussten eine ganze Menge auswendig lernen. Komischerweise behält man so was.» Jetzt sah er beinahe etwas verlegen aus. «Das muss auf Sie fürchterlich angeberisch wirken. Bitte, entschuldigen Sie.»

«Sie brauchen sich dafür doch nicht zu entschuldigen. Es ist äußerst angenehm, sich mit jemandem zu unterhalten, der etwas im Kopf hat.»

«Wenn Sie Monate nach einem kurzen Gespräch sich noch an den Namen Thomas Fuller erinnern, dann können Sie sich über Ihren Kopf aber auch nicht beklagen.» Er trank einen Schluck Kaffee und lehnte sich, so gut es ging, in dem Plastikstuhl zurück.

Sie hob abwehrend die Hände. «Das ist etwas anderes. Gelernt habe ich nicht viel. Seit meinem achten Lebensjahr habe ich mich auf eine Tänzerkarriere vorbereitet. Ich weiß, was ein *plié* ist und eine *tour jeté.*» Sie lachte leise. «Und ich weiß, wie man Leute vor den Kopf stößt. Das kann ich wirklich besonders gut.»

Er sah sie neugierig an. Eine Frau wie sie mit einer derartig starken Persönlichkeit war sicher nicht für jeden leicht zu ertragen. Ohne Zweifel drückte sie sich sehr direkt aus und redete niemals jemandem nach dem Mund. Aber es ging eine Wärme und Herzlichkeit von ihr aus, eine gewisse Bescheidenheit trotz allem, die sie sehr sympathisch machte. Seine Frau hatte damals nach der Veranstaltung mit ihm über Lydia gesprochen. Mimi hatte sie für ihre Professionalität bewundert und für ihren Einsatz bei der ganzen Organisation. Und Mimi war im Grunde für ihre scharfen Urteile gefürchtet.

Doch darüber sagte er jetzt nichts. «Wissen Sie was,» fing er nach einer Weile wieder an, «über Mickey Petersen würde ich mir keine Gedanken machen. Den kann man nicht so schnell vor den Kopf stoßen.»

«Nein, das glaube ich auch nicht, den kann im Grunde nichts erschüttern. Ich meine auch nicht ihn.» Sie grinste. «Sondern fast alle anderen Menschen, denen ich je begegnet bin.»

Wieder musste er lachen. Er fand zunehmend Gefallen daran, sich mit ihr zu unterhalten. Außerdem sah sie sehr gut aus mit ihrem schlanken, durchtrainierten Körper, dem dunklen Haar, das sie für den traditionellen Ballettknoten straff zurückgekämmt hatte, und dem glatten Gesicht mit den hohen Wangenknochen und den weit auseinander stehenden grünbraunen Augen.

«Alles ist ganz wunderbar.» Mickey Petersen kam auf sie zu, und Henry und Lydia standen auf und sahen ihn gespannt an.

«Unsere kleine Sonya hat ein kleines Sehnenproblem, das wahrscheinlich durch eine andere Sache hervorgerufen wurde, die mehr mit … nun, sagen wir mal … ihrer Nase zu tun hat.» Lydia und Henry sahen ihn überrascht an.

«Ich meine, der Stoff, den sie vorher gesnifft hat, hat den Fall verursacht.»

«Kann ich sie mitnehmen?», fragte Lydia.

Petersen schüttelte den Kopf. «Ich halte es für besser, wenn sie erst mal hier bleibt und Sie sie auch nicht besuchen.» Er sah beinahe etwas verlegen aus, war sich wohl unsicher, wie seine nächste Bemerkung aufgefasst werden würde. «Wir haben es nämlich nicht so gern, wenn mögliche Junkies von ihren Freunden besucht werden.»

«Jesus, Mickey», brauste Lydia auf, «ich bin ihre Trainerin und nicht ihre Drogenlieferantin.»

«Das kann schon sein.» Mickey hob beschwichtigend die Hände. «Ich weiß das, und Sie wissen es und Henry wahrscheinlich auch. Aber Regeln sind nun mal da, damit sie befolgt werden.» Ohne ein weiteres Wort verließ er den Raum.

«Du liebe Zeit!», rief Lydia aus. «Was sagen Sie denn dazu?»

«Wissen Sie was?» Henry nahm sie beim Arm. «Wollen wir nicht während eines guten Abendessens versuchen, Mickey Petersen zu vergessen?»

Lydia sah ihn zögernd an, und er konnte nicht erkennen, was in ihr vorging. «Ich weiß nicht, ob das eine gute Idee ist», sagte sie schließlich.

«In der 86. Straße gibt es ein kleines französisches Restaurant», sagte er und lächelte sie aufmunternd an. «Dort findet man eigentlich immer noch Platz, und das Essen ist wirklich gut.»

«Denken Sie an das Mirabelle?», fragte sie. «Also, wenn Sie meinen …»

Er hakte sie ein und führte sie in Richtung Tür. «Dann gehen wir?»

Sie war immer noch etwas unentschlossen. «Na schön, einverstanden», willigte sie schließlich ein.

Einverstanden mit was?, fragte er sich. Das Gefühl, sie so dicht neben sich zu wissen, entzückte und alarmierte ihn zugleich.

17. Kapitel

Plötzlich kreischte etwas ohrenbetäubend, und Miranda sah schnell von dem Computer-Keyboard hoch. Doch es war nur ein Autoalarm, der direkt unter ihrem Fenster auf der Fifth Avenue losgegangen war. Sie reckte die Arme hoch über den Kopf und gähnte zufrieden.

Viertel nach zwei, stellte sie überrascht nach einem Blick auf die alte Uhr fest, die in der Ecke des Büros stand. Seit halb zehn saß sie nun schon hier und arbeitete. Nicht schlecht, dachte sie, stand auf und streckte sich der Länge nach. Die Zeit war ihr nicht mehr so schnell vergangen, seit … im Grunde war ihr die Zeit noch nie so schnell vergangen. Das musste sie zugeben, wenn sie ehrlich war. Vielleicht würden ihre Geldprobleme sie eines Tages zur Strecke bringen, aber der Versuch, sie zu lösen, war zumindest eine fesselnde Aufgabe.

Während des Schreibens des neuen Forrestors hatte sie sich sehr lebendig und energiegeladen gefühlt, und dann das fertige Manuskript an Highland Press zu schicken war auch sehr aufregend gewesen. Aber nach einigen Tagen, als sie sich ausgeschlafen hatte und sich einigermaßen erholt fühlte, holte die Wirklichkeit sie ein. Nie konnte sie so wie Stephen schreiben. Das ganze Unternehmen war wie eine wunderschöne Fata Morgana, an die sie so gern hatte glauben wollen, die aber nichts mit der Realität zu tun hatte.

Natürlich war es herrlich gewesen herauszufinden, wie viel Freude ihr das Schreiben machte. Sie hatte auch die Texte für die Bankbroschüren gern verfasst, aber nie im Leben wäre sie auf die Idee gekommen, wie sehr sie es genießen würde, Fiction zu schreiben, einfach dazusitzen und sich eine Geschichte auszudenken. Und im Zuge ihrer Vorarbeiten war sie mit Themen in Berührung gekommen, über die sie sonst nie etwas erfahren hätte. Ob es sich um Fingerabdrücke handelte, um Sprengstoff oder Landstraßen in der Schweiz, all das hatte mit ihrem normalen Leben nichts zu tun. Und es machte so viel Spaß, darüber mehr zu erfahren und zu schreiben.

Dennoch, letzten Endes würde sie wahrscheinlich zugeben müssen, dass das Ganze sinnlos und die reine Zeitvergeudung gewesen war. Sie konnte sich schon die E-Mail vorstellen, die Paul Harlow, der Lektor von Stephen, schicken würde, wenn er das Manuskript gelesen hatte. *Was ist denn mit Forrestor los? Kann er keinen vernünftigen Roman mehr schreiben?*

Sie konnte einfach nicht so dasitzen und warten. Sie hatte getan, was sie konnte, aber sie musste sich mit der möglichen Tatsache abfinden, dass all ihre Bemühungen für die Katz waren. Immer noch kamen die Rechnungen, und sie musste eine Möglichkeit finden, sie zu bezahlen. Einen wunderbaren Augenblick lang war sie ein berühmter Autor gewesen, wenn auch nur in ihrer Phantasie. In Wirklichkeit war sie eine Frau, die früher Werbebroschüren geschrieben hatte. Sollte sie diese Arbeit wieder aufnehmen, würde das ihre finanziellen Probleme auf Dauer auch nicht lösen. Außerdem kriegte sie bei der Vorstellung, sich um einen Job bemühen zu müssen, eine Gänsehaut, und sie fühlte sich dumm und unfähig. Aber sie musste irgendetwas unternehmen, und an ihren alten Beruf wieder anzuknüpfen schien noch das Einfachste zu sein.

Sie hatte ihren ganzen Mut zusammennehmen müssen, um ihren früheren Boss Fred Salley anzurufen. Er wird sich noch nicht einmal mehr an mich erinnern, sagte sie sich. Und selbst wenn, warum sollte er gerade mich anstellen? So viele junge talentierte Leute suchten Arbeit, warum sollte Fred glauben, dass ausgerechnet Miranda Shaeffer ihm von Nutzen sein könnte?

Aber Wunder über Wunder, genau das tat Fred Salley. Er hatte ihr nicht nur den Auftrag gegeben, zwei Broschüren zu verfassen, eine über Trustoperationen und die andere über Kommunalanleihen, die gerade hoch gehandelt wurden, sondern er hatte sie auch einem Freund empfohlen, der in einer Bank in der Park Avenue arbeitete. Mit der Arbeit für diesen Freund war sie gerade fertig geworden, und zwar handelte es sich um eine Rede, die der Vorstandsvorsitzende der Bank, ein Japaner, vor fünfzig leitenden Managern während einer Tagung halten sollte, die in der kommenden Woche in Scottsdale, Arizona, stattfand. Am Tag zuvor hatte sie sich mit Foro Itami und zwei seiner Assistenten unterhalten und hatte sich jede Menge Notizen gemacht zum Thema Marketinginitiativen für Zwischenhandelsunternehmen. Sie war froh gewesen, dass sie noch viel erinnerte aus ihrer Zeit bei der Bank, mehr als sie selbst geglaubt hatte.

Nach weiteren zwanzig Minuten hatte sie den Text noch ein letztes Mal durchgesehen und ihn dann ausgedruckt. Sie ging in die Küche und nahm sich ein Zitronenjoghurt aus dem Kühlschrank. Wenn die Rede so, wie sie war, akzeptiert wurde, würde sie Mitte nächster Woche einen Scheck über 1500 Dollar in den Händen halten. Zusammen mit den 2000, die sie in der letzten Woche von Fred bekommen hatte, hätte sie wenigstens den größten Teil der monatlichen Hypothekenzahlung zusammen.

Dann fehlten ihr nur noch ein paar kleine Millionen. Dennoch fühlte sie sich irgendwie besser. Wenigstens konnte sie irgendetwas *tun*, wenn der Roman abgelehnt wurde. Sie musste zwar irgendwie mehr Zeit finden, damit sie als freie Mitarbeiterin zu Hause mehr schaffen und verdienen konnte. Aber trotzdem würde sie auf diese Art und Weise nie das Geld zusammenkriegen, was sie brauchte. Doch das Gefühl der Hoffnung blieb.

Mein Gott, war das ein gutes Gefühl. Wie hatte sie nur vergessen können, wie wunderbar es war, etwas zu tun, wovon man wirklich etwas verstand? Von Fiction hatte sie überhaupt keine Ahnung, aber Texte für Banken verfassen, das konnte sie, und das war sehr befriedigend.

Sie wandte sich um. Da stand die antike Eisbox, ohne die man nach Meinung der Innenarchitektin einfach nicht leben konnte. Miranda lächelte und blickte aus dem Fenster. Plötzlich sah sie Stephen und sich vor sich, ein Jahr, nachdem sie geheiratet hatten. Ihr Haar war knapp fünf Zentimeter länger als jetzt, ihr Gesicht war glatt und glücklich, und sie strahlte wie eine typische Neuvermählte. Stephen sah jung und attraktiv aus und trug voller Stolz seinen ersten richtigen Anzug, den er sich gekauft hatte, bevor er seinen ersten Job in der Werbeagentur antrat. Sie waren glücklich gewesen damals, das wusste sie genau, auch wenn Stephen ihr später immer fremder geworden war. Sie hatte immer gern heiraten wollen, und als sie die Kinder bekam, schien ihr Leben vollkommen zu sein.

Aber es war merkwürdig, noch nie in ihrem ganzen Leben hatte sie sich in ihrer Haut so wohl gefühlt wie jetzt.

18. Kapitel

«Aber wenn nun keiner mit mir reden will?» Ethan sah die Mutter unsicher an, und sein Schritt wurde immer langsamer.

Miranda hielt ihn fest an der Hand, während sie die Madison Avenue in Richtung der Hunter-Schule gingen. «Schätzchen», sagte sie mit ruhiger Stimme, «es ist der erste Schultag. Alle haben genauso viel Angst wie du. Das ist das große Geheimnis des Lebens.» Sie lächelte ihn zärtlich an. «Und die Wahrheit, mein Herzchen.»

An der Ecke 49. gingen sie über die Straße. Eine große Menschenmenge hatte sich vor dem Schulgebäude versammelt, die meisten schienen in eine Richtung zu blicken.

«He, Mommy», schrie Ethan auf einmal aufgeregt, «da ist Patty Hetrick!»

Mirandas Blick folgte seinem ausgestreckten Arm. Patty Hetrick, das war doch die Leadsängerin von Wreck, einer bekannten Rockband, für die sich Jack seit neuestem interessierte. Miranda hatte Patty ein paar Mal im Fernsehen gesehen, eine große Frau mit einer wilden blonden Mähne und dem Gesicht eines Engels. Als Miranda endlich die Sängerin sah, musste sie feststellen, dass das, was die blonde Schöne hervorstieß, alles andere als engelsgleich war.

«Was also, verdammt nochmal, hast du hier zu suchen?», schrie sie einen großen Mann in einem anthrazitfarbenen Anzug an. Mehr konnte Miranda nicht verstehen.

Der Mann ließ diesen Ausbruch ungerührt über sich ergehen

und antwortete mit ruhiger Stimme. «Ich wollte bei meinem Sohn sein an seinem ersten Schultag, genau wie du.»

Der kleine Junge, der zwischen den beiden stand, schien starr vor Angst zu sein, etwas, was sein Vater bemerkte. Er beugte sich schnell zu ihm herunter und umarmte ihn. «Ich muss jetzt gehen, Josh», sagte er leise. Dann richtete er sich wieder auf und nickte der Mutter kurz zu.

Als die Schulglocke klingelte, schien Patty Hetrick sich bereits wieder gefasst zu haben. Sie lächelte mild, küsste ihren Sohn auf den Kopf und schickte ihn in das Schulgebäude. Verblüfft, wie die anderen Eltern auch, beobachtete Miranda diese plötzliche Verwandlung.

«Mommy», sagte Ethan und zog an ihrer Hand, «ich könnte wetten, dass ich heute mehr Spaß haben werde als die Frau da.»

Miranda lächelte etwas hilflos, und einige Elternpaare, die in der Nähe standen, nickten zustimmend. Miranda schloss Ethan fest in die Arme. «Ich bin sicher, es wird der lustigste Tag werden, den du je erlebt hast.» Sie schob ihn in Richtung Schultor. «Bis nachher, mein Liebling.»

Eine kleine dunkelhaarige Frau lächelte Miranda an. «Was für ein schlauer kleiner Kerl.»

Miranda stiegen die Tränen in die Augen vor Rührung. «Ja, das finde ich auch.»

«Ich bin Claire Bissinger», sagte die Frau und reichte ihr die Hand. «Haben Sie nicht Lust, den ersten Schultag unserer Kinder mit einem Doughnut und einer Tasse Kaffee zu feiern?»

Warum nicht?, dachte Miranda. In der Hektik heute Morgen hatte sie ganz vergessen zu frühstücken. «Das ist eine gute Idee», sagte sie. «Mein Name ist Miranda Shaeffer.»

Die beiden gingen los. «Na, der Vater von Josh Harlow hat es sicher auch nicht so ganz leicht», bemerkte Claire.

«Wieso? Da habe ich wohl etwas nicht mitbekommen.»

Miranda sah Claire stirnrunzelnd an. «Von wem sprechen wir?»

«Von Patty Hetricks Ex. Sie ist wirklich eine unmögliche Person.» Claire führte sie zu einem Café in der Madison Avenue.

Sie setzten sich in eine Ecke. «Josh ist ein netter Junge», sagte Claire und studierte die Frühstückskarte. «Aber wenn das mit den Streitereien so weitergeht, dann kann sich das schnell ändern.»

Eine Kellnerin mit einer kleinen weißen Schürze über den Jeans nahm ihre Bestellung auf. Claire hatte sich für Pfannkuchen und Würstchen entschieden, Miranda wollte nur einen Toast.

«Ich bin überrascht», sagte Claire und sah Miranda lächelnd an, «dass Sie überhaupt etwas essen. Sie gehören sicher zu den Frauen, die ohne Mühe schlank bleiben.»

Miranda lachte los. «Ausgerechnet ich? Seit der Geburt meines Jüngsten habe ich gut zehn Kilo zu viel.»

«Sie sind ja verrückt.»

Miranda sah an sich herunter, und erst jetzt bemerkte sie, dass sie tatsächlich abgenommen hatte. Der Hosenbund saß sehr locker, und die Bluse fiel ihr glatt über die Hüften. Von den Speckrollen, die ihr immer so viel Kummer gemacht hatten, war nichts mehr zu sehen. Immerhin, dachte sie, einer der wenigen Vorteile von schwierigen Lebenssituationen.

Aber sie wollte ihre privaten Sorgen nicht mit einer Fremden besprechen. «Sie scheinen den Jungen zu kennen», sagte sie, um das Gespräch wieder auf ein weniger persönliches Thema zu lenken.

«Josh war im Montessori-Kindergarten mit meiner Zoe zusammen», sagte Claire stolz. «Wissen Sie, die beiden sind als Einzige von Hunter aufgenommen worden.»

«Herzlichen Glückwunsch. Ich muss gestehen, dass ich auch sehr froh war, als Ethan akzeptiert wurde.»

«Zoe war mit Josh Harlow gut befreundet. Paul Harlow hat häufiger angerufen, um etwas zu verabreden.» Sie lächelte geschmeichelt. «Einmal hat Patty sogar selbst angerufen.»

Miranda sah überrascht von ihrem Toast hoch. Patty interessierte sie weniger, aber es war schon ein merkwürdiger Zufall, dass Joshs Vater ausgerechnet Paul Harlow hieß. Genauso wie der Lektor von Forrestor, auf dessen Nachricht sie doch so dringend wartete.

«Was macht Joshs Vater denn beruflich?», fragte sie mit schlechtem Gewissen, denn sie hasste Neugier.

«Ich habe keine Ahnung. Ich habe wahrscheinlich nie danach gefragt. Denn der Star der Familie ist die frühere Mrs. Harlow. Sie ist Patty Hetrick, *die* Patty Hetrick.» Claires Augen leuchteten vor Selbstzufriedenheit, als hätte sie Miranda gerade Einsteins Relativitätstheorie in zehn einfachen Worten erklärt.

«Oh, wirklich?» Miranda bemühte sich, beeindruckt auszusehen, aber insgeheim fragte sie sich, ob sie vielleicht vor wenigen Minuten Forrestors Lektor gesehen hatte.

19. Kapitel

«Ich will nicht! Du kannst mich nicht zwingen!»

Sophie warf sich auf das Bett und steckte den Kopf unter die Decke. «Ich habe keine Lust, den ganzen Tag mit diesen Babys zusammen zu sein.» Ihre Stimme klang gedämpft.

Miranda stand in der Tür und trat jetzt in den Raum. «Dir ist wohl nicht klar, dass du keine Ferien hast», sagte sie ruhig. «Wenn man von der Schule ausgeschlossen wird, hat man kein Recht, über seinen Tag zu verfügen.»

«Es ist nicht meine Schuld, dass ich nicht zur Schule gehen darf», jammerte Sophie.

«So? Wer ist denn dann daran schuld?», fragte Miranda gereizt. «Wir haben schon so oft darüber gesprochen, und ich habe dich gewarnt. Die Schule wird sich das auf Dauer nicht bieten lassen, wenn du dich weiter so benimmst. Von Melissa Fowler abzuschreiben, ehrlich, Sophie, das macht doch gar keinen Sinn.» Sie lächelte leicht. «Wenn du schon abschreibst, dann doch von jemandem, bei dem es sich lohnt.»

Sophie hob den Kopf und warf der Mutter einen wütenden Blick zu. «Sehr witzig!»

Miranda wurde wieder ernst. «Aus welchen Gründen du das auch getan hast, so was darf nicht wieder vorkommen. Und jetzt steh auf. Ethan hat heute Schulausflug, und ich möchte, dass du mitkommst.»

«Warum kann ich nicht zu Hause bleiben?», maulte Sophie.

Miranda ging zur Tür. «In fünf Minuten wollen wir los.»

Eine halbe Stunde später hatten Miranda und Ethan die

Schule erreicht. Sophie schmollte und trottete widerwillig hinter ihnen her. Die drei gingen in Ethans Klassenzimmer, wo die Kinder dabei waren, sich in einer Zweierreihe aufzustellen. Das nahm einige Zeit in Anspruch, denn jeder wollte mit seinem besten Freund gehen. Außerdem gab die Lehrerin, Mrs. Oliver, ihnen ausführliche Anweisungen, wie sie sich außerhalb der Schule zu verhalten hatten.

«Kommen Sie rein, Mrs. Shaeffer. Hallo, Ethan.» Die Lehrerin winkte sie heran. «Wir können gleich los.»

Am Ende der Reihe stand eine andere Mutter, der Miranda freundlich zulächelte. Sie hatte noch wenig Gelegenheit gehabt, die Kinder und ihre Eltern kennen zu lernen, aber sie erkannte sofort, dass eins der kleinen Mädchen die Tochter dieser Frau sein musste. Beide hatten die gleichen blauen Augen und die gleiche Fülle blonder Locken.

«So weit wären wir jetzt», sagte Mrs. Oliver und blickte auf die Wanduhr über der Tafel. «Jetzt müssen wir nur noch auf Josh und seinen Vater warten.»

Sie hatte den Satz noch kaum zu Ende gesprochen, als die Tür aufging und Paul Harlow mit seinem Sohn hereinkam. Josh rannte vor und stellte sich zu drei anderen Jungen am Ende der Schlange, die sich sofort neugierig über eine Action-Figur beugten, die Josh mitgebracht hatte.

«Tut mir Leid, dass wir zu spät kommen», sagte Paul und lächelte in die Runde.

Miranda beobachtete ihn, während er auf die Lehrerin zutrat und sie begrüßte. Sie versuchte sich vorzustellen, dass Stephen sich einen Vormittag frei nahm, um eins seiner Kinder auf einem Schulausflug zu begleiten, und dann noch so entspannt und gut gelaunt war. Sie schüttelte den Kopf. Nie wäre das passiert. Wenn das wirklich Paul Harlow war, *ihr* Paul Harlow, dann schien er keineswegs so unmöglich zu sein, wie Stephen ihn immer hingestellt hatte. Wie kann ich nur herausfinden, ob er *der* Paul Harlow ist?, fragte sie sich. Plötzlich fröstelte sie. Wenn es sich hier wirklich um den Lektor handelte, dann stand sie sozusagen neben dem Mann, der über ihre Zukunft entscheiden würde.

Er kam auf sie zu und stellte sich vor. Miranda versuchte, ihre Nervosität zu verbergen, und reichte ihm die Hand. Die andere Mutter schloss sich ihnen an, eine Phyllis O'Malley, wie Miranda gerade noch verstand, als die Lehrerin sie aus der Klasse schob. Sophie folgte mit schleppenden Schritten und starrte mürrisch vor sich hin.

«Du könntest wenigstens versuchen, freundlich zu sein», flüsterte Miranda ihr zu, als sie auf die Straße traten. «Sonst könnte der Vormittag für uns alle sehr lang und mühsam werden.»

«Du könntest wenigstens versuchen, freundlich zu sein», machte Sophie sie höhnisch nach und zog eine Grimasse.

Miranda sah sie scharf von der Seite her an. «Hör sofort auf, Sophie!»

Nach einer turbulenten Busfahrt zum Central Park ging die ganze Klasse in den Zoo. Es war ein warmer Septembervormittag, und die Kinder waren begeistert, draußen zu sein. Erst gingen sie zu den Seehunden, und alle versuchten, einen guten Platz zu finden, um die Tiere beobachten zu können.

Miranda hatte sich mit den Kindern unterhalten, die neben ihr standen, als sie plötzlich bemerkte, dass Sophie nicht mehr bei ihr war. Voller Panik wandte sie sich um. Schließlich entdeckte sie sie, etwa zwanzig Meter entfernt. «Sophie!» Miranda rannte zu ihr und packte sie beim Arm. Sophie sah sie gleichmütig an, als verstünde sie nicht, weshalb die Mutter sich so aufregte.

«Was, in aller Welt, tust du?», stieß Miranda hervor. «Möchtest du gern verloren gehen?»

«Ich habe nur nach einem Trinkbrunnen gesucht.»

Miranda führte sie zurück zu den anderen Kindern. «Das kommt nicht infrage.» Sie schob sie zwischen Ethan und sich selbst. «Und du bleibst jetzt hier bei uns.»

«Mommy, sieh mal.» Ethan fasste Miranda bei der Hand und wies auf einen Seehund, der nach einem Fisch tauchte.

«Ja, Schätzchen, ganz toll.» Sie beugte sich etwas vor, um in gleicher Augenhöhe mit ihrem Sohn zu sein, und zeigte auf den Seehund. «Sieh mal, wie er …»

«Aua!» Ethan heulte auf vor Schmerzen und landete unsanft in Mirandas Armen.

«Was ist denn los?» Miranda hielt ihn fest und sah ihn verwundert an.

«Sophie hat mich gestoßen!» Tränen standen ihm in den Augen.

Miranda wandte sich schnell zu ihrer Tochter um. Sophie war vollständig in den Anblick der Seehunde versunken. «Hast du deinen Bruder gestoßen?», fragte Miranda ernst.

Sophie warf ihr einen unschuldigen Blick zu. «Wieso? Ich kann mich nicht erinnern. Ich bin einmal kurz gestolpert, wenn er das meint …»

«Sie hat mich richtig geschubst», schluchzte Ethan.

«Ich sage es zum letzten Mal. Benimm dich endlich!» Miranda richtete sich auf. «Und entschuldige dich bei Ethan.»

«Klar. 'tschuldigung.» Das klang nicht sehr überzeugend.

Miranda umarmte den Kleinen, und er wischte sich die Tränen von den Wangen. Erstaunlich, wie schnell er sich dann meistens wieder beruhigen konnte.

Mrs. Oliver rief die Kinder zusammen. «Wir wollen jetzt zu den Affen gehen.»

Sophie nahm Ethan bei der Hand und ging mit ihm vor. Merkwürdig, plötzlich ist sie wieder die liebevolle Schwester, dachte Miranda verärgert, während sie sich umsah und vergewisserte, dass auch keins der Kinder zurückblieb.

Sie hörte die Stimme von Phyllis O'Malley hinter sich, und als sie sich umwandte, bemerkte sie auch Paul Harlow. Die beiden kamen heran, und sie gingen nun zu dritt weiter.

«… Nicholas wird im nächsten Jahr an dem nationalen Wettbewerb teilnehmen», sagte Phyllis stolz.

«Sehr schön», meinte Paul Harlow höflich.

«Mein älterer Sohn spielt nämlich Klavier», klärte Phyllis Miranda auf. «Und zwar unglaublich gut.»

Miranda lächelte. «Ach, wirklich?»

«Und Becky», fuhr Phyllis fort, «scheint ihrem großen Bruder in nichts nachzustehen.» Sie lachte. «Wir hätten nie zu träumen gewagt, dass wir zwei Wunderkinder in der Familie haben.»

Sie blickte zu ihrer Tochter hinüber, und ihr Lächeln verschwand. «Bitte, entschuldigen Sie mich», sagte sie schnell und ging zu Becky hinüber, die eine Freundin an der Hand hielt. Beide Mädchen schwangen ihre Arme auf und nieder, so schnell und so hoch sie konnten.

«Ich fürchte, mein Sohn ist im Vergleich mit den beiden eine reine Enttäuschung», sagte Paul todernst. «Ich meine, er komponiert zwar bereits, aber er schreibt Sonate immer mit zwei n. Das ist wirklich ärgerlich.»

Miranda lachte. «Ich muss gestehen, dass Ethan noch nicht einmal ein Instrument spielt.»

«Was?», fragte Paul in gespieltem Entsetzen.

«Ist das nicht schrecklich?» Sie grinste.

«Und ob», sagte er. «Das bedeutet, dass Sie in Ihrer Elternfunktion ein vollkommener Reinfall sind. Willkommen im Club!»

Wieder musste sie lachen. Nett war er, dieser Paul Harlow,

und witzig. Unabhängig davon, ob es nun ihr Paul war. Stephen hatte ihn immer als «kleines Frettchen» bezeichnet, wenn er sich über Korrekturen im Manuskript ärgerte. Sie sah sich Paul Harlow etwas genauer an. Sicher ein Meter achtzig groß, dachte sie, und blond. Ein sehr gut aussehendes Frettchen.

Ein lauter Aufschrei riss sie aus ihren Gedanken. Sophie. Sie lag auf der Erde, hielt sich das Knie und kämpfte mit den Tränen. Ethan und die anderen Kinder standen hilflos um sie herum.

«Da werde ich wohl gebraucht», sagte Miranda schnell zu Paul und lief zu ihrer Tochter. «Was ist denn passiert?» Sie ging in die Hocke und sah sich das Knie genauer an. Es war aufgeschürft und blutete.

«Ich bin hingefallen», stieß Sophie hervor und stöhnte auf, als Miranda die Wunde berührte.

«Sie ist auf die Stühle geklettert», sagte ein kleiner Junge, «und über sie rübergesprungen.»

Miranda sah sich um. Vor einer Imbissbude waren Tische und Stühle aufgebaut. «Was hast du gemacht?»

«Es tut so weh, Mommy», weinte Sophie.

«Was Besseres ist dir nicht eingefallen?» Miranda schüttelte den Kopf. «Komm, wir müssen den Dreck abwaschen.» Sie schickte die Kinder zu Mrs. Oliver und erklärte der Lehrerin, was passiert war. Dann nahm sie die Tochter bei der Hand und ging mit ihr zur nächsten Toilette. Miranda machte ein Papiertuch nass, kniete sich nieder und tupfte die Wunde sauber. Sophie starrte ausdruckslos in die Gegend.

«Ehrlich, Kind», sagte Miranda gereizt, «was ist denn bloß mit dir los in letzter Zeit?»

Sophie sah sie an, dann brach sie in Tränen aus. Sie legte den Kopf an die Schulter der Mutter und schien sich gar nicht wieder beruhigen zu können. Miranda umarmte sie und strich ihr zärtlich über den Rücken. «Schätzchen, nicht weinen, Mommy ist ja bei dir. Was hast du denn, mein Herzchen?»

Sophie hob ihr nasses Gesicht. «Ich will Daddy, ich will meinen Daddy wiederhaben.»

Sie drückte den Kopf wieder gegen Mirandas Schulter und schluchzte herzzerbrechend.

Ach Gott, das arme Kind. Miranda hatte ein schlechtes Gewissen, weil sie so ungeduldig gewesen war. «Ich weiß, mein Liebes, ich weiß», flüsterte sie ihr ins Ohr und strich ihr zärtlich das feuchte Haar aus der Stirn.

«Ich will ihn wiederhaben, Mommy», schluchzte Sophie. «Ich will nicht, dass er tot ist.»

Miranda stiegen jetzt auch die Tränen in die Augen. Alle drei Kinder würden ihr ganzes Leben lang unter diesem Verlust leiden. In dem Alter schon den Vater zu verlieren, das war hart, und sie wusste nicht, wie sie ihnen in ihrem Kummer helfen konnte. Von einer Minute zur anderen war er nicht mehr da gewesen, und sie mussten allein damit fertig werden. Wenn sie doch nur genügend Geld hätte, um die drei zu einem Kinderpsychologen schicken zu können.

Auch für sie würde es nie eine befriedigende Lösung geben. Ihre Hoffnung, er könne sich noch einmal ändern und würde wieder zu dem alten Stephen, den sie früher so geliebt hatte, würde sich nie mehr erfüllen können. Erst jetzt stellte sie überrascht fest, dass sie sich diese Hoffnung offenbar lange bewahrt hatte.

Wieder musste sie an die Collegezeit denken, an Stephen, wie er im Aufenthaltsraum saß und laut über irgendetwas lachte, was sie gesagt hatte. An ihre Freude darüber, dass sie ihn so zum Lachen bringen konnte. *Ach, Stephen.* Sie konnte die Tränen nicht länger zurückhalten und drückte Sophie an sich, die immer noch laut schluchzte.

Miranda wischte sich die Tränen ab und konzentrierte sich auf Sophie. Sie wiegte die Tochter sanft hin und her und streichelte ihr den Rücken, bis das Kind sich beruhigt hatte.

Dann drehte sie sich mit ihr zusammen zum Spiegel um. «Nun sieh doch uns mal an», sagte Miranda mit einem etwas verunglückten Lächeln. «Wir sehen ja fürchterlich aus. Komm, wir müssen uns das Gesicht waschen.»

Sie stand auf und spritzte sich Wasser ins Gesicht. Dann machte sie noch ein Papiertuch nass und gab es Sophie, die sich langsam das Gesicht abwischte. Sie schien von ihrem Ausbruch richtig erschöpft zu sein.

Miranda nahm ihr das Papier wieder aus der Hand. «Ich werf es für dich weg.»

«Danke, Mommy», sagte Sophie leise und lächelte zögernd. Trotz der roten Nase und der feuchten Augen schien sie jetzt ruhiger zu sein, ja, sie wirkte beinahe befreit, als hätte der Gefühlsausbruch ihr gut getan.

«Dann komm jetzt, mein Herzchen.» Miranda nahm sie bei der Hand. «Wir wollen zu den anderen zurückgehen. Mal sehen, was es hier noch Interessantes zu sehen gibt.»

Sophie legte die andere Hand über die Hand der Mutter, und angerührt von dieser Geste beugte Miranda sich herunter und küsste das Kind auf den Scheitel. Sophie strahlte sie an, als sie wieder in die Sonne hinaustraten. Dahinten war die Klasse, und Sophie lief gleich zu Ethan hinüber. Beide Kinder zeigten auf die Affen und unterhielten sich lebhaft.

Kinder sind doch einfach unverwüstlich, dachte Miranda lächelnd. Und Gott sei Dank ist das so, sie brauchen diese Kraft dringend.

Nachdem sie sich die Eisbären und die Pinguine angesehen hatten, rückten sie mehrere lange Bänke zusammen, setzten sich und aßen ihr mitgebrachtes Brot. Mrs. Oliver saß an dem einen Ende und die drei Eltern an dem anderen.

Paul und Miranda hatten sich nichts zu essen mitgenommen, Phyllis hatte ein Brot und eine Flasche Eistee dabei. Sie bot den beiden an, von ihrem Brot abzubeißen, aber Miranda und Paul schüttelten den Kopf.

«Dann nicht», sagte Phyllis und öffnete die Flasche. «Was tun Sie übrigens, Paul, wenn Sie gerade nicht in den Zoo gehen?»

Miranda wartete mit angehaltenem Atem auf seine Antwort. Danke, Phyllis, dachte sie im Stillen. Ich habe solche Angst, dass er herauskriegt, wer ich bin, dass ich mich noch nicht einmal traue, eine solch harmlose Frage zu stellen.

«Ich bin Lektor bei Highland Press», sagte Paul, während er die Milchtüte für das kleine Mädchen neben sich öffnete.

Miranda atmete unauffällig aus. Dann war er wirklich *ihr* Paul Harlow. *Du bist mein Lektor! Ich bin dein neuer Forrestor!*

Aber vielleicht war das ja gar nicht wahr, noch wusste sie nicht, was er von ihrem Manuskript hielt. Vielleicht fand er es furchtbar, vielleicht dachte er, Forrestor hätte den Verstand verloren, einen solchen Schrott einzusenden. *Oh, Gott …*

«Wie interessant», sagte Phyllis. «Vielleicht betreuen Sie ja irgendwelche Schriftsteller, die ich kenne.»

Paul lehnte sich zurück und streckte die Beine weit von sich. «Patrick Trent vielleicht? Oder Doris Hennings?»

Phyllis strahlte. «Ja, Doris Hennings, die finde ich ganz toll.»

Paul kniff die Augen zusammen und starrte in die Ferne. «Vielleicht haben Sie auch schon mal was von Forrestor gelesen?»

«Forrestor? Von dem keiner weiß, wer er wirklich ist?» Phyllis war ganz aufgeregt. «Mein Mann ist verrückt nach seinen Büchern, er liest nichts anderes. Wenn Sie mir sagen könnten, wer Forrestor ist, wäre Larry außer sich. Ich schwöre, wir würden auch niemandem den Namen verraten.»

Miranda saß da wie eine Salzsäule. Sie wollte die Unterhaltung auch nicht durch die kleinste Bewegung unterbrechen.

Paul wandte sich lächelnd Phyllis zu. «Ich kann es nicht, selbst wenn ich es wollte. Ich habe selbst keine Ahnung, wer sich dahinter verbirgt.»

Phyllis warf ihm einen ungläubigen Blick zu. «Aber Sie müssen es doch wissen.»

Er schüttelte den Kopf. «Nein, ich weiß es wirklich nicht. Er hat sich auch mir gegenüber nicht offenbart.»

Phyllis war enttäuscht. «Wie schade. Na, da kann man nichts machen. Larry wird es aber auf alle Fälle spannend finden, dass ich Sie kennen gelernt habe. Können Sie mir denn wenigstens sagen, ob bald ein neuer Forrestor herauskommt? Und wenn ja, worum es geht? Das wäre immerhin schon etwas.»

Paul stand auf, um die leeren Milchtüten und das Brotpapier der Kinder einzusammeln. *Bitte, beantworte ihr doch die Frage,* flehte Miranda im Stillen. Sie war einer Ohnmacht nahe. *Sag, dass ein neuer in Vorbereitung ist.*

Paul lächelte. «Ja, es kommt definitiv ein neuer Forrestor. Und ich kann Ihnen sagen, dass das bei weitem das beste Buch ist, das er je geschrieben hat.» Er wandte sich wieder den Kindern zu.

Miranda war unfähig, sich zu bewegen. Sie konnte sich nicht verhört haben. Er sprach von ihrem Manuskript. Sie hatte es geschafft. Sie hatte den neuen Forrestor geschrieben. *Das beste Buch, das Forrestor je geschrieben hat.* Sie konnte es kaum glauben und wusste nicht, ob sie vor Freude in die Luft springen oder vor Erleichterung auf der Bank zusammensinken sollte.

Sie versuchte, sich von ihren so unterschiedlichen Gefühlen nicht überwältigen zu lassen. Nicht nur, dass sie ein Buch geschrieben hatte, das offenbar gut gelungen war. Immer hatte sie sich nach anderen gerichtet, immer hatte sie das Leben anderer Menschen gelebt, hatte ihre Träume geteilt, ob es sich nun um ihre Mutter handelte, um Lydia oder um Stephen. Immer war sie so etwas wie ein Mitläufer gewesen, und sie hatte es freiwillig getan. Jetzt auf einmal wusste sie mit absoluter Klarheit, dass sich alles fundamental ändern würde.

Phyllis stand auf und warf ihre zerknüllte Brottüte in einen Abfalleimer. «Was Larry wohl sagen wird, wenn ich ihm erzähle, wen ich heute kennen gelernt habe. Er wird begeistert sein.»

Miranda nickte nur.

20. Kapitel

«Wie ist die Postleitzahl?» Stephen klemmte sich den Telefonhörer zwischen Ohr und Schulter und schrieb die fehlenden Angaben direkt auf den großen Umschlag. «Danke.»

Er legte den Hörer wieder auf und klebte den Umschlag zu. Ganz schön schwer, dachte er, als er das dicke Päckchen in der Hand wog, ein in mehrfacher Hinsicht gewichtiges Buch. Ein zweihundert Seiten langes Manuskript, der erste Teil seines Buches, in weniger als sechs Monaten fertig gestellt. Er hätte nicht geglaubt, dass es so einfach und so schnell gehen würde.

Und das Beste daran ist, dachte er und lächelte, dass es verdammt gut geworden ist.

«Wenn ich das sagen darf», sagte er laut in den leeren Raum hinein, «kein Grund für falsche Bescheidenheit.»

Er stand von seinem Schreibtischstuhl auf und streckte sich. Morgen war das Manuskript schon auf dem Weg zu Laura French in New York. Seiner Meinung nach hatte sie einen unübertroffenen Ruf als beste Agentin für literarische Titel. Nur sie kam infrage. Nur ihr wollte er «Bis an den Abgrund» anvertrauen. Er wusste, dass sie genug Erfahrung hatte, um gleich zu erkennen, womit sie es hier zu tun hatte. Und bei ihrem Einfluss und ihrer Durchsetzungsfähigkeit stand seinem Erfolg nichts mehr im Wege.

Es war zu schade, dass er nun nie als Stephen Shaeffer berühmt werden würde, aber er hatte einen anderen Namen annehmen müssen und sich für Stephen West entschieden. Das war eine Hommage an den Schriftsteller Nathanael West gewesen, für dessen Bücher «Schreiben Sie, Miss Lonelyhearts» und «Tag der Heuschrecke» er immer geschwärmt hatte. West war schon zu seinen Lebzeiten berühmt gewesen und war bereits vor seinem Tod als außerordentliches Talent anerkannt worden. Ein lohnenswertes Vorbild.

Er verließ das Schlafzimmer, das er auch als Arbeitszimmer benutzte, und ging hinüber zu der Bar, um sich einen Glenfiddich einzuschenken. Dann steckte er sich eine Havanna an, die er seit neuestem rauchte, und legte sich mit einem breiten Grinsen auf das beigefarbene Sofa. Der schottische Maltwhisky hatte einen rauchigen Geschmack, der wunderbar zu der Zigarre passte. Genüsslich schloss er die Augen. Noch nie in seinem Leben war er so zufrieden gewesen wie jetzt. Ein Jammer nur, dass er nicht früher nach Los Angeles gegangen war, als er noch jung und ungebunden war. Dann wäre sein ganzes Leben vollkommen anders verlaufen. Aber immerhin war er jetzt hier.

Dass er überhaupt in Los Angeles gelandet war, war der reine Zufall. Ausschlaggebend war gewesen, dass er sich möglichst weit entfernt von New York niederlassen wollte, und da war das die logische Folge. Das Klima war gut, und in der Stadt war immer was los, also der ideale Ort, um ein neues Leben zu beginnen. Dennoch hatte er nicht geglaubt, dass er sich so wohl fühlen würde.

Nach wie vor kam es ihm wie ein Wunder vor, wie einfach sein eigener Tod zu arrangieren gewesen war. Er hatte das Bankgebäude verlassen, war an den Menschenansammlungen vorbeigegangen, hatte sich ein Taxi genommen und war zur Midway Bank gefahren. Dort war der Löwenanteil seines Geldes deponiert, unter dem Namen David Ogilvy, einem seiner früheren Vorbilder aus seiner Zeit in der Werbebranche. Als ihm bewusst wurde, dass er jetzt tatsächlich frei war, bedauerte er nur, dass er nicht noch mehr Geld beiseite geschafft hatte. Aber im Grunde konnte er ganz zufrieden sein, wenn er sich überlegte, dass er für «Der Fremde aus dem Osten» nur fünftausend Dollar und für sein zweites Buch nur vierzigtausend Dollar bekommen hatte. Der Vorschuss für das dritte Buch betrug dann schon eine halbe Million, und für seine letzten drei Bücher sah der Vertrag fünf Millionen vor. Endlich kam das große Geld.

Zwei Millionen hatte man ihm gleich bei Vertragsabschluss gezahlt. Und bei Ablieferung eines Manuskripts sollte er dann jeweils eine Million erhalten, sofern das Buch vom Verlag angenommen wurde. Zwei Millionen hatte er bereits für das vierte und das fünfte Buch eingestrichen. Was für ein Verbrechen, dachte er, nun auf die letzte Million verzichten zu müssen. Aber eine solche Gelegenheit, ein neues Leben anzufangen, gab es nur einmal, da durfte er sich nichts vormachen.

Leider blieben nach Abzug der Steuern nur gut fünfzig Prozent übrig. Zwei Millionen hatte er für das Apartment in der Fifth Avenue anzahlen müssen, für eine weitere Million hatte er eine Hypothek aufgenommen. Alles in allem hatte er sechshunderttausend Dollar als Mr. Ogilvy beiseite schaffen können.

Er hatte zwar noch ein Geheimkonto, sozusagen als eiserne Reserve, aber er hatte sich gescheut, es zu anzugreifen. Er hatte ganz genau gewusst, dass er im Fall einer Scheidung oder anderer Probleme, die mit seiner Ehe zu tun hatten, irgendetwas von Geld vorweisen musste. So zu tun, als sei er mittellos, wäre viel zu verdächtig. Ein mittelgroßes Bankkonto würde seine Glaubwürdigkeit unterstreichen. Dieses Konto hatte er unter seinem zweiten Namen, Alanson, eröffnet, nicht unter Stephen. Miranda wäre ihm wahrscheinlich nie auf die Schliche gekommen, aber wenn es hart auf hart kam, dann konnte ein Konto auf den Namen Alanson Shaeffer nicht als Geheimniskrämerei angesehen werden. Er würde einfach sagen, die Bank hätte da wohl einen verwaltungstechnischen Fehler gemacht, und er hätte keine Veranlassung gesehen, das richtig zu stellen. Immerhin hieße er ja auch Alanson Shaeffer. Auf diesem Konto lagen auch fünfhunderttausend Dollar.

Im Augenblick lebte er von den Ogilvy-Konten. Er war einfach in die Midway Bank gegangen und hatte neuntausend Dollar abgehoben, eine Summe, die kein Aufsehen erregte. Dann fuhr er mit dem Taxi zum Kennedy Airport, und zwei Stunden später war er auf dem Weg nach Los Angeles. Als Stephen West stieg er in dem Hotel Bel Air ab und zog eine Woche später nach Beverly Hills in ein möbliertes Haus mit fünf Zimmern.

Die Monatsmiete war sehr hoch, aber das Haus war jeden Cent wert. Stephen liebte es, sich mit Luxus zu umgeben, und hatte ein paar Wochen lang in seiner neuen Nachbarschaft gejoggt, um sich die phantastischen Häuser der Umgebung etwas genauer anzusehen. Er fühlte sich wie neugeboren, wenn er morgens bei strahlendem Sonnenschein und Vogelgezwitscher aufwachte, aufstand, sich seinen Morgenmantel überwarf und dann mit seinem frisch gepressten Orangensaft auf die Terrasse trat, um die Palmen zu bewundern. Nie war ihm klar gewesen, wie eingesperrt er sich in New York gefühlt hatte. Und jetzt war er endlich frei.

Im ersten Monat hatte er viel Zeit vor dem Fernsehapparat verbracht und sich die Nachrichten angesehen. Es hatte sich herausgestellt, dass der Anschlag auf die Bank tatsächlich von Terroristen verübt worden war. Stephen schüttelte den Kopf, als ihm klar wurde, von wie vielen Zufällen es abhing, dass das Schicksal ihm diese Chance bot, seinen eigenen Tod vorzutäuschen. An dem Tag waren siebenundfünfzig Menschen getötet worden, achtundfünfzig, wenn man Stephen Shaeffer mitzählte, was, wie er mit Genugtuung feststellte, jeder tat.

Sich die Filmberichte über die Opfer anzusehen, also auch über sich selbst, war eine unglaubliche Erfahrung. Außer ihm konnten noch drei weitere Opfer nicht gefunden werden, was nach Meinung der Reporter besonders tragisch war. Zwei Wochen nach der Explosion suchten Rettungsmannschaften immer noch nach Überresten der Vermissten oder nach irgendeiner Art von Hinweis.

Stephen hätte nie geglaubt, dass die ganze Sache die Medien so beschäftigen würde. Überall war das Unglück präsent, ob in den Zeitungen, auf dem Titelblatt von TIME oder im Radio, wenn er mit dem Auto unterwegs war. Das ganze Land schien daran interessiert zu sein. Jeden Abend saß Stephen mit einem Glas Wein vor dem Fernsehapparat und starrte gebannt auf den Bildschirm. So nach und nach erfuhr man auch Näheres über die Opfer. Die meisten hatten in dem Gebäude gearbeitet, aber ungefähr ein Dutzend waren wie er nur zufällig da gewesen. Er war fasziniert gewesen, als Bilder von ihm gezeigt wurden, wie er in seinem Büro bei Colby & Cummings saß, und als sich Freunde und Bekannte über sein Leben ausließen, fielen die Beurteilungen immer ausführlicher und schmeichelhafter aus. Er war angerührt, aber auch abgestoßen von dem, was er sah. Das heuchlerische Porträt, das sein früherer Chef von ihm malte, die Krokodilstränen, die die Leute vergossen, die ihn kaum gekannt hatten, aber so taten, als seien sie die besten Freunde gewesen, es war einfach bizarr. Natürlich fiel der Name Forrestor nicht, stattdessen wurde immer wieder erwähnt, wie erfolgreich Stephen als Unternehmensberater gewesen war, und es amüsierte ihn, wie sein Erfolg mit jeder weiteren Erwähnung zunahm.

Der Anblick seiner Eltern jedoch bedrückte ihn. Sie wirkten nervös und unglücklich, als sie vor ihrem Apartmenthaus kurz interviewt wurden. Dann sagte er sich selbst, dass nun mal alles seinen Preis hatte, und seinen Lebenstraum konnte er sich nur um den Preis erfüllen, sie nicht wiederzusehen.

Als die Attentäter verhaftet worden waren, saß Stephen wie

festgenagelt vor dem Apparat. Er starrte die fünf Männer, die ihn fast getötet hätten, wütend und voll Entsetzen an. Und dennoch stand er ironischerweise in ihrer Schuld, denn sie hatten ihm sein zweites Leben ermöglicht.

Natürlich wurden auch die trauernden Witwen interviewt, und es war nicht zu übersehen, dass Miranda fehlte. Vielleicht hatte sie ihn gar nicht so geliebt, wie sie immer behauptet hatte. Vielleicht war sie auch wütend, dass sie nun ihren Hintern mal hochkriegen und arbeiten musste, um den Lebensunterhalt zu verdienen. Offensichtlich fühlte sie sich zu fein, um wie alle anderen Interviews zu geben, und Stephen hasste sie dafür umso mehr. Die Medienleute stellten ihn als liebenden Ehemann und Vater dar, und seine eigene Frau hielt es nicht für nötig, über ihn ein paar freundliche Worte in Presse, Funk oder Fernsehen zu verlieren. Auch die Kinder hielt sie von den Medien fern. Was warf das für ein Licht auf ihn? Wenn man es recht bedachte, war sie ja für ihn immer eine Enttäuschung gewesen. Wie gern hätte er ihr Gesicht gesehen, als sie herausfand, dass sie ohne Geld dastand.

«Euch vier habe ich viel zu sehr verwöhnt», stieß er wütend hervor, als ihr Apartmentgebäude in der Fifth Avenue gezeigt wurde. «Ja, Miranda, nun siehst du mal, wie es ist, für sein täglich Brot arbeiten zu müssen.»

Die ganze Sache machte ihm nur immer wieder klar, dass er recht daran getan hatte, diese einmalige Gelegenheit zu nutzen. Schließlich wandten sich die Medien anderen Themen zu. Und nach sechs Monaten war das frühere Leben in New York für Stephen so unwirklich wie ein alter Traum. Er dachte kaum noch daran, sondern stellte sich lieber seine neue Zukunft vor, wenn er wieder etwas darstellte. Und diesmal in einer völlig neuen Umgebung, die er beeindrucken würde. Hier gehörte er hin.

Dass er sich hier so wohl fühlte, hatte auch damit zu tun, dass hier so viel los war, das war ihm schon klar. Die ewige Sonne war zwar wichtig, aber die Frauen, die Partys, überhaupt der ganze Lebensstil hatten zur Folge, dass er sich wieder wie zwanzig fühlte, frei und voller Neugier, alles auszuprobieren.

Vieles hatte er Toby zu verdanken, keine Frage. Er konnte sich nicht vorstellen, was passiert wäre, wenn er ohne Tobys Hilfe versucht hätte, in die entsprechenden Kreise zu kommen. Hier war man nichts wert, wenn man nicht reich oder berühmt war oder irgendetwas mit dem Film zu tun hatte. Das hatte er sofort mitgekriegt. Als unbekannter Schriftsteller hatte man bei Frauen genauso viel zu melden wie ein Koch, der im Schnellimbiss arbeitete. Nämlich nichts. Er hatte sich schon überlegt, dass er ein Drehbuch schreiben würde, sowie sein Buch angenommen war und bevor er sich dem nächsten Roman zuwandte. Er musste sich irgendwie ein Renommee verschaffen. Und wenn er fähig war, so was wie Forrestor, aber auch einen literarisch anspruchsvollen Roman zu schreiben, dann sollte er ja wohl auch ein Drehbuch hinkriegen. Er hatte schon häufig gelogen und behauptet, ein Drehbuch von ihm würde gerade verfilmt, aber das taten ohne Zweifel viele Leute hier. Es wäre sicher von Vorteil, auch tatsächlich als Drehbuchautor auf dem Schirm oder der Leinwand zu erscheinen. Die Zeit, die er dafür aufwenden musste, wäre sicher eine sinnvolle Investition in die Zukunft.

Dank Toby war es ihm wenigstens erspart geblieben, außerhalb der Gesellschaft, die hier etwas zählte, sein Dasein zu fristen. In New York wäre er lieber gestorben, als sich von einem Neunundzwanzigjährigen zeigen zu lassen, wo es langging. Aber hier war das etwas anderes.

Es war der blanke Zufall, und Stephen wusste, dass er einfach Schwein gehabt hatte, Toby zu begegnen. Auf einem Parkplatz in der Innenstadt waren sie beim Zurücksetzen zusammengestoßen. Stephen war erst seit ein paar Wochen in L.A., und er hatte immer noch Angst, entdeckt zu werden. Deshalb zitterte er davor, dass der andere eventuell die Polizei einschalten würde, als dessen Mercedes und Stephens neu geleaster BMW zusammenkrachten.

Aber der große junge Mann mit dem schulterlangen schwarzen Haar hatte nur gegrinst, als er ausstieg, und sich vorgestellt. Und später fand Stephen sehr schnell heraus, dass es nur wenig gab, was Toby Wyans beunruhigte. Ihm gehörte der Mercedes zwar nicht, aber er meinte, der Freund, der ihm das Auto geliehen hatte, wollte den Wagen sowieso loswerden. Sie mussten beide lachen und gingen in eine Bar, die Toby gut kannte und die sehr «in» war, was man sofort an den Gästen erkennen konnte. Sie hatten einige Tequilas getrunken, und Toby hatte Stephen bereitwillig über alles Auskunft gegeben.

Stephen hatte nur so am Rande erwähnt, dass er neu in der Stadt war und hoffte, sich ein wenig zu amüsieren. Ohne eine Spur von Herablassung hatte Toby ihm von den bekanntesten Restaurants und privaten Clubs erzählt, die momentan hip waren, und er hatte es auf eine Art und Weise getan, die voraussetzte, dass der andere wusste, wovon er sprach. So war das Ganze völlig ohne Peinlichkeit abgelaufen, und nachdem Stephen ihn zum Essen eingeladen hatte, nahm Toby ihn noch in einen der heißesten Nachtclubs mit. Offensichtlich verkehrten hier bekannte Schauspieler und Topmodels, und Stephen hatte Sorge, dass man sie gar nicht einlassen würde. Aber Toby wurde mit seinem Begleiter gleich hereingewinkt. Da wurde Stephen klar, dass Toby ihm Tür und Tor öffnen konnte.

An den nächsten Abenden brachte Toby ihn mit allen möglichen verrückten und berühmten Leuten zusammen und vermittelte Stephen schnell das Gefühl dazuzugehören. Und als Toby so nebenbei erwähnte, dass er in ungefähr einer Woche aus seiner Wohnung raus müsste, war es für Stephen selbstverständlich, ihm anzubieten, zu ihm zu ziehen, bis er etwas Neues gefunden hätte.

Stephen war wie berauscht von all dem, was er erlebte. Begierig nahm er alles um sich herum auf, die Energie, von der die Luft zu vibrieren schien, und das Gefühl, mitten im Geschehen zu sein. Wenn er sich daran erinnerte, wie er früher die Abende mit seiner Frau verbracht hatte, wurde ihm ganz elend. Jetzt konnte er, wann immer er wollte, kurze und sehr befriedigende Affären mit phantastischen Frauen haben, bildschönen braun gebrannten Frauen mit blondem Haar und schlanken Taillen unter ihren schwellenden Silikon-Brüsten. Ein Lebenstraum wurde Wirklichkeit. Wenn er daran dachte, wie jung er gewesen war, als er heiratete, wäre er am liebsten mit dem Kopf gegen die Wand gerannt. Was für ein Idiot war er gewesen, wie viel hatte er versäumt. Aber einer der unerwarteten Vorteile seines «Todes» war die Tatsache, dass er wieder Single war. Und dieses Mal würde er es richtig machen.

Erstaunlicherweise war es nicht schwer, eine neue Identität anzunehmen. Er hatte sich das Haar blond gefärbt und sich einen Bart wachsen lassen. Aber das wäre vielleicht noch nicht einmal nötig gewesen. Kein Mensch war an Einzelheiten aus seiner Vergangenheit interessiert. Er hatte sogar den Eindruck, dass die meisten über sich selbst auch nicht die Wahrheit sagten. Er hatte Geld, und das war genug.

Aber trotz der Partys und langen Nächte hatte er nicht vergessen, weshalb er nach Kalifornien gekommen war. Er hatte sich für jeden Tag ein Arbeitspensum vorgenommen und war stolz, es eingehalten zu haben. Sechs Stunden pro Tag zog er sich zurück und konzentrierte sich nur auf die Hauptpersonen seines Romans, einen Mann und eine Frau, die jeweils mit jemand anderem verheiratet waren und deren Verhältnis beide Familien zerstörte. Er hatte das Buch noch nicht beendet, aber er glaubte, dass es lässiger wirkte, wenn er den ersten Teil schon mal an einen Agenten schickte. Die zweihundert Seiten waren vielversprechend genug, und er hatte keinerlei Zweifel, ein gutes Angebot zu bekommen.

Er richtete sich auf, stellte sein Glas auf einem Beistelltischchen ab und griff nach seiner Brieftasche. Da war das Stückchen Papier mit dem Namen und der Telefonnummer einer viel versprechenden jungen Schauspielerin. Er hatte Merilee Summer vorige Woche auf einer Party in Malibu kennen gelernt. Sie sah nicht nur phantastisch aus, sondern wirkte gleichzeitig auf eine sehr charmante Art und Weise unschuldig. Er hatte sich sehr gern mit ihr unterhalten.

Beim vierten Klingeln nahm sie ab. «Hallo?»

«Hallo.» Stephen bemühte sich um einen ungezwungenen Tonfall. «Hier ist Stephen West. Wir haben uns auf Adrian Monseys Party kennen gelernt.»

Zu seiner Erleichterung schien sie sich gleich an ihn zu erinnern. «Oh, hallo, Stephen! Wie geht es dir?»

«Danke gut.» Er verwickelte sie in ein Gespräch über ihre Schwierigkeiten, Arbeit zu finden. Sie übernahm die Unterhaltung, und er brauchte nur hin und wieder ein Wort einzuwerfen. Als er sie dann schließlich zum Essen einlud, nahm sie gern an. Das war erfrischend, denn manche seiner anderen Bekanntschaften hatten sich immer schrecklich geziert.

Als er den Hörer wieder aufgelegt hatte, trank er seinen Whisky aus. «Das Leben ist schön», sagte er laut.

Toby kam aus seinem Schlafzimmer. Meistens legte er sich am Nachmittag hin, und da er nicht arbeitete, konnte er sich das auch leisten. Stephen war nach wie vor nicht sicher, woher Toby sein Geld hatte, aber er hielt es für vernünftiger, ihn darauf nicht weiter anzusprechen.

Toby lächelte Stephen strahlend an. «Ich will mal eben zu Fred Segal. Ich brauche unbedingt eine neue Hose. Kommst du mit?»

«Warum nicht?» Stephen nahm seine Sonnenbrille von einem kleinen Tischchen neben der Tür und folgte Toby.

Toby fuhr den BMW. Im Laden probierten die beiden Männer alles Mögliche an. Stephen entschied sich für ein Jackett, schwarz natürlich, wie das meiste, das er jetzt trug. Außerdem kaufte er eigentlich nur noch Sachen von Boss und Ermenegildo Zegna. Er fühlte sich toll in seinem neuen Outfit, das so ganz anders war als das, was er früher getragen hatte, diese langweiligen Anzüge und sportlichen Klamotten. Auch in New York war es wichtig, das Richtige zu tun und zu tragen, genauso wie hier. Aber irgendwie machte es hier so sehr viel mehr Spaß.

Sie brachten das, was sie sich ausgesucht hatten, zur Kasse. Stephen hatte nicht nur das Jackett über dem Arm, sondern auch zwei Hemden und einen Gürtel.

«Das macht zusammen dreitausendundzwölf Dollar und achtundfünfzig Cent», sagte der Verkäufer.

Mit einer lässigen Geste holte Stephen seine neue VISA-Karte aus der Brieftasche, die auf den Namen Stephen West ausgestellt war. Er konnte sich die Sachen ohne weiteres leisten. Er konnte sich das ganze neue Leben leisten, das schöner war, als er es jemals für möglich gehalten hätte.

Er reichte dem Verkäufer die Karte und lächelte blasiert.

21. Kapitel

Es war unangenehm kühl in dem Klassenraum. Miranda stand hinten an der Wand und beobachtete Ethan, der mit Valerie Ng sprach. Die Kleine saß auf der hölzernen Schulbank neben ihm und reichte mit den Füßen kaum auf den Fußboden. Jetzt, Anfang Dezember, war es plötzlich kalt geworden, und die Heizung schaffte es nicht, das Schulgebäude ausreichend zu erwärmen. Da Kinder so temperaturunempfindlich waren, hätte Miranda wahrscheinlich nie etwas davon erfahren, wenn die Eltern heute nicht in die Schule gebeten worden wären, um die Kunstwerke ihrer Sprösslinge zu bewundern. Miranda war angemessen beeindruckt von dem Bild mit der Wassermelone auf einer Brücke, dem ihr junger Picasso schwungvoll den Namen gegeben hatte: «Frucht auf der Tappan Zee».

Sie lächelte, während sie ihn beobachtete. Selbst sie musste zugeben, dass seine Zukunft wahrscheinlich nicht in der Welt der Malerei liegen würde, aber dass er den Namen der Brücke in Erinnerung behalten hatte, die eine Autostunde nördlich von ihrer Wohnung lag, das war doch wirklich ein Zeichen von Intelligenz. «Ciao, bello», hatte eine freundliche Italienerin einmal hinter ihm hergerufen, als sie aus dem Bus in der Madison Avenue ausgestiegen waren. «Grazie», hatte er mit einer solchen Selbstverständlichkeit geantwortet, als sei er gerade erst aus Rom zurückgekommen.

Wie sich wohl Ethans intellektuelle Fähigkeiten weiter entwickeln würden? Was wohl mal aus ihm werden würde? Stephen wäre sicher stolz auf seinen Sohn. Als Vater hätte er seinen Kindern sicher mehr Aufmerksamkeit zeigen können, aber er wäre von seinem Sohn sicher genauso begeistert wie sie. Plötzlich spürte sie einen kalten Windzug und knöpfte schnell den dunkelblauen Tuchmantel zu. Das war sicher die Strafe Gottes, dass sie sich anmaßte, die Gedanken ihres Mannes nachzuvollziehen.

Sie blickte wieder zu Ethan hinüber, der glücklicherweise noch die dicke grüne Skijacke trug, die er unbedingt hatte haben wollen. «Ich bin zu alt für einen Schneeanzug», hatte er geschrien, als sie versucht hatte, ihn in den vom letzten Winter zu zwängen. So hatte sie ihm in der vorigen Woche die Jacke gekauft, und die Tatsache, dass er die Jacke seitdem noch nicht freiwillig ausgezogen hatte, war ein sicherer Beweis dafür, wie sehr er sie liebte. Und sie steht ihm auch, dachte sie und musste dann über sich selbst lachen, weil sie so eitel war in Bezug auf ihre Kinder. Aber er sah eben nicht nur süß darin aus, er wirkte glücklich.

Als glücklich konnte man ihre beiden anderen Kinder eigentlich nicht bezeichnen. Für Sophie und Jack waren die Monate nach Stephens Tod schwer zu ertragen gewesen. So ganz allmählich schien Sophie sich wieder zu fangen, Gott sei Dank, dachte Miranda und legte sich unwillkürlich die Hand aufs Herz. Aber Jack machte nach wie vor den Eindruck, als sei jeder elende Tag eine halbe Ewigkeit lang.

Mit Freude sah sie zu, wie Ethan und Valerie ihr riesiges Stück Zeichenpapier mit Fingerfarben bemalten und sich dabei eifrig gegenseitig unterstützten. Miranda wusste genau, dass der schreckliche Tod seines Vaters auch auf Ethan nicht ohne Wirkung geblieben war. Aber im Augenblick, an diesem kalten, sonnigen Vormittag, tat es einfach nur gut zu sehen, dass wenigstens eins ihrer Kinder glücklich zu sein schien. Sie sah auf die Uhr. Sie musste jetzt los, und glücklicherweise würde es Ethan kaum auffallen, dass sie nicht mehr da war.

«Aber, Daddy, ich möchte mit dir nach Hause fahren.»

Das war der kleine Junge hinter ihr. Sie drehte sich um. Er hatte ihr den Rücken zugewandt und hielt sich an seinem Vater fest. Als der Mann versuchte, sich vorsichtig aus der verzweifelten Umklammerung zu befreien, sah Miranda, dass es Paul Harlow war. Paul schien sie wiederzuerkennen, wenn sein Lächeln auch etwas verkrampft ausfiel, weil Josh ihn nicht loslassen wollte.

«Nie sind wir einen ganzen Tag zusammen», jammerte Josh und fing an zu schluchzen, weil er merkte, dass er den Vater nicht umstimmen konnte.

«Aber das ist doch einfach nicht wahr, mein Junge», sagte Paul leise. «Wir waren doch das ganze Wochenende zusammen.» Er hob den Jungen hoch und drückte ihn noch einmal kurz an sich. Dann setzte er ihn in seine Schulbank. «Und die ganzen Weihnachtsferien werden wir zusammen sein, und bis dahin ist es wirklich nicht mehr lange hin.»

Der Kleine sah ihn schmollend an, ganz offensichtlich war er noch nicht bereit nachzugeben. Paul warf schnell einen Blick auf seine Armbanduhr, und Miranda bemerkte die leichte Verzweiflung in seinen blauen Augen. Wahrscheinlich muss er zu irgendeiner Konferenz, dachte sie. Er tat ihr wirklich Leid, sie konnte sich gut in seine Lage versetzen.

«Weißt du was», sagte sie und trat auf den Jungen zu. «Ethan hat mir erzählt, dass Mrs. Oliver heute wieder eine Stunde Makkaroni-Mathe gibt.» Ihr jüngster Sohn liebte das Spiel mit den Zahlen, wofür die kluge junge Lehrerin eine Art Behelfsabakus aus ungekochten Nudeln zusammengefügt hatte. Sie hoffte, dass Josh Harlow genauso viel Spaß an dem Nudelunterricht hatte wie ihr Sohn.

Joshs Gesicht hellte sich auf. Sein Vater nutzte sofort die Tatsache, dass der Sohn wieder fröhlich war, strich ihm ein paar Mal liebevoll durchs Haar und wandte sich zum Gehen.

«In Ordnung, wenn ich jetzt gehe, Kumpel?»

Miranda war beeindruckt, wie zärtlich seine Stimme klang, obwohl er sicher sehr ungeduldig war.

Josh schüttelte zwar den Kopf, griff dann aber doch nach den Fingerfarben, mit denen sein Banknachbar schon angefangen hatte zu malen.

«Bis Donnerstagabend dann», rief Paul ihm noch zu und hielt die Tür für Miranda auf, die ihm gefolgt war.

Ohne sich umzudrehen, winkte Josh ihm zum Abschied zu. Er war bereits damit beschäftigt, einen großen Klecks lila Farbe auf seiner Papierhälfte zu verteilen.

Paul sah Miranda dankbar an, als sie den Flur entlanggingen. «Ohne Sie wäre ich sicher vor drei oder so nicht weggekommen», sagte er aufatmend. «Sie sind Miranda, nicht wahr?»

«Ja.» Sie nickte. Es war eine merkwürdige Situation. Sie wusste eine ganze Menge über Paul Harlow. Seit einigen Wochen tauschten sie E-Mails aus. Sie hatte schnell begriffen, wie sein Verstand arbeitete, wie er ein Problem anpackte und welches Gespür er als Lektor hatte. Aber sie selbst war ihm natürlich vollkommen fremd. War lediglich eine Mutter, die er auf dem Ausflug in den Zoo kennen gelernt hatte. Am liebsten wäre sie schnell davongegangen, ohne ein weiteres Wort zu sagen, als würde sie sich verraten, wenn sie länger mit ihm sprach. Aber dieses Gefühl verging rasch wieder, und stattdessen empfand sie zu ihrer eigenen Überraschung nur so etwas wie grenzenlose Freiheit und Kraft.

Sie stieß die Tür auf und trat auf die Park Avenue hinaus. Paul folgte ihr und blieb dann an der Bordsteinkante stehen. Er hob die Hand, um ein Taxi anzuhalten. «Ich muss in die Innenstadt. Kann ich Sie irgendwo absetzen?»

Sie wollte schon ablehnen, aber nach einem eisigen Windstoß, der den Straßenschmutz aufwirbelte, überlegte sie es sich anders. «Ja, gern», sagte sie, als das gelbe Taxi an der Bordsteinkante hielt. «Wenn Sie mich an der Ecke 75. rauslassen.»

«Selbstverständlich.» Paul hielt ihr die Wagentür auf.

Ein paar Minuten lang schwiegen sie, aber als das Taxi vor einer roten Ampel an der 88. halten musste, blickte Paul auf den Ehering an Mirandas linker Hand.

«Sie halten sicher nicht viel von meinen Fähigkeiten als Vater», sagte er und rutschte etwas nervös auf seinem Sitz hin und her. «Aber es ist nicht einfach, wenn es kein richtiges Zuhause gibt.» Er sah sie ernst an. «Diese Schwierigkeiten kennen Sie vermutlich nicht.»

Erst jetzt wurde ihr bewusst, dass sie ihren Ehering immer noch trug. Sie war nicht auf die Idee gekommen, ihn abzulegen. «Oh, doch. Mein Mann ist in diesem Jahr gestorben.» Sie lächelte ihn traurig an. «Sie wären überrascht, mit was für Schwierigkeiten ich seitdem zu kämpfen habe. Mit Kindern, die sich in der Öffentlichkeit schlecht benehmen.» Sie musste leise lachen. «Und zu Hause. Und in der Badewanne. Und in der Bücherei …»

Jetzt lachten sie beide, doch sie spürte, wie hilflos er sich fühlte, auch wenn sie versuchte, der durchaus ernsten Situation die Spitze zu nehmen.

«Den Vater zu verlieren muss für Ihre Kinder sehr schwer gewesen sein. Wie alt sind die anderen beiden?»

«Zehn und acht, na ja, eigentlich fast elf und neun.» Als sie sein aufrichtiges Interesse bemerkte, fuhr sie fort: «Ja, es war sehr hart für Jack und Sophie.»

Er sah ihr in die Augen. «Und für Sie doch wahrscheinlich auch?»

Die Frage überraschte sie. Das können Sie wohl annehmen, wollte sie antworten. Stellen Sie sich vor, Sie finden heraus, dass Ihr Mann Ihnen sämtliche Ersparnisse gestohlen hat und mit einer alten Freundin der Familie ins Bett gegangen ist. Ja, es ist weiß Gott hart, fünfundsiebzigtausend Dollar aufbringen zu müssen, nur damit man sein viel zu teures Dach über dem Kopf behalten kann und die Kinder weiter ihre Schulen besuchen können. Oder es war hart, fügte sie in Gedanken hinzu, bis vor wenigen Wochen der große Scheck gekommen war für das Forrestor-Manuskript. Sie haben mein Leben gerettet, hätte sie am liebsten zu dem Mann neben sich gesagt. Unwillkürlich musste sie lächeln, als sie daran dachte, was für ein verrücktes Auf und Ab sie in den letzten Monaten durchgemacht hatte.

Er sah sie fragend an. «In den letzten drei oder vier Sekunden haben Sie mindestens fünfmal den Gesichtsausdruck gewechselt. Ich würde gern wissen, was da in Ihrem Kopf vorgegangen ist.»

Miranda fühlte sich ertappt und sah mit Erleichterung, dass sie an der 75. Straße angekommen waren. Sie lächelte. «Das werden wir uns wohl für den nächsten Klassenausflug aufheben müssen. Dies ist meine Ecke.»

Sie wollte die Tür öffnen, aber Paul streckte den Arm aus und hielt ihre Hand fest. «Ich möchte Sie noch etwas fragen. Ich habe Karten für den neuen Scorsese-Film. Heute Abend.» Es gefiel Miranda, dass er dabei etwas verlegen aussah. «Ich habe sie über den Verlag bekommen. Möchten Sie mit mir kommen?»

Miranda war sich seiner Hand sehr bewusst, und seinen Körper so nah zu fühlen verwirrte sie. Sie sah ihn an, sah die Lachfältchen um seine blauen Augen und das blonde Haar, das seit mindestens einer Woche mal wieder geschnitten werden müsste. Er sah erstaunlich gut aus. Sie hatte plötzlich Empfindungen, die sie seit fünfzehn Jahren nicht mehr gespürt hatte. Seit sie mit Stephen verheiratet war, hatte sie sich nie für einen anderen Mann sexuell interessiert.

Merkwürdigerweise fühlte sie sich durch die Nähe Paul Harlows eher bedroht als geschmeichelt. Sie hatte plötzlich den Eindruck, dass sie in den nächsten zwei Minuten ohnmächtig würde und sofort raus aus diesem Taxi müsste. Sie stieß Pauls Hand fort, öffnete schnell die Tür und stürzte hinaus, als stünde das Auto in Flammen. «Entschuldigen Sie», stieß sie hastig hervor. Sie wollte noch etwas hinzufügen, aber ihr Kopf war wie leer gefegt.

Ohne sich noch einmal umzusehen, ging sie schnell die 75. Straße hinauf. Sie wollte nicht sehen, wie das Taxi wieder anfuhr. Sie fühlte sich wie eine Fünfjährige, die sich gerade fürchterlich lächerlich gemacht hat, und schwor sich, das ganz schnell zu vergessen. Ich habe drei Kinder aufzuziehen und muss ein neues Buch schreiben und ... Sie blieb vor einem eleganten Stadthaus aus roten Ziegelsteinen stehen und versuchte ihre Gedanken zu sammeln. Als sie wieder einigermaßen zu Atem gekommen war, musste sie sich eingestehen, dass sie entsetzliche Angst hatte.

Paul Harlow blickte ungeduldig auf seine Armbanduhr. In zwei Minuten fing die Lektorenkonferenz an, und immer noch hatte er die Unterlagen nicht, die er dafür brauchte. Die Schlussabrechnung von Calvin Lamberts erstem Roman, der auf Pauls Betreiben vor fünf Jahren veröffentlicht worden war, hätte ihm längst vorliegen sollen. Aber nach der wenig effizienten Umstellung auf Computer war es fast unmöglich geworden, bei Highland Press an die simpelsten Daten heranzukommen, sofern der Titel vor mehr als vier Jahren publiziert worden war.

«Ich hab sie!»

Das war die Stimme seiner Assistentin, und Paul sprang erleichtert auf. Wie immer in Eile, stürzte Julie Lipson in sein Büro. «Vielen Dank, Julie.» Er nahm die Papiere entgegen, sah noch einmal kurz auf die Uhr und ging schnell aus der Tür. Auf dem Weg durch den langen Flur sah er sich die Verkäufe von «Grenzenlos» an. Er runzelte die Stirn. Trotz einiger guter Besprechungen waren nur etwa viertausend Stück verkauft worden.

Paul seufzte leise und setzte sich an den langen Eichentisch im Konferenzraum. Er wollte so gern Lamberts zweiten Roman, «Vertrauen», einkaufen, aber bei den Verkaufszahlen würde das nicht gerade leicht sein. Er legte die Unterlagen vor sich auf den Tisch und begrüßte Jim Calabrese mit einem Nicken. Jim war Highlands Verleger, und offensichtlich sah er gerade die letzten Seiten eines Exposés zum Thema Schlafprobleme durch, mit dem sich Paul am Abend zuvor beschäftigt hatte. Paul hielt es für wenig aussagekräftig, aber ihn interessierte Jims Meinung. Der Verleger überraschte seine Mitarbeiter oft mit ausgesprochen eigenwilligen Beurteilungen. Paul erinnerte sich noch gut daran, dass Jim damals der Einzige gewesen war, der ihn bei dem ersten Buch von Forrestor unterstützt hatte.

Priscilla Mays, die bei Highland für die Kochbücher zuständig war, setzte sich links neben Paul. Wie so viele Frauen in New York kleidete sie sich am liebsten ganz in Schwarz, so auch heute. Sie strich sich graziös das schulterlange Haar nach hinten, und bei dieser Geste musste Paul an Miranda Shaeffer denken.

Er war selbst überrascht gewesen, als er heute Morgen in dem Taxi so direkt auf sie reagiert hatte. Seit seine Ehe auseinander gegangen war, war er schönen Frauen gegenüber geradezu immun. Mit ein oder zwei Ausnahmen, dachte er, von sich selbst enttäuscht, während er beobachtete, wie sich Tally Barber ihm direkt gegenübersetzte. Die Zeit mit ihr vor ein paar Monaten hatte einen bitteren Nachgeschmack bei ihm hinterlassen.

Tally hatte selbst gerade eine Scheidung hinter sich und hatte Paul gebeten, sie in einer für sie schwierigen Zeit zu unterstützen. Als Kollegen waren sie sich nie besonders nahe gewesen, aber da er sich selbst nur zu gut vorstellen konnte, wie ihr zumute war, konnte er ihr die Bitte nicht einfach abschlagen. Aber nach ihrem dritten gemeinsamen Abendessen, das im Wesentlichen aus zwei Flaschen Wein bestand, waren sie zusammen ins Bett gesunken. Und seitdem waren aus Tallys Bitten Forderungen geworden, und aus ihrer Hilflosigkeit hatte sich eine Anspruchshaltung entwickelt.

Paul hatte ein schlechtes Gewissen und fühlte sich dafür verantwortlich, dass sie miteinander geschlafen hatten. Mit einer Frau, die gerade eine gescheiterte Ehe hinter sich hatte und noch sehr verletzlich war, musste man einfach behutsamer umgehen. Deshalb hatte er noch ein paar Mal mit ihr zu Abend gegessen, allerdings immer in einem Restaurant. Aber Tally wollte mehr. «Du musst noch mit mir raufkommen», hatte sie eindringlich geflüstert und sich an ihn geklammert, wenn er sie vor ihrem Apartmenthaus absetzte.

Vorsichtig begann er ihre Dinnereinladungen abzulehnen. Sie seien beide noch nicht offen für eine neue Beziehung, sagte er jedes Mal, wenn sie ihn einlud. Tally würde nichts davon haben. Schließlich schien sie sich damit abzufinden, bestand aber auf einem letzten Abendessen in einem gemütlichen, kleinen französischen Lokal, das in der Nähe ihrer Wohnung lag. Ohne Vorwarnung fing sie an, ihm Vorwürfe zu machen wegen seiner mangelnden Aufmerksamkeit, er sei schuld daran, dass sie unglücklich sei. Als er nur fassungslos schwieg, wurde sie immer wütender. Er hätte ihr Leben ruiniert.

Tally war nicht nur einsam, stellte er leider etwas zu spät fest, während er ihren Ausbruch über sich ergehen ließ. Sie war unverschämt, hochgradig manipulativ und mehr als ein bisschen verrückt. Seit diesem letzten Treffen war Tally ihm feindlich gesinnt. Sie versuchte, seine Projekte zu Fall zu bringen, machte alle möglichen Andeutungen den Kollegen gegenüber, was Pauls Privatleben betraf, und stellte sich generell gegen ihn. Das aber tat sie mit dem gleichen großen Geschick, das sie auch zu einer sehr guten Lektorin machte. So, wie sie die Schwächen eines Manuskripts sofort erkannte und gnadenlos aufdeckte, so konnte sie auch mit der gleichen Härte jemanden verfolgen, den sie als Feind ansah.

Wie schön wäre es, eine Frau wie Miranda Shaeffer an der Seite zu haben. Jemanden, der gut aussah und gleichzeitig intelligent war. Eine Frau, die selbst Schweres erlebt hatte und dennoch nicht nur Charme, sondern auch Großzügigkeit ausstrahlte. Wie geschickt sie heute Morgen die Situation mit Josh entspannt hatte. Er versuchte, sich wieder ihr Gesicht vorzustellen. Hat sie nun blaue oder grüne Augen? An ihre zierliche Nase konnte er sich noch gut erinnern und auch an ihren schlanken Hals.

Das Ganze sollte er lieber zu den Akten legen, am besten unter «Wird nicht passieren». Er versuchte, ihr Bild zu verdrängen. Aber er konnte aus ihr nicht schlau werden. Einerseits war sie selbstbewusst und strahlte Kompetenz aus, wenn sie mit Kindern zusammen war. Andererseits wirkte sie ängstlich und scheu wie ein Reh, wenn er in ihr die Frau ansprach.

Du bist ja wohl gar nicht eingebildet, dachte er plötzlich und hätte beinahe laut über seine Vermutungen gelacht. Wie kam er dazu zu glauben, sie hätte Angst vor ihren Gefühlen? Es war doch viel wahrscheinlicher, dass sie einfach kein Interesse an ihm hatte. Für einen kurzen Moment stellte er sie sich noch einmal vor, jetzt hier neben sich, mit dem frischen, kaum wahrnehmbaren Duft ihres Shampoos und dem winzigen Lächeln, das sie meist kurz zeigte, bevor sie sprach.

«Na, Paul, du bist wohl ganz weit weg, was?»

Paul fuhr zusammen und sah verlegen zu Karen Schultz

hoch, einer kleinen, vorzeitig ergrauten Kollegin, die für die Kinderbücher zuständig war. Sie nickte ihm freundlich zu und setzte sich nicht weit von ihm an das Tischende.

«Nein, nein, ich bin hier.» Paul lächelte sie herzlich an. Er mochte Karen. Als seine Ehe auseinander ging, hatte sie sich als echte Freundin erwiesen. Ohne sich aufzudrängen, schien sie immer gerade dann da zu sein, wenn er jemanden brauchte, mit dem er sprechen konnte. Sicher, diese schwere Zeit hätte er auch ohne ihre Unterstützung durchgestanden, aber ihr Verständnis hatte ihm sehr gut getan und hatte ihn vor manch sinnlosem Zornesausbruch bewahrt.

Die beiden Cheflektoren Sam Cooper und Morton Vishinsky saßen wie immer zusammen und schimpften über die vielen Rücksendungen, mit denen Highland fertig werden musste. Die Buchhändler hatten das Recht, die Exemplare, die sie nicht schnell genug verkaufen konnten, an Highland zu remittieren, und bekamen den Einkaufspreis voll ersetzt. Diese Regelung war existenzbedrohend für viele Verlage. Sam grüßte Tally Barber durch ein freundliches Nicken, und sie lächelte nur zuckersüß und begrüßte dann ausdrücklich jeden ihrer Kollegen.

Nur mich nicht, dachte Paul. Ob das wohl auch jemand anderem aufgefallen war? Im Grunde war es nicht Tallys Stil, ihre Feindseligkeit offen zu zeigen. Im Gegenteil, sie verbarg sie sehr gut, das machte sie ja gerade so gefährlich.

Man diskutierte über verschiedene Projekte, bevor Paul das Gespräch auf «Vertrauen» brachte. Wie üblich hatte jeder hier am Tisch einen Teil des Manuskripts gelesen.

«Ich halte es für phantastisch», sagte Sam sofort, als Paul noch kaum den Titel genannt hatte. «Es ist sogar noch besser als sein erstes Buch, und das war schon sehr gut.»

Paul nickte zustimmend. «Meiner Meinung nach schreibt

Lambert immer besser. Sein erstes Buch war sehr vielversprechend, und dieses hält, was man sich erhofft hatte. Die Charaktere sind ausgefeilter, und die Geschichte ist sehr gut aufgebaut.» Er lachte kurz auf. «Ich amüsiere mich normalerweise als Erster, wenn die Rezensenten von einem ‹lyrischen› Stil sprechen, aber diesmal konnte ich ihnen nur zustimmen.»

«Genau», sagte Sam, «das geht mir genauso.»

«Wie ging denn das erste Buch?», fragte Tally mit so leiser Stimme, dass sie kaum zu verstehen war.

«Was haben Sie gesagt, Tally?» Jim Calabrese drehte sich zu ihr um, und alle anderen hatten den Blick auf Tally gerichtet.

Tally sah den Verleger an. «Ich habe Paul nur gefragt, wie sich ‹Grenzenlos› verkauft hat», antwortete sie und lächelte zögernd, als bedauerte sie, dass eine solche Frage überhaupt gestellt werden musste.

«Von dem ersten Buch haben wir viertausend Exemplare verkauft», antwortete Paul wahrheitsgemäß.

«Die meisten gingen an Büchereien», sagte Tally sofort.

Paul sah sie gleichmütig an. «Das stimmt.»

«Was wollen Sie damit sagen, Tally?», unterbrach Jim die beiden.

«Ich fürchte, mein Vertrauen in Mr. Lamberts literarische Zukunft ist weniger ausgeprägt als das meines geschätzten Kollegen. Der Grat zwischen lyrisch und übertrieben ist gefährlich schmal.»

Tally drehte sich jetzt direkt zu Jim um, und bei der Bewegung kam ihr perfekt geformter Körper unter dem weißen Kaschmir-Pullover besonders gut zur Geltung. «Wir alle wissen, wie hart die Zeiten für Verlage geworden sind, wie hoch die Rücksendungsquote ist und wie viel Geld wir für hoffnungslose Projekte zum Fenster herauswerfen.»

«Den zweiten Roman eines sehr gut besprochenen Autors

kann man ja wohl kaum ein hoffnungsloses Projekt nennen», warf Paul schnell ein.

«Was will denn Lamberts Agent dafür haben?», fragte Jim und fing an, eine Dollarnote auf dem gelben Block zu skizzieren, der vor ihm lag.

Paul sah das Leuchten in Tallys Augen. Wenn der Verleger schon zu Beginn einer Diskussion nach den Kosten fragte, dann war er normalerweise bereit, das Projekt fallen zu lassen. «Lamberts Agent wird sich wohl auf vierzig- bis fünfzigtausend einlassen», antwortete er.

«Das ist natürlich nur der Anfang», warf Tally ein. «Hinzu kommen noch die Kosten für die Produktion, die Werbung, die Lesetournee, die Umschläge. Und Sie kennen das Bestellverhalten der Buchhändler. Wenn sie das letzte Mal fünftausend bestellt hatten, aber nur zweitausend verkauften, werden sie diesmal zweitausend bestellen und eintausend wieder zurückschicken. Dieses Buch wird nie schwarze Zahlen schreiben.»

Jim räusperte sich, um etwas zu sagen, aber Paul kam ihm zuvor. «Wie wir alle wissen», sagte er ruhig, «schreiben sehr wenige Romane schwarze Zahlen. Man muss einem Autor auch Zeit geben, sich zu entwickeln, vor allen Dingen, wenn er so begabt ist.»

Paul hatte sich direkt an den Verleger gerichtet und sah jetzt Tally an. «Kein Roman kann jedem gefallen. Aber ‹Grenzenlos› hatte immens gute Kritiken. Es wäre ein Verbrechen, jemanden wie Lambert nicht zu verlegen.»

«Wirtschaftlich wäre es ein Verbrechen, einem Verlust noch einen zweiten hinzuzufügen. Kein Mensch wollte ‹Grenzenlos› lesen und das trotz der guten Besprechungen, und keiner wird den neuen Roman lesen wollen.»

Wieder räusperte sich Jim. «Ich fürchte, Paul, was Tally sagt, ist nicht ganz von der Hand zu weisen», meinte er nüchtern.

Tally warf Paul einen triumphierenden Blick zu.

«Heutzutage», fuhr Jim freundlich, aber bestimmt fort, «muss man gleich beim ersten Mal Erfolg haben, sonst hat man keine Chance.»

Paul schwieg kurz, dann grinste er. «Sie meinen wie Scott Turow und John Grisham?»

«Genau», warf Sam vom anderen Ende des Tisches ein. «Niemand wäre eine Wette eingegangen für ‹One L› oder ‹Die Jury›. Und dann folgten ‹Aus Mangel an Beweisen› und ‹Die Firma›.»

Tally ließ Paul nicht aus den Augen. «Du willst doch Lambert nicht mit Grisham oder Turow vergleichen? Du liebe Zeit, das ist Massenware. Ich kann mir nicht vorstellen, dass ‹lyrische› », sie spie das Wort geradezu aus, «Prosa Bestsellerqualitäten hat.»

Paul grinste. «Das wird Toni Morrison aber überraschen zu hören.»

Er wandte sich jetzt an Jim. «Ich bin wirklich der Letzte, der behauptet, von ‹Vertrauen› könnten wir hunderttausend Exemplare verkaufen. Aber ich gehe jede Wette ein, dass wir mehr verkaufen werden als von ‹Grenzenlos›. Und sein drittes Buch wird dann noch besser gehen.»

Jetzt sah er Tally wieder an. Sie wich seinem Blick aus.

«Wir beide wissen, dass begabte Schriftsteller sich ihre eigene Fan-Gemeinde schaffen. Und anders als die Massenschriftsteller kosten sie keine Millionen. Worum geht es denn hier eigentlich? Wir reden hier von einer Geldsumme, die geringer ist als das, was wir bekommen, wenn wir die Rechte für einen einzigen Forrestor nach Belgien verkaufen.»

Bei der Erwähnung von Highlands absolutem Spitzenautor, was die Verkäufe betraf, bekam Jim Calabrese ganz rote Wangen. Tally hatte das sehr schnell bemerkt, wie Paul feststellte, und entsprechend änderte sie ihre Taktik. Sie lächelte Paul honigsüß an. «Natürlich hast du Recht. Der dicke Fisch muss den kleinen aufwiegen, so war es immer. Ich bin wirklich die Letzte, die einem Mann wie Lambert im Wege stehen will.»

Jim betrachtete sie neugierig. «Ich bin froh, das zu hören, wenn auch, wie ich zugeben muss, etwas überrascht.»

«Es macht mir Spaß, Sie zu überraschen, Jim», antwortete sie lächelnd und legte ihm kurz die Hand auf den Arm. «Wenn Sie immer schon vorher wüssten, welche Meinung jeder Einzelne von uns hier hat, dann bräuchten Sie sich mit uns ja gar nicht mehr zusammenzusetzen.» Sie lachte hell auf.

Widerlich, dachte Paul, es ist einfach widerlich, was hier abläuft. Während der weiteren Konferenz sagte er kein Wort mehr und war froh, als er eine Stunde später endlich wieder in seinem Büro saß. Aber er war immer noch verärgert, als er nach dem Telefonhörer griff. Natürlich freute er sich, Calvin Lamberts Agenten anzurufen, um ihm die gute Nachricht zu überbringen. Lonnie O'Conner würde über das Angebot von fünfundvierzigtausend Dollar für «Vertrauen» sicher begeistert sein. Aber wie es zu diesem Angebot gekommen war, das war wirklich eine unwürdige Veranstaltung gewesen. Über das Buch selbst war kein Wort gefallen.

Man sollte nie etwas mit einer Frau anfangen, mit der man auch zusammenarbeitete, diese Lektion hatte er gelernt. Unwillkürlich musste er wieder an Miranda denken, während er darauf wartete, dass am anderen Ende jemand den Hörer abnahm. Aber wahrscheinlich würde er sowieso keine Frau mehr finden, gestand er sich ein, als sich Lonnie meldete.

Als er auflegte, fiel ihm erst auf, dass Karen Schultz in der Tür stand. «Wie ist es mit Mittag?», fragte sie.

«Ich würde ja gern, aber ich fürchte, ich kann es mir nicht leisten.» Er wies auf seinen Schreibtisch. «Die Sitzung heute Morgen hat mich zeitlich ordentlich zurückgeworfen. Und all das hier», er machte eine vage Geste in Richtung der Manuskriptberge, die auf der Fensterbank aufgestapelt waren, «liest sich leider nicht von allein.»

Karen nickte verständnisvoll. «Ja, man verliert viele Stunden, ich weiß, aber ich muss einfach was essen.» Sie drehte sich im Gehen noch einmal um. «Ich hoffe, dass du dich von Tally nicht fertig machen lässt.»

Paul sah sie überrascht an. «Kaum.»

«Sie ist immer noch in dich verknallt.»

Wie kam sie darauf? Er hatte niemandem von seiner kurzen Affäre mit Tally erzählt, und Tally hatte sicher auch den Mund gehalten.

«Was meinst du damit?», fragte er verwundert.

Karen lachte nur. «Ich weiß, ich irre mich nicht, und du weißt das auch ganz genau.» Sie zögerte kurz und lächelte ihn dann herzlich an. «Wenn mein Mann mal eine unausstehliche Tour hätte und du nicht der Gentleman wärest, der du bist, dann könnte ich mich auch in dich verknallen, genauso wie Tally es getan hat. Dann müsstest du mich schon wegprügeln.»

Ohne ihn noch einmal anzusehen, zog sie die Tür hinter sich zu.

Noch Stunden nach der Taxifahrt mit Paul Harlow war Miranda nervös und fahrig. Erst als sie sich intensiv mit dem Exposé des neuen Forrestor beschäftigt hatte, fühlte sie sich wieder einigermaßen normal. Um drei Uhr nachmittags hörte sie auf zu arbeiten, sie konnte sich einfach nicht mehr konzentrieren. Da der Babysitter bis 18 Uhr bleiben würde, war noch Zeit, ein paar Einkäufe zu machen. Sie sollte den Kindern mal wieder etwas Besonderes zum Essen kaufen. Vielleicht das Rosinenbrot und diesen Russischen Kaffeekuchen, den es nur bei Zabar gab und den sie besonders gern mochten.

Um Viertel nach fünf hatte Miranda alles erledigt und stand

an der Bordsteinkante des Broadway, um ein Taxi nach Hause zu nehmen. Der junge Fahrer, der mit Schwung direkt vor ihr hielt, sah sie etwas misstrauisch von der Seite an und fuhr dann mit einem solchen Tempo an, dass Miranda in den Sitz gedrückt wurde. Als er eine gelbe Ampel 79. Straße, Ecke Amsterdam in rasender Fahrt passierte, sah Miranda sich verzweifelt nach etwas um, woran sie sich festhalten konnte. «Würden Sie bitte ...» sagte sie gerade, als ein schwarzer Saab das Taxi von rechts hinten rammte. Miranda wurde bei dem Zusammenprall erst gegen die Rücklehne und dann nach vorne geschleudert. Beide Autos fuhren noch ein Stück ineinander verkeilt weiter und blieben dann stehen.

«Ist Ihnen etwas passiert, Madam?», fragte der Fahrer ängstlich. Er war schnell ausgestiegen und blickte durch das rückwärtige Seitenfenster.

Miranda rührte sich nicht. Sie war mit der Stirn gegen die Barriere zwischen Vordersitzen und Rückbank geknallt, aber sie hatte nicht den Eindruck, ernsthaft verletzt zu sein. Sie stand nur vollkommen unter Schock und zitterte. Es war dunkel geworden, und die Kreuzung, die ihr nur zu gut bekannt war, wirkte verlassen und fremd. Leute blieben stehen und kamen näher. Sie sahen besorgt aus, aber auf Miranda wirkte das alles merkwürdigerweise nur entsetzlich bedrohlich. Sie nahm all ihre Kraft zusammen, öffnete die Tür und stieg langsam aus.

Der Fahrer hob ihre Einkäufe aus dem Wagen. «Sie sollten sich lieber im Krankenhaus untersuchen lassen», sagte er und mied ihren Blick, «Sie bluten nämlich.»

«So?» Sie fasste sich ans Kinn und blickte überrascht auf die blutige Hand. Aber sie wollte nicht in ein Krankenhaus. Es ging ihr gut. Und eins wollte sie auf keinen Fall, zwei oder drei Stunden in der Notaufnahme vom Mount-Sinai- oder Lenox-Krankenhaus herumsitzen.

«Bitte …» Sie wandte sich an den Fahrer, aber sie stockte. Worum wollte sie ihn eigentlich bitten? Sie wollte auch nicht nach Hause fahren. Die Kinder hatten in den letzten Monaten schon genug durchgemacht. Da wollte sie ihnen nicht auch noch eine Mutter zumuten, die blass und mit blutendem Gesicht durch die Tür trat. Sie wollte sich nur bei jemandem ausruhen, bis sie sich wieder einigermaßen stabil fühlte, aber wen sollte sie anrufen? Lydia, fiel ihr sofort ein, aber Lydia war heute Morgen nach Los Angeles geflogen, zu irgendeiner Tagung zum Thema Fitnessstudio.

Wenn sie sich nur nicht so kraftlos fühlte. Dann plötzlich wusste sie, wen sie anrufen konnte. Ein verrückter Einfall, aber diese Person wollte sie jetzt gern sehen. Und benommen, wie sie noch war, empfand sie auch keinerlei Hemmungen. Sie raffte ihre Tüten zusammen und ging zur nächsten Telefonzelle an der Ecke.

Als der Arzt, der neben Paul Harlow wohnte und Miranda gründlich untersucht hatte, meinte, dass alles in Ordnung sei, und die Wohnung wieder verlassen hatte, setzte Paul sich neben Miranda auf das schwarze Ledersofa. Er hatte sie in eine blauweiß karierte Wolldecke gehüllt und drückte ihr ein Glas Courvoisier in die Hand.

«Zufrieden?», fragte sie und nahm einen großen Schluck Cognac.

Er sah sie mit väterlicher Missbilligung an und zog ihr die Decke bis über die Schultern hoch. «Es war verrückt, dass ich mich darauf eingelassen habe, Sie nicht gleich in ein Krankenhaus zu fahren. Aber deshalb musste ich auf diese Untersuchung eben bestehen.» Er beugte sich vor und goss von der bernsteingelben Flüssigkeit etwas in ein zweites Glas. «Wer in einer Notsituation angerufen wird, ist geradezu verpflichtet zu helfen.»

«Was Sie ja ausführlich getan haben», sagte sie aufrichtig. Paul war in fünfzehn Minuten da gewesen und hatte sich sofort um alles gekümmert. Sie hätte in ihrem Zustand sicher die Hälfte vergessen. Er hatte Emily Light angerufen, die zu den Kindern fuhr. Miranda erinnerte sich dunkel, ihm die Nummer gegeben zu haben. Dann hatte er sich die Adresse und Taxilizenz des Fahrers notiert, und als sie in seiner Wohnung Central Park West eingetroffen waren, hatte er darauf bestanden, dass sie mit jedem ihrer Kinder sprach. Die Kinder sollten sich einzeln davon überzeugen können, dass mit der Mutter wirklich alles in Ordnung war. Miranda hatte wie in Trance alles getan, was er verlangte, und erst Stunden später war ihr klar, dass sie unter schwerem Schock gestanden hatte.

«Ich sehe sicher scheußlich aus», sagte sie und fuhr sich mit den Händen durchs Haar. Seit sie am Nachmittag die Wohnung verlassen hatte, hatte sie sich nicht mehr das Haar gebürstet. «Es war so nett von Ihnen, gleich zu kommen und mich abzuholen. Ich weiß gar nicht, wie ich eigentlich auf die Idee gekommen bin, ausgerechnet Sie anzurufen.»

«Ich bin sehr froh darüber», sagte er. Er sah sie ernst an. «Ich bin wirklich sehr froh, obwohl ich eigentlich eher überrascht sein sollte, nach Ihrem schnellen Abgang heute Morgen. Aber es ist merkwürdig, ich finde es im Grunde beinahe selbstverständlich. Ich fühle mich irgendwie mit Ihnen verbunden.» Er lachte etwas verlegen. «Sie müssen mich ja für verrückt halten. Wir haben uns schließlich nur fünf Minuten im Taxi unterhalten. Und dennoch habe ich den Eindruck, Sie zu kennen.»

Wenn Sie wüssten, wie gut Sie mich kennen, dachte sie und nahm noch einen kleinen Schluck. Auch wenn der E-Mail-Kontakt mit Paul anonym ablief, hatte sie in den letzten Monaten doch das Gefühl gewonnen, ihm näher gekommen zu sein. Eigentlich sollte es ihr eher merkwürdig vorkommen, hier in der Wohnung eines Fremden zu sitzen und ihm alles zu überlassen, wenigstens für ein paar Stunden. Aber es war nicht merkwürdig, im Gegenteil. Sie hatte sich seit Monaten nicht so entspannt und wohl gefühlt.

Irgendwie fühlte sie sich hier zu Hause, mehr als jemals in der Wohnung an der Fifth Avenue. Sie blickte sich um. Hunderte von Büchern bedeckten die Wände, eine Navajo-Decke war lose über einen riesigen gemütlichen Sessel drapiert, überall standen Bilder von Paul und seinem Sohn, auch ein paar von ihm, Patty Hetrick und Josh, also der ganzen Familie. Alles war so vertraut. Kein Wunder, sagte sie sich, es war wie in ihrer alten Wohnung an der West End Avenue.

«Ich schlage vor, Sie versuchen, ein bisschen zu schlafen. Dann bringe ich Sie nach Hause.» Paul stand auf, und sie streckte sich auf der Couch aus.

Ohne dass es ihr bewusst war, hatte sie schnell nach seinem Handgelenk gegriffen. «Bitte, bleiben Sie.» Dann errötete sie und ließ ihn schnell los.

Er drehte sich langsam zu ihr um, dann setzte er sich auf den Fußboden vor das Sofa und nahm ihre Hand. Mit der anderen Hand strich er ihr das Haar aus der Stirn, tröstend und liebevoll, wie sie es bei Sophie oder Ethan oder Jack getan hätte. Doch die Wirkung auf sie war alles andere als beruhigend. Sie war wie elektrisiert durch die Berührung, als würde seine Hand wie ein Magnet eine Kraft in ihr lebendig werden lassen, von der sie bisher nichts oder nichts mehr gewusst hatte. Ihm musste klar sein, was in ihr vorging, denn sie atmete unregelmäßig und kam seiner Berührung entgegen. Schnell nahm er die Hand zurück.

«Entschuldigen Sie», sagte sie leise, verlegen, weil sie ihr Verlangen so eindeutig gezeigt hatte.

«*Sie* brauchen sich doch nicht zu entschuldigen», stieß er hervor. «Miranda, wenn Sie wüssten, wie sehr ich …»

Er lehnte sich mit dem Rücken gegen die Couch, die Schultern leicht verkrampft, und versuchte, die Fassung wiederzugewinnen. Dass ihm das nicht leicht fiel, bemerkte selbst Miranda. «Sie stehen noch unter Schock», sagte er dann. «Wenn ich das ausnützen würde, wäre ich wohl der größte Schuft auf der Welt.»

Miranda hörte zwar, was er sagte, aber sie verstand es nicht. Es war, als hätte der Unfall einen eisernen Ring aus unterdrückten Schmerzen und Enttäuschungen gelöst, der um ihre Brust lag, und neue Empfindungen überwältigten sie. Sie drückte die Wange gegen Pauls Nacken und schmiegte sich an ihn wie ein verlassenes Kätzchen, das sich nach Wärme sehnt. Sie fühlte, dass er ihr entgegenkam, und spürte seine Hand auf dem Kopf. Für einige Augenblicke blieben sie bewegungslos, dann drehte er sich um, sah sie an. Er umfasste ihren Hinterkopf und küsste sie, küsste sie tief und lange und voller Sehnsucht, und sie genoss diesen Kuss und das Gefühl von Vertrauen und Zärtlichkeit, das sie so lange entbehrt hatte.

Als er sich neben sie auf die Couch legte, passten sich ihre Körper so wunderbar einander an, als hätten sie schon viele Male so beisammengelegen. Er wollte sie, aber zögerte noch. Zu ihrer eigenen Überraschung übernahm Miranda die Initiative. Sie sehnte sich danach, seine nackte Haut zu fühlen, und war seltsamerweise absolut sicher, dass sein Körper ihr genauso vertraut sein würde. Und als er reagierte und sie seine Begierde wahrnahm, wuchs ihr Verlangen. Sie schob die Hände unter sein Hemd und strich ihm langsam über den Rücken. Wie herrlich war es, seine festen Muskeln und die Hitze seiner Haut unter den Händen zu spüren.

Und wieder war sie es, die sein Hemd aufknöpfte und auf den Boden warf, die sich den Pullover über den Kopf zog und hastig den BH-Verschluss löste. Paul blickte sie an, und erst als sie seinen Kopf an sich zog, schien sich seine Starre zu lösen, und er konnte sich endlich seiner Leidenschaft überlassen. Er küsste ihre Brüste, liebkoste ihren glatten Bauch, streichelte und reizte sie, war mit den Händen überall und weckte Gefühle in ihr, die sie seit Ewigkeiten nicht mehr verspürt hatte.

Und als er dann in sie eindrang, war es, als vollendeten sie etwas, was bereits vor langer Zeit begonnen hatte.

«Oh, Miranda, hoffentlich tu ich dir nicht weh», flüsterte er und strich ihr sanft über die Wunden am Kinn.

«Du kannst mir nicht wehtun», sagte sie ebenso leise und schloss die Augen. Als sie ihn tief in sich spürte, wusste sie, dass sie diesmal Recht hatte.

22. Kapitel

«Ich hasse dich und hoffe, dass du stirbst!» Jacks Stimme war deutlich im Wohnzimmer zu hören, obgleich er in seinem Zimmer war.

Verlegen sah Miranda ihre Mutter an, die ihr gegenübersaß, aber Esther hob nur kurz die Hände, als wollte sie sagen, da kann man gar nichts machen.

«Ich habe doch nur mein Buch gesucht.» Das war Sophie, und sie hörten, wie sie über den Flur in ihr Zimmer ging.

«Auf dem Schild steht ‹Draußen bleiben›, das ist doch wohl eindeutig», schrie Jack ihr noch hinterher und knallte die Tür zu.

Irv Feldman ging ziellos durch Mirandas Wohnzimmer; mit seinen rotblau karierten Hosen wirkte er etwas deplatziert auf dem antiken Buchara-Teppich. Miranda fiel wieder auf, was für leuchtend blaue Augen er hatte. Er hatte offensichtlich von dem Streit zwischen seinen Stiefenkeln nichts mitbekommen.

«Was suchst du denn? Gold?», fragte Esther, die hinter ihm hergegangen war.

«So was Ähnliches», meinte er nur und blickte weiter um sich. «Ah, hier sind sie ja», rief er dann aus und zeigte auf die Fotosammlung, die auf dem Klavier stand. «Hier bist du doch auch drauf, so, wie ich dich nie gekannt habe.» Er griff nach einem alten Familienfoto. «Du warst eine Schönheit, und du bist es noch immer», sagte er überschwänglich und betrachtete die Esther von vor vierzig Jahren, die lächelnd neben Louis Greenfield, ihrem ersten Mann, saß.

Miranda hatte Esther und ihren zweiten Mann amüsiert beobachtet und runzelte jetzt leicht die Stirn. Ihre Eltern hatten sich noch nicht einmal in demselben Raum aufhalten können, ohne einen Riesenstreit vom Zaun zu brechen. Gut möglich, dass Esther bereits auf ein Foto von sich und ihrem ersten Mann zornig reagierte.

Zu Mirandas Überraschung nahm Esther Irv das Foto mit einem freundlichen Lächeln aus der Hand. «Eins muss man Louis ja lassen, er sah immer gut aus.» Sie strahlte Irv an. «Nicht so gut wie du, Liebling, aber er hatte was.»

Miranda sah sie erstaunt an, was ihre Mutter sofort bemerkte. «Ja, das hatte er», sagte sie und nickte bekräftigend.

Miranda hatte Schwierigkeiten, nicht zu sarkastisch zu klingen. «Ich kann nicht behaupten, dass ich je das Gefühl hatte, dass Daddy auf dich besonders anziehend gewirkt hat, wenigstens nicht, solange ich Kind war.» Sie musterte die Mutter kühl. «Oder die zwanzig bis dreißig Jahre danach.»

«Ach, Kind», sagte Esther mit königlicher Gebärde, als entließe sie einen Untergebenen, «du warst immer zu empfindsam.»

Immerhin hast du mal einen einsichtigen Moment, dachte Miranda gereizt.

«Und Jack ist genauso wie du», fügte Esther nachdrücklich hinzu.

«Wie kommst du denn darauf?», fragte Miranda überrascht.

Esther setzte sich in den Ohrensessel neben der Couch. «Na ja, du bist auch immer so trübselig durchs Haus geschlichen und hast ewig schlechte Laune gehabt.»

Miranda hatte das dringende Bedürfnis, sich zu rechtfertigen. Was weißt du schon davon, wollte sie sagen. Kommst alle fünf Jahre oder so vorbei, wenn du dich von dem Bates Motel mal freimachen kannst. Du hast ja keine Ahnung, wie ich mich als Kind gefühlt habe, die meiste Zeit allein gelassen, und dann immer diese entsetzlichen Streitereien, sobald mehr als einer im Haus war.

Vor Empörung stieg ihr das Blut in die Wangen. Nimm dich zusammen, sagte sie sich, stand schnell auf und ging in Richtung Küche.

«Ich hole noch etwas zu trinken», rief sie und hoffte, dass ihre Mutter ihren Ärger nicht bemerkt hatte. Mit festem Schritt ging sie in die Küche, öffnete den Kühlschrank und griff nach einer Flasche Perrier. Einen Augenblick blieb sie an der geöffneten Kühlschranktür stehen und genoss die kalte Luft. Seufzend schloss sie dann die Tür, nahm drei Gläser aus dem Schrank und goss die prickelnde Flüssigkeit ein. Als sie die Flasche in die Recycling-Tonne warf, fiel ihr Blick auf den Spiegel, den Sophie wohl auf dem Küchentisch liegen gelassen hatte.

Sie erstarrte, als sie ihr Gesicht im Spiegel sah. Ihre Mutter hatte nicht ganz Unrecht, das musste sie zugeben. Sie sah missmutig und unzufrieden aus wie immer, wenn ihre Mutter in der Nähe war. Und genau dieses unglückliche Gesicht machte ihr Sohn, so, als fühlte er sich ständig ungerecht behandelt.

Sie ließ sich auf einen Küchenstuhl fallen und drehte den Spiegel um. Dann schloss sie die Augen und holte tief Luft. Was war denn nun die Wahrheit? «Der Seemann», das Motel, das ihrer Mutter gehörte, war hübsch und sauber. Es lag drei Meilen von den Stränden von Fort Lauderdale entfernt im Inland. Über zwanzig Jahre hatte Esther hart arbeiten müssen, um sich dieses Motel leisten zu können. Dann hatte sie Irv Feldman geheiratet, und darauf konnte sie auch stolz sein. Endlich hatte sie einen Mann gefunden, der wie sie Sinn für das große Abenteuer hatte. Er besaß ein kleines Schuhgeschäft, das vielleicht Stephens späteren Ansprüchen nicht genügt hätte. Aber ob sie beim Pferderennen in Hialeah oder mit ihrem blitzend neuen Camper unterwegs waren, der jetzt draußen an der Fifth Avenue geparkt war, es war offensichtlich, dass sich Esther und Irv an ihrem Leben freuten, wie es Esther und Louis nie möglich gewesen war.

So ganz allmählich dämmerte es Miranda, dass die Einstellung ihrer Schwester der Mutter gegenüber großherziger und gleichzeitig auch zutreffender war. Immerhin war die Mutter mit ihren beiden Kindern allein gelassen worden, ohne Geld und mit vielen Träumen. Und irgendwie hatte sie es geschafft. Sie hatte beide Töchter zu selbständigen Menschen erzogen, die ihren eigenen Weg gingen.

Und das tue ich, sagte Miranda mit einem plötzlichen Gefühl der Zufriedenheit. Genauso, wie meine Mutter es getan hat. Sie blickte auf einen Stapel Bücher, der auf dem Küchentresen lag. Eins davon war «Der Fremde aus dem Osten». Danke, Stephen, sagte sie leise vor sich hin, und das meinte sie diesmal ganz ernst. Dass sie den neuen Forrestor geschrieben hatte und dass Paul ihn so gut fand, machte sie stolz. Und sie war Stephen zutiefst dankbar, dass er ihr diesen Weg gezeigt hatte. Was auch immer er sonst getan hatte, damit hatte er ihr einen großen Dienst erwiesen.

Und ich danke auch dir, Mom, dachte sie. Sie stand auf und trug die drei Gläser in das Wohnzimmer.

«Oh, genau das habe ich jetzt gebraucht», sagte Esther und sah Miranda dankbar an, als sie ihr ein Glas reichte.

«Und ich brauche dich.» Miranda beugte sich schnell vor und drückte ihrer Mutter einen Kuss auf die Wange.

Esther sah die Tochter fragend an. «Ich dich auch, mein Liebes. Und ich liebe dich. Ich habe dir das wahrscheinlich viel zu selten gesagt, was?»

Miranda lächelte glücklich. Es war gar nicht so schwer, das zu bekommen, wonach sie sich sehnte. Sie musste nur den ersten Schritt tun. «Du machst schon alles richtig.» Sie setzte sich wieder auf die Couch und lehnte sich entspannt zurück. «Hast du denn eine Ahnung, was für Jack gut wäre?», fragte sie.

«Hmm ...» Esther schüttelte nachdenklich den Kopf.

Offensichtlich nahm sie die Frage ernst, und Miranda freute sich darüber. Bisher war sie nie auf die Idee gekommen, ihre Mutter um Rat zu fragen, aber jetzt war sie wirklich gespannt, was sie antworten würde.

«Weißt du, was Jack gut täte?», sagte Esther schließlich langsam. «Die ganzen Weihnachtsferien mit seinen Großeltern allein zu sein. Eine wunderbare lange Fahrt in einem tollen Camper mit zwei Menschen, die sich vierundzwanzig Stunden am Tag nur um ihn kümmern.»

Miranda sah die Mutter mit großen Augen an. «Ist das dein Ernst?»

«Aber sicher.» Esther strahlte. «Er kann uns ein bisschen zur Hand gehen, wir machen mit ihm ein paar Ausflüge, und er kann so viel Eis essen, wie er will. Er wird sich großartig amüsieren.» Sie drehte sich zu Irv um. «Habe ich nicht Recht, Schatz?»

«Natürlich», sagte Irv und legte ihr den Arm um die Schultern. «Jack!»

Sie hörten, wie sich Jacks Zimmertür öffnete und er langsam über den Flur Richtung Wohnzimmer schlurfte. Er blieb wortlos in der Tür stehen.

«Komm her, mein Liebling, wir gehen angeln», rief Esther.

Jack sah die Großmutter misstrauisch an. «Im Central Park? Da gibt es doch gar keine richtigen Fische.»

«Nein, ich meine, wir fahren mit dem Camper hinaus in die weite Welt.»

«Muss ich mit Sophie und Ethan zusammenschlafen?» Jack starrte düster vor sich hin.

Esther trat auf ihn zu und legte die Arme um ihn. «Keine Sophie, kein Ethan. Nur du und Irv und ich. Und die ganze wunderbare Natur.»

Jack starrte sie an.

«Los, mein Junge, pack deine Sachen zusammen, wir haben noch eine lange Strecke vor uns.» Esther warf schnell einen Blick zurück. «Du auch, mein Lieber», sagte sie lächelnd zu ihrem Mann. «Wir haben keine Zeit zu verlieren.»

Miranda beobachtete ihren Sohn, während Esther und Irv das Wohnzimmer verließen. Erstaunt sah sie, dass er vor Freude strahlte.

«Warum steht man immer auf bei dem Halleluja-Chor?», fragte Miranda und rührte in ihrem Eierpunsch.

«Weil alle es tun», antwortete Paul Harlow und lachte. «Auf alle!», sagte er dann, hob sein Glas und stieß mit Miranda an.

Sie lächelte ihn an und nahm einen tiefen Schluck. Sie war zufrieden und glücklich, wie sie da so saß, in einer Fensternische in The Saloon gegenüber vom Lincoln Center. Die Aufführung von Händels «Messias» war wunderbar gewesen, und ihr einfaches spätes Abendessen schien auch gut zu werden. Sie hatten sich bereits eine Vorspeise geteilt und warteten jetzt auf das Hauptgericht.

Miranda blickte aus dem Fenster auf den weihnachtlich beleuchteten Broadway. Viele Menschen und viele Autos waren unterwegs und ließen sich erstaunlicherweise nicht von dem untypisch schneereichen New Yorker Winter abhalten.

«Was, glaubst du, wird dir Santa Claus dieses Jahr bringen?», fragte sie.

Paul streckte den Arm aus und nahm ihre Hand. «Ich glaube, ich habe mein großes Geschenk schon bekommen.» Er grinste. «Und du?»

Zu ihrer eigenen Überraschung ging Miranda ernsthaft darauf ein. «Dass meine Mutter Jack mit nach Florida genommen hat, das ist, glaube ich, das größte Geschenk, das mir je gemacht worden ist.» Sie schüttelte verwundert den Kopf. «Er hat sogar gestern angerufen und mir erzählt, dass er in Disneyland für uns alle Geschenke gekauft hat.»

«Das hört sich prima an», meinte Paul. «Und es geht ihm gut?»

«Er hat sich noch nie so wohl gefühlt. Esther verwöhnt ihn nach Strich und Faden, und die letzten zwei Tage vor Weihnachten darf er bei Irv im Laden mithelfen, für Jack eine wunderbare Abwechslung nach den vielen Strandtagen.»

Die Kellnerin kam und brachte ihnen ihr Essen. Paul griff nach dem Pfefferstreuer. «Er vermisst seinen Vater bestimmt sehr.»

«Ja, sicher. Obwohl Sophie am häufigsten von Stephen spricht. Als ich heute die Wohnung verließ, zeigte sie der Babysitterin gerade die Fotos von Stephens Abschlussfeier.»

«Josh ist von den alten Fotos auch immer ganz fasziniert.» Paul lächelte kurz. «Besonders von denen meiner Exfrau. Er fragt immer, ob sie aufgenommen wurden, bevor sie Patty Hetrick wurde. Dass seine Mutter sozusagen eine Berühmtheit ist, die jeder kennt, scheint ihn ein wenig zu verwirren.»

Miranda stocherte nachdenklich in ihrem Salat herum. «Das würde wohl jedem so gehen, vermute ich.»

Paul kniff kurz die Augen zusammen. «Ja. Ich zumindest war äußerst verwirrt.» Er nahm ein Stück Kartoffel auf die Gabel, betrachtete es kurz und legte es dann wieder hin. «Das ist nicht ganz fair von mir, ich weiß. Ich habe mich in Patty sicher auch deshalb verliebt, weil sie berühmt war, und sie sich in mich, weil ich ein ganz normaler Mann bin. Ich habe dann sehr schnell festgestellt, dass ich von dieser berühmten Persönlichkeit fürchterlich gelangweilt war, und ihr ging es mit mir wahrscheinlich nicht sehr viel anders.» Jetzt steckte er sich das Kartoffelstück in den Mund. «Wie ist es denn, wenn man glücklich verheiratet ist?», fragte er und sah Miranda neugierig an.

Seine Frage erstaunte sie. «Ich weiß nicht, ob ich in diesem Punkt der richtige Ansprechpartner bin», sagte sie langsam. «Mein Mann war intelligent und sah gut aus, aber ich glaube, wir machten beide gerade eine Art Änderungsprozess durch. Er zumindest», sie zögerte kurz, «hatte sich schon sehr geändert, und ich bin nicht sicher, ob wir wirklich noch glücklich gewesen wären, wenn er nicht ...» Eine Träne rollte ihr über die Wange.

Paul wischte ihr sanft die Träne ab. «Entschuldige, ich wollte dich nicht traurig machen. Du kannst es mir erzählen oder auch nicht, ganz wie du willst.» Er strich ihr liebevoll über die Wange. «Wir haben alle Zeit der Welt.»

Miranda sah ihn dankbar an. Selbst hier bei dem abgedunkelten Licht konnte sie sehen, dass in seinen Augen Zuneigung und Ehrlichkeit standen. War Stephen jemals ihr gegenüber wirklich aufrichtig gewesen? Sie zweifelte daran, selbst wenn sie an ihre erste gemeinsame Zeit dachte.

Plötzlich hatte sie ein ganz schlechtes Gewissen. Wie würde Paul reagieren, wenn er erfuhr, dass Stephen Forrestor gewesen war und dass sie jetzt diese Rolle übernommen hatte?

Sie wäre beinahe damit herausgeplatzt, jetzt gleich, aber irgendetwas hielt sie noch rechtzeitig zurück. Bisher wusste keiner, wer Forrestor wirklich war. Wenn sie es Paul sagte oder sonst jemandem, dann würde sie vielleicht alles verderben. Solange etwas noch funktionierte, sollte man nicht daran rühren, hatte ihre Mutter immer gesagt. Und vielleicht hatte Esther diesmal sogar Recht.

Durch Forrestor hatte sich ihr Leben total verändert. Und jetzt schien auch Paul Harlow Einfluss auf ihr Leben zu nehmen. Sie lebten in zwei unterschiedlichen Welten, das sah sie jetzt ganz klar, und wenn sie versuchte, diese beiden Welten zusammenzubringen, würde vielleicht alles über ihr zusammenstürzen.

Jack hatte Mühe, seine Ungeduld zu unterdrücken, als Esther und Irv sich bedächtig an die zweite Hälfte ihres Sandwiches machten. Das Restaurant war gut besucht, meist von älteren weißhaarigen Gästen. Jack hatte sein Hot Dog und die Pommes frites bestimmt schon vor zehn Minuten aufgegessen, und er wartete ungeduldig darauf, dass die Großeltern auch endlich fertig wurden. Am Nachbartisch saß eine fünfköpfige Familie, Vater und Mutter waren fast gleich gekleidet. Sie trugen leichte Baumwollhosen und hellblaue Hemden und waren verzweifelt bemüht, das Kleinkind zu füttern, das alles von sich stieß, was sie ihm anboten.

Jack beobachtete sie ein paar Minuten lang und musste fast über die Widerspenstigkeit des Kleinen lachen. Dann sah er sich die anderen beiden Kinder an. Der Junge schien ungefähr sechs zu sein, das Mädchen war ein wenig älter, vielleicht acht. Irgendwie kam ihm das Mädchen bekannt vor.

Plötzlich fiel es ihm ein. «Du, Grandma», sagte er und stieß Esther an. «Das Mädchen da sieht genauso aus wie Sophies Freundin Erin.»

«Wer, mein Schätzchen?» Esther blickte sich um.

«Die da.» Er wies mit dem Finger auf das Mädchen.

«Oh, wirklich. Das ist aber nett.» Esther wandte sich wieder ihrem Essen zu.

Jack blickte immer noch zu dem anderen Tisch hinüber. Wenn Sophie hier wäre, würde sie ihm sicher Recht geben. Sie würde wahrscheinlich gleich rübergehen und das Mädchen ansprechen. Er steckte sich ein letztes kaltes Pommes frites in den Mund. Es gefiel ihm sehr gut bei Esther und Irv, aber diese ausgedehnten Mahlzeiten gingen ihm auf die Nerven. Er würde am liebsten schon mal rausgehen, während sie ihr Essen beendeten, aber allein machte das auch keinen Spaß. Mit Sophie wäre das was anderes.

Er stellte sich Sophie in New York vor. Was würde sie heute Abend wohl machen? An dem letzten Freitagabend, bevor er mit Grandma und Grandpa losfuhr, hatte Mom ein Video eingelegt, «Willy Wonka und die Schokoladenfabrik». Sophie und er hatten das Video zusammen angesehen und dabei gemeinsam eine Schüssel Popcorn aufgegessen.

Ihm war ganz merkwürdig zumute, als er sich eingestand, was er immer für absolut unmöglich gehalten hatte. Er freute sich tatsächlich darauf, die Schwester wiederzusehen. Mit Sophie verbrachte er die meiste Zeit. Sie war diejenige, die wusste, worüber er sich freute und was ihn ärgerte oder traurig machte. Von seiner Mutter einmal abgesehen, war sie bestimmt der Mensch auf der ganzen Welt, der am meisten an ihm hing.

Schlagartig wurde ihm etwas klar, und das war beinahe ein Schock für ihn.

Er vermisste seine Schwester.

Wie erstarrt saß er da und konnte an gar nichts anderes denken.

«Jack», sagte Esther. «Möchtest du etwas zum Nachtisch?»

Aber Jack war so in Gedanken versunken, dass er nicht antwortete.

23. Kapitel

Lydia hatte es eilig. Sie ging schnell um ihren Schreibtisch herum und griff nach ihrer Schultertasche. Doch plötzlich tauchte Katherine Woodland in der Tür auf, mit einem sehr ernsten Gesicht. Lydia stöhnte innerlich. Katherine war eine ihrer besten Kursleiterinnen, obgleich sie erst zwanzig war. Aber sie hatte einen Hang zum Melodramatischen, und angeblich gab es in ihrem Leben nur absolute Katastrophen. Normalerweise versuchte Lydia, sie über das neueste Problem hinwegzutrösten, aber im Augenblick hatte sie wirklich keine Zeit.

«Kann ich dich mal eine Minute sprechen?», fragte Katherine mit Grabesstimme.

Lydia lächelte sie herzlich an. «Mein Mädchen, ich muss leider ganz schnell los, aber ich bin in ein paar Stunden zurück. Wir können dann reden.»

Sie ging auf die Tür zu, aber Katherine rührte sich nicht.

«Ich muss jetzt mit dir sprechen.» Katherine sah sie mit traurigen Augen an. «Ich bin sonst vielleicht nicht in der Lage, meine Klasse um halb eins zu unterrichten.»

Lydia blickte ungeduldig auf ihre Armbanduhr, versuchte dann aber, ihrer Stimme einen ruhigen Ton zu geben. «Natürlich. Was hast du auf dem Herzen?»

«Es handelt sich um meinen Freund ...» Katherines Augen füllten sich mit Tränen.

Du liebe Zeit, dachte Lydia, wieder einmal. Welcher mochte es in diesem Monat sein? «Ja?» Sie lächelte mitfühlend.

«Er will Schluss machen.» Katherines Unterlippe begann zu

zittern. «Aber er sagt, er will mit mir darüber sprechen, denn er ist sich nicht sicher. Die Sache ist die, er muss morgen geschäftlich nach Boston, und er will, dass ich mitkomme.» Sie zögerte. «Ich würde drei Tage weg sein.»

«Morgen?» Lydia hob eine Augenbraue. «Du würdest also morgen und am Samstag nicht unterrichten können?»

Katherine nickte. «Ich weiß, wir sollten eine Woche im Voraus Bescheid geben, wenn wir nicht da sind. Aber das hier ist doch ein Notfall. Ich weiß nicht, was ich tun soll, wenn er Schluss macht.»

Lydia fühlte, wie Panik in ihr aufstieg. Normalerweise hätte sie abgelehnt. Denn nur Mindy konnte Katherine vertreten, und Mindy hatte die Grippe. Wenn sie aber Nein sagte, dann würde es nur eine lange Diskussion mit Katherine geben darüber, warum gerade dieses eine Mal so lebenswichtig für sie sei. Und Lydia wollte keine Zeit mehr verlieren. Sie würde sich später darum kümmern müssen.

Sie legte die Hand um Katherines Nacken und schob sie sanft aus der Tür. «Okay, dieses eine Mal. Aber gib mir bitte in Zukunft rechtzeitig Bescheid.»

Die junge Frau nickte ernst. «Bestimmt. Vielen Dank.»

«In Ordnung.» Lydia lief an ihr vorbei zum Ausgang. «Bis später dann.»

Als sie einer Taxe winkte, wusste Lydia schon, dass sie diese Entscheidung bereuen würde. Aber im Augenblick war ihr das gleichgültig. Sie wollte nur schnell zu ihrer Wohnung kommen, um keine weitere Minute der Zeit zu vergeuden, die sie mit Henry zusammen sein konnte.

Als sie aus dem Aufzug trat, stand er schon da, hatte sich gegen die Wand neben ihrer Wohnungstür gelehnt und las in einer medizinischen Zeitschrift. Als er sie sah, lächelte er, ließ die Zeitschrift in seine Aktenmappe fallen und trat auf Lydia zu.

«Hallo, du.» Er nahm sie in die Arme und küsste sie lange.

«Es tut mir Leid, dass ich so spät komme», sagte Lydia atemlos und suchte in ihrer Tasche nach dem Hausschlüssel. «Wie viel Zeit hast du denn?»

«Ich muss um halb zwei zu einer Sitzung zurück sein.»

«Verdammt.» Lydia lächelte ihn dennoch strahlend an und öffnete die Tür. «Das ist schrecklich kurz.»

«Es ist nie lange genug.» Er betrat nach ihr das Apartment und legte Aktenmappe und Jackett auf einen Stuhl.

Sie hatte schon am Morgen den Tisch gedeckt und den Hühnersalat vorbereitet, sodass in wenigen Minuten das Essen auf dem Tisch stand. Henry brach sich ein Stück von dem frischen Baguette ab, während Lydia Mineralwasser in zwei Weingläser goss.

«Keine einfache Entscheidung, ob ich hier oder in der Krankenhauskantine esse», sagte er lächelnd und biss in das Brot.

«Ich weiß, mein Salat kann es mit dem undefinierbaren Fleischgericht nicht aufnehmen, was dir dort serviert würde», sagte Lydia mit übertriebener Bescheidenheit. Sie setzte sich neben ihn und legte die Hand auf seine. «Es ist wirklich lieb von dir, dass du dir das entgehen lässt, nur um mit mir zu essen.»

«Ich tue es nur aus Barmherzigkeit.» Er probierte den Salat. «Köstlich. Du bist wirklich eine ausgezeichnete Köchin. Du hast mir noch nichts vorgesetzt, was nicht absolut wunderbar war.»

Lydia sah ihn an und wusste, dass sie strahlte. Ich benehme mich wirklich wie ein Teenager, dachte sie. Aber es ist mir egal.

Beim Essen unterhielten sie sich darüber, was seit ihrem letzten Treffen geschehen war. Wenn Henrys Frau Mimi zu Hause war, dann konnten sie sich nur zu einem Mittag wie heute treffen oder hin und wieder mal an einem Abend, wenn Henry sich freimachen konnte. Für Mimi hatte die Karriere zwar absolute Priorität, was aber nicht bedeutete, dass sie eine Affäre ihres Mannes dulden würde. Glücklicherweise war sie häufig auf Reisen, selbst wenn es nur für eine oder zwei Nächte war, aber das war dann immer wunderbar.

Lydia war noch niemals so glücklich gewesen. Es überraschte sie festzustellen, dass sie überhaupt zu so einem Glücksgefühl fähig war. Wenn sie einander liebten, reagierte sie mit mehr Leidenschaft, als sie je für einen ihrer früheren Liebhaber empfunden hatte. In Henrys Armen konnte sie ganz sie selbst sein, konnte sich entspannen und sich ganz in ihn verlieren. Es war eine Liebe, an die sie nicht mehr geglaubt hatte, und sie konnte es immer noch nicht begreifen, dass sie ihn wirklich gefunden hatte.

Nach dem Essen standen sie auf und schmiegten sich wortlos aneinander. Während sie ins Schlafzimmer gingen, knöpften sie sich schon die Kleidung auf, ungeduldig, endlich die nackte Haut des anderen zu spüren. Sie ließen sich auf das Bett sinken. Lydia seufzte zufrieden, als sie sich der Länge nach gegen seinen Körper pressen konnte. Dann liebten sie sich langsam und mit leidenschaftlicher Zärtlichkeit.

Danach lagen sie nur ruhig da. Er hatte ihr den Arm um die Schulter gelegt, sie hatten die Finger ineinander verschränkt und genossen die restlichen Minuten, die ihnen noch verblieben. Leise sprachen sie über unbedeutende Dinge, nur um die Stimme des anderen zu hören.

«Übrigens, Henry, ich habe für Samstag um halb neun einen Tisch im Le Cirque bestellt.» Lydia wollte ihn zu einem Abendessen an seinem Geburtstag einladen, da Mimi sich glücklicherweise zu einer Wohltätigkeitsvorstellung von «Brigadoon» in San Francisco verpflichtet hatte. Es war das erste Mal, dass Lydia Henry an einem wichtigen Datum für sich allein hatte, und sie wollte, dass dieser Abend für sie beide unvergesslich wurde.

«Oh, verdammt.» Henry sah sie bestürzt an. «Liebling, ich habe vergessen, dir zu sagen, dass Mimi eine Party für mich geben will.» Er stützte sich hoch und sah sie an. «Ich habe wohl die Daten verwechselt, die Sache in San Francisco ist erst nächste Woche. Es tut mir wahnsinnig Leid.»

Lydia lächelte angestrengt und versuchte, ihre Enttäuschung zu verbergen. Sie hasste sich selbst, dass sie so empfand. Anfangs hatte es ihr nicht viel ausgemacht, wenn er keine Zeit für sie hatte. Im Gegenteil, sie empfand es sogar als positiv, denn auf diese Weise würden sie nicht zu abhängig voneinander werden. Aber je stärker ihre Liebe zu ihm wurde, desto schwerer fiel es ihr, in solchen Situationen heiter zu bleiben. Das war eine ganz neue Erfahrung für sie.

«Schon gut», sagte sie schließlich, «wir können ja feiern, wenn sie nach Madrid fliegt.»

Er legte sich zurück und sagte nichts.

Nach einer langen Pause sagte Lydia vorsichtig: «Henry, fliegt sie nicht nach Madrid?»

Er atmete tief ein und seufzte. «Ihre Freundin Elise hat in letzter Sekunde abgesagt. Sie will aber auf die Reise nicht verzichten und besteht jetzt darauf, dass ich sie begleite.»

«Ach so.» Lydia hoffte, dass man ihrer Stimme nicht anmerkte, wie enttäuscht sie war. Henry und seine Frau würden eine wunderbare Zeit in Spanien haben, während sie hier in New York saß und auf ihn wartete. «Kannst du dir denn so lange freinehmen?»

«Wir sind übereingekommen, dass ich für eine Woche mitkomme und sie den Rest allein macht.» Er drehte sich zu ihr um. «Lydia», sagte er unglücklich, «ich kann mir vorstellen, wie schlimm das für dich ist. Ich will es ja eigentlich auch nicht.»

«Ich weiß, ich weiß.» Sie schluckte.

«Genau davor habe ich ja Angst gehabt.» Er zog sie näher an sich heran. «Ich möchte nicht gehen. Du musst einfach wissen, wie sehr ich dich liebe.»

Das Telefon klingelte. Lydia war froh, dass sie einen Grund hatte, sich von ihm loszumachen. Sie rollte sich zur Seite und nahm den Hörer ab.

«Hallo?» Sie lag mit dem Rücken zu Henry und war dankbar, dass er die Verzweiflung nicht sehen konnte, die ihr sicher anzumerken war. Genau diese Situation hatten sie ja von Anfang an befürchtet.

«Lydia?» Mirandas Stimme klang bestürzt. «Du bist zu Hause? Ich wollte dich nicht bei der Arbeit im Studio stören und dir deshalb lieber eine Nachricht auf dem Beantworter hinterlassen. Ist etwas geschehen? Bist du krank?»

«Nein, nein, es geht mir gut. Du hast mich rein zufällig erwischt.» Lydia schwang die Beine über die Bettkante und setzte sich auf. Sie zog sich mit der einen Hand die Bettdecke über die Schulter. «Ich hatte nur etwas vergessen.»

«Ach so. Ich wollte dich nur daran erinnern, dass wir dich morgen Abend zum Essen erwarten. Passt dir sieben Uhr?»

«Wunderbar.»

«Gut. Ich will dich nicht länger aufhalten. Bis dann also.»

«Gut, Wiedersehen.»

Lydia legte den Hörer auf und streckte sich wieder auf dem Bett aus, wobei sie die Decke mit den Händen festhielt. Ihr war bewusst, dass Henry sie anblickte, aber sie sah starr geradeaus.

Miranda wusste nichts von Henrys Existenz. Lydia hatte ihr anfangs ein paar Mal davon erzählen wollen, konnte sich aber letzten Endes nicht dazu durchringen.

Wie geschmacklos, Lydia, eine Affäre mit einem verheirateten

Mann. Sie konnte sich Mirandas Reaktion lebhaft vorstellen. *Er gönnt dir ein paar gestohlene Stunden, und du akzeptierst das. Und gerade du hast mir immer gepredigt, dass man sich nichts gefallen lassen darf, hast immer gesagt, dass ich Stephen in vielem zu sehr nachgebe.*

Das stimmte. Lydia hatte Miranda immer vorgehalten, dass sie sich die schlechte Behandlung von ihrem Mann gefallen ließ. Und sie hatte Recht gehabt. Es war einfach erstaunlich, wie selbstbewusst Miranda seit Stephens Tod geworden war. Es tat Lydia entsetzlich Leid, dass die Kinder den Vater verloren hatten. Aber, so grausam es sich vielleicht auch anhörte, Stephens Tod war wahrscheinlich das Beste, was Miranda passieren konnte. Sie arbeitete wieder, als freiberuflicher Copywriter oder so ähnlich. Sie hatte seit Jahren nicht so gut ausgesehen wie jetzt, und sie schien voller Selbstvertrauen zu sein.

Lydia hatte Stephen nie den Tod gewünscht, und sie hatte auch nicht gewollt, dass das Leben ihrer Schwester so gründlich auf den Kopf gestellt wurde. Und doch war da etwas in Bezug auf Stephen gewesen, dem sie nie getraut hatte, und tief in ihrem Inneren empfand sie eine beinahe perverse Befriedigung, dass sie doch Recht gehabt hatte. Nicht nur hatte er sich als ein übler Kerl erwiesen, der seine Frau ohne einen Cent sitzen ließ. Miranda selbst war geradezu aufgeblüht, und das konnte nur ein Beweis dafür sein, dass er sie wirklich unterdrückt hatte, wie Lydia immer behauptet hatte.

Und jetzt war es Miranda, die ihr Leben fest in den Griff bekam, während sie, Lydia, freiwillig die Kontrolle über ihr Leben aus der Hand gab. Und dabei hatte sie nichts als Verachtung für Frauen übrig gehabt, die ihr Leben um die Termine ihres verheirateten Liebhabers herum einrichteten.

Was zum Teufel ist mit mir los?, fragte sie sich.

In dem Moment lehnte sich Henry über sie und sah sie mit traurigen Augen an. «Ich liebe dich. Ich will dich nicht verlieren.»

Er küsste sie zärtlich. Lydia legte ihm die Arme um den Hals und hätte am liebsten geweint. Sie konnte sich nicht vorstellen, ohne ihn zu sein.

Nachdem Henry aus Madrid zurückgekehrt war, verbrachte er jede Nacht der folgenden Woche mit Lydia. Ihr kam es so vor, als öffnete sich ihr eine Schatztruhe, die mit wunderbaren Dingen gefüllt war. Am ersten Abend gingen sie ins Theater, entschieden sich danach aber dagegen, wieder gemeinsam in der Öffentlichkeit zu erscheinen. Die Möglichkeit, dass sie Leute trafen, die Henry und Mimi kannten, war einfach zu groß. Stattdessen blieben sie in Lydias Wohnung, aßen frisch gekochten Hummer, sahen sich Videos an und entspannten sich beim gemeinsamen Bad in der großen Badewanne und einem Glas Champagner. Einen Abend hatte Lydia eine Masseurin in die Wohnung bestellt, die beiden eine Massage gab. Aber das Schönste war, dass sie sich jede Nacht liebten, dass sie in den Armen des anderen einschlafen und zusammen am nächsten Morgen aufwachen konnten.

Es war Lydia gleichgültig, ob sie ausgingen oder es sich nur auf ihrer Couch bequem machten; schon mit ihm zusammen zu sein machte sie trunken vor Glück. Aus irgendeinem Grund war es dieses Mal anders als sonst, wenn Mimi nicht da war, jeder Augenblick schien so viel kostbarer zu sein. Es war immer hart gewesen, wenn sie sich wieder trennen mussten, aber dieses Mal konnte sie es nicht ertragen, überhaupt daran zu denken. Je länger sie mit ihm zusammen war, desto schwerer fiel es ihr, ihn wieder gehen zu lassen.

Am Tag vor Mimis Rückkehr beschlossen sie, in Soho zum

Brunch zu gehen. Beide wohnten ziemlich weit von Soho entfernt, und es würde sowieso ganz unverfänglich wirken, wenn Henry am helllichten Tag mit einer Frau beim Brunch zusammensaß. Sie hatten sich gerade an einem Tisch neben dem Fenster niedergelassen und sich einen Drink bestellt, als Lydia zufällig aus dem Fenster auf die Straße blickte und Miranda sah, die mit ihrer Freundin Emily Light vorbeiging. Als ob Miranda die Anwesenheit der Schwester gespürt hatte, sah sie in ihre Richtung, und ihre Blicke trafen sich.

Miranda lächelte überrascht, wandte sich zu Emily um und sagte etwas zu ihr. Dann gingen beide auf die Tür des Restaurants zu.

«Du liebe Zeit», sagte Lydia erschreckt.

Henry sah von der Speisekarte auf. «Was ist denn?»

«Meine Schwester. Sie hat mich gesehen und kommt herein.» Sie zögerte kurz: «Weißt du, ich wollte eigentlich nicht mit ihr über uns reden.»

Henry wollte etwas erwidern, aber Miranda trat schon an den Tisch, Emily folgte ihr. Er stand auf, als die drei Frauen sich begrüßten.

«Bitte bleiben Sie doch sitzen.» Miranda nickte ihm lächelnd zu und wandte sich dann an die Schwester. «Ist es nicht witzig, dass wir dich hier treffen? Emily und ich sind beim Einkaufen. Normalerweise komme ich gar nicht in diese Gegend.» Sie drehte sich zu Henry um. «Ich bin Miranda Shaeffer, Lydias Schwester.»

Lydia stellte Henry den beiden Frauen vor. Sie unterhielten sich eine Weile, dann meinte Miranda: «Wir müssen los. Ich rufe dich später an.» Sie lächelte der Schwester zu und zog Emily hinter sich her aus dem Lokal.

Lydia sah ihr nach. Eigentlich hatte Miranda doch keine Veranlassung zu denken, dass da irgendetwas zwischen ihr und

Henry war. Sie konnten Geschäftsfreunde sein oder Bekannte, das konnte Miranda nicht wissen. Dennoch war Lydia während der Mahlzeit ungewöhnlich still.

Als sie und Henry um halb fünf gemütlich auf dem Bett lagen, die Sonntagszeitung lasen und Kaffee tranken, ging das Telefon. Miranda. Lydia stand auf, nahm das drahtlose Telefon mit ins Wohnzimmer und schloss die Tür hinter sich.

«Hat das Einkaufen Spaß gemacht?», fragte sie Miranda.

«Ja, sehr.» Aber Miranda kam gleich zur Sache. «Ich wusste gar nicht, dass du einen Freund hast. Du hast kein Wort davon gesagt.»

Lydia merkte, dass sie nervös war, so als hätte man sie bei einer kriminellen Handlung ertappt. «Wer behauptet denn, dass ich einen Freund habe?», sagte sie betont ruhig.

«Also wirklich, Lydia, das war doch mehr als deutlich. Die Art und Weise, wie ihr einander angesehen habt. Da musste man schon taub und blind sein, um das nicht zu merken.»

«Ja, er ist ziemlich nett.» Lydia wusste selbst, wie albern sich das anhörte, aber sie scheute sich, mehr zu sagen.

«Ja, und er ist auch ziemlich verheiratet. Er trug schließlich einen Ehering.»

Lydia biss die Zähne zusammen. Sie wusste, was jetzt kommen würde. «Willst du mir Vorhaltungen machen?», fragte sie scharf.

Aber Mirandas Stimme klang eher liebevoll. «Überhaupt nicht. Natürlich hoffe ich, dass dir nicht wehgetan wird. Um ganz ehrlich zu sein, ich bin sehr froh, dass du endlich jemanden an dich herangelassen hast. Du bist in all den Jahren immer so streng mit dir selbst gewesen. Es ist wirklich schön, dass du dich endlich einmal von einem Mann lieben lässt. Du hast es verdient.»

Lydia brachte vor Verwunderung keinen Ton heraus.

«Ethan ruft nach mir. Entschuldige, aber ich muss sehen, was los ist. Ich rufe dich bald wieder an.»

Miranda legte auf.

Lydia drückte die Aus-Taste, blieb aber stehen und starrte aus dem Wohnzimmerfenster. Verfluchter Mist, dachte sie. Wenn Miranda ihr Vorhaltungen gemacht hätte, dann hätte sie wenigstens auf sie ärgerlich werden können, sich verteidigen und so die eigenen Zweifel beschwichtigen können.

Lydia sank auf die Couch. Sie starrte geradeaus und dachte nach. Dann wusste sie, was sie tun musste.

Ein paar Minuten später kam Henry aus dem Schlafzimmer.

«Liebling, wo bist du denn abgeblieben?» Er setzte sich neben sie und strich ihr über das Haar. «Ist alles in Ordnung?»

Sie schüttelte den Kopf. «Wir müssen miteinander sprechen.»

Er zog die Hand zurück und legte sie in den Schoß. «Oh, oh. Das klingt gar nicht gut. Also, worüber müssen wir denn sprechen?»

Es war ihr anzusehen, wie sehr sie unter dem litt, was sie ihm jetzt sagen musste. «Dies ist nicht die Rolle, die ich in deinem Leben spielen möchte. Ich kann nicht weiter deine Nebenfrau sein oder deine Geliebte. Sich vor der Welt zu verstecken … ich habe mir die ganze Zeit etwas vorgemacht und mir gesagt, dass es mir nichts ausmacht. Aber es macht mir etwas aus, sehr viel sogar.»

Er sah sie nicht an. «Ich weiß.»

Sie stand auf und ging auf und ab. «Ich liebe dich so sehr. Mehr, als ich je glaubte, jemanden lieben zu können. Aber du musst dich entscheiden, ob du mit mir zusammen leben möchtest. Nicht so. Richtig leben.»

Er stand auf und legte die Arme um sie. «Lydia, wir haben doch darüber gesprochen, als …»

«Nein.» Sie machte sich von ihm los und trat ein paar

Schritte zurück. «Ich glaube, du weißt, was ich meine. Du solltest jetzt lieber gehen, Henry.»

Er sah sie nur an, und ihr eigener Schmerz spiegelte sich in seinen Augen. Aber er sagte nichts. Dann wandte er sich um, nahm sein Jackett vom Stuhl und ging.

24. Kapitel

Stephen lehnte sich auf dem Bett zurück und schob sich ein paar Kissen hinter den Kopf. Er sah Merilee zu, wie sie durch das Schlafzimmer auf den Stuhl zuging, auf dem ihre Kleidung lag. Er war ihrer zwar schon ein wenig überdrüssig, aber er genoss immer noch den Anblick ihres jungen festen Körpers. Sie trug einen kurzen schwarzen Morgenmantel aus Seide, der mit Spitze verziert war. Er hatte sie gebeten, ihn anzubehalten, während sie Sex hatten. Jetzt band sie sich den Gürtel wieder um und wühlte dann in ihrer großen Handtasche.

«Aha, ich hab's», sagte sie und hielt eine kleine weiße Schachtel hoch, die mit einer roten Schleife verziert war. Sie lächelte, als sie zum Bett zurückging, beugte sich vor, küsste ihn auf die Nase und gab ihm dann das Päckchen. «Herzlichen Glückwunsch zum Valentinstag, Stephen. Ich wollte nicht mehr bis nach dem Abendessen warten, sondern es dir lieber gleich geben.»

Was ich mir wohl jetzt Hübsches gekauft habe, dachte er, als er die Schleife aufzog. Es schien anfangs eine gute Idee zu sein, Merilee mit einer eigenen Kreditkarte auszustatten. Es war eine neue Erfahrung für ihn, eine richtige Geliebte zu haben, die er aushielt. Sicher, seine Frau hatte auch immer gekauft, was sie wollte, und er hatte dafür bezahlen müssen, aber das hier war etwas anderes. Er genoss es, Merilee in einem attraktiven neuen Kleid oder mit einem neuen Schmuckstück zu sehen und zu wissen, dass er es bezahlt hatte. Er kam sich dann irgendwie wichtig und mächtig vor und konnte sich an ihrer Freude und

Dankbarkeit nicht satt sehen. Sie kaufte weder Töpfe noch Pfannen oder Geschirrtücher, sondern nur Dinge, die auch ihm Freude machten.

Aber diese Freiheit musste nun ein Ende haben. Sie wusste zwar noch nichts davon, aber er hatte gestern ihre Kreditkarte sperren lassen. Gestern hatte er sich einmal intensiv mit seiner finanziellen Situation befasst und war zu einem Besorgnis erregenden Ergebnis gekommen.

In weniger als einem Jahr hatte er schon zwei Drittel seines Geldes verbraucht. Dabei erstaunte ihn besonders, wie einfach das gewesen war. Das Haus, das Auto, die teure Kleidung, die Abendessen mehrere Male in der Woche für jeweils etwa dreihundert Dollar, all das hatte viel Geld gekostet, wenn er auch viel Spaß gehabt hatte. Er hatte sogar schon seine Rücklagen auf dem Alanson-Shaeffer-Konto angebrochen, wobei er sich sehr unbehaglich fühlte. Und im Augenblick sah es so aus, als müssten seine Reserven länger reichen, als er ursprünglich angenommen hatte.

Er schob das weiße Seidenpapier in der Schachtel auseinander und nahm eine silberne Taschenflasche heraus. Sehr hübsch, dachte er. Das hat mich sicher wieder ein paar Hunderter gekostet.

«Sehr hübsch», sagte er laut, «ideal für mich.»

Er stand auf und ging zum Schrank. Er holte eine große flache Schachtel heraus, die in Silberpapier eingewickelt war. «Ich habe auch etwas für dich.»

Merilees Augen leuchteten. «Oh, vielen Dank, Liebling.»

Sie riss das Papier hastig herunter und hob den Deckel ab. Als sie den roten Body sah, bemerkte Stephen so etwas wie Enttäuschung in ihren Augen, bevor sie sich ihm mit einem strahlenden Lächeln zuwandte. Sie hielt das Kleidungsstück an den Spaghettiträgern hoch.

«Wunderschön. Du weißt doch immer, was mir gefällt.»

Natürlich weiß ich das, Baby, dachte er. Du hattest aber sicher etwas anderes erwartet, vielleicht ein wirklich teures Geschenk oder vielleicht sogar einen Brillantring. Ja, so ist das Leben.

Er küsste sie kurz auf die Wange und ging dann ins Badezimmer, um zu duschen. Er drehte das Wasser auf und versuchte, den Druck in seinem Magen zu ignorieren. Während des Sex war der leichte Schmerz verschwunden gewesen, meldete sich aber jetzt wieder. Schon seit ein paar Wochen spürte er das, wohl eine Kombination aus Angst, Wut und Stress. Manchmal versuchte er, den Druck zu ignorieren, gab dann aber wieder nach und überließ sich seinen Gefühlen, bis er so viel Scotch getrunken hatte, dass er nichts mehr merkte.

Er trat unter die Dusche, schloss die Augen und ließ das Wasser auf sich herunterprasseln. Seine Gedanken begannen zu wandern. Er stellte sich vor, er sei in dem eleganten Waldorf Hotel, sah vor sich weiße Damastdecken und funkelndes Silberbesteck und teuer gekleidete Menschen, die beim Abendessen saßen. Da wurde sein Name aufgerufen, und jeder blickte gespannt auf. Stephen sah, wie er selbst sich überrascht von seinem Stuhl erhob und dann die Glückwünsche des Lektors und anderer Größen seines Verlags entgegennahm, die an seinem Tisch saßen. Er strich kurz seine Smokingjacke glatt und begann, sich einen Weg durch die bewundernde Menge zum Podium zu bahnen, in der er wichtige Verleger und berühmte Autoren erkannte. Jeder klatschte, lächelte ihn an und bewunderte offensichtlich sein Talent, das ihm zu Recht den diesjährigen National Book Award für Belletristik eingebracht hatte.

Linker Hand sah er, wie seine Eltern begeistert aufsprangen und lauter als alle anderen applaudierten. Er lächelte ihnen zu und winkte. Federnd sprang er die drei Stufen zur Bühne hinauf, ging an den Gästen vorbei, die auf dem Podium saßen, und auf die Vorsitzende des Komitees zu, die gerade seinen Namen genannt hatte. Sie sah ihn bewundernd an und streckte die Hand aus, um ihm den Preis zu überreichen. Er hob die Hand, um die Auszeichnung entgegenzunehmen, griff nach dem …

Stephen stöhnte und öffnete die Augen. Verflucht. War es denn zu glauben. Der schöne Traum war zu Ende, weil er nicht einmal wusste, wie dieser verdammte National Book Award aussah. War es eine Plakette oder eine Statue? Vielleicht auch eine Pergamentrolle? Das war natürlich das Ironische an der ganzen Sache. Er sollte wissen, wie der Preis aussah, weil er ihn nämlich längst hätte gewinnen sollen. Und seine Eltern hätten Zeugen sein sollen. Was für eine phantastische Vorstellung.

Verlegen und ernüchtert trat er aus der Dusche, zog das Handtuch von der Stange und rieb sich heftig damit ab.

«Bist du bald fertig?» Merilee öffnete die Tür und steckte den Kopf durch den Türspalt. «Ich wollte gern wissen, wie du meine neuen Schuhe findest.»

Stephen sah sie ärgerlich an. «Okay.»

«Du hast doch nicht einmal hingesehen.» Das klang beleidigt. Dann aber lächelte sie schnell. «Meine Füße sind doch noch im Schlafzimmer.»

«Ich kann sie von hier aus sehen», sagte er kurz angebunden. «Ich habe gesagt, sie sind okay.»

Sie wollte noch etwas erwidern, schwieg dann aber, machte einen Schritt zurück und schloss die Tür. Vielleicht sollte er überhaupt mit Merilee Schluss machen. Sie war zu teuer. Und was er anfangs für liebenswürdige Naivität gehalten hatte, entpuppte sich jetzt zusehends als haarsträubende Dummheit. Außerdem hatte er eigentlich gar nicht vorgehabt, sich mit nur einer Frau abzugeben. Der Sex mit ihr war zwar toll, aber Sex konnte er auch woanders haben. Es war Zeit, sie loszuwerden.

Er empfand wieder dieses Gefühl, das er immer hatte, wenn

er mit einer Frau Schluss machte, mit der er eine Weile zusammen gewesen war. Nach so vielen Jahren unter dem Ehejoch war er immer noch überrascht und außerordentlich erleichtert, wie einfach und ohne große Komplikationen er jetzt eine Beziehung beenden konnte. Er war vollkommen frei. Wenn er entschied, dass eine Sache vorbei war, dann war sie vorbei. So einfach war das. Es war wunderbar.

Als er aus dem Badezimmer trat, war Merilee nicht mehr im Schlafzimmer, aber er konnte hören, wie sie sich mit Toby im Wohnzimmer unterhielt. Er ließ sich mit dem Ankleiden Zeit. Merilee hatte aus Anlass des Valentinstages einen Tisch bestellt, hatte ihm aber nicht gesagt, wo. Wie wahnsinnig aufregend! Er verzog sarkastisch den Mund.

Vor dem Spiegel blieb er stehen und griff nach dem Kamm. Er musste plötzlich an die Sammlung von Valentinsgrüßen denken, die Miranda in der obersten Schublade seiner Schlafzimmerkommode aufbewahrt hatte. Als sie noch klein waren, hatten die Kinder ihm jedes Jahr eine Karte bemalt, und Miranda hatte sie aus dem Papierkorb gerettet und sie in seine Schublade getan, damit er sich vielleicht daran erfreuen konnte, wenn er alt und grau war. Jack hatte mit dem Ganzen aufgehört, als er sechs war, aber Sophie und Ethan hatten an der Tradition festgehalten und jedes Jahr eine Karte aus steifem roten Papier mit den gleichen Herzen und Blumen bemalt. Er würde wahrscheinlich nicht erkennen können, welche Karte von welchem Kind aus welchem Jahr stammte, so sehr ähnelten sie einander. Aber er hatte sich immer Mühe gegeben und überrascht und erfreut getan, wenn sie sie ihm überreichten. Ich war wirklich ein verdammt guter Vater, dachte er. Er betrachtete sich im Spiegel. Seit neun Monaten hatte er die Kinder nicht gesehen. Ob sie sich wohl sehr verändert hatten? Ob Miranda die Karten jetzt vernichtet hatte?

Überrascht stellte er fest, dass er sich ganz plötzlich nach den Kindern sehnte. Er erinnerte sich daran, wie sich Ethans Hand in seiner großen Hand angefühlt hatte, wenn sie die Straße hinuntergingen. Er sah Jack vor sich, der ihn strahlend anlächelte, etwas, was nicht besonders oft geschah und deshalb umso kostbarer war. Und seine Sophie, sein Schatz, sie würde zweifellos mit jedem Tag hübscher werden. Verdammt, er wollte sie wiedersehen.

Er fuhr sich mit dem Kamm langsam durchs Haar. Er durfte nicht daran denken. Er konnte nicht erreichen, was er sich vorgenommen hatte, wenn er die Vergangenheit nicht hinter sich ließ. Die Kinder waren ein Teil der Vergangenheit, daran war nichts zu ändern. Es wäre viel zu riskant, irgendeine Art von Kontakt mit ihnen aufzunehmen.

Aber vielleicht gab es doch eine Möglichkeit. Könnte er nicht auf indirekte Weise mit ihnen in Verbindung treten? Zum Beispiel könnte er ihnen etwas schicken, vielleicht ein kleines Geschenk, solange er darauf achtete, dass der Absender unauffindbar blieb. Er könnte etwas bei einer Katalogfirma bestellen oder von einem Geschäft in einem anderen Staat schicken lassen. Ein Geschenk von einem unbekannten Verehrer zu erhalten, das war wirklich etwas Besonderes. Er musste beim Gedanken daran lächeln, überlegte schon, was er für jedes der Kinder aussuchen würde, und seine Laune besserte sich.

Stephen zog sich sein Jackett über und ging in das andere Zimmer, zu Merilee und Toby. Sie saßen auf dem Sofa und blickten auf, als er eintrat. Ein halb voller Glaskrug mit Margaritas und ein leeres Glas für Stephen standen auf dem Tisch. Sie hielten ihre Gläser in der Hand.

«Ich habe gar nicht gemerkt, dass du zu Hause bist», sagte Stephen zu Toby und griff nach dem Krug, um sich einzuschenken.

«Ich bin nur gekommen, um meine Sachen zu packen», sagte Toby ruhig. «Ich ziehe heute Abend um.»

Stephen hatte den Krug hochgehoben und hielt in der Bewegung inne. «Was meinst du damit? Du ziehst aus?»

Toby trank aus und stellte das Glas wieder auf den Tisch. «Ich habe dir doch davon erzählt», sagte er gleichmütig, «das Paar aus Bel Air, das die Galerie besitzt, hat mir angeboten, ein paar Monate in ihrem Gästehaus zu wohnen.»

«Nein.» Stephen versuchte, ein Gefühl der Panik zu unterdrücken. «Davon hast du mir nichts gesagt.»

«Ach, wirklich?» Toby klang ehrlich überrascht. «Na, wenigstens habe ich das vor. Und ich möchte mich auch ganz herzlich bei dir bedanken. Es war super bei dir.»

Stephen starrte ihn an. Ohne Toby würden ihm die wichtigsten Partys und privaten Clubs verschlossen bleiben. Stephen wusste, dass er einfach noch nicht die richtigen Leute kannte, um bei den entscheidenden Veranstaltungen eingeladen zu werden. Und vorläufig kannte ihn eben noch niemand als Stephen West, den Autor. Er wäre nur ein weiterer Niemand, der versuchte, in die Kreise der Reichen und Berühmten vorzudringen, und nicht viel zu tun hatte.

«Kommst du denn danach wieder hierher zurück?», fragte er lächelnd.

«Das weiß ich noch nicht.» Toby erhob sich. «Ich gebe dir meine Telefonnummer, wir müssen uns unbedingt mal treffen. Okay?»

Und dann begriff Stephen plötzlich. Toby ging, weil er vermutete, dass Stephens Schiff am Sinken war. Aber wie kam er darauf? Stephen hatte ihm nie irgendetwas von dem Manuskript erzählt, auch nicht von den Absagen, die er bisher von mehr als einem Dutzend Literaturagenten erhalten hatte. Während jener Wochen hatte er sich besondere Mühe gegeben, sich auf keinen Fall anmerken zu lassen, wie schockiert er war. Ein Brief nach dem anderen traf ein, in denen die Agenten ihm für die Übersendung seines Manuskriptes dankten, es aber dann höflich ablehnten, ihn zu vertreten. Er war schließlich dazu gezwungen gewesen, sein Manuskript völlig unbekannten Agenten anzubieten, denjenigen, die sich neu etablieren wollten oder deren beste Zeiten längst vorbei waren.

Und er hatte ganz sicher kein Sterbenswort davon verlauten lassen, dass es schließlich Bruce Baines war, ein dreiundzwanzigjähriger Idiot der mehr als mittelmäßigen Messinger Agency, der gewillt war, ihn zu vertreten und «Bis an den Abgrund» anzunehmen. Stephen musste sich jetzt einfach darauf verlassen, dass die fähigen Lektoren der großen Verlage die Bedeutung seines Werks erkannten. Er konnte nur hoffen, dass dieser unbedarfte Baines das Manuskript an die richtigen Leute schickte.

Vielleicht hat Toby meine Post gelesen und die vielen Absagen gesehen. Oder er war stutzig geworden, als Stephen in seinem Beisein seine Kreditkartenrechnung öffnete und laut über den Betrag fluchte. Hatte Toby wirklich ein solches Gespür dafür, konnte er ahnen, wann es mit jemandem vorbei war? Ich leide wirklich an Verfolgungswahn, sagte sich Stephen. Aber wer weiß, vielleicht war es genau Tobys sechster Sinn für derartige Entwicklungen, der es ihm ermöglichte, einen solch aufwendigen Lebensstil zu haben.

Stephen zwang sich, sich den Drink mit ruhiger Hand einzuschenken, als ob ihm das alles nichts ausmachte. «Das klingt ja gut, Toby. Ja, natürlich werden wir uns mal sehen.»

Toby warf beiden ein strahlendes Lächeln zu, wandte sich dann um und ging in sein Zimmer. Stephen trank die Margarita in einem einzigen Zug aus. Der Druck in seinem Magen verhärtete sich zu einem eiskalten Stein.

«Wir sollten gehen.» Merilee stand auf und strich sich das Kleid glatt.

Stephen goss sich schnell einen zweiten Drink ein und stürzte ihn hinunter. Vielleicht war es keine gute Idee, heute mit ihr Schluss zu machen.

«Okay, Baby, lass uns gehen.»

Das Telefon klingelte, als sie beinahe bei der Tür waren.

«Einen Moment.» Er nahm das drahtlose Telefon auf dem Couchtisch hoch. «Hallo?»

«Stephen, hier ist Bruce Baines.»

Wenn man vom Teufel spricht, dachte Stephen. Er hatte von Bruce nahezu zwei Wochen lang nichts gehört.

«Ja, Bruce, was gibt es denn?» Stephens Stimme klang geschäftsmäßig, aber freundlich. Er wollte Bruce auf keinen Fall den Eindruck vermitteln, sie könnten Kumpels sein, oder, schlimmer noch, er, Stephen, wäre wirklich auf ihn angewiesen. Mit ihm musste man kühl und professionell umgehen. Ach Gott, wie sehnte sich Stephen nach Michael Armand, seinem alten Agenten, der sich für seinen unsichtbaren Bestsellerautor, den geheimnisvollen Forrestor, sämtliche Beine ausgerissen hätte.

«Ich will gleich zur Sache kommen», sagte Bruce. «Es wird Ihnen nicht gefallen, was ich zu sagen habe. Sowohl Winthrop wie auch Highland haben das Manuskript abgelehnt.»

Stephen sank das Herz in die Hose. Highland war Forrestors Verlag. Er war ganz sicher gewesen, dass man ihm dort ein Angebot machen würde.

«An wen haben Sie das Manuskript denn geschickt?», fragte er, mühsam beherrscht. «Hat Paul Harlow bei Highland es zu sehen bekommen?»

«Nein, ich kenne Martha Finegarten dort.»

«Wer zum Teufel ist denn das?», fragte Stephen scharf.

«Sie ist Lektorin da, und sie hat das Manuskript ganz sicher gelesen. Sie hat mich auch netterweise sehr schnell angerufen. Aber sie will es nicht veröffentlichen.»

«Und an wen bei Winthrop?»

«Sean Harris, ein guter Mann. Aber er will es auch nicht machen.»

Stephen presste die Augenlider zusammen und versuchte, die Fassung zu bewahren. «Ich habe Ihnen doch gesagt, Sie sollen es an Myra Kahn schicken.»

«Es war Sean übertragen worden. Und als er es abgelehnt hatte, wollte sie nicht einmal einen Blick drauf werfen.»

Stephen hielt den Hörer von seinem Ohr entfernt und rieb sich den Nasenrücken mit Zeigefinger und Daumen. «Das kann doch nicht wahr sein», sagte er leise.

Merilee hatte ihn von der Tür her beobachtet. «Ist etwas passiert?»

Stephen achtete nicht auf sie, sondern presste den Hörer wieder ans Ohr. «Warum wollen sie es nicht? Haben sie irgendetwas gesagt?»

Bruce antwortete nicht sofort. «Lassen Sie uns erst einmal sehen, was ein paar andere meinen.»

«Was soll denn das bedeuten?» Stephen schrie jetzt. «Sagen Sie mir sofort, womit sie die Ablehnung begründet haben.»

Bruce seufzte. «Also gut. Martha sagte, es sei kein Roman einfach so zum Weglesen, aber sie fand ihn auch nicht ... wie sagte sie noch? Sie fand ihn nicht besonders ‹literarisch wertvoll›. Es sei weder ‹Fisch noch Fleisch›. Und Sean hat der Roman einfach nicht gefallen. Er fand ihn nicht originell genug, eher ein bisschen langweilig, oder so ähnlich.»

«Jesus», stöhnte Stephen beinahe unhörbar.

«Also nun mal langsam», sagte Bruce tröstend, «regen Sie sich nicht auf. Es gibt noch eine Reihe von Leuten, an die wir das Manuskript schicken können, und die haben vielleicht eine ganz andere Meinung. Fiction ist eine rein subjektive Angelegenheit, und Sie wissen, dass es mir zumindest sehr gefallen hat.»

Stephen wäre beinahe vor Wut geplatzt, dass dieser Grünschnabel ihm mit seinem kleinen Peptalk Mut zusprechen wollte. «Rufen Sie mich an, wenn Sie etwas haben, Bruce», sagte er kurz und drückte auf die Aus-Taste des Telefons.

Er legte das Telefon auf den Tisch. Dieser unfähige Idiot hatte sein Manuskript irgendwelchen unbedeutenden Redakteuren aufgedrängt, die absolut nichts von Büchern verstanden. Und einmal abgelehnt, würden es die wichtigeren Lektoren überhaupt nicht mehr ansehen. Seine Chancen bei zwei der wichtigsten Verlage überhaupt waren jetzt gleich null. Aber dieser unbedeutende Baines kam natürlich an die besseren Leute überhaupt nicht heran.

Scheiße, Scheiße, Scheiße.

Merilee begann ungeduldig mit dem Fuß auf den Boden zu klopfen. «Stephen, bist du endlich so weit? Ich warte.»

Er drehte sich blitzschnell nach ihr um. Sein Gesicht war rot vor Wut. «Oh, halte ich dich etwa auf?» Seine Stimme troff vor Sarkasmus. «Das wäre ja fürchterlich. Wo du doch so viel Wichtiges zu tun hast.»

Mit ein paar schnellen Schritten war er bei ihr. Er riss die Tür auf, packte Merilee grob am Arm und stieß sie aus der Tür. Dann schlug er die Tür zu. Er drehte sich um, ging zur Bar und griff nach einer Flasche Scotch und einem Glas. Er ging in den Garten hinaus, wo er nur noch schwach hören konnte, wie Merilee an die Haustür hämmerte und immer wieder nach ihm rief.

25. Kapitel

Miranda betrat das große graue Gebäude und sah sich unauffällig um. Sie wollte sich jede Einzelheit einprägen, ohne dass sie dem Wachmann auffiel, der neben den Aufzügen saß. Hier war also der Sitz von Highland Press, dachte sie, ein wenig eingeschüchtert durch die vielen Menschen, die hier ein und aus gingen. Sie ging auf die Informationstafel zu, obgleich sie erinnerte, dass Paul ihr gesagt hatte, sein Büro sei im siebzehnten Stock. Das war der Ort, von wo aus er ihr monatelang E-Mails geschickt hatte. Und aus irgendeinem Grund machte es sie sehr nervös, wenn sie daran dachte, dass sie ihn nun wirklich in seinem Büro sehen sollte, an dem Schreibtisch, an dem er ihr Manuskript kritisch durchgegangen war.

In den letzten Wochen hatte sie an den ersten vier Kapiteln eines neuen Forrestor-Romans gearbeitet, aber es war nicht leicht. Sie stellte fest, dass sie ihre Bücher nicht mehr nach demselben Muster schreiben konnte, das Stephen all seinen Büchern unterlegt hatte. Sie interessierten die emotionellen Hochs und Tiefs der Hauptfigur, eines enttäuschten ehemaligen Spions, und sie dachte sich eine Vergangenheit für ihn aus, die die Entscheidungen plausibel machten, die er in seinem Leben getroffen hatte. Und ihr gefiel auch, in welche Richtung ihre Romane gingen. Aber das war keine Garantie dafür, dass auch Paul damit einverstanden war. Oder dass es den Lesern gefallen würde.

Wer weiß, dachte sie vielleicht zum hundertsten Mal in dieser Woche, vielleicht würde den Lesern auch ihr erster Versuch nicht gefallen. «Die Einsamkeit des Killers» würde in ein paar

Tagen erscheinen. Paul hatte zwar gesagt, dass das Buch ihm gefiel, aber er war der Lektor, und es war vielleicht Teil seines Jobs, einem wichtigen Autor wie Forrestor nach dem Mund zu reden. Was, wenn sich «Die Einsamkeit des Killers» nur als kümmerliche Imitation herausstellte?

Großer Gott, und wenn nun den Kritikern der Unterschied zwischen Stephens Romanen und ihrem eigenen auffiel? Sie waren allerdings mit Stephens Romanen nicht gerade freundlich umgegangen. Einige hatten sie Schund nach Schema F genannt. Aber die Fans liebten seine Bücher, und nur darauf kam es letzten Endes an.

Seufzend wechselte sie die schweren Tüten von einer Hand in die andere. Sie hatte heute Morgen ein paar Stunden lang an dem Roman gearbeitet, konnte sich dann aber nicht mehr konzentrieren und war noch vor dem Mittag vom Schreibtisch aufgestanden. Sie war ruhelos in der Wohnung hin und her gegangen und hatte erwartet, dass sie den ganzen Tag nervös sein würde. Aber der Nachmittag hatte sie dann doch aufgemuntert. Sie war bei Saks Fifth Avenue gewesen und bei Bloomingdales, hatte einiges für die Kinder besorgt, sich dann aber selbst noch ein Kleid und eine Hose gekauft. Unglaublich, dass sie jetzt Größe 36 tragen konnte. Sie lächelte, als sie auf den Wachmann zuging, um Paul zum Abendessen abzuholen.

«Ich werde von Paul Harlow erwartet», sagte sie zu dem bärtigen jungen Mann.

«Wie heißen Sie?»

Sie hätte beinahe Forrestor geantwortet, konnte sich aber gerade noch zurückhalten. «Ich bin Miranda Shaeffer», sagte sie nur.

Der Wächter nahm den Hörer seines Telefons ab und wählte Pauls Nummer. Mit einem kurzen Kopfnicken ließ er sie dann passieren. Die Empfangsdame im siebzehnten Stock war freundlicher, sogar ein wenig neugierig. Sie war mittleren Alters und trug eine gepunktete Bluse, die sie in den Faltenrock gesteckt hatte. Offensichtlich fragte sie sich, in welchem Verhältnis Miranda zu Paul stand, ob er sie geschäftlich oder privat kannte.

«Mr. Harlow kommt gleich selbst, um Sie abzuholen.» Nach ihrem Tonfall zu urteilen, betrachtete sie das als große Ehre.

Als Paul schließlich aus einer Tür rechts vom Empfang trat und Miranda mit einem Kuss auf die Wange begrüßte, hob die Frau hinter dem Schreibtisch überrascht eine Augenbraue. Miranda musste lächeln.

«Ich habe noch ein paar Dinge zu erledigen, bevor wir gehen können. Ich hoffe, es macht dir nichts aus.» Als Miranda den Kopf schüttelte, fasste Paul sie unter und führte sie den langen Flur hinunter in sein großes Büro, dessen zwei Fensterfronten auf die schon dämmerigen Straßen gingen.

«Was für eine wunderschöne Aussicht», rief Miranda und trat an das Fenster, um auf die Madison Avenue hinunterzusehen. «Wie kannst du bei dieser Aussicht überhaupt arbeiten?»

«Ja, wenn ich den ganzen Tag aus dem Fenster sehen würde, dann würde ich dieses Büro nicht lange behalten», antwortete Paul und lachte. Er setzte sich an den Schreibtisch und begann, einen Stapel Papiere durchzusehen. «Ich brauche nur noch fünf oder zehn Minuten, nicht mehr.»

Miranda setzte sich auf eine kleine Couch, vor der ein Tisch stand, auf dem Zeitschriften und Zeitungen lagen. Sie fischte ein Exemplar eines monatealten Publishers Weekly heraus und begann, darin herumzublättern.

Paul sah hoch und reichte ihr einen Teil der «New York Times», die auf seinem Schreibtisch lag. «Hier sind die Buchbesprechungen für die nächste Woche», sagte er. «Du bist die erste in deiner Straße, die sie zu Gesicht bekommt.»

Miranda sah auf das Datum der Zeitung. Tatsächlich, 11. März. Sie sah auf die Überschrift auf der ersten Seite. Knopf hatte eine neue Untersuchung über William Faulkner herausgebracht. Sie überflog das Inhaltsverzeichnis in der rechten Spalte. Auf Seite 12 war ein Essay über Dekonstruktionismus von einem Professor aus Harvard abgedruckt, und auf Seite 4 stand offenbar etwas über einen etablierten Autor, der einen großen Durchbruch erzielt hatte.

Sie blätterte um. Was gab es noch? Eine Rezension der Memoiren eines alten Helden aus dem Bürgerkrieg, die von seinem Urgroßneffen in einer Dachkammer in Virginia gefunden worden waren. Auf der rechten Seite warb ein Verlag für ein Lexikon für die ganze Familie, und sie überlegte, ob das nicht etwas für ihre Kinder sein könnte.

Sie schlug die nächste Seite um und hielt vor Überraschung die Luft an. WER HÄTTE GEDACHT, DASS ER SO WAS IN SICH HATTE? Das war die Überschrift. Darunter war das Buch «Die Einsamkeit des Killers» von Forrestor abgebildet.

Paul sah überrascht zu ihr hin. «Du siehst ja aus, als wäre dir gerade ein Geist begegnet.»

«Es ist nur ein Buch über eine Gegend, die ich kenne», sagte Miranda schnell.

Sie hielt sich die offene Zeitung vor das Gesicht, damit er ihre Schockreaktion nicht sehen konnte, und las hastig die ganzseitige Besprechung. Sie konnte kaum glauben, was da stand.

Als professioneller Buchkritiker kann ich normalerweise mit kostenlosen Büchern rechnen, mit knappen Abgabeterminen und wenig Bargeld. Was man dagegen im Allgemeinen nicht erwartet, sind echte Überraschungen. Aber heute bin ich überrascht worden, und zwar sehr sogar.

Forrestor, dieser Meister des Nullachtfünfzehn-Action-Romans, hat sich zum Schriftsteller gemausert. Er hat die Welt der Schock-Dauerbrenner verlassen, die ihn zum Multimillionär gemacht haben, und endlich ein Buch voll Phantasie und sprachlicher Eleganz geschrieben. Es ist ein Werk von echtem literarischen Wert.

Miranda las die Besprechung noch einmal und jetzt genau vom ersten bis zum letzten Wort. Der Kritiker äußerte sich lobend über alles, von den Action-Passagen bis zu der psychologischen Untermauerung, die den ganzen Roman hindurch zu finden sei und die in den vorigen Forrestor-Büchern vollkommen gefehlt hätte. *Wenn die ersten Forrestor-Romane mit der Spitzhacke produziert wurden, dann hat der Autor für dieses Werk einen Laser verwendet*, schloss der Kritiker seine Besprechung.

Oh, Gott, dachte Miranda und legte endlich die Zeitung aus der Hand. Sie stand auf und ging zum Fenster. In der Spiegelung sah sie, wie Paul von seinem Schreibtisch aufstand, zu dem Couchtisch ging und die Seite mit der Besprechung hochhob, die sie gerade gelesen hatte. Er lächelte zufrieden, sein Gesicht leuchtete geradezu.

«Weißt du», sagte er leise, «nach all diesen Jahren in der Branche halte ich eigentlich nicht mehr sehr viel von der Meinung der Rezensenten. Aber es ist schön, wie gut der neue Forrestor aufgenommen wird.»

Miranda wagte es nicht, etwas zu sagen.

«Es ist wirklich erstaunlich», fuhr Paul fort, trat neben sie und legte ihr den Arm um die Schulter, «dieser Autor, wer immer er auch sein mag, ist in seinen Ausdrucksmöglichkeiten sehr viel vielseitiger, als ich ihm zugetraut hätte. Glaub mir, die meisten Autoren, die einen Vertrag über viele Millionen in der Tasche haben, machen sich nicht einmal mehr die Mühe, in ihren Büchern ein wenig tiefer zu gehen. Die meisten schreiben eigentlich immer wieder das gleiche Buch, und den Lesern scheint das absolut nichts auszumachen.»

Miranda legte die Hand auf seine, und beide schwiegen, während die Lichter allmählich überall in Manhattan angingen.

«Die meisten Schreiber können wahrscheinlich nichts Besseres zustande bringen, selbst wenn sie es wollten», fuhr Paul schließlich nachdenklich fort. «Aber dieser Mann, also, ich bin sein Lektor, und selbst ich bin verblüfft.»

Er drehte den Kopf zur Seite und küsste Miranda auf den Nacken.

«Also, wenn ich Forrestor wäre», sagte er und lächelte sie verschmitzt an, «dann würde ich das ganze Geld nehmen und auf und davon gehen.» Er zog sie an sich und nahm sie fest in die Arme. «Ich würde dich nach Tahiti oder nach Hawaii entführen, würde dir Piña Coladas einflößen und dich Tag und Nacht lieben.»

Miranda wurde ganz warm in seinen Armen. Die Lichter von New York City schienen nur für sie zu strahlen. *Ich habe es geschafft,* jubelte sie innerlich. Sie dachte an die Kapitel des nächsten Buches. *Ich habe es einmal geschafft, und ich werde es wieder schaffen.*

26. Kapitel

Noch bevor er die Augen öffnete, fühlte Stephen den hämmernden Kopfschmerz. Er rollte sich auf die Seite, und eine Welle der Übelkeit überfiel ihn. Sein Mund war staubtrocken, und er konnte nur mit Mühe die Augenlider zu einem schmalen Spalt öffnen.

Verdammt, zu allem Überfluss habe ich nun auch noch einen Kater. Als ob alles nicht schon beschissen genug ist, muss ich mich auch damit noch den ganzen Tag herumquälen.

Er sah auf die Uhr auf dem Nachttisch. Es war halb vier nachmittags. Normalerweise konnte er einen Kater durch Schlafen kurieren, wenn er genügend Zeit hatte. Aber dieses Mal war er erst um sieben Uhr morgens ins Bett gekommen. Außerdem hatte er wohl noch weitaus mehr getrunken als sonst.

Er machte sich langsam von den Betttüchern frei und schlurfte ins Badezimmer. Auch nachdem er drei extra starke Aspirin genommen und lange geduscht hatte, fühlte er sich nur wenig besser. Was sollte er bloß mit dem Rest des Tages anfangen? Von Toby hatte er lange nichts mehr gehört, und auch Merilee hatte sich nie wieder gemeldet. Und in den Bars konnte er sich nicht schon am helllichten Tag blicken lassen.

Er ging in die Küche und trank ein Glas Grapefruitsaft. Heute brauche ich einen extrastarken Kaffee, sagte er zu sich selbst und ging zum Gefrierfach, um die Tüte mit den Kaffeebohnen herauszunehmen. Aber als er sie herauszog, riss das Papier und die Bohnen prasselten um ihn herum auf den Boden. Einen Augenblick lang stand er nur da, sah auf die Unordnung und fühlte einen ohnmächtigen Zorn in sich wachsen, bis er es kaum noch aushalten konnte. Er fühlte, wie ihm die Tränen in die Augen traten. Das war zu viel, einfach alles verdammt zu viel.

Die Bohnen knirschten unter seinen Schritten, als er zum Küchentisch ging und sich auf einen der Stühle sinken ließ. Seit er mit seinem Agenten gesprochen hatte, also schon drei Tage lang, hatte er darüber nachgegrübelt, warum man sein Manuskript abgelehnt hatte. Er konnte es einfach nicht begreifen.

Selbst in seinen schlimmsten Albträumen war ihm nie der Gedanke gekommen, dass keiner «Bis an den Abgrund» veröffentlichen wollte. Es war ein wundervolles Buch, treffend, gut geschrieben, voller Erkenntnisse. Er wusste das mit absoluter Sicherheit, so wie er wusste, dass er hier auf dem Stuhl saß. Die Leser würden es verschlingen, wenn sie es nur in die Finger bekommen könnten. Jedem Verlag, der es herausbrachte, würde diese goldene Kombination von literarischer Qualität und süffiger Handlung viel Geld einbringen. Er war starr vor Verblüffung gewesen, als Bruce Baines ihm mitteilte, dass alle größeren Verlage sein Manuskript abgelehnt hätten. Jeder, der in der Branche etwas galt, hatte es gesehen und zurückgeschickt.

Ihn quälte ja nicht nur, dass sein Buch nicht die Anerkennung fand, die es verdiente. Er hatte auch allmählich kein Geld mehr. In wenigen Monaten würde er in echten Schwierigkeiten sein. Als Erstes müsste er aus dem Haus ausziehen und das teure Auto verkaufen. Und was dann mit ihm geschehen würde, darüber mochte er nicht einmal nachdenken.

Zum Teufel mit dem Kaffee. Er stand auf und goss sich ein Wasserglas voll Wodka ein. Die Hälfte stürzte er sofort hinunter.

Es musste einfach daran liegen, dass dieser Idiot Bruce sein Agent war. Ich hätte warten sollen, hätte ihm das Manuskript nicht übergeben sollen, dachte Stephen ärgerlich. In sechs Monaten hätte ich den ganzen Roman beendet und ihn dann an die wichtigsten Leute in New York schicken können. Ich hätte mich selbst um die Verlage kümmern sollen. Warum zum Teufel habe ich nur einem Nichts wie diesem Baines die ersten Kapitel anvertraut?

Aber noch hatte er ein Ass im Ärmel. Und das musste einfach den ersehnten Erfolg bringen. Er wusste nicht, warum er nicht gleich an diese Möglichkeit gedacht hatte, aber erst ein paar Wochen, nachdem Baines ihm gesagt hatte, dass Highland Press sein Werk abgelehnt hätte, war ihm die Idee gekommen. Er hatte das Manuskript an Paul Harlow persönlich geschickt. Baines würde es nicht tun, nachdem seine Kontaktperson bei dem Verlag den Text abgelehnt hatte. Paul Harlow wusste wahrscheinlich nicht einmal oder konnte sich nicht erinnern, ob irgendjemand sonst im Verlag «Bis an den Abgrund» schon gelesen hatte. Und wenn er ein bisschen Glück hatte und Paul Harlow wirklich das Manuskript eines Autors in die Hand nahm, von dem er noch nichts gehört hatte, dann würde sein alter Lektor die Qualität sofort erkennen und das Buch auch betreuen wollen.

Stephen trank mit kleinen Schlucken und nahm dann den Stapel Post vom Küchentisch, auf den er ihn am Abend zuvor gelegt hatte. Er war zu betrunken gewesen, um sich damit zu beschäftigen. Er stellte sein Glas ab und begann, die Post durchzusehen. Und da war er auch schon, der Umschlag mit dem Absender von Highland Press, über den säuberlich P. Harlow getippt war.

«Du hast mich nicht enttäuscht, Paul, alter Knabe», sagte Stephen triumphierend, riss den Umschlag auf, zog das Blatt heraus und ließ den Umschlag achtlos auf den Boden fallen. «Nun zeig mal, was ein echter Lektor ist.»

Er faltete das Blatt auseinander und begann zu lesen.

Lieber Mr. West,
vielen Dank für die Zusendung von «Bis an den Abgrund». Ich wusste, dass einer unserer Lektoren es schon gelesen und abgelehnt hatte. Als ich Ihr Manuskript also auf dem Schreibtisch meines Assistenten sah, wurde ich auf den Autor neugierig, der hartnäckig genug war, ein formelles Nein nicht als Antwort zu akzeptieren. Auf der einen Seite bewundere ich eine solche Einstellung, denn diese Art von Hartnäckigkeit ist in unserer Branche wirklich nötig. Andererseits musste ich leider nach dem Lesen feststellen, dass unsere Lektorin mit ihrem ursprünglichen Urteil Recht hatte und dass dieser Brief für Sie nur noch eine zusätzliche Enttäuschung sein kann.
Zweifellos haben Sie ein Gespür für einen zügigen Fluss der Handlung, die Geschichte bewegt sich rasch vorwärts. Aus diesem Grund glaube ich, dass Sie eine ausführlichere Kritik verdienen, damit Sie diesen wertvollen Aspekt Ihres Talents bei Ihrem nächsten Versuch verstärkt anwenden. In der Tat halte ich es für besser, wenn Sie es mit einem neuen Roman versuchen, denn die Schwächen dieses Buches sind so gravierend, dass Sie sowieso sozusagen von neuem beginnen müssten, wollten Sie versuchen, dieses Manuskript zu verbessern. Ich möchte hier ganz ehrlich sein. Die Charaktere sind zweidimensional, ihre Dialoge sind geschraubt, ihre Motivationen bleiben bis zum Schluss unklar, und ihre Gefühle sind unecht. Es sind keine wirklichen Menschen. Sie sind wie Schachfiguren, die von dem Autor von Ort zu Ort geschoben werden, wie es ihm sinnvoll erscheint. Ohne Entwicklung der Charaktere kann es auch keine psychologische Tiefe geben. Und obgleich im Allgemeinen der schnelle Fluss der Handlung ein Positivum ist, so ist diese Bewegung einfach zu simpel. Es geht von A nach B und nach C, ohne dass es irgend-

welche Überraschungen oder Komplikationen gibt. Diese Vorhersagbarkeit macht es unmöglich, von dem Geschehen emotionell angesprochen und fasziniert zu sein. Letzten Endes fesselt das Manuskript den Leser nicht. (Übrigens, das Zitat «In the spring a young man's fancy lightly turns to thoughts of love» ist von Tennyson und nicht von Blake.)
Ich danke Ihnen, dass Sie an Highland gedacht haben. Ich wünsche Ihnen viel Erfolg bei Ihren zukünftigen literarischen Bemühungen.

Hochachtungsvoll,
Paul Harlow

Stephen legte den Brief auf den Küchentresen, griff nach seinem Glas und trank den Rest des Wodkas in einem Zug aus. Dann, immer noch mit dem Glas in der Hand, sah er zur Decke.

Paul hatte wirklich nicht um den heißen Brei herumgeredet. *Du hast kein Talent, du Würstchen.* Zügige Handlung, ja, das konnte sein. Deshalb lasen sich die Forrestor-Romane ja auch so flüssig. Aber die grausam deutliche Botschaft war ja wohl, dass er nichts schreiben konnte, was in irgendeiner Form mit echter Literatur zu tun hatte. *Und ich danke dir auch, Paul,* dachte er bitter, *für den freundlichen Hinweis, dass das Zitat von Tennyson ist. Falls ich immer noch der Meinung gewesen sein sollte, keine intellektuelle Null zu sein.*

Dieses war seine letzte Chance gewesen. Da auch Paul Harlow das Manuskript abgelehnt hatte, war es wirklich aus und vorbei mit «Bis an den Abgrund».

Er schlug mit der Faust auf den Tisch, plötzlich überwältigt von ohnmächtiger Wut.

Dann riss er sich zusammen. «Immer mit der Ruhe. Irgendwo gibt es eine Lösung. Ich muss nur die Ruhe bewahren.»

Ein paar Augenblicke lang blieb er unbewegt stehen und

überließ sich seiner Verzweiflung. Dann atmete er ein paarmal tief ein und aus und versuchte, an etwas anderes zu denken. Er würde jetzt die Zeitung lesen, würde etwas essen und später vielleicht ins Kino gehen. Und irgendwann dann würde ihm auch eine Lösung einfallen. Ich bin wie Scarlett O'Hara, ich lasse mich nicht unterkriegen, dachte er und musste grinsen, als er zur Tür ging, um die «Los Angeles Times» hereinzuholen. Ich werde morgen weiter darüber nachdenken. Dabei bleibt's. Genug für heute.

Er griff nach der Tüte mit Rosinenbrötchen, die auf dem Tresen lag, und setzte sich an den Tisch. Hungrig biss er in ein Brötchen und blätterte den ersten Teil der Zeitung durch. Danach zog er nach alter Gewohnheit den Teil mit den Buchbesprechungen heraus.

Die erste Seite beschäftigte sich nur mit einem Buch über Computer-Technologie. Er überflog schnell die positive Besprechung und blätterte dann um, nachdem er seine klebrigen Finger abgeleckt hatte. Dem neuen Roman auf Seite 2 erging es schlechter. Das Urteil des Kritikers war vernichtend.

Tut mir Leid, Kumpel, dachte er und griff nach einem zweiten Brötchen, aber immerhin hat man dein verdammtes Buch gedruckt. Und sogar auf der zweiten Seite der Literaturbeilage der «Los Angeles Times» besprochen. Da kannst du kein Mitleid von mir erwarten.

Er überflog die Seite 3 und wollte gerade in das Brötchen beißen, als sein Blick plötzlich auf einer Titelzeile hängen blieb. Ein scharfer Schmerz durchfuhr ihn, und er konnte kaum atmen. Schnell legte er das Brötchen aus der Hand, schloss die Augen und versuchte, sich zu beruhigen. Das musste ein Irrtum sein, sagte er sich immer wieder, ein merkwürdiger, unmöglicher Irrtum.

Er starrte wieder auf die Zeitungsseite. DER GEHEIMNIS-

VOLLE IN HÖCHSTFORM stand da als Überschrift. Und darunter, etwas kleiner gedruckt, der Titel des Buches und der Autor: «Die Einsamkeit des Killers» von Forrestor.

«Nein», flüsterte Stephen heiser, «das kann nicht sein.»

Seine Hände zitterten, als er jetzt die Kritik las. Sie war von einem Professor geschrieben, der behauptete, ein langjähriger Fan von Forrestor zu sein.

> Mit diesem Roman zeigt Forrestor, der bisher unterhaltsame Abenteuerromane für vorwiegend männliche Leser geschrieben hat, dass er den Vergleich mit Autoren wie Le Carré und Forsyth nicht zu scheuen braucht.
>
> Mit seinen erstklassigen Dialogen, der atemberaubenden Handlung und den unerwarteten Verwicklungen bedeutet «Die Einsamkeit des Killers» einen gewaltigen Schritt vorwärts in der Entwicklung dieses Schriftstellers. Dass ein Bestsellerautor, der sich leicht auf seinen Lorbeeren ausruhen könnte, seine literarischen Fähigkeiten so steigern kann, macht das Geheimnis um Forrestors wahre Identität noch unerträglicher. Ich bin mehr denn je frustriert, dass er/sie sich nicht offenbart.

Stephen ließ die Zeitung sinken. Er hatte das Gefühl, als ob ihm das Blut langsam aus den Adern wich. Wer hatte das Buch geschrieben, und wie konnte so etwas möglich sein? Jemand hatte Forrestors Namen missbraucht. Er konnte sich nicht vorstellen, wer schlau genug war, auf so etwas zu kommen, oder wissen konnte, dass der Autor, der hinter Forrestor stand, nicht mehr auftauchen würde, er also dessen Namen verwenden konnte.

Am schlimmsten aber war, dass er Stephen übertrumpft hatte. Es wurde behauptet, dass das Buch des Betrügers besser war als seine eigenen. Was zum Teufel ging hier vor?

Die «New York Times». Deren Besprechung musste er sehen. Das war die eigentlich wichtige.

Er sprang auf, griff nach seinen Autoschlüsseln und stürzte aus der Tür. Während er mit quietschenden Reifen aus der Einfahrt auf die Straße fuhr, überlegte er fieberhaft, wo er die New Yorker Zeitung finden konnte. Ja, das Beverly Hills Hotel musste sie haben, dort, wo Zigaretten und Zeitschriften verkauft wurden.

Er stürzte in die Lobby, riss schnell die Zeitung aus dem Ständer und machte sich nicht einmal die Mühe, sie zu bezahlen, sondern schlug hastig den Teil mit den Buchbesprechungen auf. Er musste die Kritik finden, hatte aber gleichzeitig auch Angst davor.

Doch sie war da, auf Seite 4. Sein Mund wurde trocken, als er las:

... endlich ein Buch voll Phantasie und sprachlicher Eleganz geschrieben.

Er ließ die Zeitung auf den Boden fallen, rannte aus dem Hotel und zurück zu seinem Auto. Eine halbe Stunde später stand er an der Kasse eines Buchladens, ein Exemplar von «Die Einsamkeit des Killers» unter dem Arm. Ihm wurde ganz schlecht, als er die Stapel auf einem Tisch gleich neben der Kasse sah und die Exemplare, die auffällig im Schaufenster ausgestellt waren. Erst als er wieder zu Hause war, sah er sich das Buch mit dem glänzenden Umschlag genauer an, auf dem mit Goldbuchstaben Titel und Autor stand, in der ganzen Aufmachung so typisch für die Forrestor-Romane.

Er las den Klappentext, der den Inhalt kurz skizzierte. Das klang zweifellos wie eines seiner Bücher. Nur noch besser. Er erkannte sofort, dass diese Story, selbst wenn sie von jemandem mit weniger Talent geschrieben war, einen komplexeren Roman ergeben würde als die anderen Forrestors. Und alle Kritiker hatten darüber hinaus die außerordentliche Qualität der Prosa gelobt. Wer war dafür verantwortlich? Stephen kochte vor Wut, als er schließlich auf das Sofa sank und zu lesen anfing.

Schon am Ende des ersten Kapitels hatte er die Antwort. Eine lange Zeit saß er nur da und starrte ins Leere. Eine eisige Kälte begann sich langsam in ihm auszubreiten, ausgelöst von Wut und Hass, ein Gefühl, so verzehrend und intensiv, dass er meinte, jeden Moment zu explodieren.

Aber dann griff er wieder nach dem Buch und legte es nicht aus der Hand, bis er es zu Ende gelesen hatte. Er klappte es zu, lehnte sich zurück und schloss die Augen.

Er hörte ihre Stimme ganz deutlich, so als sei sie im selben Raum mit ihm und erzählte ihm die Geschichte. Wie überhaupt jemand glauben konnte, dass der Roman von derselben Person stammte wie die anderen Forrestors, war ihm unvorstellbar.

Und sie hatte ihr gesamtes Wissen, alle ihre Lebenserfahrungen in diesem Buch verwendet, Einzelheiten aus der Vergangenheit mit ihm, von ihren Reisen, ihren Gesprächen. Sie musste besser aufgepasst haben, als er dachte, wenn er darüber sprach, wie er seine Romane aufbaute, welche Techniken er anwandte. Das alles lag hier vor ihm. Es war der schlimmste Verrat, es war das hinterhältigste Doppelspiel, das er sich vorstellen konnte.

«Du verfluchte Hure.» Er spie die Worte voller Bitterkeit aus und warf das Buch mit aller Kraft quer durch den Raum. Es prallte auf dem Tisch ab, riss eine Vase um, die auf den Boden fiel und in tausend Stücke zersprang.

Miranda hatte ihm Forrestor gestohlen, hatte ihn sich zu Eigen gemacht. Und er konnte, verdammt nochmal, überhaupt nichts dagegen tun.

27. Kapitel

Jack hielt die Karten fest in der Hand. Sein Gesicht zeigte keinerlei Regung. Er hatte noch keine Karte abgelegt, sondern immer nur welche genommen, wenn er an der Reihe war, hatte sich sogar noch welche von den abgelegten dazugeklopft. Als Sophie nun eine Herzvier ablegte, nahm er sie schnell. «Rommé», rief er triumphierend und legte seine Karten in Dreier- und Vierergruppen auf den Tisch.

«Mann, Jack», sagte Ethan, der gerade vorbeikam, um sich von den Weintrauben zu holen, «du hast ja schon wieder gewonnen.»

«Ja, er ist gut», sagte Sophie langsam und legte ihre Karten auf den Tisch, «das muss man ihm lassen.»

Lydia zuckte mit den Schultern und zählte ihre Punkte. Nur Miranda freute sich.

Sie hielt seine Hand hoch. «Der Sieger des Abends», sagte sie stolz.

Lydia lächelte jetzt, stand auf und sammelte die Karten ein. Sophie sah den großen Bruder an und schlug ihm dann anerkennend auf die Schulter. «Herzlichen Glückwunsch.»

«Danke, Schwesterherz.»

«Wie wär's, wenn ihr jetzt mit mir mitkommt», sagte Paul zu den Kindern und erhob sich aus dem tiefen Sessel, in dem er gesessen und ein Manuskript gelesen hatte. «Es war zwar unheimlich nett von eurer Tante, für uns heute Abend zu kochen. Aber ihre Mahlzeiten sind ja immer so unglaublich gesund, da müssen wir unbedingt eine gute Portion Eis dagegensetzen.»

«Toll», rief Sophie begeistert. «Komm, Ethan.» Sie nahm ihm die Zeitschrift aus der Hand, in der er gerade geblättert hatte.

Ethan lief in den Flur, um seine Jacke zu holen. Jack ging betont gelangweilt zu Lydias CDs und hob eine nach der anderen hoch.

«Du sollst auch mitkommen, Jack.» Sophie zupfte ihn am Ärmel.

«Okay, meinetwegen», brummelte er, nahm dann aber schnell seinen Pullover von der Stuhllehne und ging hinter den anderen her.

Nachdem sich die Tür hinter ihnen geschlossen hatte, wandte sich Lydia an die Schwester. «Wunder über Wunder.» Sie schüttelte ungläubig den Kopf, ging in die Küche, stellte die schmutzigen Teller in den Ausguss und holte eine große Schüssel mit Obst aus dem Kühlschrank.

Sie stellte sie auf den Küchentisch und drehte sich zu Miranda um, die jetzt mit den schmutzigen Gläsern und einer großen Flasche Wasser in die Küche kam.

«Also, da ist einmal Paul, den die Kinder ganz offensichtlich mögen. Das ist Wunder Nummer eins.» Lydia hielt den Daumen hoch. «Und dann spielt Jack mit Sophie Karten, ohne sie auch nur ein einziges Mal anzumeckern.» Sie hielt den zweiten Finger hoch. «Und dann bist da noch du, die offenbar nicht einmal überrascht ist, wie wunderbar alles läuft.»

Miranda lachte. «Ja, die Kinder scheinen Paul wirklich zu mögen. Letzten Samstag waren wir alle zusammen im Zoo, auch mit seinem Sohn Josh.»

«Und wie war's?»

«Gar nicht übel.» Miranda fischte sich eine Erdbeere aus der Fruchtschale. «Josh war zu Anfang sehr schüchtern, aber nach einer Weile sprachen und spielten sie miteinander, als hätten sie sich ewig gekannt.»

Sie stand auf und begann die Töpfe abzuwaschen. «Seit Jack über Weihnachten mit den Großeltern in Florida war, ist er netter zu Sophie.» Sie tröpfelte Spülmittel auf einen gelben Schwamm. «Ja, und was hattest du als drittes Wunder bezeichnet? Ach ja, dass ich diese gute Entwicklung für so selbstverständlich halte.» Sie legte den Topfdeckel aus der Hand und drehte sich zu der Schwester um. «Nein, das stimmt nicht. Ich weiß, dass ich ein Glückspilz bin.» Sie trocknete sich die Hände.

Lydia ging auf sie zu und umarmte sie plötzlich.

«Also, Schwesterchen, was ist denn in dich gefahren?» Miranda erwiderte die Umarmung und strich der Schwester liebevoll über den Rücken.

Lydia hielt sie noch einen Augenblick fest und löste sich dann aus der Umarmung. Sie ging zu dem kleinen Küchentisch, zog einen Stuhl vor und setzte sich.

«Ich weiß auch nicht, mein Herz.»

«Mein Herz?» Miranda sah die Schwester verwundert an. «Nicht mehr Dicke oder Faulpelz oder Dummchen?» Sie lachte.

Lydia blickte auf ihre Hände, die sie auf dem Tisch gefaltet hielt, und als sie den Kopf hob, sah Miranda, dass sie Tränen in den Augen hatte.

«He, was ist denn los?»

Lydia hatte einen Ausdruck auf dem Gesicht, den Miranda noch nie bei ihr gesehen hatte.

«Weißt du, Ran», begann sie schließlich, «ich kann mir kaum vorstellen, dass ich dich wirklich immer so beschimpft habe. Das hätte ich nie tun dürfen. Damals nicht und heute erst recht nicht. Du bist weder faul noch dumm und auch nicht dick.»

Miranda fasste sich mit gespieltem Erstaunen ans Herz. «Also, wenn dies kein echtes Wunder ist! Ich weiß nicht, ob ich es aushalten kann.»

«Ich meine es ganz ernst.» Lydia streckte ihr die Hand entgegen.

Miranda legte endlich das Handtuch aus der Hand, setzte sich an den Tisch und ergriff die Hand der Schwester.

Lydia hielt sie fest. «Du hast sehr schwere Zeiten hinter dir, Ran, und hast alles so gut gemeistert. Ich bin sehr stolz auf dich.» Sie drückte Mirandas Hand und ließ sie dann los. «Und das ist eigentlich das größte Wunder.»

Miranda lächelte ein wenig skeptisch. «Du bist nur stolz auf mich, weil ich abgenommen habe.»

«Nein», erwiderte Lydia mit Nachdruck. «Das ist nur ein winziger Teil. Du hast ja keine Ahnung, wie Leid mir alles tut.» Sie beugte sich vor und sah der Schwester in die Augen. «Wir haben uns selten über Henry unterhalten, aber es gibt da einiges, was du wissen solltest. Das eine ist, dass ich mit ihm Schluss gemacht habe. Und ich weiß nicht», sie lächelte traurig, «ob ich das überleben kann.»

Miranda sah die Schwester liebevoll an. Es war offensichtlich, dass Lydia sehr litt.

«Es tut mir so Leid», begann sie, aber Lydia unterbrach sie.

«Eigentlich hast du mir den Mut dazu gegeben. Es hat mir viel bedeutet, dass du mir keine Vorwürfe machtest, weil er verheiratet ist, und mir vertraut hast, dass ich die Situation richtig handhaben werde. Es war wie eine Herausforderung, endlich mich als der Mensch zu zeigen, den ich dir immer als Vorbild vorhielt. Der Mensch, zu dem ich dich immer mit all meinem Gemecker erziehen wollte. Aber es hat sich herausgestellt, dass du schon immer dieser Mensch warst. Eine wirklich großartige Frau.»

Jetzt liefen Lydia die Tränen über die Wangen. Sie wischte sie mit dem Handrücken fort. «Mein Gott, als Stephen noch lebte, wie habe ich dir immer in den Ohren gelegen, was für ein Miesling er sei. Als ob es so leicht ist, jemanden, den man liebt, objektiv und klar zu sehen.» Sie versuchte wieder, die Tränen wegzuwischen. «Und ich lebe schon seit Monaten wie in einem Nebel.»

«Du liebst diesen Mann wohl wirklich, was, Lydia?», fragte Miranda sanft.

Lydias Stimme war nur noch ein Flüstern. «So sehr, dass ich das Gefühl habe, mein Herz müsste brechen.» Nach einer kurzen Pause fuhr sie nachdenklich fort: «Es ist wirklich die blanke Ironie. Da habe ich dich immer beschuldigt, zu schwach zu sein, und jetzt bist du diejenige, die Rückgrat beweist, und ich benehme mich wie ein Waschlappen.»

Miranda stand auf und umarmte die Schwester von hinten, wie sie es oft bei ihren Kindern getan hatte. «Jemanden zu lieben macht dich nicht zum Waschlappen. Und man braucht wirklich übermenschliche Stärke, mit jemandem Schluss zu machen, den man über alles liebt.»

Lydia griff nach einer Papierserviette und betupfte sich die Augen. Ihre Wimperntusche war schwarz verschmiert. «Ob ich ihm wohl fehle?», sagte sie und putzte sich dann kräftig die Nase, bevor sie das Papier zusammenknüllte und in den etwas entfernt stehenden Papierkorb warf.

«Gut getroffen», sagte Miranda anerkennend und lächelte. Sie drückte die Schwester wieder an sich. «Natürlich fehlst du ihm.»

Das Telefon klingelte, und beide sahen erstaunt hoch. Lydia räusperte sich und nahm den Hörer ab. «Hallo?»

Miranda hatte sich gerade noch eine Erdbeere aus der Schüssel genommen und blickte die Schwester an, als Lydia die Luft anhielt und dann wieder anfing zu weinen. Aber dieses Mal lächelte sie unter Tränen.

«Was ist denn?», fragte sie, als die Schwester schließlich den Hörer küsste und ihn dann wieder auflegte.

«Das war Henry», sagte Lydia und strahlte. «Er hat mich gerade gefragt, ob ich ihn heiraten will.»

28. Kapitel

Stephen verlangsamte das Tempo, als er an einem großen Buchladen vorbeifuhr. Überall waren Exemplare von «Die Einsamkeit des Killers» ausgestellt. Je länger er hinsah, desto höher schienen die Stapel zu werden.

Genug, sagte er sich, gab wieder Gas und fuhr in Richtung der Filiale von Saks Fifth Avenue am Wilshire Boulevard. Er parkte sein Auto, und auf dem Weg zu dem Geschäft kam ihm ein modisch in Schwarz gekleidetes Paar entgegen. Der Mann hielt ein Baby auf dem Arm und stieß Stephen beim Vorbeigehen unsanft an. Ohne sich zu entschuldigen, murmelte der Mann nur etwas von bummelnden Touristen. Bummeln?, dachte Stephen wütend. Am liebsten hätte er hinter dem Mann hergeschrien: «Sie haben wirklich Nerven. Ich habe schließlich in New York gelebt, ich weiß wohl besser als Sie, was es bedeutet, es eilig zu haben.»

Stephen schüttelte über sich selbst den Kopf und setzte sich auf eine Bank. Ich drehe wirklich bald durch. Ich habe einfach zu viel Zeit. Er atmete tief ein und dann langsam wieder aus. Er sah auf seine Uhr. Es war erst zwei Uhr nachmittags, und der Rest des Tages hing über ihm wie eine dunkle Wolke. Er hatte Toby vor ein paar Tagen angerufen und sich mit ihm zum Mittag und anschließend zum Tennis verabredet. Aber während er unter der Dusche stand, hatte Toby zurückgerufen und auf dem Anrufbeantworter abgesagt. Er habe keine Zeit. Als Stephen ein paar Minuten später wieder seine Nummer wählte, hatte Toby noch nicht einmal den Hörer abgenommen, obgleich Stephen sicher war, dass er da war und nur den Beantworter eingeschaltet hatte. Zum Teufel mit dir, Toby. Er zog die Augenbrauen ärgerlich zusammen, als ihn ein kleines Mädchen, das auf beiden Seiten von seinen Eltern an den Händen gehalten wurde, ungeniert anstarrte, als käme er von einem anderen Stern. Mein Gott, war denn jeder hier Teil einer Familie? Es kam ihm so vor, als gingen nur glückliche Familien mit Kindern an ihm vorbei. Es war wirklich zum Kotzen.

Ihm fiel auf, wie einer der Jungens, der wohl ein oder zwei Jahre jünger sein mochte als Ethan jetzt, bewundernd zu seinem Vater aufblickte. Er konnte sich noch gut an einen solchen Blick seiner eigenen Söhne erinnern.

Er seufzte. Wie alt war Jack eigentlich, als er mit ihm im Park Ball gespielt hatte? Vielleicht fünf oder sechs, und er reagierte bereits unglaublich gut koordiniert und schnell, dachte Stephen stolz. Ich hätte mich mehr mit ihm beschäftigen sollen. Er fühlte so etwas wie ein schlechtes Gewissen. Heute spielte der Junge sicher schon in einer Baseballmannschaft.

Zwei kleine Mädchen gingen jetzt an ihm vorbei, offenbar Zwillinge. Sie hatten beide die gleichen weißen Kleider an, das Haar war in Zöpfe geflochten und mit identischen blauweißen Schleifen geschmückt. Genau wie die Schleifen, mit denen Sophie das Haar ihrer Lieblingspuppe zusammengebunden hatte.

Ein Gefühl der Einsamkeit überfiel Stephen so plötzlich, dass er von der Bank aufsprang. Du machst dich noch verrückt, ermahnte er sich selbst und betrat ein großes elegantes Kaufhaus. Er ging durch die Kosmetikabteilung, atmete tief die verführerischen Düfte ein und genoss den Anblick der superschlanken jungen Verkäuferinnen, die die vorbeigehenden Frauen mit einer Duftprobe von dieser Kreation und einem Testfläschchen jenes Make-ups zum Kaufen verleiten wollten. Es wäre einfach toll, wenn er eine dieser jungen Frauen mit nach Hause nehmen könnte, um sich in ihrem festen Fleisch zu verlieren, bis er all seine quälenden Emotionen nicht mehr empfand.

Mit Unbehagen dachte er an den letzten Dienstagabend. Er war ins Kino gegangen und war mit zwei jungen Frauen, die neben ihm saßen, ins Gespräch gekommen. Nach dem Film hatten sie noch ein Bier zusammen getrunken, und eine von beiden, sogar die besser Aussehende, war mit ihm nach Hause gegangen. Stephen fuhr unwillkürlich zusammen, als er an den Verlauf der Nacht dachte.

Verdammt, dachte er, so schlimm war es nun wirklich nicht. Das passierte allen Männern mal. War nur menschlich. Außerdem konnte ich sie doch auch so befriedigen. Dass sie schon vor Mitternacht verschwand, hatte sicher nichts mit mir zu tun. Sie musste schließlich am nächsten Tag arbeiten und früh raus.

Stephen verdrängte diese tristen Gedanken und ging in die Herrenabteilung. Er brauchte Socken. Er hatte seine Haushälterin entlassen und hatte jetzt nur eine Frau, die einmal in der Woche vier Stunden zum Putzen kam. Das reichte zwar aus, aber sie hatte natürlich keine Zeit zum Waschen. Und er hatte keine sauberen Socken mehr. Einen neuen Schlips könnte er auch gebrauchen. Unter einem Glastresen lagen elegante Krawatten in einem feinen türkischen Muster. Er hob eine nach der anderen hoch und hielt sie sich an. Schließlich entschied er sich für eine in Rot- und Blautönen.

Er rief einen jungen, offensichtlich unerfahrenen Verkäufer herbei, der auf der anderen Seite des Verkaufstisches Handschuhe sortierte.

«Die Krawatte ist sehr attraktiv», sagte der junge Mann und räusperte sich nervös wie ein Schüler bei seiner ersten Verabredung. «Wir haben dieses Design auch in Grün- und Lilatönen.»

Stephen zögerte. Er brauchte eigentlich nur einen Schlips.

Das heißt, eigentlich brauchte er überhaupt keinen, aber das Muster gefiel ihm.

«Und sie sind momentan herabgesetzt und kosten nur 140 Dollar», fügte der Verkäufer hinzu.

140 Dollar, das waren beinahe 300 Dollar für zwei Streifen Stoff, die er eigentlich überhaupt nicht brauchte. Wie konnte er das bei seinem schwindenden Bankkonto verantworten? Stephen biss die Zähne zusammen. Mit einer gesunden sechsstelligen Summe hatte er sein kalifornisches Abenteuer begonnen, jetzt war er bei einer fünfstelligen Ziffer angelangt. Und bald war wieder die Miete und die Rate für sein Auto fällig.

Verdammt nochmal, er würde sich doch wegen ein paar lausiger hundert Dollar nicht den Kopf zerbrechen. «Ich nehme beide», sagte er, zog mit einer großartigen Geste seine goldene Kreditkarte heraus und reichte sie dem Verkäufer. Der junge Mann war sicher neidisch und tief beeindruckt.

Mit der kleinen Tüte unter dem Arm verließ Stephen hoch erhobenen Hauptes das Geschäft. Aber als er kurze Zeit später in ein Stehcafé trat, wurde ihm bewusst, wie leichtsinnig der Kauf gewesen war. «Einen Cappuccino, bitte.»

«Normal oder koffeinfrei?», fragte die mittelalterliche Verkäuferin mit gelangweilter Stimme.

Stephen war plötzlich vor Panik wie gelähmt. Ein Cappuccino kostete drei Dollar fünfzig. Beinahe fünf Dollar. Und von fünf bis zehn war es auch kein großer Schritt. Und von zehn bis hundert war es nicht weit. Ihm schwindelte. Der Raum begann sich um ihn zu drehen.

Die Frau sah ihn abwartend an. «Ist Ihnen nicht gut?», fragte sie.

«Doch, doch.» Stephen riss sich zusammen. «Koffeinfrei», sagte er dann. «Und nur einen normalen Kaffee, keinen Cappuccino.» Der kostete schließlich nur einen Dollar. Das Gefühl der Panik nahm etwas ab.

Stephen griff nach der dampfenden Tasse, die die Frau ihm hinhielt, und ging auf ein leeres der hohen Stehtischchen zu. Er versuchte sich durch tiefes Ein- und Ausatmen zu beruhigen und war sich bewusst, dass ihm die Verkäuferin hinterhersah. Mein Gott, dachte er, sie sieht aus wie meine Mutter. Das gleiche graue Haar, der gleiche Ausdruck von verächtlichem Mitleid auf dem Gesicht.

Nein, korrigierte er sich schnell, meine Mutter empfand keine Verachtung und kein Mitleid mir gegenüber. Meine Mutter liebte mich. Er nickte mit dem Kopf und merkte plötzlich, dass seine Beine ihn kaum noch tragen konnten. Er verließ das Café und ging langsam über den Parkplatz und direkt auf seinen BMW zu. Ich muss mich einfach zusammennehmen, dachte er, als er die Autotür öffnete und sich hinter das Steuerrad schob. Aber er konnte die Bilder von seinen Eltern nicht verdrängen, die ihm plötzlich vor Augen standen. Er sah sich als kleinen Jungen in dem gemeinsamen Büro der Eltern, die ihre Vorlesungen vorbereiteten. Er sah ihre lächelnden Gesichter, als er sein Abschlusszeugnis von der High School in der Hand hielt.

Dann wurden aus den Bildern der Eltern Bilder seiner Frau und seiner Kinder. Er sah Jack an seinem letzten Tag in diesem albernen Montessori-Kindergarten, zu dem die Kinder ja nach Mirandas Meinung unbedingt hatten gehen müssen. Er sah Sophie, seine entzückende Sophie, wie sie eifrig Sand in einen Eimer schaufelte, als sie damals in Maine ihren Sommerurlaub verbracht hatten. Sie trug diesen niedlichen rosa geblümten Badeanzug und lächelte den Vater strahlend an. Und Ethan. Würde er Ethan überhaupt noch erkennen? Er hatte sich sicher im letzten Jahr unheimlich verändert. Er war erst fünf gewesen, als Stephen verschwunden war, beinahe noch ein Baby. Jetzt war er schon beinahe sieben, ein richtiger Junge.

Stephen fühlte, wie sich sein Magen schmerzhaft verkrampfte. Ich will alles wiederhaben, schrie es in ihm. Ich will mein Leben zurückhaben. Ich will wieder Forrestor sein und Geld scheffeln und nicht irgendein bedauernswerter Namenloser, der sich um den Preis von einem Cappuccino Gedanken machte.

Eine plötzliche Übelkeit übermannte ihn, und er riss die Autotür auf, setzte die Füße auf den Betonboden und stützte den Kopf in die Hände. Das fehlte noch, dass er sich hier auf einem öffentlichen Parkplatz übergab. Er atmete tief durch und fühlte mit Erleichterung, wie die Übelkeit allmählich abnahm.

Er starrte weiterhin auf den Boden, und plötzlich kam ihm die Erkenntnis: Ich muss zurück.

Aber ich kann doch nicht zurück!

Schließlich richtete er sich auf, zog die Beine wieder ins Auto und hielt das Steuerrad mit beiden Händen umklammert. Ich lasse mich nicht fertig machen, beschloss er. Ich kann zurück. Ich muss zurückkönnen. Er dachte daran, wie überrascht und glücklich seine Eltern sein würden, wenn er plötzlich durch ihre Tür trat.

Aber was würde er auf ihre Fragen antworten? Amnesie, würde er sagen. Er hätte bei dem Bombenattentat in der Bank sein Gedächtnis verloren. Sie würden ihm nur zu gern glauben. Und dann kann ich wieder meine Bestseller schreiben.

Aber, halt, er war ja gar nicht mehr Forrestor. Diese hinterhältige Schlampe Miranda war ja jetzt der berühmte Autor. Er lehnte sich zurück und schloss die Augen. Wenn er zurückkäme, würde Miranda das Geld zurückhaben wollen. Miranda würde sich wegen seines Verrats rächen wollen, Miranda würde ihre Rolle als Forrestor nicht aufgeben. Sie würde außerdem sicher die Kinder von ihm fern halten. Solange es Miranda gab, konnte er wirklich nicht zurück.

Aber er würde schon einen Weg finden. Er musste einfach zurück. Das war seine einzige Chance.

29. Kapitel

Sophie warf den Ball gegen die Wand, drehte sich schnell um und klatschte in die Hände, bevor sie den Ball wieder auffing. Sie hielt ihn triumphierend in die Höhe.

«Toll, Sophie, das war ja super», rief Josie Frommer. Ihre roten Locken tanzten um ihr schmales Gesicht. «Vielleicht können wir ja zu uns gehen, wenn meine Mutter kommt, und können weiterspielen. Und vielleicht kann ich dich dann auch mal schlagen.»

Lucy Driscoll strich sich über die dunklen Zöpfe und sah Josie verächtlich an. «Ich fresse einen Staubsauger, wenn du das schaffst.»

«Einen Besen meinst du ja wohl. Noch nicht einmal das weißt du.» Josie schüttelte den Kopf.

«Hört auf.» Wie immer musste Sophie zwischen den beiden Mädchen vermitteln, die ihre besten Freundinnen geworden waren. «Wir sollten lieber nachsehen, ob deine Mutter nicht bald kommt.»

Die drei hatten schon eine Viertelstunde im Flur der Clareton-Schule gewartet. Eda Frommer kam grundsätzlich zu spät, und ihre Tochter hatte immer etwas zum Lesen dabei, falls sie auf ihre Mutter warten musste.

«Ja», sagte Josie und blickte auf ihre Mickymaus-Uhr. «Lasst uns nach draußen gehen.»

Sophie trat als Erste aus der schweren Eingangstür. Nach dem Halbdunkel des Schulflurs musste sie in dem hellen Sonnenlicht blinzeln. Sie hielt die Tür für die Freundinnen auf und sah in dem Moment einen Mann, der auf den Stufen des gegenüberliegenden Apartmenthauses gesessen hatte und jetzt aufstand. Er war relativ groß und hatte blondes Haar und einen blonden Bart. Er fixierte sie intensiv ein paar Sekunden lang, drehte sich dann schnell um und war in kurzer Zeit zwischen den Fußgängern verschwunden.

Wie in Trance ließ Sophie die Tür los und reagierte kaum, als Lucy empört aufschrie, weil die Tür sie an der Schulter traf. Beide Mädchen starrten die Freundin sprachlos an, als Sophie jetzt die Stufen hinuntersprang und, so schnell sie ihre Beine trugen, die Straße entlanglief.

«Sophie, wo willst du denn hin?», rief Josie. «Meine Mutter wird jede Sekunde hier sein.»

Dann war Sophie um die nächste Ecke verschwunden.

«Mommy, Mommy!»

Miranda konnte ihre Tochter schon auf dem Flur hören. Sie stürzte aus dem Arbeitszimmer, gerade als Sophie die Eingangstür aufschloss.

«Was ist denn, Liebling?» Sie hob die Tochter hoch und drückte sie, setzte sie dann wieder vorsichtig auf den Boden und betrachtete sie besorgt von oben bis unten. Aber Sophie hatte nur ein rotes, erhitztes Gesicht, sonst schien sie in Ordnung zu sein.

«Ich habe Daddy gesehen!» Sophie lächelte glücklich. «Ich kam gerade mit Josie und Lucy aus der Schule, und da wartete er auf der anderen Straßenseite.»

Miranda fühlte, wie sich ihr Magen zusammenkrampfte. Seufzend sank sie auf das Sofa. Sie war so sicher gewesen, dass es Sophie schon viel besser ging, und jetzt das. Sie zog die Tochter auf den Schoß und legte die Arme um sie.

«Mein Liebling», sagte sie leise und vorsichtig, «ich weiß, wie wunderbar es wäre, wenn Daddy noch am Leben wäre. Aber er ist tot, das weißt du doch.» Sie strich der Kleinen das feuchte Haar aus der Stirn.

Ungeduldig machte Sophie sich los und stand auf. Sie stellte sich vor die Mutter hin und schüttelte den Kopf. «Nein. Mommy, hör mir doch zu. Daddy war wirklich da. Er saß auf den Stufen von dem roten Haus gegenüber. Du musst mir glauben. Erst als er mich sah, stand er auf und ging weg.»

Miranda seufzte wieder und lächelte traurig. «Du hast einen Mann gesehen, der wie Daddy aussah, mein Schatz.»

Sophie rollte verzweifelt mit den Augen. «Er sah noch nicht einmal sehr wie Daddy aus. Er hatte längeres blondes Haar und einen Bart. Aber es war Daddy.» Sie sah, wie ihre Mutter sie ungläubig anstarrte, und stampfte mit dem Fuß auf. «Ich sage dir, er war es. Ich kenne doch meinen Daddy.»

Miranda hatte keine Ahnung, was sie tun sollte. Weil ihr nichts Besseres einfiel, stand sie auf und führte Sophie in die Küche. Sie holte Milch aus dem Kühlschrank und eine Schachtel Kekse aus dem Schrank. Sie setzte sich an den Tisch und bedeutete Sophie, sich auch zu setzen.

«Gut, mein Liebling, dann erzähl mir mal genau, was vorgefallen ist.»

Zwanzig Minuten später war Sophie in ihrem Zimmer. Sie hatte sich ein wenig beruhigt, nachdem ihre Mutter ihr versprochen hatte, sich um die Sache zu kümmern. Was soll ich tun?, fragte sich Miranda verzweifelt, während sie die Kekskrümel mit einem Schwamm vom Tisch wischte. Stephen war tot, und er würde nicht wieder lebendig werden, so sehr sich Sophie das auch wünschte.

Sie spülte den Schwamm unter dem kalten Wasser aus und legte ihn auf den Rand des Spülbeckens. Es war so traurig, dass Sophie den Tod des Vaters immer noch nicht akzeptieren konnte. In den letzten Monaten hatte sie wieder wie die alte Sophie gewirkt, die Schule hatte ihr wieder mehr Spaß gemacht, sie war fröhlicher und ausgeglichener zu Hause. Und jetzt war alles wie früher, als sie vollkommen fremde Männer ansprach, die sie für ihren Vater hielt. Miranda hatte Angst um sie. Aber mehr noch als diese Angst belastete sie die Vorstellung, dass Sophie wieder in ihr altes selbstzerstörerisches Verhalten zurückfallen könnte, das sie in der ersten Zeit nach Stephens Tod gezeigt hatte.

Es hatte ihr große Sorgen gemacht, als Sophie die Schule schwänzte und auch zu Hause und anderen gegenüber ausgesprochen frech und unverschämt war. Aber viel schlimmer war, dass sie jetzt meinte, ihren Vater gesehen zu haben, einen Vater, der sich wie der Held in einem Märchen nach seiner Tochter verzehrte und vor der Schule auf sie wartete. Miranda ging ziellos in der Küche auf und ab, schloss hier eine halb offene Schublade, rückte dort ein paar Kochbücher zurecht, ordnete Papiere, die Ethan mit grünem Filzstift bemalt hatte, und blieb schließlich, mit dem Rücken gegen den Kühlschrank gelehnt, stehen. Sie schloss die Augen. Wie hatte sie nur übersehen können, dass ihre Tochter eigentlich noch sehr labil war? Schuldgefühle überwältigten sie. Ihr extrovertiertes, fröhliches kleines Mädchen litt unter Wahnvorstellungen. Nichts war in Ordnung.

Miranda öffnete die Augen und atmete ein paarmal tief durch. Die vertraute Umgebung beruhigte sie für einen Augenblick. Die helle Küche, die immer leicht unordentlich war, das Tropfen des undichten Wasserhahns, all das schien sie in die Wirklichkeit zurückzubringen.

Sophie war kein Kind mit einer blühenden Phantasie. Sie log nicht, und sie stellte sich auch keine Ungeheuer in ihrem Schrank oder Monster unter ihrem Bett vor. Sophie war das nüchternste ihrer drei Kinder, sie stand schon jetzt mit beiden

Beinen fest auf der Erde. Sie hatte ganz sicher nicht ihren Vater gesehen, aber es musste jemand gewesen sein, der Stephen sehr ähnlich war, im Aussehen und auch in der Gestik.

Ihr fiel ein, was Paul neulich so nebenbei gesagt hatte, als er von dem letzten finanziellen Erfolg Forrestors gesprochen hatte. «Ich würde das Geld nehmen und verschwinden.»

Plötzlich fühlte sie, wie ihr das Blut zu Kopf stieg und die Knie zitterten. Das kann einfach nicht sein, sagte sie sich immer wieder, um den Ansturm der Gefühle zu dämpfen, der sie zu überwältigen drohte. Sie ließ sich schwer auf einen Stuhl sinken.

Sie zwang sich, darüber nachzudenken, was sie effektiv wusste. Stephen Shaeffer war verschwunden. Seine Leiche war nie gefunden worden. Das gesparte Geld war weg. Und in all den Monaten nach dem Bombenanschlag hatte man bisher keinerlei Beweise für Stephen Shaeffers Tod finden können.

«Mein Gott, ist es möglich, dass er noch lebt?», brach es aus ihr heraus. Sie war wie gelähmt vor Entsetzen.

Dass Stephen den Anschlag überlebt haben sollte, schien genauso unwahrscheinlich zu sein wie dass ein Fluss seinen Lauf ändern konnte oder der Himmel einstürzte. Er hatte doch nicht einfach verschwinden können. Er würde so etwas nicht tun, versuchte sie sich selbst zu beruhigen. Er hatte schließlich drei Kinder und war der einzige Sohn seiner alten Eltern.

Aber so absurd diese Idee auch war, sie fühlte eine stille Wut in sich aufsteigen, die ihr das Gegenteil sagte. Stephen Shaeffer war nicht mehr der Mann gewesen, den sie einmal geheiratet hatte. Er war ihr fremd geworden. Und wer um Himmels willen wusste denn, zu was dieser Stephen fähig war.

Die Geschenke! Plötzlich fiel es ihr wieder ein. Vor einiger Zeit hatten die Kinder Geschenke bekommen, ohne dass eine Karte dabei lag oder irgendein Hinweis darauf, wer sie geschickt haben mochte. Miranda schloss die Augen und versuchte zu erinnern, was in dem Paket gewesen war. Richtig, ein pfirsichfarbener Gymnastikanzug für Sophie mit einem dazu passenden Ballettröckchen; Sportschuhe und ein Fußballtrikot für Jack und ein Cowboykostüm mit Stiefeln für Ethan. Alles war offensichtlich teuer, sämtliche Anhänger waren entfernt worden, und nichts hatte gepasst.

Absender war ein Kaufhaus in Florida, und Miranda hatte sofort angenommen, dass es von Esther kam, wenn diese Art von Geschenk ihrer Mutter eigentlich auch nicht ähnlich sah. Vor allen Dingen hätte sie sich erst bei Miranda nach der richtigen Größe der Kinder erkundigt. Ihre Mutter hatte auch prompt gesagt, dass sie nichts geschickt hätte. Miranda hatte der Sache eigentlich nachgehen wollen, aber dann gemeint, dass das Geschäft sich wahrscheinlich sowieso nicht die Mühe machen würde, herauszufinden, wer die Sachen wohl gekauft hatte. Und so wichtig war es dann auch nicht gewesen. Miranda hatte die Episode schnell vergessen.

Aber jetzt fiel es ihr wieder ein. Es sah Stephen ähnlich, Sachen für die Kinder auszusuchen, mit denen er meinte, sie beeindrucken zu können, und sich dabei noch nicht einmal Gedanken um die richtige Größe zu machen. Es überlief Miranda kalt.

Sie ging in ihr Arbeitszimmer und schloss die Tür hinter sich. Sie musste nachdenken.

Das Forrestor-Konto war leer geräumt gewesen. Hatte er sich so auf sein Verschwinden vorbereitet? Aber wie hatte er einen so dramatischen Abgang planen können? Ihr stockte der Atem. Könnte es sein, dass Stephen an dem Bombenanschlag beteiligt gewesen war?

Sie stützte den Kopf in die Hände und starrte geradeaus. Könnte es denn sein, dass die Kallifer Five gelogen hatte, dass sie gar nicht schuldig war? Nein. Alle fünf Mitglieder der Terroristengruppe saßen im Gefängnis. Mindestens vier von ihnen würden zum Tode verurteilt werden. Es war ausgeschlossen, dass sie ein solches Verbrechen gestanden, ohne schuldig zu sein.

Stephen hatte mit der Planung und Ausführung des Anschlags nichts zu tun. Aber könnte es sein, dass er das Geschehen zu seinem eigenen Vorteil ausgenutzt hatte? War das eine vollkommen abwegige Idee? Er hatte schließlich schon seit Monaten Geld von den Konten abgehoben. Er wollte sie wahrscheinlich verlassen. Sie hatte das irgendwie schon gewusst, seit sie entdeckt hatte, dass das Geld fehlte, aber sie hatte nicht darüber nachdenken wollen. Aber jetzt musste sie es. Stephen war schon seit Monaten unglücklich gewesen. Nein, musste sie sich eingestehen, nicht seit Monaten, seit Jahren. Aber war er dazu fähig, seine Kinder, seine Eltern und auch sie dem Elend auszusetzen? Ja, kam ihr ganz plötzlich die Antwort. Ja, dazu war er durchaus in der Lage.

Dieser Scheißkerl, dachte sie wütend. Stephen Shaeffer, ein Mann, der es fertig brachte, seine drei Kinder in Armut zu stürzen. Ja, so einer war er. Und jetzt hatte er beschlossen, wieder aufzutauchen. Okay, vielleicht hatte er nicht erwartet, dass Sophie ihn sehen würde. Er hatte sich ganz sicher nicht zu erkennen geben wollen. Wenigstens jetzt noch nicht. Aber vielleicht später? Was würde geschehen, wenn er Jack und Ethan sehen wollte?

Sie fühlte, wie das Leben in sie zurückkehrte. Eines wusste sie bestimmt, sie würde hier nicht tatenlos herumsitzen und auf sein nächstes Auftauchen warten. Sie würde alles, was sie über ihn wusste, was sie in fünfzehn Jahren Ehe über ihn erfahren hatte, einsetzen, um ihn zu finden. Sie zog einen gelben Block und einen feinen schwarzen Filzstift aus der Schublade und begann aufzuschreiben, was ihr dazu einfiel.

Stephen musste gleich nach dem Bombenattentat New York verlassen haben. Das war nur logisch für jemanden, dessen Gesicht wochenlang jeden Abend im Fernsehen zu sehen war. Miranda überlegte, wo er wohl untergeschlüpft sein konnte, erkannte dann aber schnell, dass das eigentlich im Augenblick gleichgültig war. Wenn ihre Tochter ihn heute gesehen hatte, dann musste er irgendwo in Manhattan stecken. Aber wo? Es wäre beinahe unmöglich, den alten Stephen aus der ersten Zeit ihrer Ehe zu finden, dachte sie und lächelte traurig. Er wäre irgendwo in einem billigen Hotel abgestiegen zwischen Staten Island und der Bronx. Aber wie war es mit dem Stephen der letzten Jahre, dem Mann mit den eleganten Anzügen und dem teuren Geschmack? Wenn er sich nicht schon wieder verändert hatte, dann sollte er schnell zu finden sein. Sie würde nicht länger als fünf oder zehn Minuten brauchen.

Sie beugte sich vor, zog das dicke Buch mit den Gelben Seiten aus dem Regal und schlug die Kategorie Hotel auf. Welches waren die edelsten und teuersten Hotels in Manhattan? Wahrscheinlich war er im Plaza abgestiegen oder in den Four Seasons. Vielleicht aber auch im Regency oder dem Parker Meridien. Sie notierte sich Namen und Telefonnummern. Sie würde nur ein paar Anrufe machen müssen.

Sie begann mit dem Plaza. Unter Stephen Shaeffer war keiner gemeldet. Stephen Forrestor? Sie konnte sich gut vorstellen, dass ihr Mann sein früheres Pseudonym benutzte, um etwas Abstand zwischen sein jetziges und sein früheres Leben zu bringen. Als es auch keinen Stephen Forrestor im Plaza gab, rief sie noch bei elf weiteren Hotels an. Nach einer halben Stunde ständigen Telefonierens hatte sie schließlich einen Richard Shaeffer erreicht, der aber mindestens fünfundsiebzig sein musste, und eine Person namens Michael Forrestor, eine Frau, wie sich dann herausstellte.

Sie hatte die besten Hotels angerufen, ohne Erfolg. Irgendetwas musste sie übersehen haben. Sie ging wieder ihre Notizen durch, entzifferte die hastig hingekritzelten Namen mit den Preisangaben in Dollar daneben. Sie verzog trotz ihrer Wut das Gesicht zu einem ironischen Lächeln. Sah so nicht das Leben ihres Mannes jetzt aus? Wurde es nicht vom allmächtigen Dollar regiert? Und hatte ihr Vater das Geld nicht immer als Wurzel allen Übels bezeichnet?

Ja, wie war es überhaupt mit dem Geld? Wo war es geblieben? Große Summen waren von den gemeinsamen Konten verschwunden. Irgendwo mussten die doch geblieben sein. Er würde schließlich nicht Millionen mit sich herumgeschleppt haben, als er nach dem Bombenattentat verschwand. Er musste irgendwo ein anderes Konto eingerichtet haben. Vielleicht sogar mehrere.

Tut mir Leid, Stephen, sagte sie zu sich selbst, als sie den Hörer wieder abhob, aber nun werde ich dir auf die Spur kommen. Sie wählte eine Nummer und wartete ungeduldig.

«Fred Salley», meldete sich ihr früherer Chef nach dreimaligem Klingeln.

«Hier spricht Miranda. Gott sei Dank sind Sie noch da.» Sie räusperte sich. «Ich habe eine große Bitte an Sie, es ist unglaublich wichtig für mich.»

Freds Ja kam sofort.

«Ich muss herausfinden, auf welches Konto bei welcher Bank mein Mann große Summen von unseren gemeinsamen Konten eingezahlt hat. Es könnten auch mehrere Banken sein.»

«Hmm», sagte Fred zögernd. «Das ist nicht so einfach.»

Miranda wusste, dass sie ihm reinen Wein einschenken musste. «Vielleicht hat er das oder die Konten auch unter einem anderen Namen eröffnet. Stephen wollte das Geld vor mir verstecken und vielleicht auch vor der Steuerbehörde. Ich weiß es nicht genau.»

«Ach du liebe Zeit.» Fred war offensichtlich überrascht. Nach einer kurzen Pause fuhr er fort. «Geht es um mehr als zehntausend Dollar?»

Miranda überlegte einen Augenblick. «Ja, ich würde denken, um sehr viel mehr.»

«Okay, dann haben wir eine Chance. Einzahlungen dieser Größenordnung werden aus steuerlichen Gründen registriert. Ich muss zwar meinen ganzen Einfluss geltend machen, aber ich habe den Eindruck, dass es wirklich wichtig für Sie ist.»

«Sie können sich nicht vorstellen wie wichtig.» Miranda seufzte.

«Gut.» Fred war jetzt ganz Geschäftsmann. «Geben Sie mir den vollen Namen Ihres Mannes und seine Sozialversicherungsnummer. Dann werde ich sehen, was sich machen lässt.»

«Stephen Alanson Shaeffer», antwortete sie, ohne zu zögern.

«Buchstabieren Sie bitte den Mittelnamen», sagte Fred, «er ist ungewöhnlich.»

Miranda lachte bitter. «A-l-a-n-s-o-n. Das war zu Ehren des William-Alanson-White-Instituts, wo sich seine Mutter eigentlich zur Psychoanalytikerin ausbilden lassen wollte. Aber dann traf sie Stephens Vater und ging ihm zuliebe als Doktorandin nach Ann Arbor an die Uni. Stephen war der Meinung, dass sie auf diese Weise ihren Mann immer wieder daran erinnern wollte, was sie ihm zuliebe aufgegeben hatte.»

«Gut», sagte Fred. «Ich werde sehen, was ich herausbekommen kann.»

Schon nach einer Stunde rief er wieder an.

«Sie stehen jetzt wirklich in meiner Schuld, Miranda», sagte er, sobald sie sich gemeldet hatte. «Ich habe das Konto, das Sie suchen, bei der Midway Bank gefunden. Alanson Shaeffer ist der stolze Besitzer von gut zwölftausend Dollar. Das Konto befindet sich bei der Filiale Madison und 55. Straße. Übrigens hat man mir gesagt, dass da früher mal sehr viel mehr Geld war.»

Miranda dachte nach. «Fred, gibt es eine Möglichkeit für mich, an das Geld heranzukommen?»

«Selbstverständlich.» Fred lachte. «Sie brauchen doch nur den Totenschein vorzulegen und sollten dann keine Probleme haben. Schließlich sind Sie seine Witwe.» Dann wurde er ernst. «Miranda, haben Sie Schwierigkeiten?»

«Wie kommen Sie denn auf die Idee?» Mirandas Lachen klang etwas zu schrill. «Aber im Ernst, Fred, ich habe im vergangenen Jahr viel aushalten müssen, aber ich glaube, ich bin jetzt endgültig auf dem aufsteigenden Ast.»

«Ich weiß nicht, was los ist, und Sie müssen mir auch nichts erzählen», sagte Fred. «Aber wenn Sie mich brauchen, ich bin immer für Sie da.»

Miranda war gerührt. Eigentlich war Fred nur ihr Chef und nie mehr als ein oberflächlicher Bekannter gewesen. Aber immer, wenn sie ihn gebraucht hatte, war er für sie da gewesen. «Danke, Fred. Ich bin Ihnen sehr dankbar.»

Als Miranda am nächsten Morgen den Totenschein bei der Rezeption der Bank vorzeigte, wurde sie in das Büro von Wanda Prince geführt, einer der leitenden Angestellten der Bank. Fünfzehn Minuten später hielt sie einen Ausdruck der Kontobewegungen der letzten zwei Jahre von Alanson Shaeffer in den Händen. Am 10. Dezember, am 12. März und am 10. April waren große Summen von dem Konto abgehoben worden. Erstaunlich, dachte Miranda und drückte das Papier kurz an ihre Brust, wenn man bedenkt, dass Stephen zu der Zeit längst tot war.

«Kann ich Ihnen sonst noch irgendwie behilflich sein, Mrs. Shaeffer?», fragte die zierliche Brünette.

Sie können mir ein Gewehr besorgen, dachte Miranda bitter. «Nein, vielen Dank. Sie waren sehr hilfreich.»

Ms. Prince stand auf. «Also, wenn es weiter nichts gibt ...»

Miranda erhob sich ebenfalls, blieb allerdings noch kurz stehen. «Kann man irgendwie feststellen, ob das Geld persönlich abgeholt wurde?», fragte sie.

«Nein.» Ms. Prince zögerte. «Es könnte auch per schriftlicher Anweisung geschehen sein.» Beunruhigt blickte sie Miranda an. «Stimmt irgendetwas nicht?»

Sie hatte den Totenschein nur flüchtig überflogen, bevor sie Miranda die gewünschte Auskunft gab. Sicher hatte sie das genaue Datum von Stephens Tod nicht registriert. Miranda überlegte kurz, ob sie die Angestellte auf die zeitliche Diskrepanz hinweisen sollte, entschied sich aber dagegen. Sie selbst würde die Dinge in die Hand nehmen. Stephen Shaeffer war schließlich der Vater ihrer Kinder. Sie wollte nicht, dass er ins Gefängnis kam. Auf der anderen Seite würde sie ihn nicht ungeschoren davonkommen lassen.

«Nein, Ms. Prince, alles ist in Ordnung.»

Miranda musste sich beeilen, denn sie hatte versprochen, beim Buchverkauf in Jacks Schule mitzuhelfen. Sie kam erst kurz vor Ethan wieder nach Hause, Jack und Sophie folgten in kurzen Abständen. Nachdem sie ihnen eine Kleinigkeit zu essen gegeben hatte, erlaubte sie ihnen, das «Star Wars»-Video anzusehen, ein Film, der alle Drei begeisterte.

«Wieso lässt du uns denn jetzt einen Film sehen?», fragte Ethan, wurde aber schnell von seinen älteren Geschwistern zum Schweigen gebracht. Normalerweise durften sie am helllichten Nachmittag nicht fernsehen, warum also lange fragen.

Miranda hatte keine Zeit, ein schlechtes Gewissen zu haben, weil sie gegen eine ihrer eisernen Prinzipien verstieß. Stephen Shaeffer lebte, und zwar irgendwo in New York City, und sie musste ihn in den nächsten zwei Stunden finden. Sie holte wieder ihren gelben Block hervor und begann die Liste der Hotels erneut abzutelefonieren. Nur dieses Mal fragte sie nach Alanson

Shaeffer oder nach einem gewissen Mr. Alanson. Aber vergebens. Männer dieses Namens waren in keinem der Hotels gemeldet.

Dann schrieb sie alles auf, was Stephen vielleicht bei der Erfindung eines Namens hätte berücksichtigen können. Stephen Morris vielleicht, nach dem Vornamen von Stephens geliebtem Großvater. Stephen Goren vielleicht nach dem berühmten Bridgespieler, dessen Bücher Stephen verschlungen hatte, als sie noch im College Karten spielten. Dann fielen ihr noch weitere Namen ein: Colby und Cummings nach Leuten aus der Agentur, wo er mal gearbeitet hatte, Callowell nach dem zweiten Ehemann seiner Tante Sarah, der ihn als Jungen häufiger zu Baseball-Spielen mitgenommen hatte, und Nathanael und West nach einem seiner Lieblingsautoren.

Entschlossen nahm sie den Hörer hoch und begann wieder zu telefonieren. Anfangs fragte sie nur jeweils nach einem Namen, damit die Hotelleute nicht misstrauisch würden. Aber dann drängte die Zeit, und sie nannte gleich zwei Namen auf einmal. Und doch brauchte sie eine gute Stunde, bis sie alle Namen auf der Liste durchgecheckt hatte.

Nichts, dachte sie, und ihr wurde ganz elend bei der Vorstellung, er sei vielleicht bei irgendwelchen Freunden, die sie nicht kannte, untergeschlüpft und gar nicht in einem Hotel abgestiegen. Oder vielleicht wohnte er außerhalb der Stadt in New Jersey oder Westchester.

Ich werde alles tun, was in meiner Macht steht, sprach sie sich selbst Mut zu. Ich werde nicht in Panik verfallen. Sie ging noch einmal die Liste durch. «Los, Ran», sagte sie laut, «streng dich an, was könnte es noch sein?» Jetzt schrieb sie Namen auf, die mit der glücklichsten Zeit zu tun hatten, die sie miteinander verlebt hatten. Es war zwar ein scheußlicher Gedanke, dass Stephen diese Erinnerungen für seine finsteren Zwecke missbraucht hatte, aber vielleicht war er sogar dazu fähig. Er hatte ja, weiß Gott, allerlei fertig gebracht, was sie nie für möglich gehalten hätte.

Stephen Keys schrieb sie auf in Erinnerung an ihre Flitterwochen auf den Florida Keys. Dann Stephen Jack, Stephen Sophie und Stephen Ethan nach den Namen seiner Kinder. Das wäre zwar der Gipfel der Kaltblütigkeit, aber ihm durchaus zuzutrauen.

Dann dachte sie an ihre Hochzeit und fügte Silver nach dem Namen des Rabbis, der sie getraut hatte, Emanuel nach dem Tempel, wo sie getraut wurden, und Jordan, nach dem Namen des Restaurants hinzu, wo sie die Hochzeit gefeiert hatten. Fieberhaft suchte sie nach weiteren Möglichkeiten. Frederick, so hatte sie den Plüschbären genannt, den Stephen für sie auf einem Jahrmarkt in Maine gewonnen hatte, als sie nach Sophies Geburt dort Urlaub machten. Sie hatte dem Baby den Teddy geben wollen, aber Stephen bestand darauf, dass sie selbst ihn behielt. Es war albern, aber gleichzeitig eine so liebevolle Geste gewesen. Von wegen liebevoll, dachte sie jetzt bitter, nahm das Telefon auf den Schoß und wählte wieder die Nummer des Plaza.

Bei dem neunten Hotel wurde sie fündig. Ein Stephen Frederick wohnte in dem Sherry Netherland. Sekunden später hatte die Rezeption sie mit seinem Zimmer verbunden. Miranda umklammerte fest den Hörer. Beim zweiten Klingeln wurde das Telefon abgenommen. Sie konnte kaum atmen.

«Hallo?», sagte der Mann am anderen Ende. Und noch einmal: «Hallo?» Dann legte er schnell wieder auf.

Miranda stand wie festgewurzelt, als das Freizeichen wieder ertönte. Sie sollte auch auflegen, aber sie konnte sich nicht rühren. Immer wieder hörte sie die vertraute Stimme. Eine Stimme, die sie nie wieder hätte hören sollen.

30. Kapitel

Miranda fuhr sich noch einmal mit der Bürste durchs Haar und ging dann den Flur hinunter in Richtung Küche, wo Paul auf sie wartete. Auf dem Weg warf sie einen Blick durch die halb offene Tür von Jacks Zimmer. Sophie und er saßen einander auf dem Fußboden gegenüber, zwischen sich ein Schachbrett, und Jack war dabei, der Schwester die Regeln zu erklären. Miranda lächelte, als sie hörte, mit welcher Geduld er der Schwester die einzelnen Züge beschrieb. Sophie war sich offenbar der Großzügigkeit ihres Bruders bewusst und reagierte mit Eifer auf seine Instruktionen.

«Nein, der Turm kann nicht so gehen», sagte Jack und legte die Hand auf Sophies Arm.

«Ach ja, natürlich, entschuldige.» Sophie machte einen Rückzieher und stellte dann den Turm auf ein erlaubtes Feld. «Ist es so richtig?»

Er nickte gönnerhaft.

Miranda sah, wie Sophie strahlte, dann aber schnell wieder ein ernstes Gesicht aufsetzte. Wahrscheinlich wollte sie dem Bruder nicht zeigen, wie wichtig ihr seine Zustimmung war.

Also, Esther, das muss ich dir lassen, du hast Wunder gewirkt, dachte Miranda, als sie weiterging. Ich habe keine Ahnung, wie du das geschafft hast.

Sie betrat die Küche gerade, als Paul etwas in dem offenen Kühlschrank suchte. Er war schon seit knapp einer Stunde hier, da sie zum Abendessen ausgehen wollten. Aber der Babysitter hatte angerufen und gesagt, dass sie erst etwas später kommen könnte, und so mussten sie noch warten.

Miranda machte einen Schritt auf ihn zu, als er sich umwandte. «Sagtest du nicht, du hättest selbst gemachte Zitronenlimonade im Kühlschrank? Das wäre jetzt genau das Richtige.»

Sie lächelte bedauernd. «Tut mir Leid, aber Ethan hat alles ausgetrunken. Darf es auch etwas anderes sein?»

«Natürlich nicht», gab er gespielt erzürnt zurück. «Wie kannst du so etwas überhaupt vorschlagen.»

Sie lachte. «Ja, das war idiotisch von mir.»

Er wandte sich wieder dem Kühlschrank zu. Miranda trat hinter ihn, legte ihm die Hände auf die Schultern und massierte ihn kurz. Sie genoss es, ihn zu berühren und dabei diese Mischung aus sexuellem Verlangen und Aufgehobensein zu fühlen. Und sie nutzte jede Gelegenheit, ihm über den Arm zu streichen oder mit der Hand durch das Haar zu fahren.

Wenn ihr jemand gesagt hätte, dass sie diese intensiven sexuellen Gefühle, die sie mit ihren späten Teenagerjahren und frühen Zwanzigern verband, noch einmal empfinden würde, dann hätte sie das nicht geglaubt. Aber ihre jetzigen Gefühle waren mindestens so stark, vielleicht sogar noch stärker, weil zu der Leidenschaft noch die absolute Gewissheit hinzukam, dass es einfach gut und richtig war, was sie mit Paul teilte. Diese Gewissheit steigerte noch ihr Verlangen. Vielleicht ist es ja das, was man mit Erwachsensein bezeichnet, dachte Miranda. Ich habe allerdings in den letzten zehn Jahren meiner Ehe so etwas nie empfunden.

Sie ließ die Hände bei dem ernüchternden Gedanken an ihren Ehemann sinken. Er lebte und befand sich nicht weit von hier und würde bald wieder Unruhe in ihr Leben bringen. Sie atmete tief durch und versuchte sich zu entspannen. Paul durfte ihr nichts anmerken.

Sophie erschien in der Tür. «Mom, was für ein Geschenk habe ich denn morgen für Lucys Geburtstag?»

Miranda wandte sich überrascht zu ihr um. «Morgen? Wie kommst du auf morgen? Der Geburtstag ist erst nächsten Sonntag.»

«Nein, bestimmt nicht.» Sophie schüttelte den Kopf. «Er ist morgen.»

Miranda öffnete die Speisekammertür, auf deren Innenseite der große Kalender angeheftet war, in den sie sämtliche Aktivitäten der Familie eintrug. «Sieh mal, hier steht es. Der Geburtstag ist nächste Woche.»

«Nein, Mom.» Sophie hatte eine leichte Panik in der Stimme. «Ich weiß nicht, warum du das so aufgeschrieben hast, aber es stimmt nicht. Lucy und ich haben doch noch gestern davon geredet.» Sie überlegte einen Moment. «Warte mal, die Einladung liegt auf meinem Bett.»

Sie rannte aus dem Zimmer. Paul nahm eine Dose Cola aus dem Kühlschrank, öffnete sie und trank. «Eine echte Katastrophe, was?»

Miranda lächelte. «Vielleicht haben wir gerade eben noch das Ende der Welt abwenden können. Ich habe allerdings wirklich noch kein Geschenk.»

Sophie kam zurück und hielt der Mutter anklagend eine bunte Einladungskarte entgegen. «Siehst du, hier steht's, zwölf Uhr.»

Miranda sah auf die Karte. «Stimmt. Also müssen wir uns jetzt ein Geschenk überlegen. Morgen früh wird keine Zeit sein, noch etwas zu besorgen.»

Sophie wurde blass. «Was machen wir denn nun?»

«Keine Sorge, Liebling, es wird uns schon etwas einfallen.» Miranda strich der Tochter über das Haar.

Paul nahm noch einen Schluck aus der Dose. «Hätte Lucy

vielleicht Interesse an einem Buch? Der große Buchladen sollte noch offen sein. Ihr könnt schnell hinfahren, während ich hier auf den Babysitter warte.»

Miranda sah ihn dankbar an. «Du bist genial.» Sie legte der Tochter die Hand auf die Schulter. «Was meinst du dazu?»

Sophie strahlte erleichtert. «Ja, Lucy hat gerade eins der Harry-Potter-Bücher gelesen. Sicher würde sie gern noch eins haben.»

«Gut.» Miranda nahm die Handtasche vom Küchentisch und griff nach ihrem blauen Blazer. «Möchtest du mitkommen? Dann können wir etwas zusammen aussuchen.»

Sophie nickte.

«Gut. Wir sind gleich wieder zurück.» An der Küchentür drehte sich Miranda noch einmal um und sah Paul an. «Du bist wunderbar, und ich liebe dich wahnsinnig.»

Paul schmunzelte. «Hoffentlich.»

Während Miranda mit Sophie im Aufzug nach unten fuhr, lächelte sie vor sich hin. Es stimmt, ich liebe ihn wahnsinnig. Wer ihn mir auch geschickt hat, danke, danke, danke.

Sofort meldete sich eine innere Stimme. «Und wann wirst du Paul beichten, dass Stephen noch lebt und dass du der neue Forrestor bist?»

Miranda seufzte leise. Sie hatte ja nicht geahnt, wie kompliziert alles werden würde. Weil sie und Paul sich immer heftiger ineinander verliebt hatten, war das, was anfangs lediglich ein interessantes Geheimnis zu sein schien, zu einer gravierenden Täuschung geworden. Wie und wann sollte sie Paul bloß die Wahrheit sagen?

«Wer andern eine Grube gräbt ...», sagte sie leise.

Sophie sah zu ihr auf. «Was hast du gesagt?»

Miranda schüttelte den Kopf. «Nichts, Liebling.»

Mit der Cola-Dose in der Hand ging Paul den Flur hinunter und steckte den Kopf durch Jacks angelehnte Tür. Der Junge lag auf dem Bett und las.

«Alles in Ordnung?»

Jack blickte hoch. «Ja, klar.»

Paul nickte. «Gut. Ich will noch bei Ethan reinsehen. Soll ich ihm was von dir bestellen?»

Jack warf ihm nur einen vernichtenden Blick zu.

«Okay, ich frage ja nur.» Paul machte einen Schritt zurück, als das Haustelefon klingelte. Es war der Portier, der Babysitter sei da. Paul öffnete ihr die Tür, sagte ihr, dass Miranda und Sophie gleich wiederkämen, und ging dann zu Ethan.

Der Kleine saß am Tisch im Spielzimmer. Die Oberfläche des Tisches war von verschiedenfarbigen Papieren bedeckt, Filzstifte, Glitzerstaub, Klebetuben, Wachsstifte und andere Bastelutensilien lagen überall herum. Ethan war gerade dabei, etwas aus festem roten Papier auszuschneiden.

Paul mochte Ethan besonders gern, das war ihm schon früh klar geworden. Ethan ging in die Klasse von Josh, seinem eigenen Sohn, und beide Kinder hatten sich in letzter Zeit angefreundet, was ihn und Miranda besonders freute. Und wenn Paul Ethan ansah, dann strahlte das Kind ihn manchmal mit demselben Ausdruck an, den auch Josh hatte. So, als sei er selig, dass er einen Daddy hatte, oder, in Ethans Fall, dass es so etwas wie einen Vaterersatz in seinem Leben gab. Wenn sein Sohn ihn so ansah, dann wurde Paul immer schmerzlich bewusst, dass Josh eben nicht bei ihm groß wurde, sondern bei seiner Mutter lebte. Natürlich hätte er nie mit seiner Exfrau zusammenbleiben können, aber das minderte den Schmerz nicht. Und wenn Ethan ihn so ansah, dann tat das ebenso weh, denn der Vater des Kleinen war nicht mehr da, war auf grausame Weise und für immer aus dessen Leben verschwunden.

«Was machst du denn da?», fragte Paul. «Darf ich mal sehen?»

Ethan drehte sich zu ihm um und nickte eifrig. Er hob sein Machwerk hoch.

«Sehr hübsch», sagte Paul. «Was wird es denn?»

«Gleich.» Ethan arbeitete weiter und hielt schließlich ein undefinierbares Objekt in die Luft. «Es ist eine Karte für Mom zum Muttertag.» Er blickte Paul fragend an. «Wann ist eigentlich Muttertag?»

«Ziemlich bald. In ein paar Wochen.»

«Das habe ich mir schon gedacht.» Ethan griff nach den anderen zusammengeklebten bunten Papiergebilden. «Ich habe das selbst zusammengebaut, das wird so eine Art Fächer, und das hier ist ein Herz, aber so mit drei Dimensionen, weißt du, dass es so heraussteckt.» Er blickte sich suchend auf dem Tisch um. «Ich brauche noch ein bisschen Tesafilm. Siehst du ihn?»

Paul schob einige der Papiere zur Seite und suchte mit der flachen Hand nach dem Abroller. «Nein, leider nicht.»

«Hm.» Ethan rutschte von seinem Stuhl. «Ich werde schon welchen finden.»

Nachdem er aus dem Zimmer gegangen war, sah sich Paul Ethans Bastelarbeit genauer an. Der Junge hatte seine Mutter auf ein weißes Blatt Papier gezeichnet und dann angemalt. Paul war überrascht, wie sorgfältig er gearbeitet hatte. Die Figur war deutlich als Miranda zu erkennen, die Farben waren passend gewählt und säuberlich aufgetragen. Ethan war nicht nur lieb, sondern auch sehr begabt, dachte Paul, eine gute Kombination.

Aus dem Augenwinkel sah er plötzlich den Tesafilm, der auf dem Boden hinter einem Tischbein lag. Er bückte sich und hob ihn auf, und da Ethan noch nicht zurückgekommen war, machte er sich auf die Suche nach ihm.

Paul hörte das Kind in Mirandas Arbeitszimmer, dem einzigen Raum im Haus, der für die Kinder tabu war. «He, Ethan», rief er deshalb, als er ihn dabei ertappte, wie er in der untersten Schublade herumwühlte. Die beiden darüber liegenden waren halb aufgezogen. «Ich glaube nicht, dass deine Mutter davon begeistert wäre. Außerdem habe ich den Tesafilm schon gefunden.» Er hielt die Rolle hoch.

«Oh, prima.» Ethan sah Paul schuldbewusst an. «Ich weiß, dass ich eigentlich nicht in Moms Büro sein soll, aber ich konnte den Tesa doch nirgendwo finden. Bitte, sag Mom nichts davon.»

Paul trat an den Schreibtisch, um die Schubladen zuzuschieben. Er war gerade dabei, die oberste zu schließen, als er stutzte. Er runzelte die Stirn und schüttelte den Kopf. Langsam zog er die Schublade wieder auf.

In der Schublade lag ein Manuskript. Auf dem Deckblatt stand sorgfältig getippt: «Die Einsamkeit des Killers von Forrestor». Und zwischen den Seiten klebten kleine gelbe Notizzettel.

Mit Bemerkungen in seiner Handschrift.

Wie viele andere Lektoren auch notierte er Anmerkungen zu einem Manuskript auf der gedruckten Seite selbst, aber er schrieb außerdem Notizen und Fragen auf kleine gelbe Zettel, die er dann an den Rand der jeweiligen Seiten klebte, sodass das Manuskript schließlich wie mit gelben Fähnchen gespickt aussah. Konnte es denn sein, dass er wirklich das echte Manuskript des letzten Forrestor-Buches vor sich hatte?

Er hob den Papierstapel, der von einem Gummiband zusammengehalten wurde, mit beiden Händen heraus. Er balancierte das Manuskript auf einem Unterarm und blätterte es mit der anderen Hand hastig durch. Ja, es waren seine roten Verbesserungen, Fragen und Kommentare:

Zeitproblem – es ist Mittag, wenn sie ins Auto einsteigen, aber wenn sie ankommen, gehen sie zum Mittagessen. Die Fahrt muss aber mindestens sechs Stunden gedauert haben.

Ich kann mir nicht vorstellen, dass die beiden diese Situation so friedlich lösen. Es sind beides Egoisten. Eigentlich müsste es Drohungen und Konflikte geben. Können Sie das anders aufbauen? Würde es nicht vielleicht logischer sein, wenn Mark abfährt, bevor Alex eine Möglichkeit hat zu antworten?

«Komm, Paul. Lass uns lieber gehen.»

Paul schreckte hoch, als Ethan ihn am Ärmel zupfte. Er sah den Jungen an, sagte aber nichts.

Was zum Teufel machte Miranda mit dem redigierten Manuskript von «Die Einsamkeit des Killers»?

Er hörte, wie sich die Fahrstuhltür öffnete, hörte, wie Miranda und Sophie über etwas lachten, als sie die Tür öffnete. Er blieb unbeweglich stehen, als Miranda jetzt seinen Namen rief.

Ethan verschwand, damit seine Mutter ihn nicht in dem verbotenen Zimmer erwischte. Paul hörte, wie er seine Mutter begrüßte und ihr auf die Frage, wo Paul sei, Antwort gab. Er stand noch da mit dem Manuskript in den Händen, als sie eintrat.

«Okay, wir können endlich ...»

Sie erstarrte, als sie ihn da stehen sah, vor der offenen Schublade, den Papierstapel vor sich und einem versteinerten Ausdruck auf dem Gesicht.

Er blickte jetzt auf das Manuskript. «Ethan und ich suchten nach Tesafilm», sagte er langsam und so bedächtig, als sei er nicht sicher, ob das, was er sagte, Sinn ergab. «Ethan machte die Schublade auf.» Er hob den Kopf und sah ihr jetzt direkt in die Augen. «Und wenn ich nicht ganz verrückt bin, dann ist dies das Manuskript, das mir mein Autor geschickt hat, das ich redigierte und dann an seine Postfachadresse zurückschickte. Und zu diesem Postfach sollte, außer es geht hier nicht mit rechten Dingen zu, nur der echte Forrestor Zugang haben.»

«Oh, Gott», Miranda schloss kurz die Augen, «das hätte so nicht geschehen dürfen.»

Er legte den Stapel auf den Schreibtisch und drehte sich zu ihr um. «Was geschehen? Miranda, was wird hier gespielt? Warum hast du das Manuskript?»

«Paul, ich wollte es dir schon lange sagen ...» Sie verstummte und wusste, dass sie nichts sagen konnte, was die Situation verbessern würde.

Er starrte sie ungläubig an. «Du weißt, wer Forrestor ist? Du hast Kontakt zu ihm, und du hast mir nie etwas davon gesagt? Woher hast du sein Manuskript?»

Miranda blickte zu Boden und überlegte verzweifelt, wie sie es ihm sagen könnte. Aber er kam ihr zuvor.

«Mein Gott, du bist Forrestor.» Er blickte sie entgeistert an.

«Ich ... also, es war nicht so ...» Sie wusste nicht, wo sie anfangen sollte.

Er schlug mit der flachen Hand auf das Manuskript und ging auf sie zu, Wut und Enttäuschung in den Augen. «Du bist Forrestor. Das kann doch wohl nicht wahr sein. Von wegen Copywriting, das ist alles gelogen. Du hast den Roman heimlich geschrieben.»

Sie sah, wie die Wut in ihm die Oberhand gewann. «Paul, lass mich bitte ...»

Aber er hörte sie nicht. «Du bist meine Autorin. Und doch ist es dir nie eingefallen, mir vielleicht diese nicht unwichtige Tatsache mitzuteilen. Du hast zugesehen, wie ich mich in dich verliebte. Du hast dich doch sicher hinter meinem Rücken köstlich amüsiert, wenn ich dir von meinem geheimnisvollen Autor erzählte. Da tust du die ganze Zeit, als arbeitetest du nur freiberuflich für eine unbedeutende Firma, und hast in Wirklichkeit einen der größten Bestseller in diesem verdammten Land geschrieben. Und du bist zweifellos die wichtigste Schriftstellerin in meinem ganzen verfluchten Verlag. Aber du hattest kein Vertrauen zu mir.» Er wandte sich ab und fügte leise hinzu: «Und ich bin dein Lektor. Ich komme mir vor wie der größte Idiot auf dieser ganzen verdammten Welt.»

Miranda machte einen Schritt auf ihn zu und streckte die Hand aus, um ihn zu berühren. «Ich wollte es dir sagen. Aber dann passierte so viel zwischen uns. Und dann wusste ich nicht mehr ...» Wieder schwieg sie hilflos.

«Ach, hör doch auf!» Er schob sie zur Seite und stürmte aus der Wohnung.

Miranda stand wie gelähmt da, zu entsetzt, um sich zu bewegen. Genau das hatte sie gefürchtet. Sie hörte die Tür des Aufzugs aufgehen und sich dann wieder hinter Paul schließen. Da erwachte sie aus ihrer Starre. Sie konnte ihn nicht einfach so gehen lassen.

«Paul», schrie sie und rannte aus der Wohnung, obwohl sie wusste, dass er sie nicht hören konnte.

Wieder und wieder drückte sie den Rufknopf, aber als der Aufzug schließlich hielt und sich die Tür öffnete, war er leer. Sie fuhr nach unten und rannte durch die Eingangshalle. Der Portier sah sie auf sich zukommen und öffnete ihr die Tür.

«Mike», stieß sie atemlos hervor, «haben Sie gesehen, in welche Richtung Paul gegangen ist?»

Der Portier zeigte nach links. «Mr. Harlow ist in diese Richtung gegangen. Ich war gerade vor der Tür, als er herauskam und schnell in Richtung Downtown ging. Dann klingelte das Telefon, und ich musste zurück zur Portiersloge.»

«Danke.» Miranda rannte nach draußen.

Stephen sah, wie Miranda aus der Eingangstür lief. Er hatte auf der Bank auf der anderen Straßenseite gewartet. Jetzt stand er langsam auf, beobachtete sie, wie sie die Straße eilig hinunterging, und wechselte nach ein paar Sekunden auf ihre Straßenseite über. Er folgte ihr, wobei er einen genügend großen Abstand einhielt, damit sie ihn nicht plötzlich entdeckte. Aber sie schien an die Möglichkeit einer Verfolgung überhaupt nicht zu denken. Sie wusste offenbar genau, wo sie hinwollte, und zwar auf dem schnellsten Wege, und drehte sich nicht einmal um.

Das war also Miranda. Direkt vor ihm ging der Mensch, der sein Schicksal in der Hand hielt, von dem abhing, ob er sein altes Leben wieder aufnehmen konnte. Er wusste zwar noch nicht, wie er das bewerkstelligen sollte, aber er machte sich keine Sorgen deshalb. Er würde abwarten und alles genau beobachten, und er würde einen Weg finden.

Miranda wartete an der 69. Straße, bis die Ampel auf Grün sprang. Stephen war ebenfalls stehen geblieben und betrachtete sie jetzt genauer. Der dunkelblaue Blazer hing lose über ihre Hüften, und die blauen Jeans lagen eng an ihren schlanken Beinen an.

Stephen ging etwas näher heran und machte einen Schritt zur Seite, um sie besser betrachten zu können. Es war offensichtlich, dass sie sich nicht umsehen würde. Er konnte sich nicht erinnern, dass sie in all den Jahren, die er sie kannte, jemals so entschlossen und konzentriert gewirkt hatte. Gott, dachte er, sie ist völlig verändert. Man könnte sie beinahe als schön bezeichnen, schlank und ansprechend gekleidet, wie sie war, und sie wirkte so aktiv und lebendig, wie er sie noch nie gesehen hatte.

Aber schön oder nicht, dieses war die Frau, die seine Ideen gestohlen und ihn mit leeren Händen zurückgelassen hatte. Auch wenn sie ein paar Pfunde verloren hatte, sie stand immer noch all dem im Wege, was er sich ersehnte. Was ihm zustand. Sie hatte alles, und er hatte nichts. Er fühlte, wie die Wut wieder in ihm hochstieg. Irgendwie machte ihn ihr gutes Aussehen nur noch zorniger. Mit welchem Recht hatte sie sich seinen Erfolg einfach angeeignet? Was für ein Recht hatte sie überhaupt auf irgendetwas?

Miranda ging eilig über die Straße, und Stephen folgte ihr. An der nächsten Straßenkreuzung machte sie einen Schritt vorwärts, schreckte dann aber schnell zurück, als ein geparktes Auto plötzlich zu ihrer Linken mit einem lauten Röhren anfuhr und mit quietschenden Reifen über die Kreuzung raste.

Schade, dass sie es noch rechtzeitig gemerkt hat, dachte Stephen, als er dem Auto hinterhersah. Schade, dass sie nicht überfahren wurde.

Dieser Gedanke war ihm ganz unwillkürlich gekommen, und er blieb überrascht stehen. Ja, das wäre die Lösung. Mit Mirandas Tod wären sämtliche Probleme aus der Welt geschafft. Er würde wieder der Forrestor sein, seine Kinder würden wieder zu ihm gehören, er würde seine Eltern glücklich machen. Aber mit einer solchen Schicksalswendung war wohl kaum zu rechnen.

Aber vielleicht konnte man ein wenig nachhelfen? Stephen ging vorsichtig ein paar Schritte näher an Miranda heran. Sie sah sich immer noch nicht um. Sie hat keine Ahnung, dass sie jemand verfolgt, sagte er sich, absolut keine Ahnung.

Wo könnte Paul hingegangen sein? Er wohnte auf der West Side, nahm normalerweise ein Taxi oder den 79er Bus, der quer durch die Stadt fuhr. Vielleicht wollte er aber auch zu Fuß gehen, weil er so wütend war.

Tränen brannten in Mirandas Augen. Wie konnte ich bloß so idiotisch sein?, fragte sie sich wieder und wieder. Früher oder später musste es doch herauskommen, und sie hätte seine Reaktion vorhersehen sollen. An seiner Stelle wäre ich auch wütend. Schließlich schlafe ich mit dem Mann, sage ihm aber nicht, was ich beruflich mache, ja noch nicht einmal, wer ich wirklich bin.

Miranda fühlte einen dumpfen Schmerz, als ihr klar wurde, wie enttäuschend allein das für ihn gewesen sein musste.

«Nein, bitte nicht», wisperte sie unglücklich und beschleunigte ihre Schritte. Vielleicht würde sie ihn ja doch noch einholen können. Lieber Gott, sie liebte Paul, und sie war kurz davor, ihn wegen ihrer Lügerei zu verlieren.

Es war hoffnungslos. Er war nicht da. Sie ging langsamer. Es war reine Zeitverschwendung. Er war sicher längst da, wo er hinwollte. Aber Miranda wollte noch nicht umdrehen und nach Hause gehen. Der Babysitter war da, und so bestand auch keine Notwendigkeit dafür.

Sie senkte den Kopf und ging die Fifth Avenue entlang. Immer wieder gingen ihr die Entwicklungen der letzten Tage durch den Kopf, was sie über Stephen erfahren hatte, was er ihr und den Kindern angetan hatte. Sie dachte daran, was für ein Glück es gewesen war, dass sie Paul gefunden hatte, und wie dumm sie gewesen war, nicht zu erkennen, dass ihr Geheimnis so etwas wie eine Zeitbombe war, die jeden Moment hochgehen konnte.

Auf der Höhe der 61. Straße fiel ihr eine große Gruppe von Menschen vor dem Hotel Pierre auf, die alle elegant gekleidet waren. Sie ging nicht über die Straße, sondern blieb an der Straßenecke stehen, um die festliche Menge noch etwas länger zu beobachten. Die Menschen schienen einander zu kennen, lachten und sprachen miteinander. Vielleicht wurde hier eine Hochzeit gefeiert oder irgendein besonderes Jubiläum. Nach einer Weile teilte sich die Menge in kleinere Gruppen auf, die dann in verschiedene Richtungen auseinander gingen. Dreißig oder vierzig Leute kamen über die Straße auf sie zu. Miranda blieb in Gedanken versunken stehen. Sie erinnerte sich an die Benefizveranstaltungen und an die eleganten Abendgesellschaften, zu denen sie mit Stephen gegangen war. Sie beobachtete die Gesichter der Menschen um sich herum. Manche wirkten sorglos und fröhlich, andere ein wenig angestrengt. Wahrscheinlich hatte sie auch immer so ein Gesicht gemacht wie die Frau da drüben, die versuchte, gleichmütig auszusehen, obgleich sie es offensichtlich kaum abwarten konnte, nach Hause zu fahren. Aber ihr Begleiter unterhielt sich noch mit einem Mann in den Fünfzigern, der eine dicke Zigarre rauchte.

Die große Gruppe hatte jetzt die Straße überquert und drängte sich an Miranda vorbei. Sie wollte gerade die Straße betreten, als sie sah, dass die Ampel schon wieder rot war. Kurz wandte sie sich nach links, um zu sehen, ob die Fahrbahn frei war und sie noch schnell hinüberlaufen konnte. Doch ein grüner hochrädriger Geländewagen kam in rasender Fahrt von links die 61. hinunter, um noch mit dem grünen Licht in die Fifth Avenue einbiegen zu können. Miranda wartete.

Als das Auto kurz vor der Kreuzung war, spürte Miranda plötzlich zwei Hände auf ihrem Rücken, und in der nächsten Sekunde wurde sie auf die Fahrbahn gestoßen. Instinktiv hob sie die Arme, um den Fall abzubremsen, als sie vorwärts stolperte und dann der Länge nach hinfiel. Sie schlug mit dem Kinn auf den Asphalt und schloss die Augen.

Die Bremsen des Geländewagens quietschten, als der Fahrer verzweifelt versuchte anzuhalten. Aber das Auto war zu nahe gewesen und zu schnell gefahren. Wie im Traum hörte Miranda den Aufschrei der Menge.

Sie lag lang ausgestreckt da, als das Auto über sie hinwegfuhr. Sein Boden strich nur Zentimeter entfernt über ihren Körper hinweg, und die Räder rollten auf beiden Seiten vorbei, ohne sie zu berühren. Wie gelähmt lag sie da, als ihr bewusst wurde, dass das Auto ein paar Meter weiter zum Stehen gekommen war und dass sie noch lebte.

Menschen stürzten jetzt auf sie zu, knieten sich neben sie,

wollten wissen, wie es ihr ging, schrien einander zu, man solle einen Arzt rufen, einen Krankenwagen holen, solle der Verunglückten Raum lassen. Sie rollte sich langsam auf die Seite und fühlte einen scharfen Schmerz in der Hüfte und im Arm. Auch ihr Kiefer tat weh. Es war ein Wunder, dass sie noch lebte.

Sie öffnete die Augen und setzte sich langsam auf. Die Menschen um sie herum machten besorgte Gesichter. Als sie den Kopf wandte und die Fifth Avenue hinunterblickte, sah sie ihn. Sein Haar war blond, aber genau wie Sophie wusste sie sofort, wer er war.

Stephen.

Und jetzt wusste sie auch, warum er zurückgekommen war.

31. Kapitel

Miranda verbrachte nahezu den gesamten nächsten Tag auf dem Sofa in ihrem Arbeitszimmer. Sie versuchte, den Arm und die schmerzende Hüfte so wenig wie möglich zu bewegen, und kühlte das Kinn mit kalten Kompressen. Josies Mutter hatte Sophie zusammen mit ihrer eigenen Tochter zu Lucys Geburtstagsparty gebracht und angeboten, die Mädchen hinterher noch mit ins Kino zu nehmen. Jack und Ethan hatten sich mit Spielkameraden verabredet und würden bis zum späten Nachmittag beschäftigt sein.

Ihre Prellungen waren nicht besonders schlimm, und sie wusste, dass sie eigentlich in der Lage war aufzustehen. Aber sie wollte allein sein, um nachzudenken. Sie musste überlegen, warum ihr Ex sie umbringen wollte und wie sie sich retten konnte. Die Probleme mit Paul waren im Augenblick zweitrangig.

Eigentlich war es merkwürdig. Sie fühlte sich in ihrem jetzigen Zustand in ihrem Büro weitaus wohler als in ihrem Schlafzimmer, obgleich das Bett dort für ihren schmerzenden Körper sicher bequemer gewesen wäre. Sie musste Forrestor irgendwie nahe sein, das heißt all dem, was mit Forrestor zu tun hatte. Forrestor war plötzlich so etwas wie ein Lebenselixier für sie.

Die Stunden vergingen, während sie die Teile des Puzzles in ihrem Kopf hin und her schob. Und als die Kinder schließlich wieder zu Hause waren und sie ihnen etwas zu essen machte, wusste sie, was sie zu tun hatte.

Sie war jetzt ganz ruhig, als sie ihnen die Lammkoteletts, die

Mohrrüben und die Backkartoffeln auf die Teller tat und sich dann ausführlich bei jedem nach den Ereignissen seines Tages erkundigte. Sie versuchte auch nicht, Sophie wie sonst zu überreden, doch auch ihr Gemüse zu essen, und willigte sofort ein, als Ethan meinte, dass das Eis am Stiel aus der Gefriertruhe eigentlich doch ein wunderbarer Nachtisch sei.

Als die Kinder schließlich im Bett lagen, ging sie zurück in ihr Büro und schloss die Tür hinter sich. Sie setzte sich an den Schreibtisch und zog das Telefon zu sich heran. Sie starrte es ein paar Sekunden an, unsicher, ob sie ihren Plan ausführen konnte. Dann nahm sie mit leicht zitternder Hand den Hörer ab und wählte entschlossen eine Nummer.

«Hier ist die Rezeption des Sherry Netherland.»

«Stephen Fredericks Zimmer bitte», sagte sie jetzt ganz ruhig.

«Einen Augenblick bitte.»

Miranda klopfte das Herz so laut, dass sie meinte, es müsse zerspringen.

Dann: «Hallo?»

Am liebsten hätte sie den Hörer sofort aufgelegt, aber sie zwang sich zum Sprechen. «Stephen, hier ist Miranda.»

Schweigen. Natürlich fragt er sich jetzt, woher ich weiß, dass er noch lebt und wo er sich aufhält.

Laut sagte sie: «Ich konnte doch schon immer ganz gut kombinieren, Stephen. Und der Teddybär hat mir immer besonders viel bedeutet.» Sie hoffte inständig, dass ihr Versuch, die Unterhaltung auf einem harmlosen Niveau zu halten, gelingen würde. Was er wohl dachte? Er sagte kein Wort. Vielleicht sollte sie sich einfach an die schlichten Tatsachen halten. «Sophie hat dich bei der Schule gesehen.»

Sie hörte, wie er erleichtert ausatmete.

«Ach so», sagte er schließlich.

Miranda wartete, aber er schwieg wieder. Also gut, dachte sie und holte tief Luft, dann muss ich eben weitersprechen.

«Stephen, ich weiß nicht, warum du verschwunden bist, ich verstehe das alles nicht. Aber ich weiß jetzt, dass du lebst. Und egal, was gewesen ist, wir haben schließlich drei Kinder. Deine Kinder brauchen dich. Du hast keine Ahnung wie sehr.»

«Wie geht es ihnen denn? Was machen sie denn so?»

Das kann ja wohl nicht wahr sein, dachte Miranda. Er verlässt seine Kinder, lässt sie glauben, dass er tot ist, versucht ihre Mutter umzubringen, und jetzt will er offenbar über Fußballspielen und Ballettstunden reden.

«Es geht ihnen ganz gut.» Sie versuchte, ruhig zu bleiben. «Aber es würde ihnen so wahnsinnig viel bedeuten, wenn sie dich sehen könnten.»

«So?»

Er wollte anscheinend, dass sie einen Vorschlag machte.

«Ich glaube, es wäre am besten, wenn wir beide uns erst ein wenig unterhalten.» Miranda rutschte nervös auf dem Stuhl nach vorne. Die Bluse klebte ihr am Rücken. «Weißt du, damit die Kinder nicht zu überrascht sind, wenn sie dich sehen. Es wäre zu aufregend, wenn sie dir ohne Vorbereitung gegenüberstünden.»

«Wie stellst du dir das denn vor?» Miranda kannte diesen überheblichen, ärgerlichen Tonfall nur zu gut.

«Wie wäre es, wenn du morgen gegen eins hier in die Wohnung kämst. Sie sind dann noch in der Schule, und wir können uns erst allein unterhalten. Wäre das möglich?»

Stephen dachte offenbar über ihren Vorschlag nach. Schließlich antwortete er: «Meinetwegen, um eins, morgen.» Dann, nach kurzer Pause: «Ich vermute, ihr wohnt noch in derselben Wohnung?»

Wahrscheinlich wundert er sich, dass ich mir die Wohnung

noch leisten kann, nachdem er die Konten abgeräumt hat, dachte Miranda grimmig. Aber sie sagte nur sanft: «Ja, dieselbe Wohnung.»

«Freust du dich denn darauf, mich zu sehen?» Stephen lachte kurz und legte dann auf.

Miranda hatte nicht gewusst, dass sie zu einer derartig intensiven Wut überhaupt fähig war, wie sie sie jetzt empfand. Sie biss die Zähne zusammen.

Komm doch einfach und überzeuge dich selbst, du Scheißkerl.

Stephen summte zufrieden vor sich hin, nachdem er den Hörer aufgelegt hatte. Er ging zu der Kommode, auf der eine Flasche Scotch stand, und goss sich einen Drink ein. Er hatte sich noch nie so gut gefühlt wie jetzt, seit er zurück in New York war.

Alles würde gut gehen, das wusste er jetzt. Nach dem Missgeschick gestern war er davon nicht so überzeugt gewesen. Aber Miranda war wohl so blöd wie immer, zu dumm, um auf die Idee zu kommen, dass er sie vor das Auto gestoßen hatte.

Es war aus einem verrückten Impuls heraus geschehen, etwas, was er, wie er meinte, schon Sekunden später bereuen würde. Das Witzige aber war, dass er es ganz und gar nicht bereute. Im Gegenteil, als er später darüber nachdachte, schien das die beste Lösung zu sein. Das würde ihn retten.

Er war so überrascht gewesen, als er Miranda plötzlich vor sich sah. Er hätte sie beinahe nicht wiedererkannt, diese schlanke, gut gekleidete, sehr attraktive Frau, die ganz anders aussah als die dickliche Hausfrau, an die er sich erinnerte. Fast so wie an dem Tag, als er sie geheiratet hatte, aber doch irgendwie anders. Damals war sie nur hübsch gewesen; jetzt wirkte sie irgendwie stilsicher und selbstbewusst. Sie war attraktiv und sexy.

Sie hat sich für mich nie angestrengt, gut auszusehen, dachte er ärgerlich. Warum hat sie gewartet, bis ich tot bin?

Er schüttelte den Kopf und konnte immer noch nicht verstehen, warum sie bei dem Unfall mit dem Leben davongekommen war. Aber wenigstens verdächtigte ihn niemand; es war günstig gewesen, dass da gerade so viele Menschen aus dem Pierre gekommen waren. Es war sehr einfach gewesen. Im richtigen Augenblick hatte er ihr einen Stoß gegeben und war hinterher in der Menschenmenge verschwunden. Aber natürlich verlief bei ihr wieder alles anders als bei normalen Menschen, die in einer solchen Situation getötet worden wären. Miranda machte wie immer nichts als Schwierigkeiten.

Stephen lachte leise, ging zum Fenster und blickte auf die Straße hinunter. Es war wirklich unbezahlbar, dass ausgerechnet sie ihn zu sich in die Wohnung eingeladen hatte. Denn er hatte sowieso vor, sich morgen in das Apartmenthaus zu schleichen, und zwar durch den Lieferanteneingang, der durch den Keller führte, damit der Portier ihn nicht sah. Er würde sie da unten erschießen und dann alles so aussehen lassen, als habe sie einen Dieb im Keller beim Stehlen überrascht. Damit würde er keine Mühe haben, denn schließlich kannte er das Haus wie seine Westentasche. Dieses Mal würde nichts schief gehen.

Er hob das Whiskyglas und grinste. «Auf dein Wohl, Forrestor. Ich komme wieder.»

32. Kapitel

Stephen sah auf die Uhr. Um eins hatte er sich mit Miranda verabredet. Jetzt war es halb eins. Er näherte sich vorsichtig dem Gebäude und sah sich suchend um. Niemand sollte sehen, wie er durch den Lieferanteneingang das Apartmenthaus betrat. Er schlich sich lautlos über das nur spärlich beleuchtete Treppenhaus hinunter in den Keller. Wie gut, dass er einmal länger mit dem Hausverwalter hier unten war, als sie nach der Ursache eines Kurzschlusses in seiner Wohnung suchten. So kannte er sich genau in den Kellerräumen aus.

Das war das Zimmer, in dem die Wachleute sich umzogen und auch manchmal ihre Pausen verbrachten. Neben den verblichenen roten Wandschränken, in denen sie ihre Straßenkleidung und die Uniformen aufbewahrten, hing ein Haustelefon. Stephen hob den Hörer ab und wählte die Nummer seiner alten Wohnung.

Nach einer Pause hörte er Mirandas Stimme. «Ja?»

Stephen senkte die Stimme und bemühte sich, den griechischen Akzent des Tagesportiers nachzuahmen. «Hier ist Al, Mrs. Shaeffer. Ich bin unten im Keller.» Er zögerte . «Es tut mir furchtbar Leid, aber es hat einen kleinen Unfall gegeben. Ihr Sohn Jack ist hier unten bei mir.»

«Was ist los?» In Mirandas Stimme klang Panik. «Jack ist doch in der Schule.»

«Nein.» Stephen bemühte sich um einen betretenen Tonfall. «Er hat heute geschwänzt. Und das ist nicht das erste Mal.»

«Wirklich?» Miranda machte eine kurze Pause, dann fiel ihr

offensichtlich wieder ein, was Al gesagt hatte. «Moment mal, sagten Sie nicht, es hätte einen Unfall gegeben? Doch nicht mit Jack?»

«Doch, Ma'am. Jack hat sich an ein paar Glasscherben geschnitten. Er blutet.»

«Mein Gott, warum haben Sie das nicht gleich gesagt? Ich komme sofort.»

Stephen legte den Hörer wieder auf und lächelte grimmig. Besser hätte es ja überhaupt nicht klappen können. Sie würde ihm direkt in die Arme laufen. Er steckte die Hand in die Tasche und fühlte die glatte Oberfläche der Pistole. Es war ein großartiger Plan. Niemand würde daran zweifeln, dass Miranda einen Dieb auf frischer Tat ertappt hatte und dass der sie erschossen hatte. So was geschah in New York nur allzu häufig. Der Gedanke, Miranda so ganz aus der Nähe erschießen zu müssen, war nicht angenehm, aber es würde schnell gehen. Und dann konnte er endlich sein altes Leben wieder aufnehmen. Er ging in die Waschküche, um dort auf sie zu warten.

Miranda klopfte ungeduldig mit dem Fuß auf den Boden. Der Fahrstuhl schien heute besonders langsam zu sein. Ausgerechnet jetzt musste so etwas passieren. Stephen konnte doch jeden Moment vor der Tür stehen. Aber Jack war verletzt. Wahrscheinlich war es nicht besonders schlimm, denn sonst hätte Al sich anders angehört. Und was dachte Jack sich eigentlich dabei, die Schule zu schwänzen? Wieder drückte sie auf den Knopf, als würde der Fahrstuhl sich dadurch beeilen.

Schließlich hielt er, und die Tür öffnete sich. Miranda trat in den nur mit einem Notlicht erhellten Kellerflur. Sie war ungern hier unten. Es war immer so still und dunkel und irgendwie unheimlich.

«Jack!», rief sie laut. «Jack, Al, wo seid ihr?»

Keine Antwort. Sie hatte geglaubt, beide würden in der Nähe des Aufzugs auf sie warten. Vielleicht waren sie im Aufenthaltsraum der Wachleute. Sie begann schnell links den Flur hinunterzugehen, ihre Absätze klickten auf den kalten Fliesen. Helles Licht fiel aus der Waschküche auf den dunklen Flur. Sie ging darauf zu. Als sie näher kam, hörte sie, wie sich jemand in dem erleuchteten Raum bewegte.

«Jack?»

Sie blieb erschreckt stehen, als plötzlich ein Mann aus der Waschküche trat. Er wandte sich in dem Lichtschein nach ihr um, und ihr blieb beinahe das Herz stehen. Stephen.

Sie hatte zwar erwartet, ihm heute gegenüberzustehen, aber sie war nicht darauf gefasst gewesen, ihn hier im Keller plötzlich so nah vor sich zu sehen. Er hatte sich das Haar blond gefärbt und trug einen Bart, genau wie Sophie ihn beschrieben hatte. Er sah irgendwie künstlich aus, dazu mindestens fünf Jahre älter. Sein Gesicht wirkte aufgedunsen, unter den Augen lagen Schatten. Und er sah sie an wie ein Raubtier seine Beute.

Aber warum wollte er sie hier im Keller treffen?

Eisiges Entsetzen breitete sich plötzlich in ihr aus. Sie trat einen Schritt zurück. «Wo ist Jack? Ist Jack bei dir?»

Ein höhnisches Grinsen verzerrte Stephens Züge. «Ist das die Art und Weise, wie man seinen so lange vermissten Mann begrüßt?» Er sah sie langsam von oben bis unten an. «Du siehst gut aus, Miranda, einfach phantastisch. Ehrlich gesagt, ich bin überrascht.»

Miranda versuchte, sich ihre Furcht nicht anmerken zu lassen. «Du hast Jack doch nichts getan? Wo ist er?»

«Wahrscheinlich in der Schule, wo er hingehört.» Er sah sie lauernd an.

Mein Gott, dachte sie verzweifelt. Wie konnte ich bloß so dumm sein? Natürlich hatte Stephen gewusst, dass die Sorge um eins der Kinder sie sofort dahin bringen würde, wo er sie haben wollte. Sie machte eine schnelle Kehrtwendung, aber Stephen packte sie am Arm und zerrte sie in die Waschküche.

«Stephen, lass mich los!»

Sie schaffte es, sich von ihm loszureißen, stolperte aber nach hinten und fiel gegen eine der großen Waschmaschinen. Sofort stellte er sich vor sie und stützte sich mit beiden Armen auf der Waschmaschine ab. Sie war gefangen. Verzweifelt versuchte sie, ihn wegzustoßen.

Seine Augen funkelten jetzt vor Wut. «Hast du wirklich geglaubt, du könntest mir Forrestor einfach stehlen, den ich im Schweiße meines Angesichts geschaffen habe? Hast du wirklich geglaubt, ich würde zulassen, dass du seinen Ruhm einfach an dich reißt? Dass du mein Talent und alles, was mein Leben ausmachte, so einfach übernehmen könntest?»

Miranda klopfte das Herz bis zum Halse. «Aber du warst doch tot! Wir sollten doch glauben, dass du tot bist.» Sie hatte beinahe mehr Angst vor seiner irrationalen Argumentation als vor seiner körperlichen Kraft.

«So viele Jahre lang hast du mich ausgesaugt, Miranda, wie ein Schmarotzer.» Er packte sie bei den Schultern und zwang sie, ihn anzusehen. «Du warst faul und du warst fett und jetzt ...»

Voller Panik sah Miranda, wie sich sein Gesichtsausdruck veränderte. Er grinste lüstern. «So, wie du jetzt aussiehst, würde es sich lohnen, mit dir zu schlafen. Aber mir zuliebe hast du dich ja wohl nicht geändert, was? Für wen denn dann?»

Er drückte sie mit dem ganzen Körper gegen die Waschmaschine, beugte sich vor und küsste sie brutal auf den Mund. «Ich glaube wirklich, du schuldest es mir», keuchte er und presste sie an sich. «Ein letztes Mal.»

Sie stieß ihn mit aller Gewalt von sich. «Ich schulde dir etwas?» Ihre Wut war jetzt größer als ihre Angst. «Was soll ich dir schulden? Du hast deine Kinder unglücklich gemacht. Du hast unser ganzes Geld genommen und mir nichts gelassen, um unsere Kinder zu ernähren. Ich habe trotzdem überlebt.» Sie sah ihn verächtlich an. «Man kann schon sagen, ich habe etwas aus mir gemacht.»

Da schlug er zu, und die Wucht des Schlages warf sie gegen die Wand. Mein Gott, dachte sie voller Panik. Er ist vollkommen verrückt geworden. Sie wusste selbst nicht, wie, aber sie stieß ihn plötzlich mit einer solchen Kraft gegen die Brust, dass er taumelte. Dann trat sie ihm in den Unterleib, sodass er rückwärts zu Boden fiel.

«Du verfluchte Schlampe!», stöhnte Stephen und krümmte sich.

Bevor er wieder aufstehen konnte, war Miranda an ihm vorbeigerannt und lief, so schnell sie konnte, auf den Fahrstuhl zu. Stephen wollte sie umbringen, das war ihr jetzt klar. Gleichzeitig wusste sie, dass es zu lange dauern würde, den Fahrstuhl zu rufen.

Sie hörte seine Fußtritte hinter sich. Sie kamen näher. Gleich würde er sie von hinten anfallen. Sie konnte das Treppenhaus nicht erreichen.

Sie schrie auf, als er sie von hinten am Haar packte. Sie griff sich an den Kopf und hielt ihr Haar fest, damit er es ihr nicht ausreißen konnte. Die Angst gab ihr ungeahnte Kräfte. Sie drehte sich schnell um und stieß mit dem Fuß nach ihm. Sie traf ihn am Schienbein, und Stephen musste den Griff lockern, fluchte und stolperte.

Miranda riss sich los und rannte. Sie sah sich verzweifelt nach etwas um, was sie als Waffe benutzen konnte. Jemand hatte einen alten Holzstuhl im Kellerflur stehen lassen. Sie ergriff ihn, drehte sich um und schleuderte ihn mit aller Kraft gegen Stephen. Da sah sie etwas metallisch Glänzendes in seiner Hand. Sie schrie auf.

Gott, hilf mir! Die Tür zum Treppenhaus war nur ein paar Schritte entfernt. Sie riss sie auf, erwartete, dass der Revolver losgehen würde, spürte schon, wie die Kugel sie zerfetzte. Ihre Lungen waren am Zerspringen, als sie jetzt die Treppen, zwei Stufen auf einmal nehmend, hinaufhetzte. War er dicht hinter ihr? Würde er gleich schießen? Sie drehte sich nicht um.

Stephen sah, wie Miranda die Tür aufriss und in das Treppenhaus stürzte. Er blieb stehen und lief dann zum Aufzug zurück. Die Tür vom Treppenhaus zur Eingangshalle war immer verschlossen. Sie musste also die Treppen bis zu ihrem Stockwerk hinauflaufen. Aber mit dem Aufzug würde er vor ihr da sein.

Er drückte auf den Knopf. Der Aufzug war sofort da. Während Stephen langsam nach oben fuhr, strich er sich die Kleidung glatt und fuhr sich mit den Fingern durchs Haar. Er hätte sich da in der Waschküche von Mirandas neuem Aussehen nicht ablenken lassen sollen. Obgleich er ja wirklich ein Recht auf seine Frau hatte. Aber egal. Er würde jetzt mit ihr abrechnen und dann für eine Weile verschwinden.

Der Aufzug hielt. Die Türen öffneten sich langsam. Stephen blickte auf die Pistole in seiner Hand, atmete entschlossen tief durch und sah dann hoch.

In dem Augenblick ging ein Blitzlichtgewitter los, sodass Stephen kurz die Augen schloss und die Hand zum Schutz gegen das blendende Licht hob. Vor ihm standen mindestens vierzig Menschen, viele mit Notizblöcken oder Mikrophonen in der Hand. Kameras klickten.

Was zum Teufel …? Stephen versteckte schnell die Hand mit der Pistole hinter seinem Rücken und schob die Waffe in seinen Hosenbund.

Nach einer Sekunde der Stille prasselte plötzlich ein Hagel von Fragen auf ihn nieder.

«Sind Sie Stephen Shaeffer?»

«Haben Sie das Bombenattentat wirklich überlebt?»

«Hat tatsächlich niemand davon gewusst?»

«Wo haben Sie sich denn die ganzen Monate aufgehalten?»

Stephen sog die Luft scharf durch die Nase ein. Er begriff schlagartig, was hier gespielt wurde. Miranda hatte zu ein Uhr eine Pressekonferenz einberufen. Sie hatte sehr wohl gewusst, dass er sie umbringen wollte, dass er nur zu dem Zweck kam, und war darauf vorbereitet gewesen. Sehr gut vorbereitet.

Was dann kam, lief wie in Zeitlupe vor ihm ab. Er sah, wie Miranda jetzt die Tür vom Treppenhaus aufstieß, schwer atmend und das Gesicht rot vor Anstrengung. Wenn sie diesen verdammten Presseleuten nicht Bescheid gesagt hätte, dann hätte er jetzt mit gezogener Pistole an der Tür auf sie gewartet.

Stattdessen war alles verloren. Miranda hatte gewonnen.

Miranda und Stephen starrten einander an. Er war sicher, dass sie auch aus der Entfernung den eisigen Hass in seinen Augen erkennen konnte. Aber am meisten überraschte ihn, dass in ihren Augen nicht, wie er erwartet hatte, Angst oder Wut stand, sondern nur eine tiefe Trauer.

33. Kapitel

«Miranda, Schwesterherz, geh doch nicht immer wie eine gefangene Raubkatze im Zimmer auf und ab. Setz dich hin, ruf ihn an oder tu sonst was», sagte Lydia sanft, trat jetzt neben die Schwester und legte ihr den Arm um die Schultern. «Du hast einen schlimmen Tag hinter dir. Du brauchst Ruhe.»

«Ich kann nicht an Ruhe denken.» Miranda biss sich auf die Lippe. «Ich habe alles kaputtgemacht. Ich muss etwas tun.»

«Das sagst du schon die ganze Zeit. Aber was?»

Miranda blieb stehen und sah die Schwester entschlossen an. «Ich gehe zu Paul. Er kann mich anschreien und mich vor die Tür setzen, aber ich muss ihn sehen, muss ihn persönlich sprechen.»

Sie ging zum Schrank, holte ihre Jacke heraus und zog sie über. «Ich liebe ihn, Lyd.»

Lydia lächelte. «Da sagst du mir nichts Neues. Geh zu ihm, das ist das einzig Richtige.»

Miranda rannte die Fifth Avenue hinunter und hielt dabei nach einem Taxi Ausschau. Aber jedes Taxi schien schon besetzt zu sein. Sie würde den Bus nehmen müssen. Auch das noch.

Sie blickte hoch – und sah weniger als fünf Meter entfernt eine vertraute Gestalt auf sich zulaufen. Paul! Er war zu ihr gekommen. Sie blieb stehen, vor Erleichterung traten ihr die Tränen in die Augen.

Als er sie sah, breitete sich ein glückliches Lächeln auf seinem Gesicht aus. Er blieb stehen und breitete die Arme aus. Miranda lief zu ihm hin und schmiegte sich an ihn.

«Ich habe die Nachrichten um sechs gesehen.» Paul küsste sie zärtlich auf das Haar. «Mein Gott, Miranda, was hast du mit dem Mann alles durchgemacht. Er hat dich und die Kinder glauben lassen, er sei tot, hat sich versteckt, eine neue Identität angenommen. Warum hast du mir denn nicht gesagt, dass er euch ohne einen Cent im Stich gelassen hat?»

«Ach Paul, das war doch nicht dein Problem.» Sie drängte sich an ihn und fuhr dann leise fort: «Erst morgen wird in der Zeitung stehen, dass er zurückgekommen war, um mich umzubringen.»

«Was?» Er hielt sie auf Armeslänge von sich ab und starrte sie entsetzt an. «Ist das dein Ernst?»

Sie nickte. «Deswegen war er heute zu mir gekommen. Er hat es schon einmal vorher versucht. Aber heute hatte er einen Revolver dabei.»

«Oh, mein Gott.»

«Mir ist schließlich klar geworden, warum er mich umbringen wollte», sagte Miranda. «Er wollte wieder Forrestor sein. Und dazu musste er mich umbringen. Ich stand ihm im Weg. Ohne mich hätte er sein altes Leben weiterführen können.»

Paul nahm sie in die Arme und drückte sie an sich.

«Ich hatte mich mit ihm in der Wohnung verabredet», fuhr Miranda fort. «Aber ich hatte die Presse bestellt, Fernsehen, Zeitungen und so weiter. Sie kamen nur zu gern. Schließlich ging es darum, dass ein Totgeglaubter nach dem Bombenanschlag wieder auferstanden war.»

«Miranda, ich weiß gar nicht, was ich sagen soll.»

«Kannst du mir verzeihen, Paul? Kannst du mich jetzt verstehen?», fragte sie leise.

Er beugte sich vor und küsste sie. «Ob ich dir verzeihe? Mein Gott nochmal, ich liebe dich doch. Ich liebe dich, ob du dich nun Miranda oder Forrestor oder wie auch immer nennst.»

Miranda stellte sich auf die Zehenspitzen und küsste ihn leidenschaftlich. Die Passanten auf der belebten Fifth Avenue lächelten verständnisvoll. Aber sie bemerkte es nicht. Nur er war wichtig. Sie würden ein neues Leben beginnen, eines, in dem Geheimnisse keinen Platz mehr hatten. Eines, in dem es nur Wahrheit gab und Liebe.

Leben ohne Gebrauchsanweisung

Diese Bücher wenden sich an Frauen, die *Machiavella*, *freche Frauen* und *böse Mädchen* satt haben und statt dessen ihr Leben mit Gelassenheit und Mut zur Unvollkommenheit gestalten.

Susanne Stiefel
Lebenskünstlerinnen unter sich
Eine Liebeserklärung an die Gelassenheit
(rororo 22585)
Hier ist das Buch für Frauen, die keine vollmundigen Lebensrezepte brauchen, weil sie einen eigenen Stil gefunden haben. «Wie sehr einem das Leben erst gehört, wenn man es erfunden hat» – dieser Satz von Djuna Barnes ist ein Leitmotiv für dieses Buch, das eine Kombination von Text und Bild, von Geschichten aus dem vollkommenen Leben, bissigen Sottisen, von schönen Photos und typographisch hervorgehobenen Zitaten ist.

Amelie Fried (Hg.)
Wann bitte findet das Leben statt?
(rororo 22560)
Wann bitte findet das Leben statt? fragt sich wahrscheinlich so manche Frau, wenn sie gestreßt vom Alltag feststellt, daß ihre Träume irgendwo zwischen Beruf- und Privatleben verlorenzugehen drohen. Die Geschichten namhafter Autorinnen erzählen von Frauen und ihren Träumen, Enttäuschungen und hoffnungsvollen Perspektiven. Ein Buch über Frauen, die ein Leben ohne Gebrauchsanweisung führen.

Julie Burchill
Verdammt – ich hatte recht!
Eine Autobiographie
(rororo 22556)
Das großartige Manifest einer begnadeten Journalistin und bekennenden Egozentrikerin. Drogen, Männer und Frauen: Julie Burchill hat nichts ausgelassen.
«Mädchenkitsch-Fanatikerinnen jeden Alters, hier ist Eure Bibel!» *Spex*

Ildikó von Kürthy
Mondscheintarif *Roman*
(rororo 22637)
Cora ist 33. Alt genug, um zu wissen, daß man einen Mann NIEMALS nach dem ersten Sex anrufen darf. Also tut sie das, was eine Frau in so einem Fall tun muß: Sie epiliert sich die Beine, hadert mit ihrer Konfektionsgröße und ihrem Schicksal – und wartet. Auf seinen Anruf. Stundenlang.

Weitere Informationen in der **Rowohlt Revue**, kostenlos im Buchhandel, oder im **Internet: www.rowohlt.de**

rororo